高等院校文科教材

郭预衡　主编

中　国　古　代

文 学 作 品 选

一

上海古籍出版社

本册编写者

先秦诗文 熊宪光

秦汉诗文 万光治

编 写 说 明

1. 这部《中国古代文学作品选》是与《中国古代文学史》配套使用的教材。

2. 本书选录范围,起自先秦,止于晚清。为了教学需要,于古代作品之外,酌选了少量近代作品。

3. 全书按时代顺序,分为四册。(一)先秦秦汉,(二)魏晋南北朝隋唐五代,(三)宋辽金元,(四)明清。

4. 作家的编排,以时代先后为序;作品则先诗文,后小说戏曲。

5. 所选作家作品,参酌了历来选本的优良传统,为了与文学史教学相适应,侧重作家的代表性、作品的时代特征。

6. 所选作品分量,按照教学实际需要,力求少而精要。有些通俗的长篇,限于篇幅,没有入选。

7. 选文一般依据通行版本,遇有文字异同,择善而从。注释则力求简明。

8. 在编选注释过程中,参考了诸家同类的教材和选本,获益实深。特此说明,并致谢忱。

9. 本书由郭预衡任主编。具体执笔分工如下:

先秦秦汉:熊宪光、万光治。

魏晋南北朝隋唐五代:万光治、熊宪光、林邦钧。

宋辽金元:赵仁珪、郭预衡、段启明。

明清:郭预衡、段启明。

编者

2004 年 2 月

目　录

1

先秦诗文

神　话

　　神话是古代人民以不自觉的艺术方式口头创作的神异故事，是对自然现象及社会生活的曲折反映和超现实的形象描述，表现了古代人民对自然现象和社会生活的原始理解。它是古代人民运用想象和借助想象以征服自然力并使之形象化的艺术结晶。

　　中国古代神话的产生固然很早，但用文字记录下来则较晚，而且缺乏系统记载神话的专门典籍。但在《山海经》、《庄子》、《楚辞》、《淮南子》、《列子》等古籍中，或多或少地保存了一些神话传说。虽不够系统、完整，内容却各具特点。现存中国古代神话主要包括自然神话、创世神话、英雄神话、传奇神话等。

钟　山　之　神

　　【题解】　选自《山海经·海外北经》。"钟山之神"烛阴人面蛇身，身长千里，以动物为主体，是主宰昼夜明晦、冬夏寒暑的自然神形象。

　　钟山之神，名曰烛阴[1]，视为昼，瞑为夜，吹为冬，呼为夏，不饮，不食，不息，息为风，身长千里。在无启之东[2]。其为物，人面，蛇身，赤色，居钟山下。

　　【注释】　[1]烛阴：又称"烛龙"。《山海经·大荒北经》谓其"烛九阴"，意即照亮九重泉壤之阴暗，故称。烛，照。　[2]无启：即"无启之国"。《山海

1

经·海外北经》："无启之国在长股东，为人无启。"启，继嗣。

精 卫 填 海

【题解】 选自《山海经·北山经》。精卫，鸟名，又名誓鸟、冤禽、志鸟，俗称帝女雀。为了解除海洋对人类生存的威胁，溺死于东海的"女娃"变为神鸟"精卫"，口衔木石而填浩瀚的东海，表现了远古人民希望征服自然的愿望。

发鸠之山[1]，其上多柘木[2]。有鸟焉，其状如乌[3]，文首、白喙、赤足[4]，名曰精卫，其鸣自诙[5]。是炎帝之少女[6]，名曰女娃。女娃游于东海，溺而不返[7]，故为精卫，常衔西山之木石，以堙于东海[8]。

【注释】 [1] 发鸠：山名。又名发苞山、鹿谷山、廉山，为太行山分支。旧说在山西长子西。　　[2] 柘(zhè)木：柘树。叶卵形或椭圆形，可以喂蚕。[3] 乌：乌鸦。　　[4] 文首：花脑袋。文，花纹。喙(huì)：鸟嘴。　　[5] 其鸣自诙(xiāo)：它的鸣叫声像是自呼其名(精卫)。诙，呼叫。　　[6] 炎帝：即神农氏。相传曾教人务农、治病。少女：小女儿。　　[7] 溺(nì)：淹死。[8] 堙(yīn)：填塞。

夸 父 逐 日[1]

【题解】 选自《山海经·海外北经》。夸父实为动物神形象。其"与日逐走"的神话，反映了初民企图认识和征服太阳的强烈愿望。夸父为此献出生命，其无畏的悲壮精神永远感召后人。

夸父与日逐走，入日[2]。渴欲得饮，饮于河、渭[3]；

2

河、渭不足,北饮大泽[4]。未至,道渴而死。弃其杖,化为邓林[5]。

【注释】 [1]夸父:一种形似猿猴的怪兽,属于动物神。《淮南子·墬形训》高诱注:"夸父,神兽也。" [2]逐走:追逐竞走。入日:进入太阳的光轮。[3]河:黄河。渭:渭水,发源于甘肃,经陕西流入黄河。 [4]大泽:传说为纵横千里的大湖,在雁门山北。 [5]邓林:即桃林。古地区名,约当今河南灵宝以西、陕西潼关以东地区。毕沅《山海经新校正》云:"邓林即桃林也。邓、桃音相近。"

鲧 禹 治 水[1]

【题解】 选自《山海经·海内经》。这是一则英雄神话。鲧、禹父子都是半神半人的英雄。鲧治洪水献出生命,禹继父业历尽艰辛,终于大功告成,九州平定。这一神话歌颂了人类面临洪水浩劫不屈不挠与自然作斗争的英雄精神和夺取胜利的坚定信念。

洪水滔天[2],鲧窃帝之息壤以埋洪水[3],不待帝命。帝令祝融杀鲧于羽郊[4]。鲧复生禹[5],帝乃命禹卒布土以定九州[6]。

以上据上海古籍出版社版《山海经校注》

【注释】 [1]鲧(gǔn):禹父名。 [2]滔:大水弥漫。 [3]帝:天帝。息壤:一种生长不止的神土,故能填塞洪水。 [4]祝融:火神之名。羽郊:羽山郊野。 [5]复:通"腹"。此谓鲧剖腹而生禹。 [6]卒:终于。布:铺填。

女 娲 补 天[1]

【题解】 选自《淮南子·览冥训》。女娲是人类的始祖,又是补天的神灵。"补天"意味着敢于弥补大自然缺陷的斗争精神。女娲的形象透露了这一创世神话出自母系氏族社会的信息。

往古之时,四极废[2],九州裂[3],天不兼覆,地不周载[4]。火爁炎而不灭[5],水浩洋而不息[6]。猛兽食颛民[7],鸷鸟攫老弱[8]。于是女娲炼五色石以补苍天,断鳌足以立四极[9],杀黑龙以济冀州[10],积芦灰以止淫水[11]。苍天补,四极正,淫水涸[12],冀州平,狡虫死[13],颛民生。

【注释】 [1]女娲(wā):女神名。传说是伏羲之妹,在开天辟地时捏黄土作人。《山海经·大荒西经》郭璞注:"女娲,古神女而帝者,人面蛇身,一日中七十变。" [2]四极:天的四边。废:毁弃。指柱断天塌。 [3]九州:泛指中国。古代中国设置冀、豫、雍、扬、兖、徐、梁、青、荆等九州。裂:分裂。 [4]天不兼覆:天不能完全覆盖大地。地不周载:大地不能完全容载万物。 [5]爁(lǎn)炎:大火焚烧绵延不绝的样子。 [6]浩洋:水势浩大的样子。 [7]颛(zhuān)民:善良的人民。颛,善良。 [8]鸷鸟:凶猛的鸟,如鹰、雕之类。攫(jué):用爪抓取。 [9]鳌(áo):传说中海里的大龟或大鳖。 [10]济:救助。冀州:古九州之一。这里指黄河流域中原地区。 [11]淫水:泛滥成灾的洪水。 [12]涸(hé):干枯。 [13]狡虫:指凶禽猛兽。狡,凶猛。

后 羿 射 日[1]

【题解】 选自《淮南子·本经训》。善射的羿,是先民心目中了不起的英雄神。当酷暑大旱之年,"十日并出",后羿上射十日而下杀凶

4

禽猛兽，为民除害，功绩辉煌，成为先民征服自然力的理想化身。

逮至尧之时[2]，十日并出，焦禾稼，杀草木，而民无所食。猰貐、凿齿、九婴、大风、封豨、修蛇[3]，皆为民害。尧乃使羿诛凿齿于畴华之野[4]，杀九婴于凶水之上[5]，缴大风于青丘之泽[6]，上射十日而下杀猰貐，断修蛇于洞庭[7]，禽封豨于桑林[8]。万民皆喜，置尧以为天子。

【注释】 [1] 后羿(yì)：又称夷羿。传说中古代东夷族首领，名羿。一说是帝俊派来拯救人类的天神，善于射箭，尧时十日并出，被他射掉九个。[2] 逮至：及至，到了。尧：传说中古代部落联盟领袖。陶唐氏，名放勋，史称唐尧。 [3] 猰貐(yà yǔ)：传说中吃人的猛兽。状如龙首，或谓似狸，叫声如婴儿啼哭。一说似虎，一说似牛，红身、人面、马足。凿齿：传说中怪兽，齿长三尺，形如凿子。九婴：传说中怪兽，长着九个脑袋，能喷水吐火。大风：传说中猛禽，飞过则起大风，能摧毁房屋。封豨(xī)：大野猪。修蛇：长大的蟒蛇，传说能吞食大象，三年吐其骨。 [4] 畴华：南方水泽名。 [5] 凶水：北方大河名。 [6] 缴(zhuó)：拴在箭上的生丝绳。这里用作动词。青丘：东方水泽名。 [7] 洞庭：南方水泽名，即今之洞庭湖。[8] 禽：同"擒"，捕捉。桑林：中原地名。

共工怒触不周山[1]

【题解】 选自《淮南子·天文训》。共工是氏族部落战争的英雄。他与颛顼为争夺帝位而英勇斗争。斗争是如此严酷激烈，以至于他一发怒竟改变了天地日月星辰。这充分显示了战争风云之惊天动地。

昔者共工与颛顼争为帝[2]，怒而触不周之山，天柱折,地维绝[3]。天倾西北,故日月星辰移焉;地不满东南,故水潦尘埃归焉[4]。

以上据上海古籍出版社影印浙江书局汇刻本《二十二子》

【注释】 [1] 共工:传说中的部族领袖。一说为尧之大臣,与驩兜、三苗、鲧并称"四凶"。一说为兴波作浪的水神。触:撞击。不周山:传说是西北一座有缺口的山。《山海经·大荒西经》:"大荒之隅,有山而不合,名曰不周。" [2] 颛顼(zhuān xū):传说中的五帝之一,黄帝之孙。　　[3] 地维:维系大地的绳子。亦称地纪。古人以为大地是方的,有四角,用大绳维系,故称地维。绝:断。　　[4] 潦(lǎo):积水。

诗　经

　　《诗经》是我国第一部诗歌总集,收录了从西周初年到春秋中叶,大约五百年间的 305 篇诗歌。原本名《诗》,或称"诗三百",为儒家"六经"之一。汉代崇儒尊经,乃称之为《诗经》。

　　《诗经》按《风》、《雅》、《颂》分类编排。现代学者大多认为,由于《诗》皆入乐",其分类主要是按照音乐的特点。《诗经》产生于漫长的时代和辽阔的地域,反映了恢宏博大的社会生活面。其思想内容包括周民族的史诗、颂歌与怨刺诗、婚恋诗、农事诗、征役诗等,可谓丰富多彩,博大深厚。从《诗经》三百篇中归纳出所谓"赋"、"比"、"兴"的表现手法,概括和总结了《诗经》的艺术技巧,揭示出古代诗歌艺术表现手法的基本特点。《诗经》的句式以四言为主,节奏为每句二拍,具有优美和谐的韵律和联章复沓的章法。其杰出的艺术成就,对后世文学的发展产生了巨大而深远的影响。

　　秦皇焚书禁学,《诗》赖口耳相传得以保全。汉代传《诗》者有鲁(鲁人申培公)、齐(齐人辕固生)、韩(燕人韩婴)、毛(大毛公鲁人毛亨和小毛公赵人毛苌)四家。鲁、齐、韩三家诗为今文经学,盛行于汉武帝后百余年间。《毛诗》为古文经学,较为晚出。东汉以后,"三家诗"渐趋衰亡,《毛诗》代之而兴,盛行天下。现"三家诗"亡佚,今所传《诗经》,就是《毛诗》。

风

《风》又称《国风》,包括"十五国风",即:周南、召南、邶风、鄘风、卫风、王风、郑风、齐风、魏风、唐风、秦风、陈风、桧风、曹风、豳风,共160篇。关于"风"的解释,历来颇多歧异。现在大都认为,"风"指音乐曲调,《国风》即诸侯所辖地域乐曲,犹如后世地方乐调。

关　雎

【题解】　《关雎》是《周南》的第一篇,并且是《国风》的第一篇,故后儒说诗者硬给它披上神圣的面纱。或说此诗乃吟咏"后妃之德","是以《关雎》乐得淑女以配君子"(《毛诗序》);或称"此纲纪之首,王教之端也"(朱熹《诗集传》卷一引汉匡衡语)。实际上,它是一首炽热感人的情歌。

关关雎鸠,在河之洲[1]。窈窕淑女,君子好逑[2]。

参差荇菜,左右流之[3]。窈窕淑女,寤寐求之[4]。求之不得,寤寐思服[5]。悠哉悠哉,辗转反侧[6]。

参差荇菜,左右采之。窈窕淑女,琴瑟友之[7]。参差荇菜,左右芼之[8]。窈窕淑女,钟鼓乐之[9]。

【注释】　[1] 关关:雌雄和鸣的鸟叫声。雎(jū)鸠:一名王雎,水鸟名。一说即鱼鹰。洲:水中陆地。　[2] 窈窕(yǎo tiǎo):美好的样子。淑:善良。

君子:有道德有修养的人,也是古代贵族男子的通称。好逑(qiú):犹言佳配,理想的配偶。逑,配偶。　　[3] 参差(cēn cī):长短不齐的样子。荇(xìng)菜:一种可食用的水生植物。流:通"摎(jiū)",择取。　　[4] 寤(wù):睡醒。寐(mèi):睡着。　　[5] 思服:即思念。朱熹《诗集传》:"服,犹怀也。"[6] 悠哉悠哉:犹言思念啊,思念啊。悠,长。辗转反侧:翻来覆去。[7] 琴瑟友之:弹琴鼓瑟,与淑女相亲相爱。琴瑟,古代弦乐器。琴五弦或七弦,瑟二十五弦或五十弦。友,这里是亲爱的意思。　　[8] 芼(mào):择取。　　[9] 钟鼓乐之:敲锣打鼓使她欢乐。余冠英《诗经选》说:"最后两章是设想和彼女结婚。琴瑟钟鼓的热闹是结婚时应有的事。"

谷　风

【题解】　选自《邶风》。这是一首"弃妇诗"。女主人公是一位善良、勤劳、重情、好义的贫家妇女,不幸被喜新厌旧、凶暴薄情的负心男子遗弃。此诗以弃妇口吻自述惨遭遗弃的哀痛,描述沉痛的婚恋悲剧,充满浓郁的哀伤情调。

　　习习谷风,以阴以雨[1]。黾勉同心[2],不宜有怒。采葑采菲,无以下体[3]。德音莫违,及尔同死[4]。

　　行道迟迟,中心有违[5]。不远伊迩,薄送我畿[6]。谁谓荼苦,其甘如荠[7]。宴尔新昏[8],如兄如弟。

　　泾以渭浊,湜湜其沚[9]。宴尔新昏,不我屑以[10]。毋逝我梁,毋发我笱[11]。我躬不阅,遑恤我后[12]?

　　就其深矣,方之舟之[13]。就其浅矣,泳之游之。何有何亡[14],黾勉求之。凡民有丧,匍匐救之[15]。

　　不我能慉[16],反以我为仇。既阻我德,贾用不售[17]。昔育恐育鞫,及尔颠覆[18]。既生既育,比予于毒[19]。

　　我有旨蓄,亦以御冬[20]。宴尔新昏,以我御穷。有洸

8

有溃,既诒我肄[21]。不念昔者,伊余来墍[22]!

【注释】　[1] 习习:风声。谷风:起于山谷的大风。以阴以雨:犹言为阴为雨。此以风雨喻男子暴怒。　[2] 黾(mǐn)勉:勤勉,努力。　[3] 葑(fēng):芜菁,又叫蔓菁,俗名大头菜。菲:萝卜。以:用。下体:指根茎。朱熹《诗集传》:“言采葑菲者,不可以其根之恶,而弃其茎之美;如为夫妇者,不可以其颜色之衰,而弃其德音之善。”　[4] 德音:善言。这里指夫妇的情话、誓言之类。及尔:与你。　[5] 迟迟:慢腾腾的样子。中心:即心中。违:通“愇”,怨恨。　[6] “不远”二句:写弃妇离家时,其夫送到门槛便止,足见其薄情。伊,语助词。迩,近。薄,语助词。畿(jī),门槛。　[7] “谁谓”二句:荼菜虽苦,对我来说却甜如荠菜。意犹“莫道黄连苦,我苦胜黄连”。荼(tú),苦菜。荠(jì),荠菜,有甜味。　[8] 宴:欢乐。新昏:即新婚。“婚”为后起字,本作“昏”。　[9] “泾以”二句:谓泾水因与渭水合流,相形之下显得浑浊,但泾水在静止时仍然清澈。此以泾喻自己,渭喻新人,意谓自己仍然同以前一样美好,只是因为新人一来丈夫便看不上自己了。泾、渭,泾水和渭水,二水发源于今甘肃境内,至陕西高陵合流。泾水清而渭水浊。一说是泾水浊而渭水清。以,因为。湜湜(shí),水清的样子。沚(zhǐ),“止”的误字。《说文》等书引此诗皆作“止”。　[10] 不我屑以:犹言不屑与我在一起。不屑,不肯,有轻侮之意。　[11] 逝:往,到。梁:鱼梁,筑于水中的用来捕鱼的堰。发:打开。笱(gǒu):捕鱼的竹笼,鱼进去后便出不来。　[12] “我躬”二句:我自身尚且不为丈夫所容,哪有闲空担忧身后的事呢?躬,身。阅,容。遑,暇。恤,担忧。　[13] 方:桴,竹木筏子。舟:船。这里都用作动词,即用筏用船渡过去。　[14] “何有”句:谓家里无论富有还是贫乏。亡(wú),通“无”。　[15] 民:指邻里。丧:灾难祸事。匍匐(pú fú):爬行,这里指尽力。　[16] 不我能慉(xù):意谓竟然不喜爱我。据《说文》所引,应作“能不我慉”。能,乃。慉,喜爱。　[17] “既阻”二句:我的好意善行被拒阻,就如同货物卖不出。阻,阻难,抵拒。德,善,指好意善行。贾(gǔ),做买卖。　[18] “昔育”二句:从前生活担惊受怕,艰难困苦,我和你曾经患难与共。育,生养,生活。恐,恐惧。鞫(jú),困穷。颠覆,跌倒,这里指患难。[19] “既生”二句:如今生活好过了,你却把我看成毒物。生,指财业。予,

9

我。 [20]旨:味美。蓄:指积贮过冬的菜,如干菜、腌菜之类。御:抵御,防御。 [21]有洸(guāng)有溃:这里形容其夫暴虐凶狠的样子。朱熹《诗集传》:"洸,武貌。溃,怒色也。"诒:遗留,给予。肄(yì):劳苦。 [22]伊余来墍(jì):犹言唯我是爱,只爱我一人。墍,疑即"塈"之假借,"塈"即古文"爱"字。

柏　舟

【题解】 选自《鄘风》。这是一首追求婚恋自由的深沉执著的恋歌。诗中的女主人公是一位感情专一、意志坚定的少女。她毫不顾忌地大胆声言自己之所爱,并且发誓坚持到死。对于干涉者和压迫者,她发出了呼天抢地的控诉。

　　泛彼柏舟,在彼中河[1]。髧彼两髦,实维我仪[2]。之死矢靡它[3]!母也天只[4]!不谅人只[5]!

　　泛彼柏舟,在彼河侧。髧彼两髦,实维我特[6]。之死矢靡慝[7]!母也天只!不谅人只!

【注释】 [1]泛:飘荡。中河:即河中。倒文以叶韵。 [2]髧(dàn):头发下垂的样子。两髦:古代未成年男子分披两边的齐眉短发。维:犹为,是。仪:配偶。 [3]之死矢靡它:犹言至死不变心。之,至,到。矢,誓,发誓。靡它,犹言不变心。靡,无。 [4]只:语气词,相当于"啊"。 [5]谅:谅解,体谅。 [6]特:配偶。 [7]靡慝(tè):犹言靡它,乃互文见义。慝,"忒"的假借字,改变。

氓

【题解】 选自《卫风》。与《谷风》同为弃妇诗之典型。此诗以弃妇口吻追述由恋爱结婚到婚变被弃的全过程,抒发了内心的不平和哀伤。较之《谷风》,《氓》的女主人公显然更清醒、刚强和果断,但

10

其命运却同样悲惨。此诗叙事、抒情、议论等多种表现方法融为一体，展现了女主人公复杂的心理状态和丰富的思想感情，具有强烈的艺术感染力。

氓之蚩蚩，抱布贸丝[1]。匪来贸丝，来即我谋[2]。送子涉淇，至于顿丘[3]。匪我愆期[4]，子无良媒。将子无怒，秋以为期[5]。

乘彼垝垣，以望复关[6]。不见复关，泣涕涟涟[7]。既见复关，载笑载言[8]。尔卜尔筮，体无咎言[9]。以尔车来，以我贿迁[10]。

桑之未落，其叶沃若[11]。于嗟鸠兮，无食桑葚[12]。于嗟女兮，无与士耽[13]。士之耽兮，犹可说也。女之耽兮，不可说也[14]。

桑之落矣，其黄而陨[15]。自我徂尔，三岁食贫[16]。淇水汤汤，渐车帷裳[17]。女也不爽，士贰其行[18]。士也罔极，二三其德[19]。

三岁为妇，靡室劳矣[20]。夙兴夜寐，靡有朝矣[21]。言既遂矣，至于暴矣[22]。兄弟不知，咥其笑矣[23]。静言思之，躬自悼矣[24]。

及尔偕老，老使我怨。淇则有岸，隰则有泮[25]。总角之宴，言笑晏晏[26]。信誓旦旦，不思其反[27]。反是不思，亦已焉哉[28]！

【注释】　[1] 氓(méng)：民。这里指弃妇的丈夫。蚩蚩(chī)：同"嗤嗤"，笑嘻嘻的样子。贸：交易。抱布贸丝是以物易物。一说"布"指"布泉"，即古代的一种货币，则"抱布贸丝"为持钱买丝。　[2] "匪来"二句：那人并非真

11

来买丝,而是来找我商量婚事。匪,同"非"。即,就。谋,商量。 [3]子:对男子的尊称。涉:渡过。淇:淇水,卫国的河流。顿丘:卫国邑名,在今河南浚县西。 [4]愆(qiān)期:过期,误期。愆,错过,耽误。 [5]将(qiāng):愿,请。秋以为期:即以秋为期,约定婚期在秋天。 [6]乘:登上。垝(guǐ)垣:犹言断墙。垝,倒塌。垣,墙。一说"垝"通"危","垝垣"即高墙。复关:地名,男子的住地。 [7]涟涟:泪流不止的样子。 [8]载笑载言:犹又说又笑。载,语助词。 [9]尔:你,指"氓"。卜:烧灼龟甲占卜,据其裂纹以判吉凶。筮(shì):用蓍(shī)草占卜吉凶。体:指卦体,即卜筮的结果。咎言:凶辞。咎,灾祸。 [10]车:指男子来迎亲的车。贿:财物,这里指嫁妆。 [11]沃若:沃然,桑叶茂盛光鲜的样子。喻女子青春靓丽之时。一说喻男子情意浓厚之时。 [12]于嗟:同"吁嗟",感叹词。鸠:鸟名。桑葚(shèn):桑树结的果实。传说鸠贪食桑葚,吃多了就会昏醉。这里用来比喻女子不可为爱情所迷醉。 [13]士:男子的通称。耽:耽恋,迷恋。 [14]说:读为"脱",解脱。 [15]陨:坠落。此以桑叶由青变黄坠落,比喻女子色衰爱弛。一说喻男子情意已衰。 [16]徂(cú)尔:谓嫁到你家。徂,往。三岁:泛指多年。食贫:犹言吃苦受穷。 [17]"淇水"二句:谓女子被弃逐后渡淇水而归的情景。汤汤(shāng),水大的样子。渐,渍,浸湿。帷裳,车上的布幔。 [18]"女也"二句:说女方并无过失,而男方行为不端。不爽,没有什么过失。爽,差错,过失。贰,"忒"的误字,"贰"即"忒(tè)"的假借字,与"爽"同义。行,行为。 [19]罔极:没有准则,反复无常。罔,无。极,准则。二三其德:谓三心二意,行为前后不一。
[20]靡室劳矣:女主人公把所有家务劳动都包了。靡,无。室劳,指家务劳动。 [21]夙(sù)兴夜寐:即起早睡晚。夙,早。兴,起。靡有朝矣:谓不止一日,天天如此。 [22]言:语助词。遂:遂意,顺心。暴:暴虐。
[23]咥(xì):笑的样子。 [24]静言思之:冷静下来仔细想想。言,语助词。躬自悼矣:独自更觉悲伤。躬,自身。悼,悲伤。 [25]"淇则"二句:以淇尚有岸、隰尚有畔,来反衬其夫行为放荡、无拘无束。隰(xí),低湿的地方。泮,同"畔",边缘。 [26]总角:结发。古代男女未成年时,结发成两角,叫做"总角"。这里指年幼之时。宴宴:欢乐和顺的样子。 [27]信誓:诚信的誓言。旦旦:即"怛怛(dá)",诚恳的样子。"旦"为"怛"之假借字。不思其反:没想到会违背誓言。反,背,指违背誓言。 [28]"反是"二句:

意为我实在没想到你会违背誓言,但事已至此,也就算了吧!

黍 离

【题解】 选自《王风》。据《毛诗序》说,此诗是周大夫行役到故都,见原宗庙宫室竟遍地禾黍,"闵周室之颠覆,彷徨不忍去,而作是诗也"。今人或以为是流浪人诉忧之辞。

彼黍离离,彼稷之苗[1]。行迈靡靡,中心摇摇[2]。知我者,谓我心忧。不知我者,谓我何求。悠悠苍天,此何人哉[3]?

彼黍离离,彼稷之穗。行迈靡靡,中心如醉。知我者,谓我心忧。不知我者,谓我何求。悠悠苍天,此何人哉?

彼黍离离,彼稷之实[4]。行迈靡靡,中心如噎[5]。知我者,谓我心忧。不知我者,谓我何求。悠悠苍天,此何人哉?

【注释】 [1]彼:指示代词,那。黍:黏黄米。离离:行列整齐的样子。稷:谷子。一说即高粱。 [2]行迈靡靡:慢腾腾地走啊走。行迈,即行。靡靡,慢慢移步的样子。中心:即心中。摇摇:心神不安、情意恍惚的样子。[3]悠悠:高远的样子。苍天:犹言青天、老天。此何人哉:犹言是谁造成的。 [4]实:指结实,长成了米。 [5]噎(yē):忧伤至极,气堵而不能呼吸。

君 子 于 役

【题解】 选自《王风》。此诗写一个山村农妇深切怀念久役不归的丈夫,揭露了征役不息给民众带来的无限痛苦,表达了渴望过和平劳动生活的美好愿望。此诗用白描手法直写山村黄昏之景,勾画

13

出一幅山村黄昏思妇怀人图。

　　君子于役[1]，不知其期[2]，曷至哉[3]？鸡栖于埘[4]，日之夕矣，羊牛下来[5]。君子于役，如之何勿思[6]！

　　君子于役，不日不月[7]，何其有佸[8]？鸡栖于桀[9]，日之夕矣，羊牛下括[10]。君子于役，苟无饥渴[11]！

【注释】　[1]君子：女主人公称其丈夫。于役：去服兵役或劳役。于，往。役，服役。　　[2]期：期限。这里指服役的定期和归期。　　[3]曷(hé)至哉：什么时候回到家中呢？曷，何。　　[4]栖：栖息。埘(shí)：墙上凿筑的鸡窠。　　[5]夕：日落黄昏时。羊牛下来：羊牛从牧地归来。　　[6]如之何勿思：犹言教我如何不想他。　　[7]不日不月：无日无月。谓时间漫长，没个期限。　　[8]何其有佸(huó)：什么时候可来相会？佸，相会，来到。　　[9]桀：鸡栖的木桩。这里指鸡圈。　　[10]括：同"佸"，指牛羊归来聚在一起。　　[11]苟无饥渴：且无饥渴。含有希望丈夫在外不受饥渴但又放心不下的意思。苟，且，或许。

溱　洧

【题解】　选自《郑风》。此诗间采对话形式，别致而生动地描述了郑国三月上巳节，男女青年相邀游春的欢乐盛况。全诗气氛热烈，气韵流走，读来如闻其声，如见其情。

　　溱与洧，方涣涣兮[1]。士与女，方秉蕳兮[2]。女曰："观乎[3]？"士曰："既且[4]。""且往观乎[5]！洧之外，洵訏且乐[6]。"维士与女[7]，伊其相谑[8]，赠之以勺药[9]。

　　溱与洧，浏其清矣[10]。士与女，殷其盈矣[11]。女曰："观乎？"士曰："既且。""且往观乎！洧之外，洵訏且乐。"维士与女，伊其将谑[12]，赠之以勺药。

14

【注释】 [1] 溱(zhēn)、洧(wěi)：二水名。分别发源于河南密县东北圣水峪和登封东北阳城山。方：正。涣涣：春水弥漫的样子。 [2] 士与女：泛指游春的众男女。下文"女曰"、"士曰"之士与女，则有所专指。秉：拿着，手持。蕑(jiān)："兰"的古字，但与今之兰花不同，是一种生在水边的香草。郑国风俗，每年农历三月上巳节，男女聚会溱、洧二水边上，手持兰草，招魂续魄，袚除不祥。 [3] 观：游观。 [4] 既且(cú)：已经去过了。既，已经。且，同"徂"，往。 [5] 且往观乎：再去看看吧！且，再。 [6] 洧之外：即洧水边上。洵訏且乐：实在是场面盛大而又热闹欢乐。洵，信，确实。訏，大，指场面开阔。 [7] 维：语助词。 [8] 伊：语助词。相谑(xuè)：互相嬉闹调笑。谑，戏谑，玩笑。 [9] 勺药：香草名。三月开花，芬芳可爱。古代男女以勺药相赠是结恩情的表示。 [10] 浏(liú)：水流清澈的样子。 [11] "士与女"二句：谓男女众多，熙熙攘攘。殷，众多。盈，充满。 [12] 将谑：同"相谑"。

伐　　檀

【题解】 选自《魏风》。这是一首来自民间的怨刺诗。诗中以委婉曲折的反语，辛辣地讽刺了不劳而获的剥削者。全诗三章，复沓重唱，好似一首伐木工人之歌，唱出了他们发自内心的不平与愤懑。

坎坎伐檀兮[1]，寘之河之干兮[2]，河水清且涟猗[3]。不稼不穑[4]，胡取禾三百廛兮[5]？不狩不猎[6]，胡瞻尔庭有县貆兮[7]？彼君子兮，不素餐兮[8]！

坎坎伐辐兮[9]，寘之河之侧兮，河水清且直猗[10]。不稼不穑，胡取禾三百亿兮[11]？不狩不猎，胡瞻尔庭有县特兮[12]？彼君子兮，不素食兮！

坎坎伐轮兮[13]，寘之河之漘兮[14]，河水清且沦猗[15]。不稼不穑，胡取禾三百囷兮[16]？不狩不猎，胡瞻尔庭有县

15

鹑兮[17]? 彼君子兮,不素飧兮[18]!

【注释】 [1] 坎坎:伐木声。檀:檀树。木质坚韧,可用作造车的木料。
[2] 寘:同"置",陈放。河之干:即河岸。干,岸。 [3] 涟:风吹水面激起
连锁状的波纹。猗(yī):语气词,同"兮"。 [4] 稼:耕种。穑(sè):收获。
这里泛指农业劳动。 [5]"胡取"句:为什么收取三百户的谷物呢?胡,
何,为什么。三百,泛言其多,并非实指。廛(chán),一夫所居叫"廛",一廛即
一户。一说廛同"缠",释为束,三百廛即三百捆。 [6] 狩(shòu):冬猎。
[7] 瞻:睢,望见。尔:你,指那"不稼不穑"、"不狩不猎"的所谓"君子"。庭:
庭院,院子。县:同"悬",悬挂。貆(huān):兽名,即猪獾。 [8] 素餐:白
吃。以下"素食"、"素飧"同义。素,白,空。"不素餐"是以反语为讥刺,辛辣
地讽刺了那些不劳而获的剥削者。 [9] 伐辐:指砍伐檀树造车辐。辐,
车轮的辐条。 [10] 直:指直的波纹。 [11] 亿:万万之数。古亦以
十万为亿。"三百亿"极言禾秉(即禾把)数量之多。 [12] 特:三岁或四
岁之兽。这里指大兽。 [13] 伐轮:指砍伐檀树造车轮。 [14] 漘
(chún):岸,水边。 [15] 沦:微波,小波纹。 [16] 囷(qūn):圆形谷
仓。 [17] 鹑(chún):鸟名,即鹌(ān)鹑。 [18] 飧(sūn):熟食。这里
泛指食。

硕　鼠

【题解】 选自《魏风》。此诗与《伐檀》堪称姊妹篇。诗中直呼统治
者、剥削者为贪婪可憎的"硕鼠",表达了不堪忍受剥削和压迫,誓
将另觅生路、远寻"乐土"的愿望。尽管所谓"乐土",在当时只是虚
幻的空想,但它唱出了被压迫、被剥削者内心的痛苦、憎恶、反抗和
追求。

　　硕鼠硕鼠[1],无食我黍! 三岁贯女,莫我肯顾[2]。逝
将去女,适彼乐土[3]。乐土乐土,爰得我所[4]。
　　硕鼠硕鼠,无食我麦! 三岁贯女,莫我肯德[5]。逝将

去女,适彼乐国。乐国乐国,爰得我直[6]。

　硕鼠硕鼠,无食我苗[7]！三岁贯女,莫我肯劳[8]。逝将去女,适彼乐郊。乐郊乐郊,谁之永号[9]！

【注释】　[1] 硕鼠:肥大的老鼠。《尔雅·释兽》引作"鼫(shí)鼠",即穴居田间,专吃粮食作物的大田鼠。这里用来比喻贪得无厌的剥削者。　[2] 三岁:多年。"三"非实指,泛言其多。贯:侍奉。女:同"汝",你。莫我肯顾:"莫肯顾我"的倒文,即不肯关照我。顾,顾念,关照。　[3] 逝:通"誓"。去:离开。适:往。乐土:安乐的地方,指理想的所在。下文"乐国"、"乐郊"与此同义。　[4] 爰(yuán)得我所:那才得到我安居乐业之处。爰,乃,才。所,处所,地方。　[5] 德:恩惠,关爱。　[6] 直:同"值",指劳动应得的报酬。王引之《经义述闻》谓"直"当读为"职",与"所"同义。　[7] 苗:禾苗。这里代指谷物。　[8] 劳:慰劳。　[9] 谁之永号:谁还会长声呼号呢！之,其。永,长。号,呼号。

蒹　葭

【题解】　选自《秦风》。此诗以柔婉缠绵的情调,渺远空灵的意境,表现了一种反复追寻心中所爱而最终归于失望渺茫的意绪。"所谓伊人,在水一方"颇富象征意味和朦胧色彩,其深层意蕴耐人寻味。

　蒹葭苍苍[1],白露为霜。所谓伊人,在水一方[2]。遡洄从之,道阻且长[3]。遡游从之,宛在水中央[4]。

　蒹葭凄凄,白露未晞[5]。所谓伊人,在水之湄[6]。遡洄从之,道阻且跻[7]。遡游从之,宛在水中坻[8]。

　蒹葭采采,白露未已[9]。所谓伊人,在水之涘[10]。遡洄从之,道阻且右[11]。遡游从之,宛在水中沚[12]。

【注释】 [1] 蒹(jiān):草名,即荻。葭(jiā):草名,芦苇。苍苍:鲜明而茂盛的样子。 [2] 所谓伊人:指诗人所思念、追寻的那位意中人。伊人,那个人。在水一方:在水的那一边。 [3] 溯(sù)洄:逆流而上。溯,同"溯"。从之:去追寻"伊人"。道阻且长:道路既多阻难又很漫长。 [4] 溯游:顺流而下。宛:好像。 [5] 凄凄:犹苍苍。下文"采采"同。陈奂《诗毛氏传疏》:"苍苍、凄凄、采采,一语之转。"晞(xī):干。 [6] 湄(méi):水边。[7] 跻(jī):升,升高。 [8] 坻(chí):小洲,高地。 [9] 未已:未止,犹未干。 [10] 涘(sì):水边。 [11] 右:迂回。郑玄《毛诗笺》:"右者,言其迂回也。" [12] 沚(zhǐ):同"坻",小洲,高地。

无　衣

【题解】 选自《秦风》。这是一首颇有影响的著名战歌。它不仅反映了"尚气概,先勇力,忘生轻死"的"秦人之俗"(朱熹《诗集传》卷六),而且表现了士兵同仇敌忾、勇抗外侮的精神,展现了高尚的心灵和威武的气势。

岂曰无衣?与子同袍[1]。王于兴师[2],修我戈矛[3],与子同仇[4]。

岂曰无衣?与子同泽[5]。王于兴师,修我矛戟[6],与子偕作[7]。

岂曰无衣?与子同裳[8]。王于兴师,修我甲兵[9],与子偕行[10]。

【注释】 [1] 子:相当于"您"。袍:指战袍。 [2] 于:语助词。兴师:出兵打仗。秦国当时常与西戎交战,是以"王命"而出兵,故称"王于兴师"。[3] 修:整治,修理。戈矛:泛指武器。戈,平头横刃、可击可钩的长柄兵器。矛,尖头侧刃,用以直刺的长柄兵器。 [4] 同仇:谓共同对敌。 [5] 泽:内衣。 [6] 戟:合戈、矛为一体,可击可刺的长柄兵器。 [7] 偕

18

(xié):共同。作:起,起来。　　[8]裳:战裙。古代上衣下裳,裳即古人穿的下裙。　　[9]甲兵:铠甲和兵器。　　[10]偕行:同行。与"偕作"同义。

七　月

【题解】　选自《豳风》。《七月》是《国风》农事诗的杰出作品。全诗八章,八十八句,篇幅之长,为《国风》之冠。此诗描述周代早期的农业生产情况,纯用"赋"法,以月份为经,以农事为纬,组织成篇。由春耕写到寒冬凿冰,反复咏叹,诉说男女奴隶一年到头的辛苦劳累和饥寒交迫的悲惨生活,深刻地揭示了奴隶们内心的悲苦和哀伤,真实而生动地展现了一幅古代奴隶社会的生活图景。

　　七月流火,九月授衣[1]。一之日觱发,二之日栗烈[2]。无衣无褐,何以卒岁[3]?三之日于耜,四之日举趾[4]。同我妇子,馌彼南亩[5]。田畯至喜[6]。

　　七月流火,九月授衣。春日载阳,有鸣仓庚[7]。女执懿筐,遵彼微行,爰求柔桑[8]。春日迟迟,采蘩祁祁[9]。女心伤悲,殆及公子同归[10]。

　　七月流火,八月萑苇[11]。蚕月条桑,取彼斧斨,以伐远扬,猗彼女桑[12]。七月鸣鵙,八月载绩[13]。载玄载黄,我朱孔阳[14],为公子裳。

　　四月秀葽,五月鸣蜩[15]。八月其获,十月陨萚[16]。一之日于貉[17],取彼狐狸,为公子裘。二之日其同,载缵武功[18]。言私其豵,献豜于公[19]。

　　五月斯螽动股,六月莎鸡振羽[20]。七月在野,八月在宇,九月在户,十月蟋蟀入我床下[21]。穹窒熏鼠,塞向墐户[22]。嗟我妇子,曰为改岁,入此室处[23]。

19

六月食郁及薁，七月亨葵及菽[24]。八月剥枣[25]，十月获稻。为此春酒，以介眉寿[26]。七月食瓜，八月断壶，九月叔苴[27]。采荼薪樗，食我农夫[28]。

九月筑场圃，十月纳禾稼[29]。黍稷重穋，禾麻菽麦[30]。嗟我农夫，我稼既同，上入执宫功[31]。昼尔于茅，宵尔索绹[32]。亟其乘屋[33]，其始播百谷。

二之日凿冰冲冲，三之日纳于凌阴[34]。四之日其蚤，献羔祭韭[35]。九月肃霜，十月涤场[36]。朋酒斯飨[37]，曰杀羔羊。跻彼公堂，称彼兕觥，万寿无疆[38]。

【注释】 [1]七月：夏历七月。此诗全用夏历。流火：谓大火星向西下沉。此是暑退将寒之时。流，指星辰向下斜行。火，星名，即心宿，又名"大火"。大火星每年夏历五月出现，六月正当南方最高位置，七月初即向西斜移，故称"七月流火"。授衣：将缝制冬衣的工作交给女工。一说"授衣"为授人以衣使御寒。 [2]一之日：前人有多种解释，一般谓指十月之后的第一个月，即夏历十一月。下文"二之日"、"三之日"、"四之日"同，依次指夏历十二月、正月、二月。觱发（bì bō）：寒风呼啸的声音。栗烈：同"凛冽"，寒气刺骨的样子。 [3]褐（hè）：用粗毛或粗麻制作的短衣。卒岁：犹言度过这一年。卒，终，完结。 [4]于耜（sì）：修理农具。于，为，这里指修理。耜，古代一种类似锹的农具。举趾：抬足迈步。这里指下田耕作。 [5]馌（yè）：送饭到田间吃。南亩：泛指田间。 [6]田畯（jùn）：掌管农事的官，又称"田大夫"。 [7]载：开始。阳：温和。仓庚：鸟名，即黄莺，又名黄鹂。[8]懿筐：深筐。遵彼微行：犹言走在那些小路上。遵，沿着。微行，小路。爰：于是。柔桑：嫩桑叶。 [9]迟迟：谓天长。蘩（fán）：白蒿，可饲幼蚕。祁祁：众多的样子。 [10]"殆及"句：怕被女公子带去陪嫁。殆，害怕，恐怕。及，与。公子，指女公子。古代诸侯之女也可称公子。下文"公子"同此。归，出嫁。 [11]萑（huán）苇：即蒹葭，芦苇类植物，可以做蚕箔。[12]蚕月：养蚕的月份，即夏历三月。条：修剪。戕（qiāng）：斧的一种。斧头柄孔方形者为"戕"，圆形者为"斧"。远扬：指长而高扬的桑枝。猗彼女桑：谓

20

手拉桑枝采嫩叶。猗(yī)，通"掎"，牵拉。女桑，小桑，嫩叶。　　[13] 鵙(jú)：鸟名，即伯劳。载绩：开始纺绩麻线。　　[14] 载玄载黄：染黑又染黄。载，语助词，相当于"乃"、"又"。玄，黑中带红的颜色。朱：大红色。这里指红色织品。孔阳：非常鲜明。　　[15] 秀：开花。一说为结实。葽(yāo)：药草名，即远志。蜩(tiáo)：蝉。　　[16] 其获：将要收获。陨萚(tuò)：落叶。[17] 于貉(hé)：谓猎取狐狸皮制裘(皮衣)。貉，兽名，似狐。一说"于貉"是狩猎者举行貉祭。　　[18] 同：会合。指聚众狩猎。缵(zuǎn)：继续。武功：武事。这里指狩猎。　　[19] 言：语助词。私：谓归猎者私有。豵(zōng)：一岁小猪。这里泛指小兽。豜(jiān)：三岁大猪。这里泛指大兽。[20] 斯螽(zhōng)：蝗虫的一种。动股：指两腿摩擦发声。相传斯螽以两条后腿互相摩擦发声。莎(suō)鸡：虫名，即纺织娘。振羽：谓其翅膀振动发声。　　[21] "七月"四句：主语均为蟋蟀，前三句蒙下省略。谓蟋蟀鸣声从野地移至檐下(宇)，然后到门口(户)，最后入床下。鸣声由远而近，可见气候由暖而寒。　　[22] 穹窒(qióng zhì)：堵塞室内所有空洞。穹，通"穷"，尽，完全。向：朝北窗户。墐(jìn)户：用泥巴涂门，使不透风。墐，用泥涂塞。[23] 改岁：犹言过年。处：居住。　　[24] 郁：即郁李，果小，球形，暗红色。果可食，种子入药。薁(yù)：野葡萄。亨：同"烹"，煮。葵：菜名，即冬葵。菽(shū)：豆类总称。　　[25] 剥枣：即"扑枣"，打枣。剥，敲击。　　[26] 春酒：冬日酿酒，经春始成，故称。介：助。眉寿：长寿老人生有长眉，故称。　　[27] 断壶：摘取葫芦为食。断，摘取。壶，葫芦。叔苴(jū)：拾取麻子。叔，拾。苴，麻结的子。　　[28] 荼(tú)：一种苦菜。薪樗(chū)：砍伐臭椿作柴烧。薪，用作动词，打柴。樗，臭椿。食(sì)：通"饲"，养活。[29] 筑场圃：平整菜园为打谷场。古时场圃同地，春夏为菜园，秋冬为场地，故连称。场，打谷场。圃，菜园。纳禾稼：收谷进仓。纳，收进。禾稼，谷类总称。　　[30] 重穋(lù)：即穜(tóng)穋。先种后熟之谷叫"穜"，后种先熟之谷叫"穋"。禾：此指粟，即小米。　　[31] 同：收齐，聚拢。指谷物已统统归仓。上入执宫功：还要去主人家从事室内劳动。上，通"尚"。宫功，家庭劳役。　　[32] 尔：语助词。于茅：去割茅草。索绹(táo)：搓打草绳。索，用作动词，指搓绳。绹，绳。　　[33] 亟：急，赶快。乘屋：上屋修缮。乘，登上。　　[34] 冲冲：凿冰之声。凌阴：冰窖。　　[35] 蚤：同"早"。一说通"搔"，取。献羔祭韭：谓用羔羊和韭菜祭祖。据《礼记·月令》说，仲春二月开冰,献羔、酒,祭祖庙。 [36] 肃霜:双声联绵字,犹言肃爽,天高气爽的样子。涤场:双声联绵字,犹言涤荡,农事完毕空旷无遗的样子。 [37] 朋酒:设两樽酒。斯:语助词。飨:用酒食款待。 [38] 跻(jī):登上。公堂:主人的厅堂。一说指公共场所。称:举起。兕觥(sì gōng):犀牛角制成的酒器。一说是以犀牛头形为装饰的铜制酒器。兕,雌性犀牛。万寿无疆:祝颂之辞,意即大寿无穷。

鸱 鸮

【题解】 选自《豳风》。此诗全用"比"体,通篇是一只痛失雏鸟的母鸟的哀哀泣诉。其意蕴深邃,耐人寻味。此诗虽然"不道破一句",但不妨把它看作寄寓重重苦难、殷殷忧患的人生悲歌。从这个意义说来,《鸱鸮》堪称中国文学史上第一首"鸟言诗"和"寓言诗"。

　　鸱鸮鸱鸮[1]!既取我子,无毁我室[2]。恩斯勤斯,鬻子之闵斯[3]。

　　迨天之未阴雨,彻彼桑土,绸缪牖户[4]。今女下民,或敢侮予[5]。

　　予手拮据,予所捋荼[6]。予所蓄租,予口卒瘏,曰予未有室家[7]。

　　予羽谯谯,予尾翛翛,予室翘翘[8]。风雨所漂摇,予维音哓哓[9]!

【注释】 [1] 鸱鸮(chī xiāo):鸟名,即猫头鹰。民间传说为不祥之鸟。 [2] 室:这里指鸟巢。 [3] 恩斯勤斯:即殷勤,尽心操劳。恩,殷。斯,语助词。鬻(yù):通"育",养育。闵(mǐn):忧悯。一说"闵"犹病,困乏。 [4] 迨(dài):及,趁着。彻:取。桑土:即"桑杜",桑根皮。土,"杜"的借字。绸缪(chóu móu):缠绕。这里指修补。牖(yǒu)户:窗门。 [5] 女:汝,你

22

们。下民:指树下的人们。或敢侮予:犹言谁敢欺侮我。　　[6] 拮据:操作劳苦。所:尚。捋(luō)荼:捋取茅草花来垫巢。　　[7] 蓄租:积聚。一说"租"为"菹"的借字,即干茅草。卒瘏(tú):终于病痛。瘏,病。一说"卒"通"悴",与"瘏"同义,"卒瘏"即病痛。曰:语助词。室家(gū):指鸟巢。　　[8] 谯谯(qiáo):羽毛稀少的样子。翛翛(xiāo):羽毛枯干的样子。翘翘:鸟巢高而危险的样子。　　[9] 漂摇:风吹雨打的样子。维:语助词。哓哓(xiāo):因恐惧而发出的叫声。

雅

"雅"即"正",又与"夏"通。周王畿一带原为夏人旧地,周人亦自称夏人。王畿是政治、文化中心,其言称"正声"或"雅言",即标准音。《雅》指相对于各地"土音"、"土乐"而言的"正声"、"正乐",是宫廷和贵族所享乐歌。其名显然是尊王观念的反映。《雅》分《小雅》、《大雅》,《小雅》74 篇,《大雅》31 篇,共 105 篇。其主要区别在于音乐的不同以及产生时代的远近。

鹿　鸣

【题解】《鹿鸣》为《小雅》之始。此诗是颂宴饮、赞嘉宾之作,实亦《诗经》中颂歌之一支。此类宴飨宾客的乐歌,直露地反映了王公贵族恣意享乐的生活。

　　呦呦鹿鸣,食野之苹[1]。我有嘉宾,鼓瑟吹笙[2]。吹笙鼓簧,承筐是将[3]。人之好我,示我周行[4]。

　　呦呦鹿鸣,食野之蒿[5]。我有嘉宾,德音孔昭[6]。视民不恌,君子是则是效[7]。我有旨酒,嘉宾式燕以敖[8]。

　　呦呦鹿鸣,食野之芩[9]。我有嘉宾,鼓瑟鼓琴。鼓瑟鼓琴,和乐且湛[10]。我有旨酒,以燕乐嘉宾之心[11]。

[1] 呦呦(yōu):鹿鸣声。苹:草名,又名藾(lài)萧、藾蒿、牛尾蒿。 [2] 嘉宾:好客人。鼓:弹。 [3] 鼓簧:谓鼓动笙中簧片发出乐音。承筐是将:奉上一筐币帛敬献礼品。承,奉上。将,行,指敬献礼品。[4] 好我:爱护我。示:指示。周行:大道。 [5] 蒿:青蒿。 [6] 德音:美好声望。孔:甚,很。昭:明显。 [7] 视:通"示",显示。不恌(tiāo):不苟且,不偷懒。则:效法,榜样。效:仿效。 [8] 旨酒:美酒。式燕:设席饮酒。式,用。燕,通"宴",聚会饮酒。敖:通"遨",游玩。 [9] 芩(qín):一种多年生蔓草。 [10] 湛(dān):长久的快乐。 [11] 燕乐:安乐。

采 薇

【题解】 这是一首"遣戍役之诗"(朱熹《诗集传》卷九),叙写远征士兵归乡途中对战事的回顾及百感交集的心理。《汉书·匈奴传》说:"至穆王之孙懿王时,王室遂衰,戎狄交侵,暴虐中国。中国被其苦。诗人始作,疾而歌之,曰:'靡室靡家,猃允之故';'岂不日戒?猃允孔棘!'"可见当国家遭受侵凌之时,征人便不只抒发自己的怨愤,而是别有一股爱国之情流露于字里行间。

采薇采薇,薇亦作止[1]。曰归曰归,岁亦莫止[2]。靡室靡家,猃狁之故[3]。不遑启居[4],猃狁之故。

采薇采薇,薇亦柔止[5]。曰归曰归,心亦忧止。忧心烈烈,载饥载渴[6]。我戍未定,靡使归聘[7]。

采薇采薇,薇亦刚止[8]。曰归曰归,岁亦阳止[9]。王事靡盬[10],不遑启处。忧心孔疚,我行不来[11]!

彼尔维何? 维常之华[12]。彼路斯何[13]? 君子之车。戎车既驾,四牡业业[14]。岂敢定居? 一月三捷[15]。

驾彼四牡,四牡骙骙[16]。君子所依,小人所腓[17]。

四牡翼翼,象弭鱼服[18]。岂不日戒？玁狁孔棘[19]！

　　昔我往矣,杨柳依依[20]。今我来思,雨雪霏霏[21]。行道迟迟[22],载渴载饥。我心伤悲,莫知我哀！

【注释】 [1] 薇:野菜名,嫩苗可食。亦:语助词。作:初生。止:语尾助词。下同。　　[2] 曰:说。莫:同"暮"。岁暮即一年将尽。　　[3] 靡:无。玁狁(xiǎn yǔn):我国古代北方少数民族。也作"玁允"、"猃狁",战国以后称"匈奴"。　　[4] 不遑(huáng):无暇。启居:古人坐时两膝着地,臀部靠着脚跟。启,指伸直腰跪坐,臀部离开脚跟,也叫"跪"或"长跪"。居,指安坐、安居,臀部靠着脚跟。下文"启处"与"启居"同义。　　[5] 柔:指苗柔嫩。[6] 忧心烈烈:犹言忧心如焚。烈烈,忧心炽烈的样子。载饥载渴:犹言又饥又渴。载,语助词。　　[7] "我戍"二句:言征战奔波,驻守无定处,没能派人回家问候亲人。戍,驻守。未定,没有定处。使,使者。聘,问候。　　[8] 刚:坚硬。指薇菜渐老而粗硬。　　[9] 阳:指夏历十月。犹今言十月小阳春。[10] 王事:为君王服役之事,公事。这里指征伐玁狁的战争。靡盬(gǔ):无止无休。盬,止,息。　　[11] 孔疚(jiù):非常痛苦。孔,甚,很。疚,病,痛苦。来:归。　　[12] "彼尔"二句:那花开得繁茂的是什么？是那棠棣之花。尔,"薾"的假借字,花开繁茂的样子。维,语助语。常,常棣,一种植物。也作"棠棣"、"唐棣"。"常"为"棠"的假借字。华,古"花"字。　　[13] 路:"辂"的假借字,高大的车。斯:语助词。　　[14] 戎车:兵车,战车。牡:雄马。业业:高大强健的样子。　　[15] 定居:即安居。三捷:多次取胜。一说捷为抄近路,三捷谓多次转移。　　[16] 骙骙(kuí):威武雄壮的样子。[17] "君子"二句:战车是将帅乘坐的,士兵则靠它作掩护。依,凭坐,乘坐。腓(féi),庇护,掩护。　　[18] 翼翼:行列整齐的样子。象弭(mǐ):两端用象牙镶饰的弓。弭,弓的两端。鱼服:用沙鱼皮制的箭袋。服,"箙"的假借字,箭袋。　　[19] 日戒:天天警惕戒备。孔棘:非常危急。棘,急。　　[20] 依依:形容柳条柔弱随风摇摆不定的样子。　　[21] 思:语助词。霏霏:大雪纷飞的样子。　　[22] 迟迟:缓慢行走的样子。

无羊

【题解】 此诗纯用"赋"法,铺陈直叙,以动态的笔触,描画出一幅

25

放牧图。全诗四章,首章写牛羊之蕃盛,章二铺写牧场之景,章三写牧人之勤,末章写牧人之梦。描写细致,可谓穷形尽相。

谁谓尔无羊?三百维群[1]。谁谓尔无牛?九十其犉[2]。尔羊来思,其角濈濈[3]。尔牛来思,其耳湿湿[4]。

或降于阿[5],或饮于池,或寝或讹[6]。尔牧来思,何蓑何笠[7],或负其餱[8]。三十维物,尔牲则具[9]。

尔牧来思,以薪以蒸,以雌以雄[10]。尔羊来思,矜矜兢兢,不骞不崩[11]。麾之以肱,毕来既升[12]。

牧人乃梦,众维鱼矣,旐维旟矣[13]。大人占之[14]:众维鱼矣,实维丰年;旐维旟矣,室家溱溱[15]。

【注释】 [1]维:通"为"。此言羊以三百为群。 [2]犉(rún):黑唇黄牛。一说七尺大牛。 [3]思:语尾助词。濈濈(jí):形容聚集的样子。 [4]湿湿:形容牛耳摇动的样子。 [5]降:下。阿:山坡。 [6]寝:睡觉。讹:通"吪",行动。 [7]何:同"荷",扛,担。这里泛指携带。 [8]负:背着。餱(hóu):干粮。 [9]三十维物:谓牛羊毛色多种多样。三十,泛言其多。物,毛色。牲:这里指供祭祀和宴享用的牛羊。具:具备,齐备。 [10]"尔牧"三句:言牧人放牧之余,还捡柴和捕猎。薪,较粗的柴草。蒸,细小的柴草。雌、雄,指捕获的鸟兽。 [11]矜矜兢兢:强健的样子。不骞不崩:不瘦弱,无疾病。骞,瘦小。崩,疫病。一说"矜矜兢兢"是谨慎相随、惟恐失群的样子,"不骞不崩"谓羊群不亏损、不散失。 [12]麾之以肱:言牧人挥动手臂赶羊。麾,指挥,挥动。肱,手臂。毕来既升:谓牛羊全都进了圈。毕,全部。既,尽。升,进,指入圈。 [13]牧人:即放牧牛羊的人。一说指司牧,即牧官。众维鱼:犹言多有鱼。旐(zhào)维旟(yú):犹言旐与旟。旐,画龟蛇的旗。旟,画鸟隼的旗。旐、旟均用以聚集众人。 [14]大人:指占梦先生。占:用龟甲或蓍草推算吉凶。这里即指推断牧人之梦的吉凶。 [15]溱溱(zhēn):众多的样子。此谓人丁兴旺。

何 草 不 黄

【题解】　这是一首抒写行役不休、奔走四方、夫妻离散、痛苦不已的征役诗。朱熹说："周室将亡,征役不息,行者苦之,故作此诗。"(《诗集传》卷十五)它以征夫口吻,诉说行役在外的满腔悲愤和愁怨,可谓字字凝结征夫泪。

何草不黄?何日不行?何人不将[1]?经营四方[2]。
何草不玄[3]?何人不矜[4]?哀我征夫,独为匪民[5]?
匪兕匪虎,率彼旷野[6]。哀我征夫,朝夕不暇。
有芃者狐,率彼幽草[7]。有栈之车,行彼周道[8]。

【注释】　[1] 何人不将:谓无人不从役。将,行(háng),指从役出征。[2] 经营四方:谓从役出征四方奔忙。　　　[3] 玄:赤黑色。　[4] 矜(guān):通"瘝",病。　　　[5] "哀我"二句:可怜我们征夫,难道偏不是人吗?匪民,非人。匪,非,不是。[6] 兕(sì):野牛。率:循,沿着。此谓在那旷野里奔走。　　　[7] 有:形容词词头。芃(péng):兽毛蓬松的样子。幽草:深草。　　　[8] 栈:通"栈",高。这里形容兵车高高的样子。车:指兵车。周道:大路。

生 民

【题解】　《生民》是《大雅》中五首古老的周民族史诗的第一篇(另四篇是《公刘》、《绵》、《皇矣》、《大明》)。它本是颂神祭祖的乐歌。全诗八章,生动地描述了周始祖后稷神奇非凡的诞生历史,颂扬了他长于农事、勤奋创业的英雄业绩,无愧为周民族的英雄史诗。

厥初生民,时维姜嫄[1]。生民如何?克禋克祀,以弗无子[2]。履帝武敏歆[3]。攸介攸止[4]。载震载夙[5],载生载育,时维后稷。

诞弥厥月,先生如达[6]。不坼不副,无菑无害[7]。以赫厥灵[8]。上帝不宁,不康禋祀,居然生子[9]。

诞寘之隘巷,牛羊腓字之[10];诞寘之平林,会伐平林[11]。诞寘之寒冰,鸟覆翼之[12]。鸟乃去矣,后稷呱矣[13]。实覃实讦,厥声载路[14]。

诞实匍匐,克岐克嶷,以就口食[15]。蓺之荏菽,荏菽旆旆[16]。禾役穟穟,麻麦幪幪,瓜瓞唪唪[17]。

诞后稷之穑,有相之道[18]。茀厥丰草,种之黄茂[19]。实方实苞,实种实褎[20]。实发实秀,实坚实好[21]。实颖实栗,即有邰家室[22]。

诞降嘉种,维秬维秠,维穈维芑[23]。恒之秬秠,是获是亩[24]。恒之穈芑,是任是负[25]。以归肇祀[26]。

诞我祀如何?或舂或揄,或簸或蹂[27]。释之叟叟,烝之浮浮[28]。载谋载惟,取萧祭脂,取羝以軷[29]。载燔载烈,以兴嗣岁[30]。

卬盛于豆,于豆于登[31]。其香始升,上帝居歆[32]。胡臭亶时[33]!后稷肇祀,庶无罪悔,以迄于今[34]。

【注释】 [1]"厥初"二句:那起初生育周人的母亲,就是这姜嫄(yuán)。厥,其。初,开始。民,人,指周人。时,是。维,为,是。姜嫄,周人始祖后稷的母亲。姜,姓。嫄,谥号。一作"原",取"原本"之义。 [2]"克禋"二句:姜嫄能祭祀郊禖(同"媒"),以求生子。克,能。禋(yīn),一种野祭。祀,祭祀。此言在郊外祭神求子。弗,"祓(fú)"的假借字,祓除,解除。 [3]履:践,踏。帝:指上帝,天帝。武敏:指脚的大拇指印。武,脚印。敏,大拇指。歆:欣喜。谓心有感应而欢欣。 [4]攸介攸止:谓祭毕停下来休息。攸,语助词。介,读"愒(qì)",同"憩",休息。止,停下。一说"介"指左右,句意谓

28

其恍觉左右有人同共止息。　　[5] 载:语助词,用作动词词头。震:"娠"的假借字,即怀孕。夙:通"肃",肃戒,指停止性生活。　　[6] 诞:发语词。弥厥月:谓怀胎足月。弥,满。先生:首生,头胎。如:犹而。达:顺易。　　[7] 不坼不副:谓产门不致破裂,生产顺易。坼(chè),分裂。副(pì),破开。菑:同"灾"。　　[8] 赫:显示。灵:神异。　　[9] "上帝"三句:言后稷出生怪异,上帝也不安,不乐享祭祀,却居然得子。姜嫄以为不祥,故有下文抛弃之事。不宁,不安。不康,不乐,不安享。居然,竟然,安然。　　[10] 寘:同"置",弃置,丢放。隘巷:狭巷,小巷。腓(féi):庇护。字:乳育,喂养。[11] 平林:平原上的树林。会:正好,恰巧。伐:砍伐。　　[12] 覆翼:用羽翼覆盖、庇护。　　[13] 去:离开。呱(gū):小儿啼哭声。　　[14] "实覃"二句:描述小儿哭声悠长洪亮,响彻道路。实,实在,的确。一说为语助词。覃(tán),长。讦(xū),大。厥,其。载,满。　　[15] 匍匐:爬行。克岐克嶷:能知能识,非常懂事。岐,知意。嶷(yí),识。以就口食:谓自求吃食。以,同"已"。就,求。　　[16] 蓺(yì):种植。荏菽(rěn shū):大豆。旆旆(pèi):茂盛的样子。　　[17] "禾役"三句:后稷从小就会种豆种瓜。禾役,禾颖,禾穗。役,《说文》引作"颖"。穟穟(suì),美好的样子。幪幪(méng),茂盛的样子。瓞(dié),小瓜。唪唪(fěng),果实累累的样子。　　[18] 有相之道:谓后稷种庄稼有助成之法。相,助。道,方法。　　[19] 茀(fú):治,指除草。丰草:指繁茂的野草。黄茂:黄熟而茂盛的优良谷物,即嘉谷。　　[20] 方:整齐。苞:丰茂。种:通"肿",肥壮。襃(xiù):通"修",长。　　[21] 发:指禾苗挺拔生长。秀:吐穗。坚:指谷粒饱满。好:谓一切完好。　　[22] 颖:指谷穗下垂。栗:犹栗栗,谓谷粒累累。即:就,往。邰(tái):地名,在今陕西武功县西南。此言后稷到邰安家定居(传说帝尧封后稷于邰)。　　[23] 降:谓天赐。嘉种:良种。维:语助词。秬(jù):黑黍。秠(pī):一壳二米的黑黍。穈(mén):红苗良谷。芑(qǐ):白苗良谷。　　[24] 恒:通"亘",遍,满。是:于是。获:收获。亩:指按亩计算产量。　　[25] 任:抱。　　[26] 肇祀:开始祭祀。　　[27] 舂(chōng):把谷壳捣掉。揄(yóu):舀取。簸:扬米去糠。蹂:通"揉",搓搓。　　[28] 释:淘米。叟叟:一作"溲溲",淘米声。烝:同"蒸"。浮浮:蒸气上升的样子。　　[29] 谋:计议。惟:思虑,筹划。萧:香蒿。脂:指牛羊脂肪。古时祭祀以香蒿和牛羊脂合烧,取其香气远闻。羝(dī):公羊。軷(bá):道祭,即祭道路之神。　　[30] 燔(fán):烧肉。烈:烤

29

肉。以兴嗣岁:以求来年兴旺。嗣岁,来年。　　　　[31]卬(áng):我。豆:古代一种木制盛食器,形似高脚盘。登:陶制盛食器。　　　　[32]居歆:安享。　　　　[33]胡臭亶时:祭品何其香啊,实在得其时啊!胡,何。臭(xiù),气味,这里指香气。亶(dǎn),诚然,实在。时,指得其时。　　　　[34]"后稷"三句:自从后稷开始祭祀以来,庶几没有罪过,一直到今天。庶,庶几,表示可能或期望。罪悔,罪过。迄,到。

公　刘

【题解】　本篇描述周始祖后稷的曾孙公刘自邰迁豳的历史事迹,为周民族史诗之一。全诗六章,围绕不肯苟安、开拓奋进、率部迁徙、营建新邑的主线次第展开。此诗歌颂周民族的开国伟业,描述公刘忠诚厚道、受人爱戴,粗线条地勾画出周民族创业、建国的光辉历史。

　　笃公刘,匪居匪康[1]。乃场乃疆,乃积乃仓[2]。乃裹糇粮,于橐于囊,思辑用光[3]。弓矢斯张,干戈戚扬,爰方启行[4]。

　　笃公刘,于胥斯原[5]。既庶既繁,既顺乃宣,而无永叹[6]。陟则在巘,复降在原[7]。何以舟之[8]?维玉及瑶,鞞琫容刀[9]。

　　笃公刘,逝彼百泉,瞻彼溥原[10]。乃陟南冈,乃觏于京[11]。京师之野,于时处处,于时庐旅,于时言言,于时语语[12]。

　　笃公刘,于京斯依[13]。跄跄济济,俾筵俾几[14]。既登乃依,乃造其曹[15]。执豕于牢,酌之用匏[16]。食之饮之,君之宗之[17]。

　　笃公刘,既溥既长,既景乃冈[18]。相其阴阳,观其流

30

泉[19]。其军三单,度其隰原,彻田为粮[20]。度其夕阳,豳
居允荒[21]。

笃公刘,于豳斯馆[22]。涉渭为乱,取厉取锻[23]。止
基乃理,爰众爰有[24]。夹其皇涧,溯其过涧[25]。止旅乃
密,芮鞫之即[26]。

【注释】 [1]笃:厚,指忠诚、厚道。公刘:后稷之曾孙。公为古爵位名,刘
为人名。匪居匪康:谓不敢安居。匪,非,不。居,安。康,宁。 [2]乃埸
乃疆:谓治理整顿田亩。乃,于是。埸(yì)、疆,均指田界。"埸"为小田界,
"疆"是大田界。乃积乃仓:谓积聚粮谷,充实仓库。积,露天堆积。仓,屋内
存储。 [3]裹:包裹,收拾。糇(hóu)粮:干粮。橐(tuó)、囊:均为盛粮的
口袋。"囊"有底,"橐"无底,用时以绳两头扎紧。思辑用光:想要团结民众,
光显国家。辑,和睦。用,犹而。 [4]斯:语助词。张:设,备好。干:盾。
戚:斧。扬:钺,斧类兵器。一说"扬"指高高扬起。爰:于是。方:始。启行:
开拔起程。 [5]胥:相,仔细审察。斯:这。原:指豳(在今陕西彬县、旬
邑一带)地的原野。 [6]庶、繁:谓迁居人马众多。顺:安和。宣:通畅,
舒畅。无永叹:谓随公刘迁豳的民众安于新居,毫无怨言。 [7]"陟则"
二句:公刘登上峰顶眺望,又下到平原实地考察。陟(zhì),登,上。巘(yǎn),
山峰,山顶。一说指小山。降,从高处往下走。原,平原。 [8]舟:通
"周",佩带。 [9]瑶:美玉。鞞(bing):刀鞘上的装饰。琫(běng):刀鞘口
的装饰。容刀:佩刀。此言用玉、瑶为鞞、琫装饰。 [10]逝:往。百泉:
泛指众水泉。瞻:观望。溥原:广大的原野。溥,广大。 [11]觏(gòu):
看见。京:豳的地名。一说为高丘。 [12]京师:京邑。"京师"连称始见
于此,后世专称帝都。于时:于是。处处:居住。庐旅:寄居。"庐"与"旅"古
同声通用。言言、语语:描写众人欢喜谈笑,话语连连。 [13]依:定居,
安居。 [14]"跄跄"二句:写大宴群臣部下。跄跄(qiāng)济济(jǐ),众人
行动庄严有威仪的样子。俾筵俾几:摆筵设几。俾,使。筵,竹席。此用作动
词,指入席。几,古时席地而坐供凭依的小桌子。此用作动词,指靠着
几。 [15]登:登筵,入席。依:凭几就座。造:三家诗作"告"。曹:群。

31

这里指管理祭祀的人们。　　[16] 执:捉。豕:猪。牢:猪圈。酌之:给群臣斟酒。匏(páo):即匏爵,匏樽,用匏(瓢葫芦)一剖两半做成的酒器。
[17] 食之饮之:谓公刘宴请臣众食肉饮酒。君之宗之:谓公刘为众臣之君主和宗主。　　[18] 既溥既长:又宽又长。溥,宽广。景:同"影",日影。这里指测日影以定方向。冈:指登上山冈。　　[19] 相其阴阳:谓观察地势的阴阳向背。相,观察。阴,山的北面,水的南面。阳,山的南面,水的北面。
[20] 其军三单:谓其队伍轮番换班。单,读为"禅",更替。一说"军"指营地,"单"通"台",此言公刘的营地设于三块高地上。度(duó):测量。隰(xí):低湿的洼地。彻:治理。一说"彻"即彻法,一种田税制度。朱熹《诗集传》卷十七:"彻,通也。一井之田九百亩,八家皆私百亩,同养公田。耕则通力合作,收则计亩而分也。周之彻法自此始。"　　[21] 夕阳:山的西面。此言开辟土地扩展到山的西面。允:实在,确实。荒:广大。　　[22] 馆:用作动词,指建造宫室。　　[23] 涉渭为乱:横渡渭水。乱,横渡。取:采取。厉:同"砺",磨石。锻:又作"碫",用于捶物之石。砺、碫均为营建所需。　　[24] 止:此。基:宫室的基址。理:治理。爰:语助词。众、有:谓居住的人多。
[25] 夹其皇涧:沿着皇涧两岸。皇涧,涧名。溯:朝向。过涧:涧名。
[26] 旅:军队。密:通"宓",安居。芮:通"汭",水涯。鞫:水湾外凸处。即:就,靠近。

颂

　　《颂》是庙堂乐章。祭祀祖宗,祈祷神明,赞颂王侯功德,是其内容上的特点;诗、乐、舞的合一,则是其形式上的特点。《颂》包括《周颂》31篇,《鲁颂》4篇,《商颂》5篇,共40篇。《周颂》主要为周初之作,产生的时代最早。《鲁颂》较晚,是春秋时期鲁国的宗庙祭祀乐歌。至于《商颂》,一般认为是春秋时期殷商后裔宋国的宗庙祭祀乐歌,但也有学者认为应属商朝晚期之作。《颂》表现了对上帝和祖宗神的崇拜,是奴隶社会神权至上的反映,在当时无疑最受尊崇;但从文学角度看来,价值远不如《风》、《雅》。

32

维 天 之 命

【题解】　这是一篇祭祀周文王的乐歌,选自《周颂》。它鼓吹天命,颂扬文王的功德,目的是为周王统治的合理性寻求神学的支持,并借助于天帝的权威以慑服臣民,使之乖乖顺从,以永保周王之天下。

　　维天之命,於穆不已[1]。於乎不显,文王之德之纯[2]。假以溢我,我其收之[3]。骏惠我文王,曾孙笃之[4]。

以上据中华书局影印阮刻《十三经注疏》本

【注释】　[1] 维:语助词。天之命:即"天命",指天道或上天的德行。於:叹美之辞。穆:庄严完美。不已:无穷无尽。　　[2] 於(wū)乎:同"呜呼",叹美之辞。不:通"丕",大。显:光辉显耀。纯:不杂。这里指德行完美无瑕。[3] 假以溢我:《左传·襄公二十七年》引作"何以恤我"。谓文王之神用什么来抚恤我?假,通"何"。溢,当作"恤",字误。恤,怜悯,抚恤。收:领受。[4] 骏:大。惠:顺。曾孙笃之:谓世代遵从文王之道,诚厚不忘。曾孙,指文王的后代,即后王。笃,诚厚。

尚 书

　　《尚书》又称《书》、《书经》,儒家经典。"尚"通"上","尚书"即"上古之书",是我国最早的历史文献汇编,保存有商、周,特别是西周初期的重要史料。西汉初存 28 篇,相传由伏生口授,用当时通行文字隶书写定,《今文尚书》;另有汉武帝时发现的用战国时文字写成的《古文尚书》,后来失传了。至东晋,梅赜献《古文尚书》25篇。将伏生所传《今文尚书》28 篇分为 33 篇,并入其中,合为 46 卷

58篇献上朝廷。现在通行的《十三经注疏》本《尚书》，即为此本。学者考定，其中的《古文尚书》实属伪造。《今文尚书》中所载《商书》、《周书》较为可靠，至于所谓《虞书》、《夏书》，乃是春秋战国时人的追述，不能视为真正的虞、夏之书。

《尚书》不但是研究我国古代历史、文学、哲学的重要文献资料，而且是中国古代散文成形的标志。所谓典、谟、训、诰、誓、命之文，实为我国古代散文体式的最早形态。其结构已渐趋完整，且已具有记叙、描写、议论、抒情等表达方式；文字古朴质实，部分篇章已具一定的文采和形象性。《尚书》为后世散文的发展奠定了基础，在散文发展史上占有重要的地位。

无　　逸

【题解】　据司马迁《史记·鲁周公世家》说，周公在成王年长之后，担心他安于荒淫享乐，因而作《无逸》以为告诫。所谓"无逸"，就是说"不要贪求安逸享受"。本文的主旨是告诫成王应以勤于国事的先王作为自己效法的榜样，而以荒淫误国的昏君作为鉴戒，从中吸取兴亡教训。文章旗帜鲜明，中心突出，结构完整，层次分明，富于感情色彩。其引述史事、以古鉴今的手法，对后世散文有较大影响。

　　周公曰："呜呼，君子所其无逸[1]！先知稼穑之艰难，乃逸，则知小人之依[2]。相小人，厥父母勤劳稼穑，厥子乃不知稼穑之艰难，乃逸，乃谚既诞[3]。否则侮厥父母，曰：'昔之人无闻知[4]！'"

　　周公曰："呜呼！我闻曰，昔在殷王中宗[5]，严恭寅畏，天命自度[6]。治民祗惧，不敢荒宁[7]。肆中宗之享

34

国[8]，七十有五年。其在高宗，时旧劳于外，爰暨小人[9]。作其即位，乃或亮阴，三年不言；其惟不言，言乃雍[10]。不敢荒宁，嘉靖殷邦[11]。至于小大，无时或怨[12]。肆高宗之享国，五十有九年。其在祖甲，不义惟王，旧为小人[13]。作其即位，爰知小人之依，能保惠于庶民，不敢侮鳏寡[14]。肆祖甲之享国，三十有三年。自时厥后立王[15]，生则逸；生则逸，不知稼穑之艰难，不闻小人之劳，惟耽乐之从[16]。自时厥后，亦罔或克寿[17]；或十年[18]，或七八年，或五六年，或四三年。"

周公曰："呜呼！厥亦惟我周太王、王季，克自抑畏[19]；文王卑服，即康功田功[20]。徽柔懿恭，怀保小民，惠鲜鳏寡[21]。自朝至于日中昃，不遑暇食，用咸和万民[22]。文王不敢盘于游田，以庶邦惟正之供[23]。文王受命惟中身[24]，厥享国五十年。"

周公曰："呜呼！继自今嗣王，则其无淫于观[25]，于逸，于游，于田，以万民惟正之供。无皇曰'今日耽乐'[26]。乃非民攸训，非天攸若，时人丕则有愆[27]。无若殷王受之迷乱，酗于酒德哉[28]！"

周公曰："呜呼！我闻曰：古之人犹胥训告，胥保惠，胥教诲，民无或胥诪张为幻[29]。此厥不听，人乃训之[30]。乃变乱先王之正刑，至于小大[31]。民否则厥心违怨，否则厥口诅祝[32]。"

周公曰："呜呼！自殷王中宗及高宗及祖甲，及我周文王，兹四人迪哲[33]。厥或告之曰：'小人怨汝詈汝！'则皇自敬德[34]。厥愆，曰'朕之愆'。允若时，不啻不敢含怒^[35]。此厥不听，人乃或诪张为幻，曰：'小人怨汝詈汝'！则信之。则若时，不永念厥辟，不宽绰厥心^[36]，乱罚无罪，杀无辜；怨有同，是丛于厥身^[37]。"

　　周公曰："呜呼，嗣王其监于兹^[38]！"

据中华书局影印阮刻《十三经注疏》本

【注释】 [1] 周公：姓姬，名旦，周武王之弟，亦称叔旦。因采邑在周（今陕西岐山北），故称周公。西周初年政治家，曾助武王灭商。武王死后，由他摄政。曾出师东征，平定反叛，并营建洛邑（今河南洛阳）。相传他制礼作乐，建立典章制度，对西周政权的建立和巩固作出了重大贡献。君子：这里指做官的人。　所：居其位。　[2] 稼穑：泛指农业劳动。耕种叫"稼"，收获叫"穑"。乃逸：这里指然后才考虑享受。依：隐痛。　[3] 相：看。乃逸：这里指只想到如何享受。乃谚既诞：既粗暴不恭，又放肆无礼。谚，同"喭（yàn）"，粗暴。诞，放肆。　[4] 否则：即"丕则"，乃至于。否，通"丕"。无闻知：什么都不懂。　[5] 殷王中宗：殷中宗，即太戊，商汤的玄孙，商朝第七代国君。据《史记·殷本纪》记载，在他之前殷道衰落，他称帝之后就复兴了。　[6] 严：庄严。恭：谨慎。寅畏：敬畏。天命自度（duó）：以天意来检束衡量自己。度，衡量。　[7] 祇（zhī）惧：恭敬小心。荒宁：指荒废政事，贪享安乐。　[8] 肆：因此。　[9] 高宗：即殷王武丁，殷代贤明的国君。时旧劳于外：相传高宗为太子时，其父小乙曾命他出外行役。时，同"实"。旧，同"久"。爰暨小人：于是常与平民在一起。爰，于是。暨，及，与。[10] "作其"五句：到他做了国君，又因父亲去世，居丧守孝，三年不谈政事。当他偶而谈及政事时，大臣们都和悦相从。作，及，等到。亮阴，一作"谅闇"，即居丧守孝之意。雍，和谐，喜悦。　[11] 嘉靖：安定。　[12] 小大：小民、大臣。无时或怨：都没有怨言。时，是。　[13] 祖甲：武丁的儿子。旧说祖甲有兄祖庚，武丁欲立祖甲，他认为废长立幼不义，就逃亡到民间去了。所以说他"不义惟王，旧为小人"。惟，为。旧，久。　[14] 保：爱护，保佑。惠：给人好处。鳏（guān）：年老无妻的人。寡：寡妇。　[15] 自时厥后：从此以后。时，是，此。立王：在位之王。　[16] 耽乐：沉溺于享乐。[17] 罔：没有。克：能够。　[18] 或：有的。　[19] 太王：即古公亶

36

(dǎn)父,周王朝开创人之一。王季:古公亶父的儿子,文王的父亲,名季历。抑畏:谦虚小心。 [20]文王:周武王的父亲,名昌。卑服:从事卑贱的劳作。即:完成。康功:指安居之事。康,同"康(kāng)",指居屋。田功:田地里的劳动。 [21]徽柔懿(yì)恭:指心地善良,待人宽厚,德行美好,态度恭谨。徽,善良。柔,仁慈。懿,美好。恭,恭谨。怀保:爱护。惠鲜:也是爱护的意思。 [22]"自朝"三句:从早忙到晚,没空吃饭,为的都是使万民和谐安乐。朝,早晨。日中,中午。昃(zè),太阳偏西。不遑,没有闲暇。用,以。咸和,和谐。 [23]盘:耽溺。田:同"畋",打猎。庶邦:众邦,指文王统辖的各个部落。惟正之供:只纳正常的贡赋,意即不横征暴敛。正,正税,指正常的贡赋。 [24]受命惟中身:在中年时受天命作国君。受命,指接受天命。中身,中年。 [25]嗣(sì)王:指成王。淫:过度。观:即"欢",欢乐。 [26]无皇曰:且不要这样讲。皇,《汉石经》作"兄",即"况",且。今日耽乐:今天先享乐享乐再说。 [27]"乃非"三句:肆意行乐就不是民众的榜样,也没有顺从天意,这样做的人是有过错的。攸,所。训,典式,榜样。若,顺。时,是,这样。丕则,那就。愆(qiān),过错。
[28]殷王受:即殷纣王。酗:发酒疯。 [29]古之人:指有德的先王。胥:互相。诪(zhōu)张:欺骗。幻:诈惑欺哄。 [30]此厥不听:你如果不听这些话。厥,其。人乃训之:臣民就会照样子学。训,顺,模仿。 [31]正刑:政令法律。正,同"政"。刑,法律。小大:此指小法、大法。 [32]否则:乃至于。否,《汉石经》作"不"。违怨:怨恨不满。诅祝:咒骂。 [33]迪哲:明达而智慧。 [34]詈(lì):骂。皇自:更加。敬德:敬畏修德。[35]允若时:果然像这样。允,信,的确。不啻(chì):不但。句下省略"而且还会拥戴你"之意。 [36]厥辟:指做国君的道理。辟,法度。宽绰:使心胸开阔。 [37]"怨有"二句:必然会招致民众异口同声的埋怨,并把仇恨都集中到你身上。怨有同,指民心同怨。丛,集中,会聚。 [38]"嗣王"句:王啊,你可要把这些作为鉴戒啊!监,同"鉴",鉴戒。

国　语

《国语》是我国最早的一部国别体史料汇编。全书共21卷,分别记述西周至春秋时期周、鲁、齐、晋、郑、楚、吴、越八国史事,起自周穆王,终于鲁悼公。因以记言为主,故名为《国语》。旧说为鲁国史官左丘明所作。近人认为是先秦史家编纂各国史料而成。其成书年代大约在战国初年或稍后。《国语》保存的史料比较丰富,反映的思想也比较复杂。但书中"重民"、"尚礼"、"崇德"的思想比较突出,基本上体现了儒家的思想倾向。《国语》记言精练、生动、真切,且能于记言中刻画人物形象,富于文学色彩。

邵公谏厉王弭谤

【题解】 选自《国语·周语上》,标题依普通选本。本文记邵穆公劝戒周厉王止谤的一番议论,提出了"防民之口,甚于防川"的卓越见解,反映了西周末年厉王以刑杀为威,施行暴政,压制国人批评,终于被愤怒的国人所驱逐的历史教训。文章结构谨严,情辞恳切,语言简明传神。

厉王虐,国人谤王[1]。邵公告曰:"民不堪命矣[2]!"王怒,得卫巫,使监谤者[3],以告,则杀之。国人莫敢言,道路以目[4]。

王喜,告邵公曰:"吾能弭谤矣,乃不敢言[5]。"邵公曰:"是障之也。防民之口,甚于防川;川壅而溃,伤人必多,民亦如之[6]。是故为川者,决之使导;为民者,宣之使言[7]。故天子听政,使公卿至于列士献诗[8],瞽献曲[9],史献书[10],师箴[11],瞍赋[12],矇诵[13],百工谏[14],庶人传语[15],近臣尽规,亲戚补察[16]。瞽、史教诲[17],耆、艾修之[18],而后王斟酌焉,是以事行而不悖[19]。

"民之有口,犹土之有山川也,财用于是乎出;犹其原

38

隰之有衍沃也[20]，衣食于是乎生。口之宣言也，善败于是乎兴[21]；行善而备败，其所以阜财用衣食者也[22]。夫民虑之于心而宣之于口，成而行之[23]，胡可壅也？若壅其口，其与能几何[24]？"

王不听。于是国莫敢出言，三年，乃流王于彘[25]。

【注释】 [1] 厉王：周厉王，名胡，夷王之子，公元前 878 至前 842 年在位。虐：残暴。国人：西周、春秋时对居住于国都的人的通称，属于统治阶级，有参与议论国事的权利。谤：公开指责他人过失。　　[2] 邵公：一作"召公"，即邵穆公，名虎，周的卿士。堪：经受。命：指周厉王暴虐的政令。　　[3] 卫巫：卫国巫师。监：监视。　　[4] 以目：指用眼睛示意。　　[5] 弭谤：遏止谤言。乃：竟，居然。　　[6] 是：此，指"弭谤"的作法。障：筑堤防水。这里是阻挡、堵塞的意思。甚：厉害，严重。壅（yōng）：堵塞。溃（kuì）：水冲破堤坝，即决口。民亦如之：指民众的舆论也像这样。　　[7] 为川者：治水的人。决：疏浚水道，排除阻塞。导：流通。宣之使言：开导人民，让他们大胆讲话。　　[8] 听政：处理政事。公卿至于列士：周王室官职分为公、卿、大夫、士各级。士是下层官员，有上士、中士、下士三个等级，故称"列士"。诗：指从民间采得的讽谏的诗。　　[9] 瞽：无目曰瞽，这里指乐师。曲：乐曲。古代以瞽者为乐官。因其所献乐曲多采自民间，故能反映民意。　　[10] 史：史官。书：古代典籍。　　[11] 师：少师。低于太师的乐官。箴（zhēn）：含有规诫意义的文辞，即箴言。　　[12] 瞍（sǒu）：无眸子曰瞍。赋：不歌而诵，即有一定音节腔调的朗诵，指朗诵公卿列士所献的诗。　　[13] 矇（méng）：有眸子而看不见的盲人。诵：讽诵，指讽诵那些箴谏之语。[14] 百工：各种手工艺者。一说百工即百官。　　[15] 庶人：平民百姓。因地位低贱，自己对政事的意见不能直接上达，只能通过他人间接地传达给国王，故说"庶人传语"。　　[16] 近臣：指国王身边的近侍。尽规：尽意规谏。一说"尽"同"进"，即进献规谏之语。补：弥补国王的过失。察：监督国王的行为。　　[17] 瞽、史教诲：乐师、史官各尽其职，用乐曲、文献对国王进行教诲。　　[18] 耆（qí）、艾：年六十称"耆"，五十称"艾"，合为老年人的通称。这里指国王的师傅及朝廷元老。修之:警戒国王。一说"修"为修治整理,"之"指代瞽、史的教诲。　　[19] 斟酌:反复衡量,考虑取舍。不悖(bèi):指不违背情理。　　[20] 其:指土地。原:宽广平坦的土地。隰(xí):低下潮湿的土地。衍:低下平坦的土地。沃:有水流灌溉的土地。　　[21] 宣言:发表言论。善:好,兴盛。败:坏,衰败。兴:起。　　[22] 行善而备败:推行那些人民认为好的,防备那些人民认为坏的。阜:增多,丰厚。　　[23] 虑:考虑,深思熟虑。成:成熟,完善。行:这里有自然流露和传布开的意思。
[24] 与:语气词,无实义。几何:指多少时间,意为不久。
[25] 流:放逐。彘(zhì):晋地,在今山西霍县东北。

叔 向 贺 贫

【题解】　选自《国语·晋语八》,标题依普通选本。韩宣子身为晋卿,却为"贫"而忧愁。他认为自己"有卿之名而无其实",与同列交往未免寒碜。叔向对此有不同认识,特向他道贺。本文所记"叔向贺贫"的一番言论,从客观上揭露了当时晋国的高级官员心贪财富、营私谋利的腐朽本质,反映了叔向这位比较明智的政治家对骄奢淫侈、贪欲无厌的行为的批评和对卿大夫身家的长久之计的关心,表现了他崇尚德行、鄙视财货的思想。在一定程度上,其中也含有他对国家前途和命运的关切。本文持论锋锐,理足动人。全文紧扣"贫"字展开论说,征引正、反两面的史实加以论证,有非同一般的说服力;结构完整而严谨,语言具有质朴之美。

　　叔向见韩宣子[1],宣子忧贫,叔向贺之。宣子曰:"吾有卿之名,而无其实[2];无以从二三子[3],吾是以忧。子贺我,何故?"

　　对曰:"昔栾武子无一卒之田[4],其宫不备其宗器[5],宣其德行,顺其宪则,使越于诸侯[6]。诸侯亲之,戎狄怀之,以正晋国,行刑不疚[7],以免于难[8]。及桓子[9],骄泰奢侈,贪欲无艺,略则行志[10],假贷居贿,宜及于难[11];而赖武之德,以没其身[12]。及怀子[13],改桓之行,而修武之德,可以免于难;而离桓之罪,以亡于楚[14]。夫郤昭子[15],其富半公室,其家半三军,恃其富宠,以泰于国[16]。其身尸于朝,其宗灭于绛[17]。不然,夫八郤,五大夫、三卿,其宠大矣[18];一朝而灭,莫之哀也,唯无德也!

　　"今吾子有栾武子之贫,吾以为能其德矣[19],是以贺。若不忧德之不建,而患货之不足,将吊不暇,何贺之有[20]?"

　　宣子拜稽首焉[21],曰:"起也将亡,赖子存之。非起也敢专承之[22],其自桓叔以下,嘉吾子之赐[23]。"

以上据上海古籍出版社版《国语》

【注释】　[1] 叔向:一作叔譽,春秋时晋国大夫,羊舌氏,名肸(xī)。因其食邑在杨(今山西洪洞县东南),又称杨肸。韩宣子:即韩起,晋国的卿,"宣子"为谥号。　[2] 实:实际,这里指财产。　[3] 从:随从,交往。二三子:这里指同朝的卿大夫。　[4] 栾武子:即栾书,晋国的上卿。一卒之田:指一百顷。上大夫应有一卒之田。上卿则应有一旅之田。一卒,百人。一旅,五百人。一旅之田即指五百顷。　[5] 宫:居室。宗器:祭器,即鼎彝之类的贵重器皿。　[6] 宣:发扬。顺:执行。宪则:法度。越:超越。　[7] 戎狄:我国古代对西、北部民族的统称。怀:归顺。正:使……正。这里有使之安定、太平的意思。行刑不疚:依法行事,没出什么弊病。刑,法,即所谓"宪则"。疚,病。　[8] 以免于难:栾武子曾和中行偃派人刺杀晋厉公,拥立悼公,时为公元前 573 年。但因其德行高尚,没有受到"弑君"的责难。[9] 及:到。桓子:栾书的儿子栾黡(yàn)。　[10] 骄:放肆。泰:骄纵。无艺:无极,无厌。略:犯。则:法。行志:指为所欲为。志,心意。　[11] 假贷:借贷。这里指放债牟利。居贿:囤积财物。宜及于难:该遭祸难。

41

[12]赖:依靠。此言依靠其父栾武子的德行荫庇,才得以善终。 [13]怀子:桓子的儿子栾盈。 [14]离:同"罹",遭受。亡:逃奔。此言怀子本可免难,但因受到其父桓子的罪孽的连累而逃亡楚国。 [15]郤(xì)昭子:郤至,晋国的卿,因有军功自傲,把持朝政,被晋厉公派人杀死,家族被诛灭。 [16]"其富"句:他的财富占晋国公室财富的一半。"其家"句:他的家族子弟占晋国三军将士的一半。三军,晋设中军、上军、下军三军,每军万人,中军之将为三军统帅。恃:依仗。 [17]尸于朝:陈尸于朝堂。宗:宗族。灭于绛:宗族在绛邑灭绝。绛,晋国国都,在今山西翼城县东南。
[18]八郤:指郤氏八位显要人物。五大夫、三卿:指八郤中有五人做大夫,三人为卿。宠:荣耀。 [19]能其德:能行栾武子之德。 [20]将吊不暇:忧虑还来不及。何贺之有:有什么值得庆贺的呢? [21]稽(qǐ)首:古代礼节,跪下,头手抵地,为时甚久,九拜中最为恭敬。 [22]专承:独自承受。此言不仅是我独自承受您的教诲。 [23]桓叔:韩宣子的祖先。以下:指其后代。嘉:赞许,此有感激之意。赐:赐予,好意赐教。

左 传

《左传》,《春秋左氏传》的简称,又称《左氏春秋》或《春秋古文》。相传为春秋末年鲁国史官左丘明解说《春秋》的一部历史著作。左丘明生平不详,司马迁称他为"失明"的"鲁君子"。他出身于鲁国贵族,是很有修养的瞽史,大约与孔子同时或稍前。现在一般认为,《左传》作者实难确指。此书大约是战国初年或稍后的人根据各国史料整理润色编纂而成,与《国语》之成书同时或稍后。

《左传》是一部以《春秋》为纲的编年史,其记事起自鲁隐公元年(前722),终于鲁悼公十四年(前453),比《春秋》增多27年。它相当详备完整地记载了春秋列国政治、外交、经济、军事和文化等方面的一些事件及有关人物的言论、活动,形象地展现了那个时代的社会生活画面。它明确地提出了民为神之主的见解,表达了民为邦本的观点,主要体现了儒家的思想倾向。重民意,轻君位,反映了社会大变革时代的进步思潮。书中既表达了进步的哲学观点和政治观点，也杂有儒家的保守观点和宿命论等消极、落后成分。

《左传》叙事简明生动，工巧严谨，富于故事性，很有文采。它特别善于描写战争，刻画人物形象也有一定特色。其记言则委婉含蓄，典美博奥；尤其所记外交辞令，婉而不晦，显而不露。唐代刘知几在《史通·杂说上》中赞其"工侔造化，思涉鬼神，著述罕闻，古今卓绝"。《左传》在史学和文学上，都对后代产生了深远的影响。

郑伯克段于鄢

【题解】 选自《左传》隐公元年，标题依《春秋》隐公元年经文。本文所记乃郑庄公图谋霸业之前的一段插曲，记叙郑庄公兄弟、母子之间错综复杂的矛盾和尔虞我诈的斗争，深刻地揭露了统治阶级自私、虚伪的本质及其内部不可调和的矛盾，无情地撕开了罩在封建伦理关系上的一层温情脉脉的面纱，把所谓"父慈、子孝、兄友、弟恭"的虚伪本质暴露无遗。

作者精于揭示人物的内心世界和精神面貌，表现人物的性格特征。文章叙事剪裁得当，首尾完整；结构清晰，字句精严。

初[1]，郑武公娶于申[2]，曰武姜[3]，生庄公及共叔段[4]。庄公寤生[5]，惊姜氏，故名曰寤生。遂恶之。爱共叔段，欲立之。亟请于武公[6]，公弗许。

及庄公即位，为之请制[7]。公曰："制，岩邑也[8]。虢叔死焉，他邑唯命[9]。"请京[10]，使居之，谓之京城大叔。

祭仲曰[11]："都城过百雉[12]，国之害也[13]。先王之制，大都不过参国之一，中五之一，小九之一[14]。今京不度[15]，非制也。君将不堪[16]。"公曰："姜氏欲之，焉辟害[17]！"对曰："姜氏何厌之有！不如早为之所。无使滋蔓。蔓，难图也[18]。蔓草犹不可除，况君之宠弟乎！"公曰："多行不义必自毙[19]。子姑待之。"

既而大叔命西鄙、北鄙贰于己[20]。公子吕曰："国不堪贰，君将若之何？欲与大叔，臣请事之；若弗与，则请除之。无生民心[21]。"公曰："无庸，将自及[22]。"大叔又收贰以为己邑，至于廪延[23]。子封曰："可矣，厚将得众[24]。"公曰："不义不昵，厚将崩[25]。"

大叔完聚，缮甲兵，具卒乘，将袭郑[26]。夫人将启之[27]。公闻其期，曰："可矣！"命子封帅车二百乘以伐京[28]。京叛大叔段。段入于鄢[29]。公伐诸鄢。五月辛丑，大叔出奔共[30]。

书曰："郑伯克段于鄢[31]"。段不弟[32]，故不言弟；如二君，故曰克；称郑伯，讥失教也；谓之郑志[33]，不言出奔，难之也[34]。

遂置姜氏于城颍，而誓之曰："不及黄泉，无相见也[35]。"既而悔之。颍考叔为颍谷封人，闻之，有献于公[36]。公赐之食。食舍肉[37]。公问之。对曰："小人有母，皆尝小人之食矣，未尝君之羹，请以遗之[38]。"公曰："尔有母遗，繄我独无[39]！"颍考叔曰："敢问何谓也？"公语之故，且告之悔。对曰："君何患焉！若阙地及泉[40]，隧而相见[41]，其谁曰不然？"公从之。公入而赋[42]："大隧之中，其乐也融融[43]！"姜出而赋："大隧之外，其乐也泄泄[44]！"遂为母子如初[45]。

君子曰：颍考叔，纯孝也[46]。爱其母，施及庄公[47]。

44

《诗》曰："孝子不匮，永锡尔类[48]。"其是之谓乎[49]！

【注释】 ［1］初：当初。　　［2］郑武公：姬姓，名掘突，郑桓公之子，郑国第二代君主，公元前770至前744年在位。郑国在今河南新郑一带。申：国名，姜姓，在今河南南阳。　　［3］武姜：武公之妻。武是丈夫的谥号，姜是娘家的姓。　　［4］庄公：即郑庄公，公元前743至前701年在位。共(gōng)叔段：庄公的弟弟，名段。因排行在末，故叫"叔段"。他后来出奔共邑，故又称"共叔段"。共，在今河南辉县。　　［5］寤(wù)生：逆生，出生时脚先下，即难产。寤，通"牾"，逆，倒着。　　［6］亟(qì)：屡次。请：请求。　　［7］请制：指请求以制为封邑。制，地名。一名虎牢，又名成皋，原是东虢(guó)国属地。后东虢为郑武公所灭，遂为郑地。在今河南荥阳汜水西。　　［8］岩邑：险要的城邑。　　［9］虢叔：东虢国的国君。死焉：死在那里。他邑：其他城邑。唯命："唯命是从"的省略。　　［10］京：地名。在今河南荥阳东南。［11］祭(zhài)仲：郑国大夫，字足，又称"祭足"或"祭仲足"。　　［12］都：这里泛指一般城邑。城：指城墙。过：超过。雉：量词，古代城墙以长三丈、高一丈、宽一丈为一雉。　　［13］国之害也：将成为国家的祸害。　　［14］"先王"四句：按照先王规定的制度，大的都邑不超过国都的三分之一（即"百雉"），中等的不超过五分之一，小的不超过九分之一。国，指国都。这里"都"与"国"相对，指国都以外的其他城邑。参，同"三"。　　［15］不度：不合法度，即指不合先王的规定。　　［16］不堪：受不了。　　［17］辟：同"避"，避免。害：祸害。　　［18］何厌之有：哪有满足的时候。早为之所：早点给他安排个地方。滋蔓：这里指发展势力。难图：指难以对付。　　［19］自毙：自行倒下，即自取灭亡。　　［20］既而：不久。鄙：边邑。贰于己：使原属庄公的西、北边邑同时臣属于自己。贰，两属，指臣属二主。　　［21］公子吕：郑国大夫，字子封。国不堪贰：国家不能忍受臣属二主的现象。若之何：对它怎么办。事：侍奉，服侍，为……服务。无生民心：不要使人民生贰心。　　［22］无庸：用不着。庸，同"用"。将自及：指将会自及祸难，自取灭亡。　　［23］收贰以为己邑：指收两属之地为己有。廪(lǐn)延：郑地名，在今河南延津北。［24］厚：指土地广大。得众：指得民心。　　［25］不义：指对君不义。不昵(nì)：指对兄不亲。崩：崩溃，垮台。　　［26］完：修治城郭。聚：集结人马。

45

缮:整修。甲:盔甲。兵:兵器。具:准备。卒:步兵。乘:兵车。袭:偷袭,袭取。　[27]启:开。这里指开城门,作内应。　[28]帅:通"率",率领。二百乘:战车二百乘,计有甲士六百人,步卒一万四千多人。　[29]鄢(yān):地名,在今河南鄢陵北。一说"鄢"当作"邬","邬"为郑国之地。[30]五月辛丑:即隐公元年五月二十三日。古人以干支纪日。出奔:逃亡国外。　[31]书曰:指《春秋》经文的记述。郑伯:指郑庄公。春秋时有五等爵:公、侯、伯、子、男。郑国君属伯爵,故称郑伯。克:战胜。　[32]不弟:不像个弟弟。一说"弟"同"悌","不悌"即不合为弟之道。这以下几句是解释《春秋》经文的所谓"凡例"。这类文字有人认为是后人所加。　[33]郑志:郑伯的本意。即指郑伯处心积虑使共叔段"自及"祸难。　[34]不言出奔:指《春秋》不写他"出奔"。难之也:难以这样说啊。因为共叔段并非自愿"出奔"。一说"难之"是责难郑伯。　[35]置:安置。城颍(yǐng):郑地名,即临颍,在今河南临颍西北。誓之:对她发誓。黄泉:指人死后埋葬之处。[36]颍谷:郑国边邑,在今河南登封西南。封人:管理疆界的官吏。封,疆界。有献于公:指借贡献礼物的机会去见庄公。　[37]舍:放弃,不要。这里指放在一边不吃。　[38]羹:带汁的肉食。遗(wèi):赠与,送给。[39]繄(yī):句首语气词,无实义。　[40]何患焉:担忧什么呢?阙:通"掘",挖掘。及泉:直到见了泉水。　[41]隧:地道。这里指挖成隧道。[42]入:进入隧道。赋:赋诗。这里指诵读诗句。　[43]融融:和睦快乐的样子。　[44]泄泄(yì):与"融融"意义相近,快乐舒畅的样子。　[45]如初:即回复到当初那种母子关系,并非"和好如初"之意。　[46]君子:有道德修养的人。《左传》作者常假托"君子"发表评论,称"君子曰"。纯:真纯,纯正。　[47]施(yì):延、扩展。　[48]"孝子"二句:孝子的孝道无穷无尽,上天永远赐给你们幸福。《诗》,即《诗经》。其所引之句见《大雅·既醉》。匮(kuì):竭尽。锡,同"赐",赐予。　[49]"其是"句:说的大概就是这种情况吧。其,表推测、估计的副词。

曹 刿 论 战

【题解】　选自《左传》庄公十年,标题依普通选本。鲁庄公十年(前684),齐、鲁两国交战于长勺,结果鲁国以弱胜强。这便是历史上

46

著名的齐鲁长勺之战。本文通过战前之问、战时之况和战后之论的记述，清晰而完整地描写了此战的经过，生动地刻画了一个杰出的爱国者和军事家的形象。文章详略得当，短小精悍，是《左传》成功描写战争的一篇代表作。

　　十年春，齐师伐我[1]。公将战[2]。曹刿请见[3]。其乡人曰[4]："肉食者谋之，又何间焉[5]？"刿曰："肉食者鄙[6]，未能远谋。"乃入见。

　　问："何以战[7]？"公曰："衣食所安，弗敢专也[8]，必以分人。"对曰："小惠未遍，民弗从也。"公曰："牺牲玉帛，弗敢加也，必以信[9]。"对曰："小信未孚，神弗福也[10]。"公曰："小大之狱，虽不能察，必以情[11]。"对曰："忠之属也[12]，可以一战。战则请从。"

　　公与之乘，战于长勺[13]。公将鼓之[14]，刿曰："未可。"齐人三鼓，刿曰："可矣。"齐师败绩[15]。公将驰之[16]，刿曰："未可。"下视其辙，登轼而望之[17]，曰："可矣。"遂逐齐师。

　　既克，公问其故。对曰："夫战，勇气也[18]。一鼓作气，再而衰，三而竭[19]。彼竭我盈[20]，故克之。夫大国，难测也，惧有伏焉。吾视其辙乱，望其旗靡[21]，故逐之。"

【注释】　[1] 十年：即鲁庄公十年（前684）。齐师：齐国军队。伐：攻打。我：指鲁国。作者用的是鲁国史官的口气。　　[2] 公：指鲁庄公，鲁国君主，公元前693至前662年在位。　　[3] 曹刿（guì）：一作"曹沫"、"曹翙（huì）"，春秋时鲁国武士。相传齐君与鲁君相会于柯（在今山东阳谷东）时，他持剑随从，以武力劫持齐君订立盟约，逼迫齐君归还了侵占的鲁国土地。　　　[4]乡人:同乡人。　　　[5]肉食者:吃肉的人,指在位做官、享有丰厚俸禄的贵族。谋:策划,商量。又何间焉:又何必参与呢?　　　[6]鄙:浅陋,指目光短浅。　　　[7]何以战:依靠什么作战。　　　[8]衣食所安:即我所安享的衣食等物。弗敢专也:不敢独自享受。　　　[9]牺牲:祭祀时所用的牛、羊、猪。玉帛:玉器和丝织品。牺牲、玉帛都是古代祭祀礼神用的物品。弗敢加:意为不敢以小为大,以恶为美。必以信:一定要以诚实的态度对待。　　　[10]小信未孚:小小的诚实不能使神信服、感动。孚,为人信服。指由于祭祀者的“信”而产生的“感应”。福:保佑。　　　[11]小大之狱:大大小小的案件。察:指彻底查清。必以情:一定要按照实情处理。情,指真实情况。　　　[12]忠之属也:这是属于尽心竭诚为百姓办事的行为。　　　[13]公与之乘:庄公与曹刿同乘一辆兵车。长勺(sháo):鲁地名,在今山东莱芜东北。　　　[14]鼓之:擂响战鼓发动进攻。　　　[15]败绩:大败。“绩”通“迹”,凡循道而行叫“迹”,“败绩”即“败迹”,指车不能循迹而行。春秋时代战争以车战为主,战争中兵车垮了是最大的败仗,故“败绩”即“大败”之意。[16]驰:驱驰车马追击。之:指代“齐师”。　　　[17]辙(zhé):车辙,即车轮碾过的痕迹。轼(shì):古代车厢前用作扶手的横木。　　　[18]夫(fú):语气词。放在句首,表示将发议论。　　　[19]一鼓:擂第一通战鼓。作:振作,兴起。气:士气。再:第二次。“再”下省略“鼓”字。衰:衰落,衰退。“衰”前省略“气”字。竭:完,尽。　　　[20]盈:满。此指士气旺盛。　　　[21]靡:倒下。

齐伐楚盟于召陵

【题解】　选自《左传》僖公四年,标题依普通选本。鲁僖公四年(前656),齐桓公为了建立霸业,亲率齐、鲁、宋、卫、郑、许、曹、陈八国军队南下攻打楚国。当时地广兵强、雄踞南方的楚国毫不示弱,与之展开了针锋相对的斗争,终于迫使齐国讲和,会盟于召陵。本文记述了齐楚两国这场斗争的一些片段,着重描写了楚国使者不卑不亢、有理有节的斗争艺术和善于应对、义正辞严的特色。文章波澜迭起,所记外交辞令言简意深,委婉有力。

48

四年春[1]，齐侯以诸侯之师侵蔡[2]，蔡溃，遂伐楚[3]。楚子使与师言曰[4]："君处北海[5]，寡人处南海[6]，唯是风马牛不相及也[7]。不虞君之涉吾地也[8]，何故？"管仲对曰[9]："昔召康公命我先君太公曰[10]：五侯九伯[11]，女实征之[12]，以夹辅周室。赐我先君履[13]，东至于海[14]，西至于河[15]，南至于穆陵[16]，北至于无棣[17]。尔贡包茅不入[18]，王祭不共[19]，无以缩酒，寡人是徵[20]。昭王南征而不复[21]，寡人是问。"对曰："贡之不入，寡君之罪也，敢不共给。昭王之不复，君其问诸水滨[22]！"师进，次于陉[23]。

夏，楚子使屈完如师[24]。师退，次于召陵[25]。齐侯陈诸侯之师[26]，与屈完乘而观之。齐侯曰："岂不穀是为？先君之好是继[27]。与不穀同好[28]，如何？"对曰："君惠徼福于敝邑之社稷[29]，辱收寡君，寡君之愿也[30]。"齐侯曰："以此众战，谁能御之？以此攻城，何城不克？"对曰："君若以德绥诸侯[31]，谁敢不服？君若以力，楚国方城以为城，汉水以为池[32]，虽众，无所用之。"

屈完及诸侯盟。

【注释】　[1] 四年春：指鲁僖公四年(前656)春季。　　[2] 齐侯：指齐桓公(？—前643)，姜姓，名小白。公元前685至前643年在位，为春秋时第一个霸主。齐为侯爵之国，故其国君称齐侯。诸侯之师：指鲁、宋、陈、卫、郑等国军队。侵：不宣而战，即进攻。蔡：国名，在今河南汝南、上蔡、新蔡等地。蔡是楚的盟国。　　[3] 溃：溃败，瓦解。遂伐楚：于是攻打楚国。楚，国名。地域在今湖北、湖南、安徽一带。当时国都在郢(今湖北江陵)。　　[4] 楚子：指楚成王，公元前671至前626年在位。楚为子爵之国，故称楚子。[5] 北海：泛指北方边远地区。一说古人称渤海为北海，齐临渤海。　　[6] 南海：泛指南方边远地区。楚之领域未到南海，此与"北海"对举，表示齐、楚二

49

国相距很远。　　[7] 唯：语气词,无实义。是：此。风马牛不相及：此言两国相距遥远,放牧马牛即使走失,也不会误入对方境内。一说"风"指雌雄相诱。　　[8] 不虞：不料。涉：进入,到。　　[9] 管仲：即管敬仲,名夷吾,字仲,颍上(颍水之滨)人。春秋初期著名政治家,辅佐齐桓公进行改革,使齐国力大振,成为霸主。　　[10] 召(shào)康公：即召公,周文王庶子,名奭(shì)。封于召(今陕西岐山西南),故称召公。康是谥号。与周公同为周王室世卿,曾辅佐武王灭商。太公：即吕尚,姜姓,吕氏,名望,一说字子牙。西周初年官太师,又称师尚父。俗称姜太公。辅佐武王灭商有功,封于齐,为齐国始祖。　　[11] 五侯：指公、侯、伯、子、男五等诸侯。九伯：九州之长。这里泛指所有的诸侯。　　[12] 女：同"汝"。实：通"是",为命令兼期望之语气词,无实义。征：讨伐。　　[13] 履(lǚ)：鞋。引申为足迹所至,即权力管辖范围。　　[14] 海：泛指东部大海,包括渤海、黄海。　　[15] 河：黄河。当时黄河与今之河道不同,流经齐国西境。　　[16] 穆陵：即穆陵关,在今山东临朐东南大岘山上。山谷峻狭,称为"齐南天险"。　　[17] 无棣：齐地名,在今山东无棣一带。　　[18] 尔：指楚王。贡：进贡。包：裹束成捆。茅：菁茅。菁茅为楚国特产,应向周王进贡,供祭祀用。不入：指没有进贡。　　[19] 王：指周王。共：通"供",供应。　　[20] 缩酒：祭祀时以茅滤去酒糟。楚国不向周王进贡苞茅,无法滤去酒糟,周王的祭祀供应不上,故以此向楚问罪。徵：追究,这里有问罪之意。　　[21] 昭王：周昭王,成王之孙,康王之子,名瑕。晚年荒于国政,巡狩南方,渡汉水时,卒于江上。据《帝王世纪》说,是当地船民以胶粘之船让其乘坐,船至中流,胶化而船解体,昭王及其从臣祭公等都淹死了。征：出征,远行。此指巡狩。复：返回。　　[22] 君其问诸水滨：您请到水边去问吧。意思是对于昭王的淹死,楚国不负责任。
[23] 次：进驻。陉(xíng)：山名,在今河南漯河东。　　[24] 使：派。屈完：楚大夫。如师：到军营去。如,到……去。　　[25] 召陵：楚地名,在今河南郾城东。　　[26] 陈：陈列。此言齐桓公将诸侯军队摆成阵势,炫耀武力,向楚国示威。　　[27] 不穀：不善,国君自称的谦词。"先君"句：这只是为了继承先君的友好关系罢了。　　[28] "与不穀"句：跟我友好吧。
[29] "君惠"句：承蒙您的恩惠,为我们的国家求福。徵(yāo),通"邀"。求,求取。敝邑,对自己国家的谦称。社稷,社为土地神,稷为谷神。祭祀社稷的地方也称社稷。当时建立国家,必立社稷,故社稷成为国家的象征。

50

[30] 辱:谦词。指使对方受屈辱了。收:收容,接纳。寡君:臣子对别国人谦称自己的国君。　　[31] 绥:安抚。　　[32] 方城:春秋时楚国所筑长城。北起今河南方城北,南至今泌阳东北。楚恃之以守卫其北境。此言楚国将以方城作为城墙,以汉水作为护城河,坚决抵抗。

宫之奇谏假道

【题解】　选自《左传》僖公五年,标题依普通选本。春秋乱世,列国兼并。强凌弱,众暴寡,屡见不鲜。春秋初期,晋献公建都绛,开始兼并。鲁僖公二年(前 658),晋曾向虞国借道,进攻虢国;鲁僖公五年(前 655),晋再向虞国借道,灭虢之后复灭虞。本文记述了虞国大夫宫之奇在晋国第二次向虞国借道时对虞公的谏诤。他以清醒的政治头脑和敏锐的眼光,指出许晋借道必将给虞带来灭国之祸;并以透辟的分析,批驳了虞公的宗族观念和神权思想,表现出一位政治家的深谋远虑。

　　晋侯复假道于虞以伐虢[1]。宫之奇谏曰[2]:“虢,虞之表也[3]。虢亡,虞必从之。晋不可启,寇不可玩,一之谓甚[4],其可再乎?谚所谓‘辅车相依,唇亡齿寒’者[5],其虞、虢之谓也。”

　　公曰:“晋,吾宗也[6],岂害我哉?”对曰:“大伯、虞仲,大王之昭也[7]。大伯不从,是以不嗣[8]。虢仲、虢叔,王季之穆也[9],为文王卿士[10],勋在王室,藏于盟府[11]。将虢是灭,何爱于虞[12]?且虞能亲于桓、庄乎,其爱之也[13]?桓、庄之族何罪,而以为戮,不唯逼乎[14]?亲以宠逼,犹尚害之,况以国乎[15]?”

　　公曰:“吾享祀丰洁,神必据我[16]。”对曰:“臣闻之,鬼

51

神非人实亲,惟德是依[17]。故《周书》曰:'皇天无亲,惟德是辅[18]。'又曰:'黍稷非馨,明德惟馨[19]。'又曰:'民不易物,惟德繄物[20]。'如是,则非德民不和、神不享矣。神所冯依[21],将在德矣。若晋取虞而明德以荐馨香,神其吐之乎[22]?"

弗听,许晋使。宫之奇以其族行[23],曰:"虞不腊矣。在此行也,晋不更举矣[24]。"……冬十二月,丙子朔,晋灭虢。虢公丑奔京师。师还,馆于虞[25],遂袭虞,灭之,执虞公[26]。

【注释】 [1] 晋侯:指晋献公,公元前676—前651年在位。当时晋国都于绛(今山西翼城东)。假道:借道,借路。虞:国名,在今山西平陆北。虢(guó):国名,这里指的是北虢,占有今河南三门峡和山西平陆一带。 [2] 宫之奇:虞大夫。一作"宫奇"。 [3] 表:外面。此指外面的屏障。 [4] 晋不可启:切不可开启晋国的贪心。启,开。寇不可玩:对入侵者切不可疏忽大意。玩,忽视,疏忽。一之谓甚:一次已经是很严重了。谓,通"为"。 [5] 辅:面颊。车:牙车,即牙床骨。相依:二者紧相依靠。唇亡齿寒:唇在外,齿在内,唇亡则齿寒。 [6] 宗:同宗,同一祖先。晋、虞都是姬姓的诸侯国。 [7] 大(tài)伯:一作"泰伯",周代吴国的始祖。周太王长子。虞仲:又叫仲雍、吴仲,周太王次子,泰伯之弟。大(tài)王:即周太王,周朝的先王,名古公亶(dǎn)父。昭:与下文的"穆"都是指宗庙里神主的位次。古代宗庙之制,始祖的神位居中,子孙分列左右。子在左,称"昭";子之子在右,称"穆"。如此父子异列,祖孙同列。周以太王为始祖,其子三人泰伯、虞仲、王季均为"昭"。 [8] "大伯"二句:太伯不从太王之命,因此没有继承王位。事实是太王欲立幼子王季,太伯与弟虞仲同避江南。嗣(sì):继承。 [9] 虢仲、虢叔:都是王季之子,封于虢。王季为昭,其子虢仲、虢叔为穆。 [10] 文王:周文王,王季之子。卿士:又作"卿事"、"卿史",周王室的执政大臣。
[11] "勋在"二句:他们对王室有特殊的功劳,受封的典策还藏在盟府。勋,功勋。盟府,掌管盟约、典策的官府。 [12] "将虢"二句:既然连虢国都

要灭掉,对虞国又怎么会爱惜呢？　　　[13]"且虞"二句:况且他对虞国还能比对桓叔、庄伯的后代更亲么？桓、庄,即桓叔、庄伯,晋献公的曾祖和祖父。[14]"桓庄"三句:桓叔、庄伯的后代有什么罪呢,竟然成了杀戮的对象,还不是因为他们逼近晋国构成威胁了吗？逼,迫近而构成威胁。　　　[15]亲以宠:即亲而宠,指亲族之间关系非同一般。　　　[16]丰洁:指祭品丰盛洁净。据:安。这里有保佑的意思。　　　[17]实:通"是"。　　　[18]"皇天"二句:上天没有私亲,只辅助有德行的人。　　　[19]"黍稷"二句:祭祀的黍稷不算芳香,只有德行高尚的人献上的才算芳香。馨,散布很远的香气。　　　[20]"民不"二句:人们进献的祭品相似,不必变更,只有德行才是神真正看重的物品。易,变更,改易。繄(yì),语气词,无实义。　　　[21]冯(píng):通"凭"。[22]荐:献,进。　　　[23]"弗听"二句:指虞公不听宫之奇的谏诤,答应了晋国使者借道的要求。以其族行:带领全家族的人逃走。　　　[24]腊:岁终祭神。　　　[25]馆:住在宾馆、客舍里,此指驻扎。　　　[26]执:捉拿,抓住。

晋公子重耳之亡

【题解】　选自《左传》僖公二十三年、二十四年,标题依普通选本。重耳(前697—前628),晋献公之子,即后来成为春秋五霸之一的晋文公。鲁僖公四年(前656),晋献公听信骊姬的谮言,迫害太子申生,申生自缢而死。骊姬又谮害他的两个异母弟重耳和夷吾,致使二人逃亡。本文记述重耳从出亡到回国夺取政权的经历,揭示了春秋时期诸侯贵族家庭内部的矛盾,描写了从亡诸臣与重耳的关系和所起的作用,反映了出亡各国统治集团的矛盾斗争,内容非常深刻。文章叙事简要,脉络清楚。特别是把重耳摆在矛盾斗争的漩涡之中,写他备尝艰难困苦,经受种种磨炼,最后在斗争中成长起来,终成大业。

　　晋公子重耳之及于难也,晋人伐诸蒲城[1]。蒲城人欲战，重耳不可，曰："保君父之命而享其生禄，于是乎得人[2]。有人而校，罪莫大焉。吾其奔也[3]。"遂奔狄[4]。从者狐偃、赵衰、颠颉、魏武子、司空季子[5]。狄人伐廧咎如，获其二女叔隗、季隗，纳诸公子[6]。公子取季隗，生伯鯈、叔刘；以叔隗妻赵衰[7]，生盾。将适齐，谓季隗曰："待我二十五年，不来而后嫁。"对曰："我二十五年矣，又如是而嫁，则就木焉[8]。请待子。"处狄十二年而行。

过卫，卫文公不礼焉[9]。出于五鹿，乞食于野人，野人与之块[10]。公子怒，欲鞭之。子犯曰："天赐也[11]。"稽首，受而载之[12]。

及齐，齐桓公妻之，有马二十乘[13]，公子安之。从者以为不可。将行，谋于桑下[14]。蚕妾在其上，以告姜氏[15]。姜氏杀之[16]，而谓公子曰："子有四方之志[17]，其闻之者，吾杀之矣。"公子曰："无之。"姜曰："行也！怀与安，实败名[18]。"公子不可。姜与子犯谋，醉而遣之[19]。醒，以戈逐子犯[20]。

及曹，曹共公闻其骈胁，欲观其裸[21]。浴，薄而观之[22]。僖负羁之妻曰[23]："吾观晋公子之从者，皆足以相国[24]。若以相，夫子必反其国[25]。反其国，必得志于诸侯。得志于诸侯而诛无礼[26]，曹其首也。子盍早自贰焉[27]。"乃馈盘飧，置璧焉[28]。公子受飧反璧[29]。

及宋，宋襄公赠之以马二十乘[30]。

及郑，郑文公亦不礼焉[31]。叔詹谏曰[32]："臣闻天之所启[33]，人弗及也。晋公子有三焉[34]。天其或者将建诸[35]，君其礼焉。男女同姓，其生不蕃[36]。晋公子，姬出

54

也,而至于今[37],一也;离外之患,而天不靖晋国,殆将启之[38],二也;有三士足以上人,而从之[39],三也。晋、郑同侪,其过子弟[40],固将礼焉,况天之所启乎?"弗听。

及楚,楚子飨之[41],曰:"公子若反晋国,则何以报不穀[42]?"对曰:"子女玉帛,则君有之;羽毛齿革[43],则君地生焉。其波及晋国者,君之余也[44]。其何以报君?"曰:"虽然,何以报我?"对曰:"若以君之灵[45],得反晋国,晋、楚治兵,遇于中原,其辟君三舍[46]。若不获命,其左执鞭弭,右属櫜鞬,以与君周旋[47]。"子玉请杀之[48]。楚子曰:"晋公子广而俭,文而有礼[49];其从者肃而宽,忠而能力[50]。晋侯无亲,外内恶之[51]。吾闻姬姓,唐叔之后,其后衰者也,其将由晋公子乎[52]?天将兴之,谁能废之?违天必有大咎。"乃送诸秦。

秦伯纳女五人,怀嬴与焉[53]。奉匜沃盥,既而挥之[54]。怒曰:"秦、晋匹也,何以卑我[55]?"公子惧,降服而囚[56]。他日,公享之[57]。子犯曰:"吾不如衰之文也[58],请使衰从。"公子赋《河水》[59],公赋《六月》[60]。赵衰曰:"重耳拜赐[61]。"公子降拜稽首,公降一级而辞焉[62]。衰曰:"君称所以佐天子者命重耳[63],重耳敢不拜!"

二十四年春,王正月,秦伯纳之[64]。不书,不告入也[65]。及河,子犯以璧授公子,曰:"臣负羁绁从君巡于天下[66],臣之罪甚多矣。臣犹知之,而况君乎?请由此亡[67]。"公子曰:"所不与舅氏同心者,有如白水[68]。"投其璧于河。济河,围令狐,入桑泉,取臼衰[69]。

二月甲午,晋师军于庐柳[70]。秦伯使公子絷如晋师[71]，师退，军于郇[72]。辛丑，狐偃及秦、晋之大夫盟于郇[73]。壬寅，公子入于晋师。丙午，入于曲沃[74]。丁未，朝于武宫[75]。戊申，使杀怀公于高梁[76]。不书，亦不告也。

吕、郤畏偪[77]，将焚公宫而弑晋侯[78]。寺人披请见，公使让之，且辞焉[79]。曰："蒲城之役，君命一宿，女即至[80]。其后余从狄君以田渭滨，女为惠公来求杀余。命女三宿，女中宿至[81]。虽有君命，何其速也。夫袪犹在[82]，女其行乎！"对曰："臣谓君之入也，其知之矣。若犹未也，又将及难[83]。君命无二[84]，古之制也。除君之恶，唯力是视[85]。蒲人、狄人，余何有焉[86]。今君即位，其无蒲、狄乎[87]？齐桓公置射钩而使管仲相[88]，君若易之，何辱命焉[89]？行者甚众，岂唯刑臣[90]？"公见之，以难告[91]。三月，晋侯潜会秦伯于王城[92]。己丑晦[93]，公宫火，瑕甥、郤芮不获公，乃如河上，秦伯诱而杀之。晋侯逆夫人嬴氏以归[94]，秦伯送卫于晋三千人，实纪纲之仆[95]。

初，晋侯之竖头须，守藏者也[96]。其出也，窃藏以逃，尽用以求纳之[97]。及入，求见，公辞焉以沐[98]。谓仆人曰："沐则心覆，心覆则图反，宜吾不得见也[99]。居者为社稷之守，行者为羁绁之仆[100]，其亦可也，何必罪居者[101]！国君而仇匹夫，惧者甚众矣。"仆人以告，公遽见之[102]。

狄人归季隗于晋，而请其二子[103]。文公妻赵衰[104]，生原同、屏括、楼婴。赵姬请逆盾与其母[105]，子余辞。姬曰："得宠而忘旧，何以使人？必逆之。"固请，许之。来，以盾为才，固请于公，以为嫡子，而使其三子下之[106]。以

56

叔隗为内子[107]，而己下之。

晋侯赏从亡者，介之推不言禄，禄亦弗及[108]。推曰："献公之子九人，唯君在矣。惠、怀无亲，外内弃之。天未绝晋，必将有主。主晋祀者[109]，非君而谁？天实置之，而二三子以为己力，不亦诬乎[110]？窃人之财，犹谓之盗，况贪天之功[111]，以为己力乎？下义其罪，上赏其奸，上下相蒙[112]，难与处矣。"其母曰："盍亦求之，以死谁怼[113]！"对曰："尤而效之，罪又甚焉[114]。且出怨言，不食其食[115]。"其母曰："亦使知之若何？"对曰："言，身之文也，身将隐，焉用文之？是求显也[116]。"其母曰："能如是乎？与女偕隐。"遂隐而死。晋侯求之，不获，以绵上为之田[117]，曰："以志吾过，且旌善人[118]。"

【注释】 [1] 及于难：指晋太子申生之难。鲁僖公四年（前656），晋献公听信骊姬的谮言，逼迫太子申生自缢而死。申生异母弟重耳、夷吾也同时出奔。重耳出奔蒲城。蒲城：在今山西隰县西北。 [2] 保：倚仗。生禄：养生的禄邑，指从封地中取得生活资料。 [3] 校：同"较"，较量，对抗。 [4] 狄：古代中国北方的部族，散处于晋国诸侯国之间。 [5] 狐偃：晋大夫，字子犯，重耳的舅父。赵衰（cuī）：字子余，重耳回国后，任晋国的卿。颠颉：晋大夫。魏武子：名犨（chōu），晋大夫。司空季子：名胥臣，字季子，晋大夫。[6] 廧咎（qiáng gāo）如：赤狄的支属，隗（wěi）姓。纳：送交。 [7] 取：同"娶"。儵（yóu）：人名。 [8] 就木：进棺材。此言自己将老死，不能再嫁。 [9] 卫文公：卫国的君主。 [10] 五鹿：卫地，在今河南濮阳东北。块：土地。 [11] 天赐：土块象征土地，是得到国土的预兆，所以说是上天所赐。 [12] 稽（qǐ）首：古时的一种礼节，头抵地，为时甚久，是九拜中最恭敬的。受而载之：收下土块，装在车上。 [13] 妻之：指齐桓公把宗女嫁给重耳为妻，即下文所称"姜氏"。有马二十乘：即有八十匹马。[14] 将行：将要离齐而去。 [15] 蚕妾：采桑养蚕的女奴。 [16] 姜

57

氏杀之：姜氏杀了蚕妾。　　　　[17] 四方之志：指远大的志向。　　　　[18] 怀：指怀恋妻室。安：指安于现状。　　　　[19] 醉而遣之：将重耳灌醉后打发他上路。　　　　[20] 以戈逐子犯：重耳本不想离开齐国，以为这是狐偃做的手脚，所以生气地持戈追打。　　　　[21] 曹共公：曹国君主。骈胁(pián xié)：腋下肋骨相连成一块。　　　　[22] 薄：迫近。此言当重耳洗澡时，曹共公竟凑近去看。这是非常无礼的行为。　　　　[23] 僖负羁：曹国大夫。　　　　[24] 相国：做辅佐国君治理国政的大臣。　　　　[25] 若以相：如果用他们作辅助。相，辅助，辅佐。夫子：那个人，指重耳。　　　　[26] 诛无礼：讨伐对他无礼的国家。　　　　[27] 盍：何不。贰：不一致。　　　　[28] 馈：赠送。盘飧(sūn)：一盘饭食。置璧焉：在"盘飧"中藏着玉璧。春秋时代，大夫不能私自与别国人交往，置璧于盘飧中是为了不让他人发现。　　　　[29] 受飧：接受了食物(表示领情)。反璧：退回玉璧(表示不贪)。　　　　[30] 宋襄公：宋国的君主。[31] 郑文公：郑国的君主。　　　　[32] 叔詹：郑国大夫。　　　　[33] 天之所启：指重耳是上天所开导、赞助的人。　　　　[34] 有三焉：这里指重耳有三项特殊情况。　　　　[35] "天其"句：上天或者将要立他(为国君)吧？诸："之乎"二字的合音字。　　　　[36] "男女"二句：夫妻同姓，血统相近，子孙必不蕃盛。[37] "晋公子"三句：重耳的母亲是大戎狐姬，与晋同是姬姓，重耳居然至今还健康地活着。　　　　[38] 离：同"罹(lí)"，遭遇。靖：安定。　　　　[39] 三士：据《国语》，"三士"指狐偃、赵衰、贾佗。上人：胜过一般人。　　　　[40] 同侪(chái)：同辈，同等地位。其过子弟：那路过郑国的晋国子弟。　　　　[41] 楚子：指楚成王。飨(xiǎng)：用酒食款待。　　　　[42] 报：报答。不穀：不善，诸侯的谦称。　　　　[43] 羽毛齿革：指鸟羽、兽毛、象牙、犀牛皮等物。　　　　[44] 波及：流及。　　　　[45] 以君之灵：托您的福。　　　　[46] 辟：同"避"。舍：三十里为一舍。　　　　[47] 若不获命：如果还得不到您撤退军队的命令。指楚军继续进攻。弭：没有装饰的弓。櫜(gāo)鞬(jiàn)：装弓箭的口袋。周旋：较量。　　　　[48] 子玉：楚国令尹(丞相)成得臣，字子玉。　　　　[49] 广而俭：志向远大而生活俭约。文而有礼：有文采才华而合乎礼仪。　　　　[50] 肃而宽：严肃而宽厚。　　　　[51] 晋侯：指晋惠公。无亲：没有亲近的人。指内外关系恶劣。[52] 姬姓：指姬姓诸侯国。唐叔：周成王之弟，封于唐。其子改国号为晋。后衰：最后衰亡，言其国运长久。当时预言谓姬姓诸侯国中，唐叔之后的晋国是最后衰亡的。其将由晋公子乎：这大概将由重耳来实现晋国的

58

复兴吧！　　[53]纳女五人：送给五个女子。怀嬴：秦穆公之女，曾嫁给晋怀公（惠公之子圉）。秦是嬴姓，故称怀嬴。与焉：在其中。　　[54]奉：同"捧"。匜(yí)：盛水器。沃(wò)：浇水。盥(guàn)：洗手。既：完毕。挥之：挥手使去。　　[55]怒曰：主语是怀嬴。匹：同等，相当。卑：轻视。　　[56]降服而囚：脱去上衣，作囚犯的样子，表示谢罪。　　[57]公：指秦穆公。享之：设宴款待重耳。　　[58]文：指言谈有文采，善于辞令。　　[59]赋：即赋诗言志。春秋中期外交宴会中，指定篇名，让乐工演奏，称为赋诗；以借诗中之意表达自己的心意，此即言志。《河水》：《国语》韦昭注说，《河水》应为《沔水》，字形相似而误。《沔水》是《诗经·小雅》中的一篇。其首二句为"沔彼流水，朝宗于海"，意为"盈盈流水归向大海"。重耳借此表示对秦的尊敬。　　[60]《六月》：《诗经·小雅》中的一篇。此诗歌颂尹吉甫佐周宣王北伐获胜。秦穆公借此喻重耳将归国辅佐周天子建功业，使晋国中兴。　　[61]拜赐：拜谢秦穆公赋诗表示的好意。[62]公降一级：秦穆公下阶一级，表示不敢接受。降，下阶，表示恭敬。[63]"君称"句：您用尹吉甫辅佐天子的事教导重耳。　　[64]二十四年：即鲁僖公二十四年(前636)。王正月：即周历正月。王，指周天子。秦伯纳之：指秦穆公派兵把重耳送回晋国。　　[65]不书：指《春秋》经文没有记载。不告人也：因为秦、晋都没有正式报告鲁国。　　[66]羁(jī)：马笼头。绁(xiè)：马缰绳。　　[67]亡：指分手走开。　　[68]"所不"二句：此写重耳指河水发誓。大意是说：我如果不与舅父同心同德，请河神为证。　　[69]济河：渡过黄河。令狐、桑泉：地名。均在今山西临猗(yī)西。臼衰(cuī)：地名。在今山西临猗南。[70]甲午：干支纪日。此"甲午"为四日。下文的"辛丑"为十一日，"壬寅"为十二日，"丙午"为十六日，"丁未"为十七日，"戊申"为十八日。晋师：指晋怀公的军队。怀公派军队阻止重耳回国。庐柳：地名，在今山西临猗境内。　　[71]公子絷：秦国公子。　　[72]郇(xún)：地名，在今山西临猗西南。　　[73]盟于郇：在郇地订立三方盟约。　　[74]曲沃：地名，在今山西闻喜东北。　　[75]武宫：重耳祖父晋武公的神庙。　　[76]高梁：地名，在今山西临汾东。　　[77]吕：吕甥。封邑在瑕，又称瑕甥。郤：郤芮(xì ruì)。畏偪：害怕受到重耳的迫害。偪，同"逼"。　　[78]公宫：晋侯的宫室。弑(shì)：封建社会里下杀上称"弑"。晋侯：即重耳。此后又称晋文公。　　[79]寺人披：寺人即阉人，名披，曾奉献公命至蒲城杀重耳。让：责备。　　[80]"君命"二句：献公命你一夜之后到达，你当日就赶到了。　　[81]田：打猎。　　[82]袪(qū)：衣

59

袖。此指那只被寺人披砍断的衣袖。　　[83]"臣谓"四句:我以为您回国为君后,已经懂得为君之道了。如果还没有懂得,恐怕又将遇到祸难。[84]君命无二:执行君主的命令,不能有二心。　　[85]唯力是视:只看自己力量如何。　　[86]"蒲人"二句:管他什么蒲人、狄人,对我有什么关系呢。重耳出亡时,先在蒲,后在狄。此言只知君命,不计其他。　　[87]"其无"句:难道就没有如当年您在蒲、狄那样的反对者吗?　　[88]置射钩:把射钩的事放在一边不予计较。齐桓公当年与公子纠争位,管仲效命于公子纠,射中了桓公(时为公子小白)衣上的带钩。后桓公不记前仇,任用管仲为相,终成霸业。寺人披以此自辩并启发重耳。　　[89]"君若"二句:您若是和桓公的作法不同,我会自己走开,无须屈辱您下命令。　　[90]"行者"二句:惧罪出行的人还有很多,岂只我呢! 刑臣,受过刑的臣,寺人披为阉人,故自称"刑臣"。　　[91]难:指吕、郤纵火焚宫的阴谋。　　[92]潜会:秘密地会见。王城:在今陕西朝邑东。　　[93]己丑晦:(三月)二十九日。晦,月终之日。　　[94]逆:迎接。　　[95]卫:卫兵。纪纲之仆:负责管理的得力仆人。　　[96]竖:小臣,指未成年的小吏。头须:小臣之名。守藏(zàng)者:看守仓库的人。　　[97]其出也:指重耳出亡时。窃藏以逃:偷了仓库里的财物逃走。尽用以求纳之:把偷出的财物全用来求得接纳重耳回国。　　[98]"公辞"句:文公以洗头为借口,推辞不见。　　[99]覆:翻转,倒过来。图:意图。宜:该当。　　[100]"居者"二句:留在国内的人是国家的守卫,跟随出亡的人是仆役。头须以"居者"自指。　　[101]罪:怪罪。　　[102]遽(jù):立刻。　　[103]归:送回。请其二子:指请示如何安置季隗所生的伯儵、叔刘二子。　　[104]"文公"句:重耳把自己的女儿嫁给赵衰。　　[105]"赵姬"句:重耳之女赵姬请求迎接赵盾和他的母亲叔隗回晋国。　　[106]来:主语是叔隗和赵盾。以盾为才:主语是赵姬。赵姬认为赵盾有才。固:坚持。嫡子:正妻所生的儿子。使其三子下之:让她自己生的三个儿子居于赵盾之下。即以赵盾为嫡长子。　　[107]内子:嫡妻。　　[108]介之推:重耳的从亡之臣,姓介,名推,"之"是语助词。[109]主晋祀者:主持晋国祭祀的人,指作晋国国君。　　[110]置:立。二三子:指从亡者。诬:欺骗。　　[111]贪:通"探",夺取。　　[112]"下义"三句:臣下把罪过当作合理,主上对奸诈加以赏赐,上下相互欺骗。[113]憝(duì):怨恨。　　[114]尤:指责。　　[115]"且出"二句:况且我

60

口出怨言,不应当食其俸禄。　　[116] 言,身之文也:言语是自身的文饰。求显:求其显扬。　　[117]"以绵"句:将绵上作为介之推的祭田。绵上,地名,在今山西介休南介山之下。　　[118] 志:标志。旌:表彰。

烛之武退秦师

【题解】　选自《左传》僖公三十年,标题依普通选本。鲁僖公三十年(前630),秦晋联军围攻郑国,兵临城下,郑国危在旦夕。郑大夫烛之武受命于危难之际,只身夜出围城,亲赴敌营说服秦穆公撤兵。本文刻画了一个勇救国难、能言善辩的爱国老臣的形象。烛之武善于利用秦、晋之间的矛盾,晓以利害,终于使秦穆公心悦诚服,不仅撤兵回国,而且派兵助郑御晋。秦、晋联军被分化,郑国之危得以解除。

　　晋侯、秦伯围郑[1],以其无礼于晋[2],且贰于楚也[3]。晋军函陵,秦军氾南[4]。佚之狐言于郑伯曰[5]:"国危矣!若使烛之武见秦君,师必退。"公从之。辞曰:"臣之壮也,犹不如人;今老矣,无能为也已。"公曰:"吾不能早用子,今急而求子,是寡人之过也。然郑亡,子亦有不利焉!"许之。

　　夜缒而出[6]。见秦伯曰:"秦、晋围郑,郑既知亡矣。若亡郑而有益于君,敢以烦执事[7]。越国以鄙远,君知其难也[8]。焉用亡郑以陪邻[9]?邻之厚,君之薄也[10]。若舍郑以为东道主,行李之往来,共其乏困[11],君亦无所害。且君尝为晋君赐矣[12]。许君焦、瑕[13],朝济而夕设版焉[14],君之所知也。夫晋何厌之有?既东封郑,又欲肆其西封[15]。若不阙秦,将焉取之[16]?阙秦以利晋,唯君图之[17]。"

秦伯说[18]，与郑人盟，使杞子、逢孙、扬孙戍之[19]，乃还。子犯请击之[20]，公曰[21]："不可。微夫人之力不及此[22]。因人之力而敝之[23]，不仁；失其所与，不知[24]；以乱易整，不武[25]。吾其还也。"亦去之。

【注释】 [1] 晋侯：晋文公，即重耳。秦伯：秦穆公。 [2] 无礼于晋：指晋文公重耳出亡时过郑，郑文公没有以礼相待。 [3] 贰于楚：指亲附楚国。鲁僖公二十八年，晋、楚城濮之战前，郑文公曾以军队援助楚国，对抗晋国。贰，怀有二心。 [4] 函陵：郑地名，在今河南新郑北。氾(fàn)南：氾水之南。这里指东氾水，在今河南中牟南，此水早已干涸。 [5] 佚(yì)之狐：郑大夫。之，语助词。介于姓、名之间，构成姓名的一部分。"烛之武"亦如此。郑伯：指郑文公，公元前 672 至前 628 年在位。 [6] 缒(zhuì)：用绳子系住身体，从上面吊下去。 [7] 执事：指左右侍从。这里实指秦穆公本人。 [8] "越国"二句：越过晋国而将遥远的郑国作为秦国的边境（意指秦灭郑），您知道这是很难办的。越，越过。鄙，边境。 [9] 陪：增益，增加。邻：邻国，指晋国。 [10] "邻之"二句：邻国（晋）的实力增强了，您（秦）的实力就相对削弱了。 [11] 舍：放弃。东道主：东路上的主人。郑在秦之东，可以招待过往的秦国使者，故称。行李：也作"行理"，即外交使者。共：同"供"，供给。乏：行而无资。困：居而无食。 [12] 赐：恩惠。指当初秦国曾支持晋惠公、晋文公取得君位之事。 [13] 焦、瑕：晋国二邑名。焦邑故址在今河南三门峡市附近。瑕邑故址在今河南灵宝西。 [14] 济：渡河。指晋惠公渡河归国。设版：指筑城建防御工事。 [15] 封：疆界。这里用作动词，即以……为疆界。肆：扩张。 [16] "若不"二句：如不损害秦国，又到哪里去取得土地呢？阙，损害。 [17] 唯君图之：请您好好考虑这件事吧。 [18] 说(yuè)：同"悦"。 [19] 杞(qǐ)子、逢(páng)孙、扬孙：都是秦国大夫。戍：守卫。之：代词，指郑国。 [20] 子犯：晋大夫狐偃，字子犯。之：代词，指代秦国。 [21] 公：指晋文公。 [22] "微夫"句：没有这个人的帮助，我也到不了今天。微，无。夫，指示代

62

词,这个。 　　[23]"因人"句:依靠人家的帮助,反而去损害人家。敝,损害。 　　[24]所与:所结交者,即同盟者。知:同"智"。 　　[25]乱:这里指分裂混乱。易:代替。整:这里指联盟。武:指英武、威武。

秦晋殽之战

【题解】 选自《左传》僖公三十二年、三十三年,标题依普通选本。鲁僖公三十二年(前628)晋文公死,次年,秦穆公举兵袭郑,晋败秦师于殽。本文依次记叙了蹇叔哭师、秦师骄狂、弦高犒师、晋伐秦师、败秦于殽等精彩情节,揭示了秦败晋胜的原因,突出谴责了秦穆公的"劳师以袭远"、"以贪勤民"。作者描写战争并不拘泥于对场面的正面渲染,而主要着眼于对胜负的政治分析,显示了历史家非凡的政治眼光。本文刻画人物,个性鲜明,主要通过语言、动作和引人入胜的细节描写,简练而传神地表现人物的性格特征。

冬,晋文公卒。庚辰,将殡于曲沃[1];出绛,柩有声如牛[2]。卜偃使大夫拜[3],曰:"君命大事:将有西师过轶我[4];击之,必大捷焉。"

杞子自郑使告于秦,曰:"郑人使我掌其北门之管,若潜师以来[5],国可得也。"穆公访诸蹇叔[6],蹇叔曰:"劳师以袭远,非所闻也[7]。师劳力竭,远主备之,无乃不可乎[8]!师之所为,郑必知之;勤而无所,必有悖心[9],且行千里,其谁不知?"公辞焉。召孟明、西乞、白乙[10],使出师于东门之外。蹇叔哭之,曰:"孟子,吾见师之出,而不见其入也!"公使谓之曰:"尔何知,中寿,尔墓之木拱矣[11]!"

蹇叔之子与师[12]，哭而送之，曰："晋人御师必于殽，殽有二陵焉[13]：其南陵，夏后皋之墓也[14]；其北陵，文王之所辟风雨也[15]。必死是间[16]。余收尔骨焉。"

秦师遂东[17]。

三十三年春，秦师过周北门[18]，左右免胄而下，超乘者三百乘[19]。王孙满尚幼[20]，观之，言于王曰[21]："秦师轻而无礼[22]，必败。轻则寡谋，无礼则脱[23]，入险而脱，又不能谋，能无败乎？"

及滑，郑商人弦高将市于周[24]，遇之。以乘韦先，牛十二，犒师[25]。曰："寡君闻吾子将步师出于敝邑[26]，敢犒从者[27]。不腆敝邑[28]，为从者之淹[29]，居则具一日之积，行则备一夕之卫[30]。"且使遽告于郑[31]。

郑穆公使视客馆，则束载厉兵秣马矣[32]。使皇武子辞焉[33]。曰："吾子淹久于敝邑，唯是脯资饩牵竭矣[34]。为吾子之将行也，郑之有原圃，犹秦之有具囿也[35]。吾子取其麋鹿，以闲敝邑[36]，若何？"杞子奔齐，逢孙、扬孙奔宋[37]。

孟明曰："郑有备矣，不可冀也[38]。攻之不克。围之不继，吾其还也。"灭滑而还。

晋原轸曰[39]："秦违蹇叔，而以贪勤民，天奉我也[40]。奉不可失，敌不可纵[41]。纵敌患生[42]，违天不祥，必伐秦师。"栾枝曰："未报秦施，而伐其师，其为死君乎[43]？"先轸曰："秦不哀吾丧，而伐吾同姓[44]；秦则无礼，何施之为[45]？吾闻之，一日纵敌，数世之患也。谋及子孙[46]，可谓死君乎！"遂发命，遽兴姜戎[47]。子墨衰绖，梁弘御戎，

64

莱驹为右^[48]。

夏四月辛巳,败秦师于殽,获百里孟明视、西乞术、白乙丙以归。遂墨以葬文公。晋于是始墨^[49]。

文嬴请三帅^[50],曰:"彼实构吾二君^[51],寡君若得而食之,不厌^[52],君何辱讨焉^[53]!使归就戮于秦,以逞寡君之志^[54]。若何?"公许之^[55]。

先轸朝,问秦囚。公曰:"夫人请之,吾舍之矣。"先轸怒曰:"武夫力而拘诸原,妇人暂而免诸国^[56]。堕军实而长寇仇,亡无日矣^[57]。"不顾而唾^[58]。

公使阳处父追之^[59],及诸河,则在舟中矣。释左骖,以公命赠孟明^[60]。孟明稽首曰:"君之惠,不以累臣衅鼓^[61],使归就戮于秦;寡君之以为戮,死且不朽^[62]。若从君惠而免之,三年,将拜君赐^[63]。"

秦伯素服郊次,乡师而哭^[64],曰:"孤违蹇叔,以辱二三子,孤之罪也^[65]。"不替孟明^[66]。"孤之过也,大夫何罪?且吾不以一眚掩大德^[67]。"

【注释】 [1] 殡(bìn):停放灵柩,于下葬之前接受凭吊。曲沃:地名,在今山西闻喜东北。 [2] 绛:晋国都城,在今山西翼城东。柩:棺材。 [3] 卜偃:指晋卜筮之官郭偃。 [4] 君命大事:国君发布军事命令。君,指晋文公。西师:指秦国军队。过轶(yì):指越境袭击。轶,袭击。 [5] 管:锁钥。潜师:秘密派遣军队。 [6] 访诸蹇叔:向蹇叔访问此事。诸,相当于"之于"。蹇叔,秦国老臣。 [7] "劳师"二句:使军队疲劳而去偷袭远方的国家,是我所没有听说过的。 [8] 远主:远国家的君主。备:防备。 [9] 勤而无所:辛苦而无所得。悖(bèi)心:背离、抵触的心思。 [10] 孟明:即百里视,字孟明。西乞:即西乞术。白乙:即白乙丙。三人都是秦国将领。 [11] 中寿:指一般老年人的寿命,大约六七十岁。蹇叔此时已七八十岁,过了中寿。拱:两手合围。　　　[12] 与师:参加了这支远征军。　　[13] 二陵:殽有南、北二陵,相距三十五里。陵,大土山。这次战役发生在南、北二陵之间。　　[14] 夏后皋:夏代君主,名皋。夏后桀的祖父。　　[15] 文王:指周文王。辟:同"避"。　　[16] 必死是间:必定会死在这两座山陵之间。　　[17] 东:用作动词,向东行进。　　[18] 周北门:周都城洛邑(今河南洛阳)北门。　　[19] 左右:古代战车,御者居中,武士在左右两旁。这里"左右"即指战车上的武士。免冑(zhòu):摘下头盔。下:指下车步行,向周王敬礼。超乘(shèng):一跃上车。秦军摘了头盔而下车是有礼,但跳上车去则是无礼。　　[20] 王孙满:周大夫。　　[21] 王:指周襄王。　　[22] 轻:轻率骄狂。　　[23] 脱:轻易,随便。　　[24] 滑:国名,姬姓,在今河南偃师西南,洛阳东。将市于周:要到周地去做买卖。
[25] 乘(shèng):古时一车四马叫"乘",故"乘"为"四"的代称。韦:熟牛皮。先:指先送的礼物。古人送礼必有先行礼物,先轻而后重。犒(kào):慰劳。　　[26] 寡君:对别国人谦称本国国君,此指郑国国君。吾子:尊称对方,此指秦军统帅。步师:行军。敝邑:谦指本国。　　[27] 从者:不直称对方而称"从者",以表尊敬。　　[28] 不腆敝邑:意即敝国贫穷,谦辞。腆,丰厚。　　[29] 淹:停留。　　[30] 居:居住,指留居郑地。积:指柴米油盐等物。卫:保卫。　　[31] 遽:驿车,即送信的快车、快马。　　[32] 郑穆公:郑国国君,公元前627至前606年在位。客馆:外宾住所。此指秦大夫杞子、逢孙、扬孙所住的地方。束载:捆束行装。厉兵:磨砺兵器。秣(mò)马:喂饱马匹。　　[33] 皇武子:郑大夫。辞:辞谢,即请他们离开郑国。
[34] 脯(fǔ):干肉。资:指粮食。饩(xì):活牲口,生肉。牵:指牛、羊、豕。
[35] 原圃:郑国囿名。在今河南中牟西北。"囿"是畜养禽兽的园地。具囿:秦国囿名。在今陕西陇西北。　　[36] "吾子"二句:大夫们自己去猎取麋鹿(作为"脯资饩牵")吧,让敝邑得有闲暇的时候。麋(mí)鹿,兽名,俗称四不像。　　[37] 奔:逃亡。　　[38] 冀:希望。　　[39] 原轸:即先轸,晋国大臣。因封地在原(今河南济源西北),故称。　　[40] 以贪勤民:因为贪心而使人民劳累。天奉我也:这是上天给予我们机会。　　[41] 纵:放走。
[42] 患生:发生祸患。　　[43] 栾枝:晋大夫。秦施:指秦帮助晋文公回国夺位事。死君:谓忘其先君(晋文公)。　　[44] 哀:哀悼。丧:指文公的丧事。同姓:指郑国。晋、郑皆姬姓。　　[45] 何施之为:还讲什么恩惠!

66

[46]谋及子孙:为后世子孙考虑。　　[47]遽:急。兴:征发。姜戎:春秋时西戎的别支,即姜姓之戎,是居于晋国南边的一个部族,和晋国友好。
[48]子:指晋文公之子襄公,因当时文公尚未埋葬,所以称"子"。墨:染黑。衰(cuī):麻衣。绖(dié):麻制腰带。古时认为穿着丧服打仗不利,故用墨染成黑色。梁弘、莱驹:均为晋国将领。御戎:驾驭兵车。为右:为车右武士。
[49]"晋于是"句:晋国从此开始以黑色作为丧服的颜色。　　[50]请三帅:请求释放孟明等三人。　　[51]构:挑拨离间。二君:指秦、晋二国国君。　　[52]厌:满足。　　[53]"君何"句:何必烦劳您亲自惩罚呢。辱,谦词,指使对方受屈辱了。讨,讨伐。这里指惩罚。　　[54]逞:满足。志:意愿。　　[55]公:指晋襄公。　　[56]"武夫"二句:武夫在战场上奋力抓获他们,妇人却在刹那间从朝廷里把他们放走了。　　[57]堕:同"隳(huī)",毁坏。军实:战果。长:助长。　　[58]不顾而唾:不顾襄公在场,竟随地吐唾沫。此细节极写先轸的愤怒。　　[59]阳处父:晋大夫。
[60]释:解下。左骖:即车左的马。以公命句:假托襄公的名义赠给孟明。这是阳处父见机使计想骗他回来。　　[61]累臣:即俘虏。这是孟明自称。衅鼓:这里指杀了俘虏取血涂鼓。　　[62]"寡君"二句:我国的国君如果杀了我们,死了也将不朽。且,将。　　[63]"若从"三句:如果遵从晋君的恩惠而赦免我们,三年之后将回来拜谢晋君的恩赐。言外之意是要来报复。
[64]秦伯:即秦穆公。素服:穿着丧服。次:临时住宿。乡:同"向"。
[65]"孤违"三句:我违背蹇叔的忠言,使你们几位受到侮辱,这是我的罪过。孤,古代诸侯自己的谦称。　　[66]替:废弃,撤换。"不替孟明"四字是作者在记述穆公的哭诉时插入的叙述语。　　[67]眚(shěng):眼睛上长膜,引申为过失。

晋灵公不君

【题解】　选自《左传》宣公二年,标题依普通选本。本文记述晋灵公大肆聚敛财货,残酷剥削人民,彩画宫墙,奢侈无度。本文不仅深刻地揭露了统治者的无耻行径和腐朽灵魂,而且揭示了统治阶级内部尖锐激烈的矛盾和斗争。叙事简明生动,工巧严谨。

67

晋灵公不君[1]：厚敛以雕墙[2]；从台上弹人，而观其辟丸也[3]。宰夫胹熊蹯不熟[4]，杀之；置诸畚[5]，使妇人载以过朝[6]。赵盾、士季见其手[7]，问其故，而患之。将谏，士季曰："谏而不入，则莫之继也[8]。会请先；不入，则子继之。"三进及溜[9]，而后视之。曰："吾知所过矣，将改之！"稽首而对曰："人谁无过！过而能改，善莫大焉。《诗》曰：'靡不有初，鲜克有终[10]。'夫如是，则能补过者鲜矣！君能有终，则社稷之固也[11]，岂唯群臣赖之[12]！又曰：'衮职有阙，唯仲山甫补之[13]。'能补过也。君能补过，衮不废矣[14]。"

犹不改。宣子骤谏[15]。公患之。使鉏麑贼之[16]。晨往，寝门辟矣[17]。盛服将朝[18]，尚早，坐而假寐[19]。麑退，叹而言曰："不忘恭敬，民之主也！贼民之主，不忠；弃君之命，不信。有一于此，不如死也[20]。"触槐而死。

秋，九月，晋侯饮赵盾酒，伏甲将攻之[21]。其右提弥明知之[22]，趋登曰："臣侍君宴，过三爵[23]，非礼也。"遂扶以下。公嗾夫獒焉[24]。明搏而杀之。盾曰："弃人用犬，虽猛何为！"斗且出，提弥明死之。

初，宣子田于首山[25]，舍于翳桑[26]。见灵辄饿[27]，问其病，曰："不食三日矣！"食之，舍其半。问之，曰："宦三年矣[28]，未知母之存否！今近焉，请以遗之[29]。"使尽之，而为之箪食与肉[30]，置诸橐以与之[31]。既而与为公介[32]，倒戟以御公徒[33]，而免之[34]。问何故？对曰："翳桑之饿人也！"问其名居[35]，不告而退。遂自亡也[36]。

68

乙丑[37]，赵穿攻灵公于桃园[38]。宣子未出山而复[39]。太史书曰[40]："赵盾弑其君[41]。"以示于朝。宣子曰："不然！"对曰："子为正卿，亡不越竟[42]，反不讨贼[43]，非子而谁？"宣子曰："乌呼！'我之怀矣，自诒伊戚[44]'，其我之谓矣！"孔子曰："董狐，古之良史也，书法不隐[45]。赵宣子，古之良大夫也，为法受恶[46]。惜也，越竟乃免！"

宣子使赵穿逆公子黑臀于周而立之[47]。壬申[48]，朝于武宫。

【注释】　[1] 晋灵公：晋襄公之子，名夷皋，公元前 620 至前 607 年在位。不君：违反为君之道。　[2] 厚敛：犹言横征暴敛。雕墙：彩画宫墙。此泛指晋灵公穷奢极侈。　[3] 辟丸：躲避射人的弹丸。辟，同"避"。　[4] 宰夫：厨工。胹(ér)：煮。熊蹯(fán)：熊掌。　[5] 畚(běn)：用枝条编织的盛物工具。　[6] 载以过朝：用头顶着走过朝廷。载，通"戴"，顶在头上。[7] 士季：晋大夫士蒍之孙，名会，字季。　[8] 不入：不纳，听不进。莫之继：没有人接着再谏。　[9] 三进：前进三次。古代臣朝见君，升堂见君之前，应行礼三次，即"三进"。国君于殿堂之上应一目了然。此因灵公拒谏，故假装未见。及溜：到达屋檐下。　[10]"靡不"二句：人们无不有好的开始，但却很少善始善终。见《诗经·大雅·荡》。鲜，少。克，能。　[11] 社稷之固：国家的保障。　[12] 赖：依赖。　[13]"衮职"二句：见《诗经·大雅·烝民》。士季特引此诗来劝勉灵公弥补过失。衮(gǔn)，古代帝王或三公(周以太师、太傅、太保为三公)穿的礼服。阙，缺失，过失。仲山甫，周宣王时的相。　[14] 衮不废矣：指国君的职责也就不会荒废了。　[15] 骤：屡次，多次。　[16] 鉏麑(chú ní)：晋国的力士。贼：杀害。　[17] 辟(pì)：开，打开。　[18] 将朝：准备上朝。　[19] 假寐：和衣小睡，即穿着衣服打瞌睡。　[20]"有一"二句：意谓无论犯上"不忠"和"不信"的其中一条，都不如死了好。　[21] 伏甲：埋伏甲士。攻：击杀。　[22] 右：车右。提弥明：《公羊传》作"祁弥明"，当属传写有异。　[23] 爵：酒杯。　[24] 嗾(sǒu)：用嘴发声驱使狗。獒(áo)：猛犬。　[25] 田：同

69

"畋",打猎。首山:又名首阳山,即今山西永济南的雷首山。 　[26]舍:休息。一说"舍"为"住宿"。翳(yì)桑:桑树的荫凉处。一说为地名。 　[27]灵辄:晋人。 　[28]宦:做贵族的奴仆。 　[29]遗(wèi):赠与,送给。 [30]箪(dān):古代盛饭的圆形竹器。 　[31]橐(tuó):口袋。 　[32]与(yù):参加。介:甲士,此言灵辄后来做了晋灵公的甲士。 　[33]"倒戟"句:掉转兵器抵御晋灵公的爪牙。此即所谓"倒戈"。 　[34]免之:使赵盾免于祸难。 　[35]名居:姓名和住处。 　[36]遂自亡:于是灵辄自己也逃亡了。 　[37]乙丑:九月二十七日。 　[38]赵穿:赵盾同族,晋襄公女婿。桃园:园名。 　[39]山:指晋国国境的山界。复:回来。此言赵盾出奔,尚未出晋国国境,听说灵公已死,就回来了。 　[40]太史:即董狐,晋国史官。 　[41]"赵盾"句:晋灵公为赵穿所杀,史官认为赵盾应负主要责任,有弑君之罪。言外之意是赵盾乃幕后主使。 　[42]竟:同"境"。 　[43]反:回来。讨:讨伐,惩处。贼:杀人者,凶手,指赵穿。[44]"我之"二句:我因为多所怀恋,给自己留下了忧愁。怀,怀恋。诒(yí),同"贻",遗留,留下。戚,忧。 　[45]隐:隐讳,指曲意回护。此言董狐不隐讳赵盾之罪,秉笔直书。 　[46]受恶:蒙受"弑君"的恶名。 　[47]逆:迎接。公子黑臀:晋文公之子,久居于周,自周迎回立为晋成公,公元前606至前600年在位。 　[48]壬申:十月十五日。

子产不毁乡校

【题解】 　选自《左传》襄公三十一年,标题依普通选本。"乡校"既是学校,又是乡人聚会议事的地方。子产作为一个开明政治家,不赞成毁掉乡校。本文记他对此发表的一番议论。他尊重民众舆论,允许人民议论时政,主张对民众舆论采取疏导的方法,反对使用压制的手段,并要求根据民众意见制订和修改施政措施。文章叙事记言简要完整,议论说理巧用比喻,生动而富于说服力。

郑人游于乡校,以论执政[1]。然明谓子产曰[2]:"毁乡校,何如?"子产曰:"何为？夫人朝夕退而游焉[3],以议执政之善否[4]。其所善者,吾则行之;其所恶者,吾则改之。是吾师也,若之何毁之？我闻忠善以损怨[5],不闻作威以防怨[6]。岂不遽止[7]？然犹防川[8]:大决所犯[9],伤人必多,吾不克救也[10];不如小决使道[11],不如吾闻而药之也[12]。"然明曰:"蔑也今而后知吾子之信可事也[13],小人实不才。若果行此,其郑国实赖之,岂唯二三臣[14]?"

仲尼闻是语也[15],曰:"以是观之,人谓子产不仁,吾不信也[16]。"

以上据中华书局影印阮刻本《十三经注疏》

【注释】 [1]执政:执掌政权的人。这里指执政的得失。　[2]然明:郑大夫,姓鬷(zōng),名蔑,字然明。　[3]"夫人"句:人们早晚工作完毕后到那里聚会、活动。　[4]善否(pǐ):好坏。　[5]忠善:即诚心努力做好事。损怨:减少怨谤。　[6]作威:指滥用权力耍威风。防怨:防止怨谤。　[7]遽止:很快地制止。此言用强硬手段不是不能很快地制止舆论。　[8]防川:用堤坝拦堵河流。　[9]大决:即洪水冲破大口子。犯:危害。　[10]克:能。　[11]道:同"导",疏导。　[12]药:用作动词,即当作治病的药石。之:指郑人的议论、意见。　[13]吾子:对子产的尊称,相当于"您"。信:实在,的确。可事:可以成就大事。　[14]"若果"三句:如果照这样做下去,郑国真是有依靠了,岂只是我们这些做官的有了依靠呢?　[15]仲尼:孔子的字。　[16]"以是"三句:这里所记孔子的评语,当是作者的假托之言,因当时孔子仅十岁。

战国策

《战国策》是战国时代各国史料的汇编。西汉成帝时,由刘向根据战国末年的纵横家著作整理编辑而成。原有《国策》、《国事》、

《短长》、《事语》、《长书》、《脩书》等不同名号，刘向认为书乃"战国时游士辅所用之国，为之策谋"（《校战国策书录》），故定名为《战国策》。它与1973年底长沙马王堆三号汉墓出土的帛书《战国纵横家书》（书名为帛书整理小组所定）是同类作品。《战国策》33篇，依次为东周、西周各1篇，秦5篇，齐6篇，楚、赵、魏各4篇，韩、燕各3篇，宋、卫合为1篇，中山1篇。

《战国策》虽是纵横家言，但是它记载了战国时期的重要历史事件，反映了当时的斗争形势、社会面貌和形形色色的众生相，内容驳杂，而倾向鲜明。所记主要人物大多为战国时代活跃于各国政治舞台上的谋臣策士、说客游士的言行计谋。

其文气势恢宏，铺张扬厉，辞采华赡，生动明畅，具有辩丽横肆的风格特征。

苏秦以游说而致富贵

【题解】 选自《战国策·秦策一》，标题为选者所拟。本文记叙了纵横家的代表人物苏秦以游说而致富贵的事迹。作者以赞赏和歆美的情调，渲染苏秦的成功；通过对言语和行动的描写，展现了苏秦自信、刻苦、坚韧、执著的性格特点和刻意谋求"势位富贵"的内心世界。作者还出色地运用了对比和细节描写的手法，生动描绘了苏秦发迹前后其父、母、妻、嫂待他"前倨而后卑"的情状，不但深刻地揭示了人物的复杂心理，而且形象地反映了当时社会的炎凉世态。

苏秦始将连横说秦惠王[1]，曰："大王之国，西有巴、蜀、汉中之利[2]，北有胡貉代马之用[3]，南有巫山黔中之限[4]，东有殽函之固[5]。田肥美，民殷富，战车万乘，奋击

72

百万[6]，沃野千里，蓄积饶多，地势形便[7]，此所谓天府[8]，天下之雄国也。以大王之贤，士民之众，车骑之用，兵法之教[9]，可以并诸侯，吞天下，称帝而治。愿大王少留意，臣请奏其效[10]！"秦王曰："寡人闻之：毛羽不丰满者，不可以高飞；文章不成者[11]，不可以诛罚；道德不厚者，不可以使民；政教不顺者，不可以烦大臣。今先生俨然不远千里而庭教之，愿以异日[12]。"

苏秦曰："臣固疑大王之不能用也。昔者神农伐补遂[13]，黄帝伐涿鹿而禽蚩尤[14]，尧伐驩兜[15]，舜伐三苗[16]，禹伐共工[17]，汤伐有夏[18]，文王伐崇[19]，武王伐纣[20]，齐桓任战而伯天下[21]。由此观之，恶有不战者乎？古者使车毂击驰[22]，言语相结，天下为一。约从连横，兵革不藏[23]。文士并饬[24]，诸侯乱惑，万端俱起，不可胜理！科条既备[25]，民多伪态。书策稠浊，百姓不足[26]。上下相愁，民无所聊[27]。明言章理[28]，兵甲愈起。辩言伟服[29]，战攻不息。繁称文辞[30]，天下不治。舌弊耳聋[31]，不见成功。行义约信[32]，天下不亲。于是乃废文任武，厚养死士[33]，缀甲厉兵，效胜于战场[34]。夫徒处而致利，安坐而广地，虽古五帝、三王、五伯[35]，明主贤君，常欲坐而致之，其势不能，故以战续之。宽则两军相攻，迫则杖戟相橦[36]，然后可建大功。是故兵胜于外，义强于内，威立于上，民服于下。今欲并天下，凌万乘，诎敌国[37]，制海内，子元元[38]，臣诸侯，非兵不可。今之嗣主，忽于至道[39]，皆惛于教，乱于治，迷于言，惑于语，沉于辩，溺于辞[40]。以此论之，王固不能行也。"

说秦王书十上，而说不行。黑貂之裘弊，黄金百斤尽，资用乏绝。去秦而归，嬴縢履蹻[41]，负书担橐，形容枯槁，面目黧黑，状有归色[42]。归至家，妻不下纴[43]，嫂不为炊，父母不与言。苏秦喟然叹曰："妻不以我为夫，嫂不以我为叔，父母不以我为子，是皆秦之罪也。"乃夜发书，陈箧数十[44]，得太公《阴符》之谋[45]，伏而诵之，简练以为揣摩[46]。读书欲睡，引锥自刺其股，血流至足[47]。曰："安有说人主不能出其金玉锦绣，取卿相之尊者乎？"期年[48]，揣摩成，曰："此真可以说当世之君矣。"

于是乃摩燕乌集阙[49]，见说赵王于华屋之下[50]，抵掌而谈[51]。赵王大悦，封为武安君[52]，受相印。革车百乘，锦绣千纯，白璧百双，黄金万镒[53]，以随其后。约从散横[54]，以抑强秦。故苏秦相于赵，而关不通[55]。

当此之时，天下之大，万民之众，王侯之威，谋臣之权，皆欲决苏秦之策。不费斗粮，未烦一兵，未战一士，未绝一弦，未折一矢，诸侯相亲，贤于兄弟。夫贤人在而天下服，一人用而天下从[56]。故曰："式于政，不式于勇[57]；式于廊庙之内[58]，不式于四境之外。"当秦之隆[59]，黄金万镒为用，转毂连骑，炫熿于道[60]，山东之国，从风而服，使赵大重[61]。

且夫苏秦，特穷巷掘门、桑户桊枢之士耳[62]。伏轼撙衔，横历天下[63]，廷说诸侯之主，杜左右之口，天下莫之能伉[64]。

将说楚王，路过洛阳。父母闻之，清宫除道，张乐设饮，郊迎三十里；妻侧目而视，倾耳而听；嫂蛇行匐伏，四

74

拜自跪而谢[65]。苏秦曰："嫂！何前倨而后卑也[66]？"嫂曰："以季子之位尊而多金[67]。"苏秦曰："嗟乎！贫穷则父母不子，富贵则亲戚畏惧，人生世上，势位富贵，盖可忽乎哉[68]？"

【注释】　[1] 苏秦(？—前284)：字季子，战国时东周洛阳人，纵横家的代表人物之一。本文所记苏秦事迹大约是后来的纵横家据传说创作而成。始：当初。将：以，用。连横：战国时代，秦与六国中的个别国家联合以打击其他国家，称为连横。因秦在西，六国在东，东西相连为横，故称。反之，六国从燕到楚，由北至南，联合抗秦，则称合纵。说(shuì)：劝说。秦惠王：秦国国君，嬴姓，名驷，秦孝公之子。公元前337至前311年在位。　　[2] 巴、蜀：古国名。分别在今重庆、成都一带。秦于前316年灭巴、蜀，先后设立巴、蜀郡。汉中：郡名。原属楚，秦于前312年据有，其地在今陕西南部和湖北西北部。[3] 胡：我国古代西北部少数民族的统称。胡地产貉。貉(hé)：一种似狐的野兽，皮可制裘。代：古国名。在今河北蔚县东北，后为赵所灭。其地产良马。　　[4] 巫山：在今重庆巫山东。黔中：郡名。在今湖北西南和湖南西北一带。巫与黔中原属楚，前277年为秦占有，并为黔中郡。限：险阻。[5] 殽(xiáo)：通"崤"，山名。在今河南洛宁北。函：即函谷关，在今河南灵宝东北。固：坚固，指地势险要，易守难攻。　　[6] 奋击：指奋勇作战的武士。　　[7] 地势形便：指地理形势便于攻守。　　[8] 天府：天然府库。即自然条件得天独厚。府，储藏财物的地方。　　[9] 教：教学、训练。[10] 奏：陈说。效：成效。　　[11] 文章：这里指礼乐法度。　　[12] 愿以异日：希望改日。这是委婉的推辞。　　[13] 神农：姜姓，即炎帝，与黄帝、尧、舜等都是传说中的古帝名，实为古代部落或部落联盟的首领。补遂：古国名，一作辅遂。　　[14] 黄帝：姬姓，号轩辕氏、有熊氏，传说中中原各族的共同祖先。涿鹿：在今河北涿鹿东南。禽：同"擒"。蚩尤：传说中东方九黎族的首领。　　[15] 尧：即陶唐氏，名放勋，又称唐尧。驩兜(huān dōu)：古代传说中的人物或部落。　　[16] 舜：即有虞氏，名重华，又称虞舜。相传尧传位于舜。三苗：古代传说中的部落，又称苗、有苗。分布在今湖北武昌、湖南岳阳、江西九江一带。　　[17] 禹：又称大禹、夏禹、戎禹，原为夏后氏部落领袖,舜死后继任部落联盟领袖,是夏朝的开国君主。共工:古代传说中的人物或部落。 [18]汤:又称武汤、成汤,或称成唐,商朝开国君主。有夏:即夏朝。有,字头,无义。 [19]文王:即周文王,商末周族领袖,姬姓,名昌,商纣时为西伯,又称伯昌。崇:诸侯国名,在今河南嵩县北。 [20]武王:即周武王,文王之子,名发,西周王朝的建立者。纣:商之末代君主。武王会合西南各族伐纣,败纣于牧野(今河南汲县北),纣因兵败自焚而死。 [21]齐桓:即齐桓公(?—前643),姜姓,名小白,春秋时齐国君,为春秋五霸之一。公元前685至前643年在位。任战:即用战,指使用战争手段。伯:同"霸"。 [22]毂(gǔ):车轮中心圆木,周围与车辐一端相接,中有圆孔,可以插轴。击驰:互相撞击而奔驰,形容来往于各国间的使者众多。 [23]约从:即合从。兵革不藏:指兵甲不能收藏不用。此言自合纵、连横之说兴起,战争不息。 [24]文士:指文人辩士。并饬:竞相巧饰游说。饬,一作"餝(shì)",同"饰"。 [25]科条:指法令条规。 [26]书策:文书政令。稠浊:又多又乱。不足:指贫穷。 [27]上下相愁:指君臣上下互相愁怨。聊:依靠。 [28]明言:明白的言辞。章理:清楚的道理。章,同"彰"。 [29]辩言:巧辩的言辞。伟服:奇伟的服饰。 [30]繁称文辞:指广征博引,言辞华美。 [31]舌弊:指游说的人磨破了舌头。耳聋:指听的人震聋了耳朵。 [32]行义约信:即彼此约定共守信义。 [33]死士:敢死之士。 [34]缀甲厉兵:制备甲胄,磨砺兵器。效胜:取胜。 [35]五帝:传说中的上古帝王,说法不一。《史记·五帝本纪》以黄帝、颛顼(zhuān xū)、帝喾(kù)、唐尧、虞舜为五帝。三王:指夏、商、周三代的开国君主禹、汤、文王。五伯:即春秋五霸,指齐桓公、晋文公、楚庄王、吴王阖闾、越王勾践。一说指齐桓公、晋文公、宋襄公、秦穆公、楚庄王。 [36]宽:指两军距离远。两军相攻:指两军对垒,互相用战车攻击。迫:近。杖:持,执,即拿着。戟:古代兵器。橦:同"冲"。此言两军靠近就持戟刺杀。 [37]诎(qū):使屈服。 [38]子元元:以元元为子,意即统治人民。元元,人民。 [39]忽:忽略,忽视。至道:最重要最正确的道理。 [40]惛(hūn):不明。教:教化。乱:昏乱,胡涂。治:治道。 [41]羸(léi):通"累",缠绕。滕(téng):绑腿布。履:踩,踏。这里指脚上穿着。跻(juē):同"屩(juē)",草鞋。 [42]橐(tuó):口袋。归:通"愧",惭愧。 [43]纴(rèn):机头。这里指织机。 [44]发书:搬出藏书。箧:书箱。 [45]太

76

公:俗称姜太公,名望,又叫"吕尚"。一说字子牙,故又称"姜子牙"。《阴符》:传说是太公著的一部兵书。　　[46]"简练"句:意为精选熟记,反复钻研,用心探求书中奥义。简,选择。练,煮丝,绢使之洁白。这里引申为熟练、熟记。　　[47]足:据王念孙《读书杂志》考证,当从《史记·苏秦列传》集解和《太平御览》所引作"踵(zhǒng)",即脚后跟。　　[48]期(jī)年:满一年,周年。　　[49]摩:切近,经过。燕乌集:阙名。阙(què):宫廷前面两边的楼台,中间有道路可通行。　　[50]赵王:赵国君主,旧注指赵肃侯,公元前349至前326年在位。　　[51]抵掌而谈:形容谈得投机、欢洽,高兴时鼓起掌来。　　[52]武安:地名,在今河北武安。赵封苏秦为武安君,在赵惠文王十二年(前287),苏秦合纵五国攻秦时。本文将此事记于赵肃侯和秦惠王时,与史实相距四五十年。　　[53]革车:兵车。纯:匹。镒:古以二十四两为一镒。　　[54]约从散横:即约定"合纵",解散"连横"。意为联合六国以抗秦,分化瓦解个别国家和秦的亲善合作关系。　　[55]关不通:指六国合纵抗秦,函谷关交通断绝。　　[56]"夫贤人"二句:只要贤人在位,天下诸侯就归服;只要用了一个有才能的人,天下百姓就顺从。　　[57]式:用。政:政治。勇:勇力,这里指战争。　　[58]廊庙:指朝廷,朝堂。　　[59]隆:显赫。　　[60]炫煌(xuàn huáng):同"炫煌",光彩显耀。　　[61]山东之国:指崤山以东六国。从风而服:像随风倒伏的草那样服从。大重:大受尊重,威望大增。　　[62]掘(kū)门:同"窟门"、"窋门"。桑户:用桑木做门扇。棬(quān)枢:用弯木做门轴。　　[63]轼:车厢前用作凭靠、扶手的横木。撙(zǔn):控制。衔:马勒。横历:周游。　　[64]杜:堵塞。左右:指诸侯身边的大臣谋士。伉(kàng):通"抗",抗衡,匹敌。　　[65]蛇行:像蛇那样爬行。匍伏:即"匍匐",爬行。四拜:按古礼,再拜已是重礼。此写苏秦之嫂"四拜",极写其对苏秦卑躬屈膝。谢:道歉。　　[66]倨:傲慢。卑:低下、谦卑。　　[67]季子:苏秦的字。一说嫂呼小叔为季子。　　[68]盖:同"盍",何。

苏秦说齐王合从

【题解】　选自《战国策·齐策一》,标题依通用篇名。

本文反映了纵横家中持"合纵"之说者的政治主张。说者掩短诵长，"言其利而不言其害"，用所谓"长说"的策略从事游说，充分反映了纵横家的作风。文章语言极有特色，于论说中运用比喻、夸张、排比、对偶等修辞手段，增强了文章的气势和力量。

苏秦为赵合从，说齐宣王曰："齐南有太山[1]，东有琅邪[2]，西有清河[3]，北有渤海[4]，此所谓四塞之国也[5]。齐地方二千里，带甲数十万，粟如丘山。齐车之良[6]，五家之兵[7]，疾如锥矢，战如雷电，解如风雨[8]。即有军役，未尝倍太山、绝清河、涉渤海也[9]。临淄之中七万户[10]，臣窃度之，〔不〕下户三男子[11]，三七二十一万，不待发于远县，而临淄之卒，固以二十一万矣[12]。临淄甚富而实，其民无不吹竽、鼓瑟、击筑、弹琴、斗鸡、走犬、六博、蹹踘者[13]；临淄之途，车毂击，人肩摩，连衽成帷，举袂成幕[14]，挥汗成雨；家敦而富[15]，志高而扬。夫以大王之贤与齐之强，天下不能当。今乃西面事秦，窃为大王羞之。

"且夫韩、魏之所以畏秦者，以与秦接界也。兵出而相当，不至十日，而战胜存亡之机决矣[16]。韩、魏战而胜秦，则兵半折，四境不守；战而不胜，以亡随其后。是故韩、魏之所以重与秦战而轻为之臣也。

"今秦攻齐则不然，倍韩、魏之地[17]，过卫阳晋之道[18]，径亢父之险[19]，车不得方轨[20]，马不得并行，百人守险，千人不能过也。秦虽欲深入，则狼顾[21]，恐韩、魏之议其后也。是故恫疑虚猲[22]，高跃而不敢进，则秦不能害齐，亦已明矣。夫不深料秦之不奈我何也，而欲西面事秦，是群臣之计过也。今无臣事秦之名，而有强国之实，臣固愿大王之少留计[23]。"

　　齐王曰："寡人不敏[24]，今主君以赵王之教诏之[25]，敬奉社稷以从[26]。"

【注释】 [1]太山：即泰山。　　　[2]琅邪(yá)：又作"琅琊"，山名，在今山东东部胶南南。　　　[3]清河：指济水，在齐之西境，齐、赵二国以清河为界。流经今山东临清附近。　　　[4]渤海：在今山东北部。　　　[5]四塞之国：四境都有险固要塞的国家。　　　[6]齐车之良：齐国的战车优良。　　　[7]五家：即"五都"。齐未设郡，而全国设五都，故以"五都"称齐。因为都的长官称大夫，大夫统治的地方叫"家"，故"五都"又称"五家"。　　　[8]锥矢：喻锐利。雷电：喻威力。风雨：喻神速。　　　[9]倍：通"背"，指翻越。绝、涉：均为"渡过"的意思。　　　[10]临淄：齐都。其故址在今山东淄博东北。[11]窃度(duó)：私下估计。下户三男子：据《史记·苏秦列传》所记改作"不下户"。此言每户不少于三个男子。　　　[12]以：同"已"。　　　[13]筑：像琴而比琴大的一种乐器，头圆，五弦，弹奏时用竹尺击弦。六博：古代一种棋类游戏。投六箸(筹码)，行六棋；箸用竹做成，长六分；两人对局，各执六棋，所以叫做六博，也称"陆博"。蹋踘(tà jū)：也作"蹋鞠"、"蹴鞠"，古代练武的一种游戏。"蹋"犹"踢"，"踘"同"鞠"，用皮与毛做的球。传言为黄帝所创，也有说起于战国时。　　　[14]车毂(gǔ)击：车毂互相撞击。"毂"同"毂"。人肩摩：人肩彼此摩擦。连衽(rèn)成帷：把衣襟连起来可成帷幔。举袂(mèi)成幕：把衣袖举起来可成幕帐。　　　[15]敦：股实。　　　[16]机：关键。[17]倍：通"背"，背向。　　　[18]卫阳晋：卫国的阳晋，在今山东郓城西。当时魏国也有阳晋，故称"卫阳晋"以示区别。　　　[19]径：经过，取道。亢父：齐地名，在今山东济宁南。　　　[20]方轨：指两车并行。　　　[21]狼顾：像狼一样常常回顾。此言秦有后顾之忧。　　　[22]恫疑虚猲(hè)：既害怕，又疑心，虚张声势来恐吓。　　　[23]少：稍稍，略微。留计：留意谋划。[24]敏：聪明。　　　[25]主君：对苏秦的尊称。诏：告诉。　　　[26]"敬奉"句：言谨以国家的名义敬听吩咐。

邹忌讽齐王纳谏

【题解】 选自《战国策·齐策一》，标题依普通选本。邹忌之美不如徐公，但其妻、妾、客出于不同动机，却一致认定邹忌美于徐公。邹忌因此悟出一番大道理，入朝劝说齐王纳谏。本文在生动而形象的故事中，包孕着深刻的哲理，具有寓言的特点，耐人寻味。

邹忌修八尺有余[1]，而形貌昳丽[2]。朝服衣冠，窥镜[3]，谓其妻曰："我孰与城北徐公美[4]？"其妻曰："君美甚，徐公何能及君也[5]！"城北徐公，齐国之美丽者也。忌不自信，而复问其妾曰："吾孰与徐公美？"妾曰："徐公何能及君也？"旦日[6]，客从外来，与坐谈，问之："吾与徐公孰美？"客曰："徐公不若君之美也。"

明日，徐公来。孰视之[7]，自以为不如；窥镜而自视，又弗如远甚[8]。暮，寝而思之，曰："吾妻之美我者，私我也[9]；妾之美我者，畏我也；客之美我者，欲有求于我也。"

于是入朝见威王[10]，曰："臣诚知不如徐公美[11]。臣之妻私臣，臣之妾畏臣，臣之客欲有求于臣，皆以美于徐公[12]。今齐地方千里，百二十城，宫妇左右莫不私王[13]，朝廷之臣莫不畏王，四境之内莫不有求于王。由此观之，王之蔽甚矣[14]！"

王曰："善。"乃下令："群臣吏民能面刺寡人之过者[15]，受上赏；上书谏寡人者，受中赏；能谤议于市朝[16]，闻寡人之耳者，受下赏。"令初下，群臣进谏，门庭若市[17]；数月之后，时时而间进[18]；期年之后，虽欲言，无可进者。

燕、赵、韩、魏闻之,皆朝于齐[19]。此所谓战胜于朝廷[20]。

【注释】 [1] 邹忌:齐人,以善于鼓琴事齐威王,曾作齐相,封成侯。修:长。这里指身高。八尺:这里是指周尺。周制一尺约合今制七寸弱,八尺约为今市尺五尺六寸,公制一米八六。 [2] 形貌:体形相貌。昳丽:潇洒美丽。一说为"光艳美丽"。昳(yì),通"逸"。 [3] 窥:从小孔或缝隙里看。这里指对着镜子观察。 [4] 孰:疑问代词,谁,哪个。"孰与"连用,表比较、选择。 [5] 及:比得上。 [6] 旦日:明日。 [7] 孰:同"熟"。[8] 弗如远甚:即差得太远。 [9] 美:用作动词,意思是"认为……美"。私:偏爱。 [10] 威王:即齐威王。 [11] 诚知:确实知道。 [12] "皆以"句:都说我比徐公漂亮。以,以为。"以"下承上而省略"臣"字。 [13] 宫妇:指威王宫中侍妾一类人。左右:指威王身边侍臣。[14] 王之蔽:指威王所受的蒙蔽。蔽,蒙蔽。 [15] 面刺:当面指责。[16] 谤议:背后批评议论。市朝:泛指公共场所。 [17] 门庭若市:王宫门口和庭院像集市一样热闹。形容群臣进谏者之多。 [18] 时时:往往,常常。间(jiàn):间或,断断续续。进:指进谏。 [19] 朝于齐:到齐国去朝拜齐王,表示齐的盟主地位。这里所谓"燕、赵、韩、魏闻之,皆朝于齐"的局面,只是作者理想中的境界,并非真实情况。此属"夸饰非实"的策士之辞,不可信以为真。 [20] "此所"句:这就是人们所说的在朝廷上战胜敌人。也就是说身在朝廷,不必用兵,就可以打败别国,取得胜利。

冯谖客孟尝君

【题解】 选自《战国策·齐策四》,标题依普通选本。战国时期,社会经历着翻天覆地的大变革。当时七国并立,力战争雄,各国统治者大都不同程度地认识到了人才的重要性。为了在乱世之中求存图强、争胜取霸,他们广开门路,积极罗致人才,因而"养士"之风盛极一时。本文所写的冯谖,便是孟尝君门下的食客之一。他为孟尝君奔走效力,经营"三窟",巩固了孟尝君的政治地位。作者以赞赏的笔调集中描写了他的多才善谋和出类拔萃。文章情节曲折，故事生动，结构完整，形象鲜明，堪称"纪传体"的雏形。

　　齐人有冯谖者[1]，贫乏不能自存，使人属孟尝君[2]，愿寄食门下[3]。孟尝君曰："客何好?"曰："客无好也。"曰："客何能?"曰："客无能也。"孟尝君笑而受之，曰："诺[4]。"左右以君贱之也，食以草具[5]。

　　居有顷[6]，倚柱弹其剑，歌曰："长铗归来乎[7]，食无鱼!"左右以告。孟尝君曰："食之，比门下之客[8]!"居有顷，复弹其铗，歌曰："长铗归来乎，出无车!"左右皆笑之，以告。孟尝君曰："为之驾[9]，比门下之车客!"于是乘其车，揭其剑[10]，过其友曰："孟尝君客我[11]!"后有顷，复弹其剑铗，歌曰："长铗归来乎，无以为家[12]!"左右皆恶之，以为贪而不知足。孟尝君问："冯公有亲乎?"对曰："有老母。"孟尝君使人给其食用，无使乏。于是冯谖不复歌。

　　后孟尝君出记[13]，问门下诸客："谁习计会，能为文收责于薛者乎[14]?"冯谖署曰[15]："能。"孟尝君怪之，曰："此谁也?"左右曰："乃歌夫'长铗归来'者也!"孟尝君笑曰："客果有能也! 吾负之[16]，未尝见也。"请而见之，谢曰[17]："文倦于是，惫于忧[18]，而性懧愚，沉于国家之事，开罪于先生[19]。先生不羞[20]，乃有意欲为收责于薛乎?"冯谖曰："愿之!"于是约车治装，载券契而行[21]。辞曰："责毕收，以何市而反[22]?"孟尝君曰："视吾家所寡有者。"驱而之薛[23]，使吏召诸民当偿者，悉来合券[24]。券遍合，起矫命[25]，以责赐诸民，因烧其券，民称万岁。长驱到齐[26]，晨而求见。孟尝君怪其疾也，衣冠而见之[27]，曰：

82

"责毕收乎？来何疾也？"曰："收毕矣。""以何市而反？"冯谖曰："君云'视吾家所寡有者'，臣窃计，君宫中积珍宝，狗马实外厩[28]，美人充下陈[29]；君家所寡有者，以义耳，窃以为君市义。"孟尝君曰："市义奈何？"曰："今君有区区之薛[30]，不拊爱子其民，因而贾利之[31]；臣窃矫君命，以责赐诸民，因烧其券，民称万岁，乃臣所以为君市义也。"孟尝君不说[32]，曰："诺。先生休矣[33]！"

后期年，齐王谓孟尝君曰[34]："寡人不敢以先王之臣为臣[35]！"孟尝君就国于薛[36]，未至百里[37]，民扶老携幼，迎君道中终日。孟尝君顾谓冯谖[38]："先生所为文市义者，乃今日见之！"

冯谖曰："狡兔有三窟[39]，仅得免其死耳；今有一窟，未得高枕而卧也。请为君复凿二窟！"孟尝君予车五十乘，金五百斤。西游于梁[40]，谓惠王曰[41]："齐放其大臣孟尝君于诸侯[42]，诸侯先迎之者，富而兵强。"于是梁王虚上位[43]，以故相为上将军，遣使者黄金千斤，车百乘，往聘孟尝君。冯谖先驱，诫孟尝君曰[44]："千金，重币也；百乘，显使也。齐其闻之矣[45]。"梁使三反，孟尝君固辞不往也。

齐王闻之，君臣恐惧，遣太傅赍黄金千斤[46]，文车二驷[47]，服剑一[48]，封书谢孟尝君曰[49]："寡人不祥，被于宗庙之祟[50]，沉于谄谀之臣，开罪于君[51]！寡人不足为也[52]，愿君顾先王之宗庙，姑反国统万人乎[53]！"冯谖诫孟尝君曰："愿请先王之祭器，立宗庙于薛[54]！"庙成，还报孟尝君曰："三窟已就，君姑高枕为乐矣。"

孟尝君为相数十年[55]，无纤介之祸者[56]，冯谖之计也。

【注释】 [1] 冯谖(xuān)：齐国策士，孟尝君的门客。 [2] 属：同"嘱"，嘱托。孟尝君：即田文，齐国贵族，封于薛（今山东滕县南），称薛公，号孟尝君。为人轻财好士，以"养士"最多而著称。与魏信陵君、赵平原君、楚春申君齐名，称四公子。 [3] 寄食：寄居而食，指作食客。 [4] 诺：应答之声，表示同意。 [5] 食(sì)：用作动词，给他吃。草：粗劣。具：食具。此代指饭食。 [6] 有顷：不久。 [7] 长铗(jiá)：长剑。铗，剑把。[8] "食之"二句：给他鱼吃，和食客中食鱼的待遇一样。据吴师道注引《列士传》："孟尝君厨有三列：上客食肉，中客食鱼，下客食菜。" [9] 为之驾：给他准备车马。据《史记·孟尝君列传》所记，孟尝君待客分传舍、幸舍及代舍三等。传舍之客，食无鱼；幸舍之客，食有鱼而出入无车；代舍之客，出入乘舆车。 [10] 揭：高举。 [11] 客我：把我当客对待。客，用作动词。[12] 无以为家：没有东西用来养家。 [13] 出记：发布文告。记，文告。 [14] 习：熟悉。计会(kuài)：管理和计算财务。文：孟尝君田文自称。责：通"债"。薛：孟尝君的封邑，在今山东滕县南。 [15] 署：签名。 [16] 负：亏待。 [17] 谢：道歉。 [18] 是：国事。愦(kuì)：昏乱。此指心烦意乱。 [19] 忴愚：懦弱愚笨。忴，同"懦"，怯弱。沉：沉溺。开罪：得罪。 [20] 不羞：不以此为羞辱。 [21] 约车治装：准备车马，整理行装。券(quàn)契：即债券，借债的契约。古时由竹木制作，其旁刻齿，双方各执其半，作为凭证。 [22] 以何市而反：买什么东西回来？市，买。 [23] 驱：赶车，这里指乘车。之：往，到……去。 [24] 悉：全，都。合券：指验对债券。将双方各执的一半合齿验证。 [25] 起：指站起身来。矫：假托。 [26] 长驱：直奔。 [27] 怪其疾：对他这么快回来感到怪异。衣冠(yì guàn)：用作动词，指穿衣戴帽。 [28] 实：充满。外厩(jiù)：王宫外的畜栏。 [29] 充：充满。下陈：堂下。一说"陈"为"列"，下陈即后列，犹言后宫。 [30] 区区：小小的。 [31] "不拊"二句：不抚爱那里的百姓，不把他们当作子女一样看待，反而用商贾的手段去牟利。拊(fǔ)，通"抚"。子，用作动词，即爱民如子。贾(gǔ)利，以商贾的手段谋利。 [32] 说：同"悦"。 [33] 休：休息。 [34] 齐王：指齐湣(mǐn)

84

王(？—前 284)，一作齐闵王、齐愍王，齐宣王之子，名地(一作"遂")。公元前 300 至前 284 年在位。　　[35] 先王：指齐宣王(？—前 301)，齐威王之子，名辟疆。公元前 319—前 301 年在位。　　[36] 就国：到自己的封邑去。国，诸侯的封地。战国时诸侯僭越称王，其大臣封地乃称国。　　[37] 未至百里：离薛邑还有百里。　　[38] 顾：回头看。　　[39] "狡兔"句：狡猾的兔子有三个洞穴。　　[40] 梁：即魏国。魏惠王于公元前 361 年迁都大梁(今河南开封)，此后魏亦称梁。　　[41] 惠王：即魏惠王(前 400—前 319)，魏武侯之子，名罃(yīng)，公元前 369—前 319 年在位。孟尝君为齐相是在齐湣王时，而齐湣王不与魏惠王同时(与魏襄王、魏昭王同时)，故知此有误。一本"惠"作"梁"。　　[42] 放：放逐。　　[43] 虚上位：指空出相位。[44] 诫：告诫。　　[45] "齐其"句：齐国大概也该听说这些了吧。其，语气词，表推断。　　[46] 太傅：官名。辅导太子的官。赍(jī)：携带。　　[47] 文车：绘有文采的车子。驷：四匹马拉的车。　　[48] 服：佩带。　　[49] 封书：封好的书信。　　[50] 被：遭受。祟：鬼神降灾。　　[51] "沉于"二句：被谄媚阿谀的佞臣迷惑，因而得罪了您。沉，沉溺。　　[52] 不足为：不值得帮助。　　[53] 顾：顾念。统：治理。　　[54] "立宗庙"句：在薛建立齐国先王的宗庙。孟尝君与齐王同族，这样做可以巩固他的政治地位。[55] "孟尝君"句：这是"夸饰非实"之辞。孟尝君为齐相或曰数年，或曰十余年，并无数十年。前人(如梁玉绳等)对此已有明辨。　　[56] 纤介：微细。介，通"芥"，小草，比喻微小。

赵威后问齐使

【题解】　选自《战国策·齐策四》，标题依普通选本。春秋时期，神权政治日趋没落，人的作用日益受到重视。到了战国时期，出现了"民为贵，社稷次之，君为轻"(《孟子·尽心下》)的思想。本文通过赵威后对齐国使者的一问再问，非常明确地反映了以民为"本"、以君为"末"的进步思想。不仅如此，本文还表现出赵威后既洞悉齐国政情，又具有鲜明的是非观念和爱憎感情，是战国末期一个极有思想的女政治家。

齐王使使者问赵威后[1]，书未发[2]，威后问使者曰："岁亦无恙耶[3]？民亦无恙耶？王亦无恙耶？"使者不说[4]，曰："臣奉使使威后[5]，今不问王而先问岁与民，岂先贱而后尊贵者乎？"威后曰："不然。苟无岁[6]，何以有民？苟无民，何以有君？故有舍本而问末者耶[7]？"

乃进而问之曰："齐有处士曰钟离子[8]，无恙耶？是其为人也[9]，有粮者亦食[10]，无粮者亦食；有衣者亦衣[11]，无衣者亦衣。是助王养其民者也，何以至今不业也[12]？叶阳子无恙乎[13]？是其为人，哀鳏寡，恤孤独，振困穷，补不足[14]。是助王息其民者也[15]，何以至今不业也？北宫之女婴儿子[16]，无恙耶？撤其环瑱[17]，至老不嫁，以养父母。是皆率民而出于孝情者也[18]，胡为至今不朝也[19]？此二士弗业，一女不朝，何以王齐国、子万民乎[20]？於陵子仲尚存乎[21]？是其为人也，上不臣于王，下不治其家，中不索交诸侯[22]。此率民而出于无用者[23]，何为至今不杀乎？"

【注释】　[1] 齐王：指齐王建，襄王子。赵威后：赵惠文王妻。公元前266年惠文王卒，子孝成王立。孝成王年幼，由赵威后执政。　[2] 书：书信。发：启封，打开。　[3] 岁：年成，年景。无恙：平安无事。此指年成好。下文"民亦无恙"指百姓安乐，"王亦无恙"指齐王安康。　[4] 说(yuè)：同"悦"。　[5] "臣奉使"句：我奉齐王之命出使赵国，聘问威后。　[6] 苟：假如。　[7] 末：末梢，不重要的事情。　[8] 处士：未做官或不愿做官的士人。钟离：复姓。子：对男子的尊称。　[9] 是：此，这个人。[10] 食(sì)：用作动词，拿食物给人吃。　[11] "有衣者"句：对于有衣服的人，钟离子也给他们衣服穿。后一"衣"字用作动词，拿衣服给人穿。

86

[12] 不业:不使他做官成就功业。　　[13] 叶(shè)阳子:齐国处士,复姓叶阳。　　[14] 哀:同情,怜悯。恤:体恤。振:救济。补:补助。　　[15] 息其民:使百姓生息。　　[16] "北宫"句:北宫氏的女儿,名婴儿子,齐国有名的孝女。　　[17] 撤:除去。环瑱(tiàn):妇女佩戴的装饰品。环指耳环、臂环之类,瑱是戴在耳垂上的玉饰。　　[18] 率:带领。孝情:孝心。　　[19] "胡为"句:为什么直到现在还不封赐她,让她朝见君主呢? 按:古代受封赐的妇女才能朝见君主。胡为,何为,为什么。朝,朝见君主。　　[20] 王(wàng):统治。子万民:以万民为子。　　[21] 於(wū)陵子仲:齐国隐士。於陵,齐邑名,在今山东邹平东南。子仲,人名。　　[22] 索:求。　　[23] 无用:指对国家没有用处。

庄辛说楚襄王

【题解】　选自《战国策·楚策四》,标题依普通选本。楚自怀王时起,国势由盛转衰。公元前 299 年,怀王受骗入秦被拘,三年后客死于秦。顷襄王即位后,"淫逸侈靡,不顾国政",终至被秦军攻破郢都,东迁于陈。本文是庄辛对楚襄王的劝谏之辞,说明强敌当前,必须励精图治;若只图眼前享乐,日与幸臣为伍,必将导致灭国亡身之祸。文章跌宕恣肆,语言顿挫抑扬,句为对偶,段用排比。

　　庄辛谓楚襄王曰[1]:"君王左州侯,右夏侯,辇从鄢陵君与寿陵君[2],专淫逸侈靡,不顾国政,郢都必危矣[3]!"襄王曰:"先生老悖乎[4]? 将以为楚国祆祥乎[5]?"庄辛曰:"臣诚见其必然者也,非敢以为国祆祥也。君王卒幸四子者不衰[6],楚国必亡矣。臣请辟于赵[7],淹留以观之。"

　　庄辛去之赵[8],留五月,秦果举鄢、郢、巫、上蔡、陈之地[9]。襄王流揜于城阳[10]。于是使人发驺征庄辛于

87

赵[11]。庄辛曰:"诺。"

庄辛至。襄王曰:"寡人不能用先生之言,今事至于此,为之奈何?"

庄辛对曰:"臣闻鄙语曰[12]:'见兔而顾犬[13],未为晚也;亡羊而补牢,未为迟也。'臣闻昔汤、武以百里昌[14],桀、纣以天下亡[15]。今楚国虽小,绝长续短[16],犹以数千里,岂特百里哉[17]?

"王独不见夫蜻蛉乎[18]?六足四翼,飞翔乎天地之间,俯啄蚊虻而食之,仰承甘露而饮之,自以为无患,与人无争也;不知夫五尺童子方将调饴胶丝[19],加己乎四仞之上[20],而下为蝼蚁食也。

"蜻蛉其小者也,黄雀因是以[21]。俯噣白粒[22],仰栖茂树,鼓翅奋翼,自以为无患,与人无争也;不知夫公子王孙左挟弹,右摄丸[23],将加己乎十仞之上,以其颈为招[24],昼游乎茂树,夕调乎酸醎[25]。倏忽之间[26],坠于公子之手。

"夫黄雀其小者也,黄鹄因是以[27]。游于江海,淹乎大沼[28],俯噣鳝鲤,仰啮菱衡[29],奋其六翮,而凌清风[30],飘摇乎高翔,自以为无患,与人无争也;不知夫射者方将修其碆卢[31],治其矰缴[32],将加己乎百仞之上,被躜磻,引微缴,折清风而抎矣[33]。故昼游乎江河,夕调乎鼎鼐[34]。

"夫黄鹄其小者也,蔡圣侯之事因是以[35]。南游乎高陂[36],北陵乎巫山[37],饮茹溪之流[38],食湘波之鱼[39]。左抱幼妾,右拥嬖女,与之驰骋乎高蔡之中[40],而不以国

88

家为事;不知夫子发方受命乎宣王[41],系己以朱丝而见之也[42]。

"蔡圣侯之事其小者也,君王之事因是以。左州侯,右夏侯,辇从鄢陵君与寿陵君,饭封禄之粟[43],而载方府之金[44],与之驰骋乎云梦之中[45],而不以天下国家为事,而不知夫穰侯方受命乎秦王[46],填黾塞之内[47],而投己乎黾塞之外[48]。"

襄王闻之,颜色变作,身体战栗。于是乃以执珪而授之[49],封之为阳陵君[50],与淮北之地也[51]。

【注释】 [1] 庄辛:楚人,楚庄王后代,故以庄为姓。楚襄王:即楚顷襄王熊横,楚怀王之子,公元前 298 至前 263 年在位。 [2] 左、右:指近在身旁。辇从:随从于辇车之后,即跟随车后。州侯、夏侯、鄢陵君、寿陵君:四人都是顷襄王宠幸的臣子。 [3] 郢(yǐng)都:楚国国都,在今湖北江陵。[4] 悖:昏乱,糊涂。 [5] 妖祥:吉凶祸福的征兆。这里指不好的预兆。妖,通"妖"。 [6] 卒幸:始终宠爱。 [7] 辟:同"避"。 [8] 去之赵:离开楚国,前往赵国。 [9] 举:拔,攻占。鄢、巫、上蔡、陈:当时都是楚地。鄢在今湖北宜城南,巫即今重庆巫山,上蔡在今河南上蔡西南,陈即今河南淮阳。 [10] 流揜(yǎn):流亡藏匿。城阳:地名,在今河南信阳北。 [11] 发驺(zōu):派遣车马。征:召。 [12] 鄙语:指谚语、俗话。 [13] 见兔而顾犬:看见了兔子,再回头嗾(sǒu)使猎犬。 [14] 汤:商代开国君主。武:周武王。以百里昌:依靠百里大的地盘昌盛起来。[15] 桀:夏的亡国之君。纣:商的亡国之君。以天下亡:虽据有天下,却亡国了。 [16] 绝长续短:这是说将所有土地并拢计算。 [17] 特:只。 [18] 蜻蛉(líng):即蜻蜓。 [19] 饴(yí):糖浆。胶丝:粘涂在丝网上(用来粘取蜻蛉)。 [20] 己:指蜻蛉。仞:古代长度单位。一仞为七尺,一说八尺。本文所谓"四仞"、"十仞"、"百仞"皆泛言其高。虽非实指,但有递进关系。 [21] 因:犹。是:此。以:同"已",句末语助词。 [22] 喝(zhuó):同"啄"。 [23] 挟:手持。摄:拿着。 [24] 招:靶子。

89

[25] 醎:同"咸"。　　[26] 倏忽:很快地。　　[27] 黄鹄(hú):鸟名,似鹅而较大,俗名天鹅。　　[28] 淹:停留,止息。　　[29] 啮(niè):咬食。菱衡:即菱荇(xìng),水草。　　[30] 奋:鸟类展翅。翮(hé):鸟翎的茎。这里代称羽翼。凌:驾,乘。　　[31] 修:修治,整治。磻(bō):石镞,即石制箭头。卢:黑色弓。　　[32] 矰缴(zēng zhuó):带有丝绳的箭,用以捕鸟。缴,系在箭上的丝绳。　　[33] 被:遭,受。衉(jiān):锋利。礛(bō):同"磻",石制箭头。引:拖。折:断,指负伤而飞行中断。抎(yǔn):同"陨",坠落。　　[34] 鼎:古时烹调器具,圆形,三足两耳。鼐(nài):大鼎。　　[35] 蔡圣侯:蔡国国君。　　[36] 高陂(bēi):此与"巫山"对举,疑为地名,不知其详。一说高陂即高坡。　　[37] 陵:登。巫山:山名,在今重庆巫山东。　　[38] 茹溪:水名,澧水支流,在今湖南北部。　　[39] 湘波:即湘水,在今湖南。　　[40] 高蔡:地名,在今湖南常德。　　[41] 子发:名舍,曾任楚国的令尹。曾率师伐蔡,俘获蔡侯。宣王:指楚宣王,公元前369至前340年在位。　　[42] 己:指蔡侯。见之:去见楚宣王。　　[43] 饭:用作动词,即吃。封禄之粟:从封邑取来的粮食。　　[44] 载:装载。方府:即国库。　　[45] 云梦:古泽薮名。在今湖北中部,跨长江两岸。　　[46] 穰侯:即秦相魏冉,封于穰,称穰侯。穰,地名,在今河南邓县。秦王:指秦昭王。　　[47] 填:布满。黾塞:即冥阨,古隘道名,即今河南信阳西南平靖关。　　[48] 投:丢弃,这里指驱逐。己:指楚襄王。黾塞之外:即黾塞之北。按:白起攻破鄢郢,烧夷陵,在黾塞之南,所以称"内"。楚王出逃,往东北,所以称"外"。所谓内、外,是就楚国国境说的。　　[49] 执珪:又作"执圭",楚国最高爵位。
[50] 阳陵君:给庄辛的封号。《新序》所记为"城陵君",与此不同。　　[51] "与淮北"句:攻取了淮北一带的土地。按:吴师道说:"句上有缺文。"

鲁仲连义不帝秦

【题解】　选自《战国策·赵策三》,标题依普通选本。赵孝成王六年(前260),秦、赵激战于长平,赵军大败,降卒四十余万皆被坑杀。九年(前257),秦军进围赵都邯郸,赵国危在旦夕,求救于魏。魏国君臣慑于秦国威力,竟派人劝赵王尊秦王为帝,屈膝称臣。这时正在赵国的齐国高士鲁仲连(亦称鲁连)挺身而出,坚持正义,坚决主张抗秦,反对尊秦王为帝。同时又得魏信陵君与楚春申君的援救,邯郸之围始解。本文记述了围绕着"帝秦"与"抗秦"的矛盾冲突而展开的一场激烈论战,生动地刻画出鲁仲连这一光彩照人的"天下之士"的形象。本文在应对辩难中展现尖锐的矛盾冲突,并以对比的手法和个性化的语言刻画人物的性格特征,于滔滔雄辩中见堂堂正气,具有强烈的艺术感染力。

秦围赵之邯郸[1]。魏安釐王使将军晋鄙救赵[2]。畏秦,止于荡阴不进[3]。

魏王使客将军辛垣衍间入邯郸[4],因平原君谓赵王曰[5]:"秦所以急围赵者,前与齐闵王争强为帝[6],已而复归帝,以齐故[7];今齐闵王益弱[8],方今唯秦雄天下[9],此非必贪邯郸,其意欲求为帝。赵诚发使尊秦昭王为帝[10],秦必喜,罢兵去。"平原君犹豫未有所决。

此时鲁仲连适游赵[11],会秦围赵[12],闻魏将欲令赵尊秦为帝,乃见平原君,曰:"事将奈何矣?"平原君曰:"胜也何敢言事[13]!百万之众折于外[14],今又内围邯郸而不能去[15]。魏王使客将军辛垣衍令赵帝秦,今其人在是。胜也何敢言事!"鲁连曰:"始吾以君为天下之贤公子也,吾乃今然后知君非天下之贤公子也。梁客辛垣衍安在[16]?吾请为君责而归之。"平原君曰:"胜请为召而见之于先生[17]。"

平原君遂见辛垣衍,曰:"东国有鲁连先生[18],其人在此,胜请为绍介,而见之于将军。"辛垣衍曰:"吾闻鲁连先生,齐国之高士也。衍,人臣也,使事有职[19],吾不愿见鲁连先生也。"平原君曰:"胜已泄之矣[20]。"辛垣衍许诺。

鲁连见辛垣衍而无言。辛垣衍曰:"吾视居此围城之中者,皆有求于平原君者也。今吾视先生之玉貌[21],非有求于平原君者,曷为久居此围城之中而不去也[22]?"鲁连曰:"世以鲍焦无从容而死者[23],皆非也。今众人不知,则为一身[24]。彼秦,弃礼义而上首功之国也[25],权使其士,虏使其民[26],彼则肆然而为帝[27],过而遂正于天下[28],则连有赴东海而死耳[29],吾不忍为之民也! 所为见将军者,欲以助赵也。"辛垣衍曰:"先生助之奈何[30]?"鲁连曰:"吾将使梁及燕助之,齐楚固助之矣。"辛垣衍曰:"燕则吾请以从矣[31];若乃梁,则吾乃梁人也,先生恶能使梁助之耶[32]?"鲁连曰:"梁未睹秦称帝之害故也;使梁睹秦称帝之害[33],则必助赵矣。"辛垣衍曰:"秦称帝之害将奈何?"鲁仲连曰:"昔齐威王尝为仁义矣[34],率天下诸侯而朝周[35],周贫且微,诸侯莫朝,而齐独朝之。居岁余,周烈王崩[36],诸侯皆吊,齐后往。周怒,赴于齐曰[37]:'天崩地坼[38],天子下席[39],东藩之臣田婴齐后至,则斩之[40]!'威王勃然怒曰:'叱嗟[41]! 而母婢也[42]!'卒为天下笑。故生则朝周,死则叱之,诚不忍其求也[43]。彼天子固然,其无足怪[44]!"

辛垣衍曰:"先生独未见夫仆乎[45]? 十人而从一人者,宁力不胜、智不若耶[46]? 畏之也。"鲁仲连曰:"然,梁之比于秦,若仆耶?"辛垣衍曰:"然。"鲁仲连曰:"然则吾将使秦王烹醢梁王[47]!"辛垣衍怏然不悦[48],曰:"嘻! 亦太甚矣,先生之言也! 先生又恶能使秦王烹醢梁王?"鲁仲连曰:"固也[49]!待吾言之:昔者鬼侯、鄂侯、文王[50],纣之三公也[51]。鬼侯有子而好[52],故入之于纣,纣以为恶,醢鬼侯;鄂侯争之急,辨之疾,故脯鄂侯[53];文王闻之,喟然而叹,故拘之于羑里之库百日[54],而欲令之死。曷为与人俱称帝王,卒就脯醢之地也[55]?

"齐闵王将之鲁,夷维子执策而从[56],谓鲁人曰:'子将何以待吾君?'鲁人曰:'吾将以十太牢待子之君[57]。'夷维子曰:'子安取礼而来待吾君[58]?彼吾君者,天子也。天子巡狩,诸侯辟舍[59],纳于筦键,摄衽抱几,视膳于堂下[60];天子已食,而听退朝也[61]。'鲁人投其籥,不果纳[62],不得入于鲁。将之薛[63],假涂于邹[64]。当是时,邹君死,闵王欲入吊。夷维子谓邹之孤曰[65]:'天子吊,主人必将倍殡柩[66],设北面于南方[67],然后天子南面吊也。'邹之群臣曰:'必若此,吾将伏剑而死。'故不敢入于邹。邹、鲁之臣,生则不得事养,死则不得饭含[68],然且欲行天子之礼于邹、鲁之臣,不果纳。今秦万乘之国,梁亦万乘之国,交有称王之名[69]。睹其一战而胜,欲从而帝之,是使三晋之大臣[70],不如邹、鲁之仆妾也。

"且秦无已而帝[71],则且变易诸侯之大臣[72],彼将夺其所谓不肖,而予其所谓贤,夺其所憎,而与其所爱;彼又将使其子女谗妾[73],为诸侯妃姬,处梁之宫[74],梁王安得晏然而已乎[75]?而将军又何以得故宠乎?"

于是辛垣衍起,再拜谢曰:"始以先生为庸人,吾乃今日而知先生为天下之士也[76]!吾请去[77],不敢复言帝秦!"

秦将闻之，为却军五十里[78]。适会公子无忌夺晋鄙军以救赵击秦[79]，秦军引而去。

于是平原君欲封鲁仲连。鲁仲连辞让者三[80]，终不肯受。平原君乃置酒，酒酣，起，前，以千金为鲁连寿[81]。鲁连笑曰："所贵于天下之士者，为人排患、释难、解纷乱而无所取也。即有所取者，是商贾之人也[82]，仲连不忍为也。"遂辞平原君而去，终身不复见。

【注释】 [1] 邯郸：在今河北邯郸。 [2] 魏安釐(xī)王：魏昭王之子，名圉(yǔ)，公元前276至前243年在位。晋鄙：魏国大将。 [3] 荡阴：即汤阴，在今河南汤阴。当时为赵、魏二国交界处。 [4] 客将军：在他国做官，文官称"客卿"，武官即称"客将"或"客将军"。辛垣衍：复姓辛垣，名衍，在魏国为将。 [5] 因：依托，通过。平原君：即赵胜，战国四公子之一，赵惠文王之弟，号平原君。当时任赵相，有食客数千人。赵王：指赵孝成王，名丹，赵惠文王之子，公元前265至前245年在位。 [6] 齐闵王：公元前300至前284年在位，于前288年与秦昭王相约同时称帝，齐闵王称东帝，秦昭王称西帝。但仅过二月，齐闵王先取消帝号，秦昭王也随着取消帝号，复为王。 [7] 已而：不久。复归帝：又取消帝号。以齐故：因为齐王先取消帝号的缘故。 [8] 益：更加。 [9] 雄：称雄。 [10] 诚：果真。秦昭王：秦国国君，姓嬴名则，一名稷，公元前306至前251年在位。 [11] 鲁仲连：齐国人，又称鲁连，善计谋，常周游各国，为人排难解纷，一生不做官，以高风亮节著称。 [12] 会：遇，正赶上。 [13] "胜也"句：我怎么还敢谈论这件事情！ [14] "百万"句：指长平之役，秦将白起大破赵军，赵军损失四十余万。 [15] 内：深入赵国内。去：退去。指击退秦军。 [16] 梁客：即从梁国来的客人，指辛垣衍。魏建都大梁（今河南开封），故亦称梁。 [17] 召：呼唤，叫。 [18] 东国：指齐国。齐在六国之东，故称。 [19] 使事有职：出使赵国，有自己的职责。 [20] 泄之：指已把辛垣衍来赵国的事泄露给鲁仲连了。 [21] 玉貌：犹言尊颜。 [22] 曷为：为什么。 [23] 鲍焦：周代隐士。传说因对时政不满,廉洁自守,以采樵及拾橡实为生,后抱木饿死。无从容:指心胸狭隘,没有度量。　　[24]"今众人"二句:现在很多人不理解鲍焦死的意义,就认为他只为自身打算。　　[25]上首功:崇尚斩首之功。即以作战中斩获敌人首级多少来计功。　　[26]权:权诈。房:俘房,古以俘房作为奴隶,这里指奴隶。　　[27]彼:指秦国。肆然:肆无忌惮的样子。　　[28]过:甚且,进一步。遂:终,竟。正:同"政",统治。　　[29]有:只有。意为别无选择。赴:投身,跳进。　　[30]助之奈何:怎么帮助它。　　[31]"燕则"句:燕国么,我认为它是会听从的。以,以为,认为。　　[32]若乃:至于。恶(wū):何,怎么。　　[33]使:假使,如果。　　[34]齐威王:齐桓公之子,名婴齐,公元前356至前320年在位。为:施行。　　[35]朝周:朝见周天子。按:春秋以来,王室衰微,礼崩乐坏,诸侯不朝天子已是常事。所以这里称齐威王率领天下诸侯朝周是仁义之举。　　[36]周烈王:周安王之子,名喜,公元前375至前369年在位。按:周烈王崩当在齐桓公时,不与齐威王同时代,故本文所叙有误。　　[37]赴于齐:把周天子的死讯通知齐。赴,同"讣",讣告,报丧。　　[38]天崩地坼(chè):喻天子之死。崩,塌。坼,裂。[39]天子下席:指继承王位的新天子离开宫室,寝于苫(shān)席之上,以行丧礼。　　[40]东藩:东方藩国。田婴齐:即齐威王。田氏,名婴齐。斫(zhuó):斩,杀。　　[41]叱嗟(chì jiē):怒斥声。　　[42]而:你。婢女:婢女,丫头。　　[43]诚不忍其求:实在是受不了周室的苛求。　　[44]固然:本来就是这样。　　[45]仆:奴仆。　　[46]宁:难道。　　[47]烹:用鼎来煮杀人。醢(hǎi):把人杀死后剁成肉酱。这都是古代的酷刑。[48]怏然:心有怨愤的样子。　　[49]固也:当然啦。　　[50]鬼侯:一作"九侯",封地在今河北临漳。鄂侯:封地在今河南沁阳。文王:即周文王姬昌,封地在今陕西。　　[51]纣之三公:纣王的三个诸侯。　　[52]子:这里指女儿。好:美。　　[53]辨:同"辩",争辩。疾:急,厉害。脯(fǔ):干肉。这里用作动词,即做成肉干。　　[54]牖(yǒu)里:一作"羑(yǒu)里",古地名,在今河南汤阴北。库:监狱。　　[55]"曷为"二句:为什么与别人同样称帝王,却落到被人做成肉干、剁成肉酱(即任人宰割)的地步呢?[56]夷维子:人名,齐臣,以地名夷维(在今山东高密)为姓。　　[57]十太牢:这是款待诸侯之礼。牛、羊、猪各一为"太牢"。　　[58]安取礼:从哪里拿来这种礼仪。意即根据哪一种礼仪标准。因鲁人未以天子礼接待闵王,故

95

夷维子提出质问。　　［59］巡狩(shòu)：指天子到各地视察。诸侯辟舍：天子到诸侯国巡行视察时，诸侯要退出自己的宫室避居别处。辟，同"避"。
［60］纳于筦(guǎn)键：把钥匙交给天子。纳，上缴。于，以。筦，同"管"。管键即钥匙。摄：提。衽：衣襟。视膳：伺候天子用膳。　　［61］"天子"二句：等候天子进餐完毕，然后退回朝堂处理政事。　　［62］投其籥(yuè)：即闭关下锁，关闭城门。籥，即"钥"。不果纳：终于不接纳。　　［63］薛：古国名，任姓，在今山东滕县东南，战国初为齐所灭。　　［64］假涂：借路通行。涂，通"途"。邹：古国名，曹姓，国都在邹(今山东邹县东南)，战国时为楚所灭。　　［65］孤：父死而子称"孤"。这里指已故邹君之子。　　［66］倍：同"背"。　　［67］"设北面"句：即设一个向北的灵堂，以便天子向南祭吊。古以坐北面南为正位，国君灵柩当然坐北朝南而放。而天子往吊，要朝南而见诸侯，所以这里叫邹人把灵柩掉过来坐南向北。　　［68］事养：奉养。饭含：古代贵族葬礼，人死后把米粒放在死者口中叫"饭"，把珠玉放在死者口中叫"含"。　　［69］交有：互有。　　［70］三晋：指韩、赵、魏三国。这里主要指赵、魏而言，特别是指辛垣衍。　　［71］无已而帝：即不加制止而让秦终于称帝。　　［72］且：将。　　［73］子女、谗妾：均指妇女。　　［74］处梁之宫：住在梁王的后宫里。　　［75］晏然：平安无事的样子。　　［76］天下之士：天下杰出的贤士。　　［77］吾请去：请让我离开。　　［78］却军：退兵。　　［79］适会：恰逢。公子无忌：即信陵君魏无忌，战国四公子之一，魏安釐王之异母弟，封于信陵(今河南宁陵)，号信陵君。　　［80］辞让：客气地推辞不受。三：多次。　　［81］寿：祝福。这里指以千金赠鲁连，表示祝福。　　［82］即：如，假使。商贾(gǔ)：商人的统称。古时运货贩卖叫"商"，囤积营利叫"贾"，故有"行商坐贾"之说。

触龙说赵太后

【题解】　选自《战国策·赵策四》，标题依普通选本。本文记老臣触龙以巧妙的方式从容谏说，使赵威后明白了与其让长安君"位尊而无功，奉厚而无劳"，不如让他"有功于国"，将来才能"自托于赵"的道理，欣然同意长安君出为人质，换来了齐国的救援之兵。触龙的

96

谏说巧妙得体，言辞委婉；动之以深情，晓之以大义，使良好的动机与圆满的效果统一起来了。

赵太后新用事[1]，秦急攻之。赵氏求救于齐[2]。齐曰：“必以长安君为质[3]，兵乃出。”太后不肯，大臣强谏[4]。太后明谓左右[5]：“有复言令长安君为质者，老妇必唾其面[6]！”

左师触龙言愿见太后[7]。太后盛气而揖之[8]。入而徐趋[9]，至而自谢曰[10]：“老臣病足，曾不能疾走[11]，不得见久矣，窃自恕，恐太后玉体之有所郄也[12]，故愿望见[13]。”太后曰：“老妇恃辇而行[14]。”曰：“日食饮得无衰乎[15]？”曰：“恃鬻耳[16]。”曰：“老臣今者殊不欲食，乃自强步[17]，日三四里，少益嗜食，和于身[18]。”曰：“老妇不能。”太后之色少解[19]。

左师公曰：“老臣贱息舒祺，最少，不肖[20]；而臣衰，窃爱怜之，愿令补黑衣之数[21]，以卫王宫。没死以闻[22]！”太后曰：“敬诺[23]。年几何矣？”对曰：“十五岁矣。虽少，愿及未填沟壑而托之[24]。”太后曰：“丈夫亦爱怜其少子乎[25]？”对曰：“甚于妇人。”太后曰：“妇人异甚[26]！”对曰：“老臣窃以为媪之爱燕后，贤于长安君[27]。”曰：“君过矣，不若长安君之甚！”

左师公曰：“父母之爱子，则为之计深远[28]。媪之送燕后也，持其踵为之泣[29]，念悲其远也，亦哀之矣。已行，非弗思也，祭祀必祝之[30]，祝曰：‘必勿使反[31]！’岂非计久长，有子孙相继为王也哉[32]？”太后曰：“然。”

左师公曰：“今三世以前[33]，至于赵之为赵[34]，赵王之子孙侯者,其继有在者乎[35]?"曰:"无有。"曰:"微独赵,诸侯有在者乎[36]?"曰:"老妇不闻也。""此其近者祸及身,远者及其子孙[37]。岂人主之子孙则必不善哉?位尊而无功,奉厚而无劳[38],而挟重器多也[39]。今媪尊长安君之位,而封以膏腴之地[40],多予之重器,而不及今令有功于国[41];一旦山陵崩[42],长安君何以自托于赵[43]?老臣以媪为长安君计短也[44],故以为其爱不若燕后[45]。"太后曰:"诺,恣君之所使之[46]。"于是为长安君约车百乘[47],质于齐,齐兵乃出。

子义闻之[48],曰:"人主之子也,骨肉之亲也,犹不能恃无功之尊,无劳之奉,而守金玉之重也[49],而况人臣乎!"

【注释】 [1] 赵太后:即赵威后,赵惠文王妻,赵孝成王母。赵惠文王死,子孝成王立,因其年少,由赵威后执政。用事:执政,掌权。 [2] 赵氏:即指赵国。 [3] 长安君:赵威后的小儿子,封于长安(赵国地名),故号"长安君"。为质:作人质。 [4] 强(qiǎng)谏:竭力规劝。 [5] 左右:指太后身边的臣下。 [6] 老妇:赵太后自称。唾(tuò):吐唾沫。 [7] 左师:官名。一说为复姓。触龙:人名,赵国老臣。 [8] 盛气:怒气冲冲。揖(yī):拱手行礼。按:帛书《战国纵横家书》及《史记·赵世家》"揖"作"胥"。胥,通"须",等待。 [9] 徐:慢慢地。趋:小步急行。古时臣见君,应小步急行,以示尊敬。 [10] 谢:谢罪,道歉。 [11] 曾:竟然。疾走:快跑。 [12] 郄(xì):通"隙",疲劳。一说通"隙",有空隙、裂缝之意,引申为不舒适。 [13] 见:谒见。 [14] 恃:依靠。辇(niǎn):此指国君所乘之车。 [15] 得无:该不会。衰:减少。 [16] 鬻(zhōu):通"粥"。[17] 今者:近来。强(qiǎng)步:勉强步行。 [18] 少:稍微。益:增加。嗜食:这里指食欲。和于身:身体感到舒适。 [19] 色:指脸色,即脸上的怒气。 [20] 贱息:对人谦称自己的儿子。息,子。舒祺:触龙儿子。不

98

肖:不贤,不成器。谦词。　　[21]黑衣:宫中卫士的代称。当时赵宫中卫士均着黑衣。　　[22]没(mò)死:犹言昧死,即冒着死罪。以闻:即禀告而使闻知。　　[23]敬诺:相当于"好吧"。敬表礼貌,诺为应答之词。
[24]及:趁。填沟壑:指死。这是一种委婉的说法。托:托付。　　[25]丈夫:犹言男子汉。　　[26]异甚:特别厉害。　　[27]媪(ǎo):对老年妇女的敬称。燕后:赵太后之女,嫁燕国国君,故称燕后。　　[28]计:打算。
[29]踵:脚后跟。　　[30]祝:祷告。　　[31]反:同"返"。　　[32]"岂非"二句:这难道不是为她作长远打算,希望她有子孙后代世世为王吗?
[33]三世:即三代。　　[34]"至于"句:一直上推到赵国建国的时候。
[35]"赵王"二句:赵国君主子孙封侯的,他们的继承人还有在侯位的吗?
[36]"微独"二句:不只是赵国,其他诸侯子孙封侯的,他们的继承人还有在侯位的吗?　　[37]此:指示代词,即指代上面所说的情况。其:表推断的副词,相当于"大概"、"或者"。　　[38]"位尊"二句:地位尊贵却没有什么功勋,俸禄优厚却没有什么劳绩。奉,同"俸",俸禄。　　[39]挟:拥有,占有。重器:宝器。　　[40]膏腴:肥沃。　　[41]及今:趁现在。　　[42]山陵崩:喻国君死亡。这里婉言赵太后一旦逝世。　　[43]自托于赵:指在赵国立脚,保持自己的地位。　　[44]以:认为。计短:考虑不长远。　　[45]其爱:指对长安君的爱。　　[46]恣:听任。　　[47]约车:整备车马。乘(shèng):古时四马一车为一乘。　　[48]子义:赵国的贤士。　　[49]守:保住。

唐雎不辱使命

【题解】　选自《战国策·魏策四》,标题依普通选本。战国末年,秦并天下前夕,秦王以强凌弱,用明为"易"之、实为"夺"之的伎俩欲占安陵。本文描写唐雎受安陵君之命出使秦国,坚持正义,勇抗强秦,终于使秦王威风扫地,胜利完成了使命。本文以"夸饰非实"之笔,精心刻画了唐雎智勇超群、英气逼人的动人形象,淋漓尽致地描绘了尖锐激烈的矛盾冲突和面折廷争的斗争场面。作者综合运用了夸张、排比、对偶等修辞手段,增强了文章的气势和语言的

99

力量。

　　秦王使人谓安陵君曰[1]:"寡人欲以五百里之地易安陵[2],安陵君其许寡人[3]!"安陵君曰:"大王加惠,以大易小,甚善。虽然,受地于先王,愿终守之[4],弗敢易。"秦王不说[5]。安陵君因使唐雎使于秦[6]。

　　秦王谓唐雎曰:"寡人以五百里之地易安陵,安陵君不听寡人,何也?且秦灭韩亡魏[7],而君以五十里之地存者[8],以君为长者,故不错意也[9]。今吾以十倍之地,请广于君[10],而君逆寡人者,轻寡人与?"唐雎对曰:"否,非若是也。安陵君受地于先王而守之,虽千里不敢易也,岂直五百里哉[11]?"

　　秦王怫然怒[12],谓唐雎曰:"公亦尝闻天子之怒乎?"唐雎对曰:"臣未尝闻也。"秦王曰:"天子之怒,伏尸百万[13],流血千里。"唐雎曰:"大王尝闻布衣之怒乎[14]?"秦王曰:"布衣之怒,亦免冠徒跣[15],以头抢地耳[16]。"唐雎曰:"此庸夫之怒也,非士之怒也[17]。夫专诸之刺王僚也[18],彗星袭月[19];聂政之刺韩傀也[20],白虹贯日[21];要离之刺庆忌也[22],苍鹰击于殿上[23]。此三子皆布衣之士也,怀怒未发,休祲降于天[24],与臣而将四矣[25]。若士必怒,伏尸二人[26],流血五步,天下缟素[27],今日是也!"挺剑而起。

　　秦王色挠[28],长跪而谢之[29],曰:"先生坐!何至于此!寡人谕矣[30]。夫韩、魏灭亡,而安陵以五十里之地存者,徒以有先生也。"

以上据上海古籍出版社版《战国策》

100

【注释】 〔1〕秦王:指秦始皇嬴政,秦庄襄王子,公元前246至前210年在位。当时尚未称皇帝,故曰秦王。使:派遣。安陵君:安陵国国君。安陵,魏国的附庸小国,在今河南鄢陵西北。 〔2〕易:换取。 〔3〕其:用作副词,表示命令语气。许:答应。 〔4〕先王:称前代国君。 〔5〕说(yuè):同"悦"。 〔6〕使:派遣。唐雎(jū):一作"唐且",魏国人,安陵君的臣。使于秦:出使秦国。 〔7〕灭韩:秦王政十七年(前230)灭韩国。 〔8〕君:指安陵君。 〔9〕不错意:不置意,即不放在心上。错,通"措"。 〔10〕广于君:指扩大安陵君的地盘。 〔11〕直:只,仅仅。 〔12〕怫(fú)然:大怒的样子。 〔13〕伏:倒仆。百万:泛言其多,夸张之词。 〔14〕布衣:平民。古代平民一般穿麻布衣服,故称。 〔15〕免冠:摘掉帽子。徒跣(xiǎn):光脚。 〔16〕抢:碰,撞。 〔17〕庸夫:凡夫俗子。士:这里指勇于牺牲的武士。 〔18〕专诸:春秋时吴国勇士。王僚:吴国国君,名僚,公元前526至前515年在位。前515年,吴国公子光(即后来的吴王阖闾)和吴王僚争夺君位,派专诸将短剑藏于鱼腹之中,借献食机会,刺死王僚。 〔19〕彗星:俗称"扫帚星",有光尾,形如扫帚。袭月:指彗星光芒掩盖月亮。古时迷信以为天变与人事相应,即所谓"天人感应",故认为彗星袭月是上天为专诸刺王僚这一事变所显示的征兆。下文"白虹贯日","苍鹰击于殿上",也都是说上天为人事之变垂示异象。 〔20〕聂政:战国时魏国轵(在今河南济源)人。韩傀(kuǐ):韩国之相。韩国大臣严遂(字仲子)与韩傀结仇,严遂结交聂政,使聂政刺杀了韩傀。 〔21〕白虹贯日:白虹穿过太阳。贯,穿过。 〔22〕要(yāo)离:吴国勇士。庆忌:吴王僚之子。吴王僚被刺后,庆忌逃往卫国。吴王阖闾(即公子光)为除后患,使要离前往卫国,刺杀了庆忌。 〔23〕"苍鹰"句:苍鹰在宫殿上扑击。苍,青黑色。 〔24〕休:指吉兆。祲(jìn):指凶兆。 〔25〕"与臣"句:现在加上我,将成为四个人了。这是唐雎警告秦王的话,暗示自己要效法专诸等人,刺死秦王。 〔26〕伏尸二人:指唐雎自己与秦王同归于尽。 〔27〕天下缟(gǎo)素:意指秦王被刺死,全国都将穿白戴孝。缟素,这里指穿丧服。 〔28〕色挠(náo):指神色沮丧,威风顿失。挠,屈。 〔29〕长跪:古人席地而坐,坐时两膝着地,臀部放在脚跟上。跪时耸身挺腰,高于坐时,叫"长跪"。

101

谢:道歉。　　　[30] 谕:明白。

逸周书

《逸周书》 又称《汲冢周书》,原名《周史记》、《周书》,是一部
与《尚书》相似的史书。关于其成书及时代,历来学者所论不一。
比较可信的说法是,此书乃战国时期纂辑而成的拟古之作,并非出
于一人一时。名为《周书》,除集中记载了西周文、武、周公的有关
史实外,也记有后代之事。此书原七十一篇,今存者并《序》实为六
十篇。其文长短、文体不一,内容驳杂,有"杂史"之称。

太 子 晋

【题解】　选自《逸周书》第六十四篇。太子晋为周灵王(公元前
571—前 545 年)太子,名晋。本篇写其年少聪颖,气质非凡,能辩
善对,在应答晋大夫师旷之问时反应敏捷,出语得体,令师旷连连
称善。文章情节堪称荒诞怪异,文笔富于传奇色彩。

晋平公使叔誉于周[1],见太子晋而与之言,五称而三
穷[2]。逡巡而退,其言不遂[3]。归告公曰:"太子晋行年
十五,而臣弗能与言。君请归声就、复与田[4],若不反,及
有天下,将以为诛。"

平公将归之,师旷不可[5],曰:"请使瞑臣往与之言,
若能慭予,反而复之[6]。"

师旷见太子,称曰:"吾闻王子之语,高于泰山,夜寝
不寐,昼居不安,不远长道,而求一言。"王子应之曰:"吾
闻大师将来,甚喜而又惧。吾年甚少,见子而慑,尽忘吾

102

度。"师旷曰:"吾闻王子,古之君子,甚成不骄[7],自晋入周,行不知劳。"王子应之曰:"古之君子,其行至慎,委积施关,道路无限,百姓悦之,相将而远,远人来骍,视道如咫[8]。"

师旷告善,又称曰:"古之君子,其行可则[9],由舜而下,其孰有广德?"王子应之曰:"如舜者天,舜居其所,以利天下,奉翼远人[10],皆得已仁,此之谓天。如禹者圣,劳而不居,以利天下,好取不好与[11],必度其正,是之谓圣。如文王者,其大道仁,其小道惠,三分天下而有其二,敬人无方,服事于商,既有其众而反失其身,此之谓仁。如武王者义,杀一人而以利天下[12],异姓同姓,各得其所,是之谓义。"

师旷告善,又称曰:"宣辨名命[13],异姓恶方,王、侯、君、公,何以为尊? 何以为上?"王子应之曰:"人生而重丈夫,谓之胄子[14]。胄子成人,能治上官[15],谓之士。士率众时作,谓之伯。伯能移善于众,与百姓同,谓之公。公能树名生物,与天道俱,谓之侯。侯能成群,谓之君。君有广德,分任诸侯而敦信,曰予一人;善至于四海,曰天子;达于四荒,曰天王。四荒至,莫有怨訾[16],乃登为帝。"

师旷罄然[17],又称曰:"温恭敦敏,方德不改[18],闻物□□,下学以起,尚登帝臣,乃参天子,自古谁?"王子应之曰:"穆穆虞舜,明明赫赫[19],立义治律,万物皆作,分均天财,万物熙熙[20],非舜而谁?"

师旷束躅其足曰[21]:"善哉善哉!"王子曰:"大师何举足骤[22]?"师旷曰:"天寒足跔[23],是以数也[24]。"

王子曰："请入坐。"遂敷席注瑟[25]。师旷歌《无射》曰[26]："国诚宁矣,远人来观,修义经矣,好乐无荒。"乃注瑟于王子,王子歌《峤》曰[27]："何自南极,至于北极,绝境越国,弗愁道远。"

师旷蹴然起曰[28]："瞑臣请归。"王子赐之乘车四马曰[29]："大师亦善御之[30]。"师旷对曰："御,吾未之学也。"王子曰："汝不为夫诗? 诗云:'马之刚矣,辔之柔矣;马亦不刚,辔亦不柔;志气麃麃,取予不疑[31]。'以是御之。"

师旷对曰："瞑臣无见,为人辩也,唯耳之恃,而耳又寡闻而易穷。王子,汝将为天下宗乎[32]?"王子曰："大师,何汝戏我乎? 自太皞以下至于尧、舜、禹[33],未有一姓而再有天下者。夫木当时而不伐,夫何可得? 且吾闻汝知人年之长短,告吾。"师旷对曰："汝声清汗,汝色赤白,火色不寿[34]。"王子曰："然。吾后三年,将上宾于帝所[35]。汝慎无言,殃将及汝。"

师旷归。未及三年,告死者至。

据上海古籍出版社版《逸周书汇校集注》

【注释】 [1] 晋平公:春秋时晋国君,悼公之子,公元前 557 至前 532 年在位。叔誉:即晋大夫叔向。 [2] 五称:说五事。称,说。穷:尽。这里指词穷,即无言以答。 [3] 逡(qūn)巡:有所顾虑而徘徊不进。这里指惭愧而退。遂:顺,成。 [4] 声就、复与:周之二邑名。周衰,为晋占取。
[5] 师旷:晋平公时著名乐师,盲人,耳极聪,善审音辨律,以占吉凶。
[6] 瞑臣:即目盲之臣,师旷自称。矇(méng):覆盖。复:归还。 [7] 甚成不骄:很有成德,但不骄慢。 [8] 驩:同"欢"。咫(zhǐ):古代长度单位,周制八寸。这里用以喻近。 [9] 则:效法。 [10] 奉翼:养育,保护。 [11] 好取:指乐于取人之善。不好与:指不务小惠。 [12] 一

人:指商王纣。　　　［13］宣:显明。辨:分别。命:以名命之,即取名。
［14］丈夫:成年男子的通称。胄(zhòu)子:即国子,公卿大夫的子弟。
［15］上官:指居于民众之上而任职。　　　［16］訾(zǐ):非议。　　　［17］磬
(qìng)然:严整的样子。磬,通"磬"。　　　［18］方德:正直的德行。　　　［19］穆
穆:端庄盛美的样子。明明赫赫:光明盛大的样子。　　　［20］律:法。作:
兴。财:通"材"。熙熙:安乐的样子。　　　［21］束躅(zhuó):踏。束,通"趀
(cù)",踢。　　　［22］骤:屡次,多次。　　　［23］跔(jū):屈曲难伸。
［24］数(shuò):屡次。　　　［25］敷:铺陈。注:通"属",交付。　　　［26］无
射(yì):一作"亡射",十二律之一。十二律即古乐的十二调,有阳律六,阴律
六。"无射"属阳律之一。　　　［27］《峤(qiáo)》:曲名。　　　［28］蹶(guì)然:
急忙的样子。　　　［29］乘(shèng):量词。古时一车四马叫"乘"。　　　［30］御:
驾驭车马。　　　［31］麃(piáo)麃:盛大的样子。此言志气旺盛。取予:指善
御马。　　　［32］宗:主。　　　［33］太皞:也作"太皓",传说古帝名,即伏羲
氏,风姓,继燧人氏为帝。　　　［34］清汗:指其声散而不收,如汗之出而不
返。赤白:纯白。火色:比喻人面红光。这里即指面色。不寿:寿命不长。
［35］宾:归从。将上宾于帝所:犹言归天,即去世。

论　语

　　《论语》是孔子及其门人的言行记录。一般认为,此书大约在
战国初年由孔子的弟子编纂而成。

　　孔子(前551—前479),名丘,字仲尼,春秋末期鲁国陬邑(今
山东曲阜)人。初曾从政,继而周游,终则设教、著述。孔子政治思
想的核心是"礼"与"仁",他是儒家学派的创始人,也是中国历史上
影响极大的思想家和教育家。

　　《论语》20篇,内容涉及哲学、政治、教育、礼仪、文化等各个方
面,是研究孔子生活、思想及儒家学说的重要文献。它不仅是儒家
崇奉的经典,也是一部优秀的语录体散文集。其章节简短,语言精
练、形象,含蓄隽永,富有哲理。

子路曾皙冉有公西华侍坐

【题解】 选自《论语·先进》，标题依普通选本。本篇记叙子路等四人陪奉孔子闲坐，各自谈论理想和抱负的情景，同时也记叙了孔子对他们的评价。语言优美隽永，充满情趣。特别是记曾皙的一段话，宛如一幅春光烂漫、生意盎然的游春图。

子路、曾皙、冉有、公西华侍坐[1]。

子曰[2]："以吾一日长乎尔，毋吾以也[3]。居则曰：'不吾知也[4]！'如或知尔，则何以哉[5]？"

子路率尔而对曰[6]："千乘之国[7]，摄乎大国之间[8]，加之以师旅[9]，因之以饥馑[10]；由也为之[11]，比及三年[12]，可使有勇，且知方也[13]。"

夫子哂之[14]。

"求，尔何如？"

对曰："方六七十[15]，如五六十[16]，求也为之，比及三年，可使足民[17]。如其礼乐，以俟君子[18]。"

"赤，尔何如？"

对曰："非曰能之，愿学焉。宗庙之事[19]，如会同[20]，端章甫[21]，愿为小相焉[22]。"

"点，尔何如？"

鼓瑟希[23]，铿尔[24]，舍瑟而作[25]。对曰："异乎三子者之撰[26]。"

子曰："何伤乎[27]，亦各言其志也！"

曰："暮春者，春服既成[28]，冠者五六人，童子六七人[29]，浴乎沂[30]，风乎舞雩[31]，咏而归。"

夫子喟然叹曰:"吾与点也[32]。"

三子者出,曾皙后[33]。曾皙曰:"夫三子者之言何如?"

子曰:"亦各言其志也已矣!"

曰:"夫子何哂由也?"

曰:"为国以礼,其言不让[34],是故哂之。""唯求则非邦也与[35]?""安见方六七十、如五六十而非邦也者!""唯赤则非邦也与?""宗庙、会同,非诸侯而何?赤也为之小,孰能为之大[36]!"

【注释】 [1] 子路(前542—前480):即仲由,字子路。曾皙:名点,曾参的父亲。冉有(前522—前489):名求。公西华(前509—?):名赤,字子华。四人都是孔子的学生。侍坐:陪奉孔子闲坐。 [2] 子:古时对男子的尊称。这里指孔子。 [3]"以吾"二句:不要因为我比你们年长而不敢说。 [4] 居:平时。则:通"辄",常常。不吾知:即"不知吾",不了解。 [5]"如或"二句:如果有人了解你们,你们用什么(从政)呢?或,有人。 [6] 率尔:轻率、急迫的样子。 [7] 千乘之国:指拥有一千辆兵车的国家。 [8] 摄:迫近。 [9] 师旅:古代军队编制,二千五百人为一师,五百人为一旅。这里用"师旅"代指战事。 [10] 因:仍,继。饥馑:灾荒。《尔雅·释天》:"谷不熟为饥,蔬不熟为馑。" [11] 为:治理。 [12] 比及:等到。 [13] 知方:懂得礼义。 [14] 夫子:古代对男子的尊称。学生称老师亦称"夫子"。这里指孔子。哂(shěn):微笑。 [15] 方六七十:方圆六七十里的国家。 [16] 如:或。 [17] 足民:使人民衣食富足。 [18]"如其"二句:至于兴礼乐教化,只有等贤人君子来担任了。俟(sì),等待。 [19] 宗庙之事:指诸侯祭祀之事。宗庙是君主祭祀祖先的地方。 [20] 会同:指诸侯会盟之事。 [21] 端章甫:指穿着礼服,戴着礼帽。端,礼服。章甫,礼帽。 [22] 小相:小小的司仪。 [23] 鼓:用作动词,弹。希:"稀"的本字,这里指弹瑟正近尾声,乐音稀疏。 [24] 铿(kēng)尔:即铿然,形容曲终收拨琴弦的声音。 [25] 作:起。这里指站

107

起身来。　　[26]撰:陈述。　　[27]伤:指妨害。　　[28]暮春:指农历三月。　　[29]冠者:指成年人。古代男子二十岁束发加冠,表示成年。童子:未成年人,即小孩。　　[30]沂:水名,在今山东曲阜南。　　[31]风:用作动词,即乘凉,吹风。舞雩(yú):鲁国祭天求雨的场所,在今山东曲阜南。[32]与:这里表示赞许、同意。　　[33]后:指后走。　　[34]“为国”二句:治理国家要讲究礼让,他的话不谦逊。　　[35]邦:国。与:同“欤”。[36]“赤也”二句:如果公西华只能给诸侯做个小司仪,那么谁能做大司仪呢?

季氏将伐颛臾

【题解】　选自《论语·季氏》,标题依普通选本。本篇反映了当时鲁国动乱的政治局面和孔子所持的政治态度。孔子认为,无论诸侯或者大夫,“不患寡而患不均,不患贫而患不安”,从而提出了“修文德”的政治主张。本篇驳论有的放矢,说理善用比喻,观点鲜明,论述剀切有力。文中颇多偶句,简要凝练,富于感情色彩。

　　季氏将伐颛臾[1]。冉有、季路见于孔子曰[2]:“季氏将有事于颛臾[3]。”

　　孔子曰:“求!无乃尔是过与[4]?夫颛臾,昔者先王以为东蒙主[5],且在邦域之中矣[6]!是社稷之臣也,何以伐为[7]?”

　　冉有曰:“夫子欲之[8];吾二臣者,皆不欲也。”

　　孔子曰:“求!周任有言曰[9]:‘陈力就列,不能者止[10]。’危而不持,颠而不扶,则将焉用彼相矣[11]?且尔言过矣!虎兕出于柙[12],龟玉毁于椟中[13],是谁之过与?”

108

冉有曰:"今夫颛臾,固而近于费[14];今不取,后世必为子孙忧。"

孔子曰:"求!君子疾夫舍曰'欲之'而必为之辞[15]。丘也闻有国有家者[16],不患寡而患不均,不患贫而患不安[17]。盖均无贫,和无寡,安无倾[18]。夫如是,故远人不服,则修文德以来之[19];既来之,则安之[20]。今由与求也,相夫子,远人不服而不能来也,邦分崩离析而不能守也[21],而谋动干戈于邦内。吾恐季孙之忧,不在颛臾,而在萧墙之内也[22]。"

【注释】 [1] 季氏:即季孙氏,鲁国权重势大的贵族。这里指季康子,名肥。颛(zhuān)臾:小国名,鲁国的附庸国,故城在今山东费县西北。 [2] 季路:即子路。 [3] 事:指军事。此言准备对颛臾用兵。 [4] "无乃"句:这难道不是你的过失么。 [5] 先王:指周之先王。东蒙:即蒙山,在今山东蒙阴南,与费县接界。主:指主持祭祀的人。 [6] 在邦域之中:指已经包括在鲁国的领土范围之内了。 [7] 何以伐为:为什么要去攻打它呢? [8] 夫子:指季康子。 [9] 周任:古代著名良史。 [10] "陈力"二句:能够施展自己的才能便任职,如不能就辞职退位。陈,施展,贡献。力,指才能。就,居。列,指职位。 [11] 相:扶助盲人的人。这里喻指辅佐季氏的冉有等人。 [12] 兕(sì):犀牛。柙(xiá):圈猛兽的栅栏。这里用猛兽逃出笼子喻季氏的放肆胡为。 [13] 龟:龟甲,用于占卜。玉:美玉,用于祭祀。"龟玉"为贵重之物。椟(dú):柜子。这里用龟玉毁坏于柜中,喻颛臾在邦域之内受到攻伐。 [14] 固:指城墙坚固。费(bì):地名,季孙氏的领地,即今山东费县。 [15] 疾:痛恨。舍曰:犹言不说、不讲。必为之辞:一定要为自己的所作所为另找借口。 [16] 家:指卿大夫的采邑。 [17] 患:担忧。寡:指人口稀少。贫:指财用缺乏,贫穷。按上下文意,此两句中"寡"与"贫"应相互调换。 [18] 和:指和睦。安:安定。倾:倾覆,倾危。 [19] 远人:指邦域之外的远方人民。服:归服,归附。修文德:指实施礼乐仁德的政教。来:感召,招致。 [20] 安:安抚。 [21] 邦:指鲁国。分崩离析:四分五裂。　　[22] 萧墙之内:隐指鲁国国君鲁哀公。意谓鲁君将会打击季孙,忧在内,变将作。萧墙,面对国君宫门的小墙,又叫做屏,相当于后世大门外当门的照壁。古代君臣相见,至此门屏,即肃然起敬,故称"萧墙"。萧,肃。

长沮桀溺耦而耕

【题解】　选自《论语·微子》,标题据首句而加。本篇所写长沮、桀溺,是隐逸之士的代表人物。他们不满于当时的黑暗现实,怀才隐居,不与统治者合作,选择了逃避恶浊社会,以求洁身自好的人生道路。这与坚决贯彻自己的政治主张,"知其不可而为之"的孔子的人生态度恰相背离。从本篇对比式的描述中,可清楚地看出他们不同的思想特征。

　　长沮、桀溺耦而耕[1]。孔子过之,使子路问津焉[2]。

　　长沮曰:"夫执舆者为谁[3]?"子路曰:"为孔丘。"曰:"是鲁孔丘与?"曰:"是也。"曰:"是知津矣[4]!"

　　问于桀溺。桀溺曰:"子为谁?"曰:"为仲由。"曰:"是鲁孔丘之徒与?"对曰:"然。"曰:"滔滔者天下皆是也[5]!而谁以易之[6]?且而与其从辟人之士也[7],岂若从辟世之士哉[8]?"耰而不辍[9]。

　　子路行以告[10]。夫子怃然曰[11]:"鸟兽不可与同群[12],吾非斯人之徒与而谁与[13]!天下有道,丘不与易也[14]。"

【注释】　[1] 长沮(jǔ)、桀溺:二词形容两个人的形象,不是其真实姓名。沮,指沮洳(rù),即泥沼。桀,同"傑",指身体魁梧。溺,指身浸水中。耦(ǒu)

而耕：二人并肩耕作。　　[2]津：渡口。　　[3]夫(fú)：彼，那个。执舆：指驾车的人。驾车本是子路的事，因子路已下车，故孔子代为执舆。　　[4]是知津矣：这个人该知道渡口在哪儿。意在讥孔子周游列国，应熟知道路，不用问人。　　[5]滔滔：洪水汹涌的样子。这里比喻社会混乱。　　[6]而：同"尔"，你，你们。谁：指当时诸侯。以：与。"谁以"二字倒用，即"与谁"。易：变易，改革。之：指乱世。　　[7]而：你，指子路。辟人之士：指孔子。人，指与孔子思想不合的国君。因孔子碰到他们往往避开，故桀溺称他为"辟人之士"。　　[8]辟世之士：躲避乱世的人，指桀溺自己。　　[9]耰(yōu)：古代的一种农具，播种后用以翻土、盖土，使种子被土盖上，鸟不能啄。　　[10]"子路"句：子路回来把这些告诉孔子。　　[11]怃(wǔ)然：怅然若失的样子。　　[12]"鸟兽"句：我们不可同鸟兽聚在一起生活。意为不欲隐居山林。　　[13]"吾非"句：我不与世人在一起生活，还同谁在一起呢？斯人，指世人。斯，此。　　[14]"天下"二句：如果天下太平，我就用不着和你们一道来参与改革了。与，参与。

子 路 从 而 后

【题解】　选自《论语·微子》，标题据首句而加。本篇记述子路跟随孔子周游列国，落在后面，遇见一位荷蓧丈人。这位老丈也是一个不知名的隐士。他指责孔子之徒"四体不勤，五谷不分"，子路则指责老丈是"欲絜其身而乱大伦"，可见他们的人生理想和政治态度截然不同。孔子及其弟子坚持自己的政治理想，即使"道之不行，已知之矣"，仍信守不渝，执著追求。

子路从而后[1]，遇丈人[2]，以杖荷蓧[3]。

子路问曰："子见夫子乎[4]？"

丈人曰："四体不勤，五谷不分[5]，孰为夫子？"植其杖而芸[6]。

子路拱而立[7]。

111

止子路宿[8]，杀鸡为黍而食之[9]，见其二子焉[10]。

明日，子路行以告。子曰："隐者也！"使子路反见之。至，则行矣。

子路曰："不仕无义[11]。长幼之节，不可废也；君臣之义，如之何其废之[12]！欲絜其身而乱大伦[13]！君子之仕也，行其义也[14]。道之不行，已知之矣[15]。"

以上据中华书局影印阮刻本《十三经注疏》

【注释】 [1]"子路"句：指子路跟着孔子出行而落在了后面。 [2]丈人：对老年人的敬称。 [3]荷(hè)：用肩担负。莜(diào)：除草用的农具。 [4]夫子：指孔子。 [5]四体：四肢。 [6]植：通"置"，放在一边。芸：通"耘"，除草。 [7]拱而立：拱手站在一旁，表示恭敬。 [8]止：留。 [9]为黍：用黍米做饭。食：拿食物给人吃。[10]"见其"句：让他的两个儿子出来与子路相见。见(xiàn)，同"现"。[11]仕：做官。义：指君臣之义。 [12]节：礼节。废：废弃。 [13]絜同"洁"。大伦：朱熹说："伦，序也。人之大伦有五：父子有亲，君臣有义，夫妇有别，长幼有序，朋友有信。" [14]"君子"二句：君子出来做官，是为了实行君臣之义。君子，此隐指孔子。 [15]"道之"二句：至于我们的政治主张行不通，那是早知道的了。道，指孔子的政治理想。

墨　子

墨子(约前468—前376)，名翟，鲁国(一说宋国)人，春秋战国之际思想家，墨家学派创始人。其主要思想是"兼爱"、"尚贤"、"非攻"、"节用"，基本上反映了劳动者、小生产者的利益和愿望。《墨子》一书现存53篇，是墨子及墨家各派的言论总汇。全书思想严密，自成体系，文章质朴，逻辑性强。

非　攻　上

【题解】　"非攻"，即谴责进攻，这是墨子思想的一个重要内容。但"非攻"不是一般的"非战"，而是反对侵略者发动攻伐无罪之国的战争。本篇善于运用类比推理法进行论证，逻辑严密。文章语言质朴，不尚文采，体现了墨家崇尚质实、反对"以文害用"的特点。

今有一人，入人园圃，窃其桃李。众闻则非之，上为政者得则罚之[1]，此何也？以亏人自利也[2]。至攘人犬豕鸡豚者[3]，其不义又甚入人园圃窃桃李。是何故也？以亏人愈多。苟亏人愈多[4]，其不仁兹甚[5]，罪益厚。至入人栏厩[6]，取人马牛者，其不义又甚攘人犬豕鸡豚，此何故也？以其亏人愈多。苟亏人愈多，其不仁兹甚，罪益厚。至杀不辜人也[7]，扡其衣裘[8]，取戈剑者，其不义又甚入人栏厩取人马牛，此何故也？以其亏人愈多。苟亏人愈多，其不仁兹甚矣，罪益厚。当此[9]，天下之君子皆知而非之，谓之不义。今至大为不义攻国[10]，则弗知非，从而誉之，谓之义。此可谓知义与不义之别乎？

杀一人，谓之不义，必有一死罪矣。若以此说往[11]，杀十人，十重不义[12]，必有十死罪矣；杀百人，百重不义，必有百死罪矣。当此，天下之君子皆知而非之，谓之不义。今至大为不义攻国，则弗知非，从而誉之，谓之义。情不知其不义也，故书其言以遗后世[13]；若知其不义也，夫奚说书其不义以遗后世哉[14]？

今有人于此，少见黑曰黑，多见黑曰白，则必以此人为不知白黑之辩矣[15]；少尝苦曰苦，多尝苦曰甘，则必以此人为不知甘苦之辩矣。今小为非,则知而非之;大为非,攻国,则不知非,从而誉之,谓之义:此可谓知义与不义之辩乎? 是以知天下之君子也,辩义与不义之乱也。

据上海古籍出版社影印浙江书局汇刻本《二十二子》

【注释】　[1] 非:谴责。上为政者:在上执政的人。得:这里指捕获。[2] 以:因为。　[3] 攘(rǎng):偷盗,窃取。　[4] 苟:如果。　[5] 兹:通"滋",更加。　[6] 栏:养牛马的圈。厩(jiù):马棚。　[7] 不辜人:无罪的人。　[8] 扡(tuō):同"拖"。这里有夺取的意思。裘:皮衣。[9] 当此:对此。　[10] "今至"句:现在最大的不义,就是进攻别国。[11] "若以"句:如果按照这种说法类推。　[12] 十重(chóng):十倍。[13] 情:诚,确实。书:记载。遗:遗留。　[14] 奚说:怎么解释。[15] 辩:同"辨",分别。

老　子

　　老子即李耳,字聃(dān),又称老聃。春秋时楚国人,曾为周朝"守藏室之史"。老子是我国古代杰出的思想家,也是道家学派的创始人。他的哲学思想以"道"为核心,认为"道"是天地万物的本源,又是"独立不改,周行而不殆"的超时间、空间、超感觉的精神实体。在政治上他主张"小国寡民"、"无为而治"。

　　《老子》一书荟萃了老子的有关语录,大约于战国前期由道家后学纂辑、整理、加工而成。今存八十一章,分上、下二篇。上篇三十七章,又称《道经》;下篇四十四章,又称《德经》;合称《道德经》。

　　《老子》之文韵散结合,凝练明畅,寓理于形,启人深思。

天　之　道

【题解】　选自《老子》七十七章,标题取自首句,为选注者所加。老子用张弓射箭的道理,形象地喻说"天之道",又从"天之道"讲到"人之道",对统治阶级"损不足以奉有余"的行径作了深刻揭露和有力抨击,曲折地反映了反对剥削,要求贫富平均的社会政治思想。张弓射箭之喻,蕴含深刻哲理;这种寓理于形的表现手法,是《老子》散文的一大特点。

天之道[1],其犹张弓与[2]?高者抑之[3],下者举之,有余者损之[4],不足者补之。天之道,损有余而补不足;人之道则不然,损不足以奉有余[5]。孰能有余以奉天下?唯有道者。是以圣人为而不恃[6],功成而不处[7],其不欲见贤[8]。

【注释】 [1] 道:原则,规律,道理。 [2] 其犹张弓与:大概很像开弓射箭吧? 其:语气词,表揣测。 [3] 抑:压低。 [4] 损:减少。 [5] 奉:供给,供养。 [6] 为而不恃:有所作为但不依仗它。 [7] 功成而不处:功成之后并不自己占有。 [8] 其不欲见贤:不愿表现自己的聪明才干。见(xiàn),同"现",表现,使被看见。

小 国 寡 民

【题解】 选自《老子》八十章,标题取自首句,为选注者所加。老子在本章中描绘了一幅理想社会的图景。他认为社会的发展、文明的进步给人们带来了灾难,主张回到远古蒙昧的时代去。这种以"小国寡民"为理想社会的政治主张,曲折地反映了当时生活在战乱、困苦之中的人民迫切要求过宁静、安乐生活的愿望,包含着对现实生活的不满与批判。

小国寡民,使有什伯之器而不用[1],使民重死而不远徙[2]。虽有舟舆,无所乘之[3];虽有甲兵,无所陈之[4]。使人复结绳而用之[5]。甘其食,美其服,安其居,乐其俗[6]。邻国相望,鸡犬之声相闻,民至老死不相往来。

以上据上海古籍出版社影印浙江书局汇刻本《二十二子》

【注释】 [1] 什伯之器:生活中常用的各种各样的器具。因其数目众多,所以称为"什器"、"什物"。 [2] 重死:即看重自己的生命,不去冒死的危险。徙:迁移。 [3] 无所乘之:没有人去乘坐它。 [4] 甲兵:指武器装备。无所陈之:没有地方陈列它。陈,陈列。按:"无所乘之"和"无所陈之"实指"用不着"。 [5] 结绳:在绳子上打结。古代原始人没有文字,采用在绳子上打结的方法记事和传递消息。 [6] "甘其食"四句:让人民吃得香甜,穿得漂亮,住得安适,过得快乐。俗,风俗,习惯。

庄 子

庄子(约前 369—前 286),名周,战国时宋国蒙(今河南商丘东北)人。曾作蒙漆园吏,大约与孟子同时或稍后。庄子推崇老子学说,反对儒、墨,是战国时期道家的主要代表人物。后世把他与老子并称为"老庄"。庄子与老子虽然同是主张无为,但老子主张"无为而无不为",庄子则听任自然而不为。他认为"道"是万物本源,"无所不在",认识到事物的变化发展,指出万物"无动而不变,无时而不移";但他又否认事物的稳定性和差别性,甚至认为"物我齐一"。他消极地逃避现实政治,追求个人精神上的绝对自由。

今存《庄子》一书,是庄子和他的门人后学所著文章的纂辑。《汉书·艺文志》著录 52 篇,今存 33 篇。其文"深于比兴"、"深于取象",善于运用形象说理,文采繁富,汪洋辟阖,仪态万方。

逍 遥 游

【题解】 本篇为《庄子》开宗明义的第一篇,无论思想、艺术都堪称代表。"逍遥游"即不借助任何外力,不受任何外力限制地自由自在地遨游。它旨在说明人应当脱弃一切外物的牵累,追求绝对自由。庄子认为天地万物,大至高飞九万里的鹏,小至蜩与学鸠,都需凭借一定的外界条件才能活动,因而是不自由的。只有物我两忘,混同于自然,才能实现绝对自由。这种消极逃避现实、追求自我彻底超脱的人生观,只能是一种脱离实际的虚无缥缈的空想。文章比物连类,想象超凡绝俗;运用寓言出神入化,描绘形象挥洒自如。

北冥有鱼,其名为鲲[1]。鲲之大,不知其几千里也;化而为鸟,其名为鹏[2]。鹏之背,不知其几千里也;怒而飞,其翼若垂天之云[3]。是鸟也,海运则将徙于南冥——南冥者,天池也[4]。

齐谐者,志怪者也[5]。谐之言曰:"鹏之徙于南冥也,水击三千里,抟扶摇而上者九万里[6];去以六月息者也[7]。"野马也,尘埃也,生物之以息相吹也[8]。天之苍苍,其正色邪[9]?其远而无所至极邪?其视下也,亦若是则已矣[10]。

且夫水之积也不厚,则其负大舟也无力。覆杯水于坳堂之上[11],则芥为之舟[12],置杯焉则胶[13],水浅而舟大也。风之积也不厚,则其负大翼也无力。故九万里,则风斯在下矣[14],而后乃今培风[15];背负青天而莫之夭阏者[16],而后乃今将图南[17]。

蜩与学鸠笑之曰[18]：“我决起而飞[19]。枪榆枋[20]，时则不至，而控于地而已矣[21]。奚以之九万里而南为[22]?”

适莽苍者，三飡而反[23]，腹犹果然[24]；适百里者，宿舂粮[25]；适千里者，三月聚粮。之二虫又何知[26]！

小知不及大知[27]，小年不及大年[28]。奚以知其然也？朝菌不知晦朔[29]，蟪蛄不知春秋[30]，此小年也。楚之南有冥灵者[31]，以五百岁为春，五百岁为秋；上古有大椿者[32]，以八千岁为春，八千岁为秋，此大年也[33]。而彭祖乃今以久特闻[34]，众人匹之[35]，不亦悲乎！

汤之问棘也是已[36]：“穷发之北[37]，有冥海者，天池也。有鱼焉，其广数千里，未有知其修者，其名为鲲。有鸟焉，其名为鹏，背若太山，翼若垂天之云，抟扶摇羊角而上者九万里[38]，绝云气[39]，负青天，然后图南，且适南冥也。斥鷃笑之曰[40]：‘彼且奚适也？我腾跃而上，不过数仞而下，翱翔蓬蒿之间，此亦飞之至也！而彼且奚适也?’”

此小大之辩也[41]。

故夫知效一官[42]，行比一乡[43]，德合一君[44]，而征一国者[45]，其自视也，亦若此矣[46]。而宋荣子犹然笑之[47]。且举世誉之而不加劝[48]，举世非之而不加沮[49]；定乎内外之分[50]，辩乎荣辱之境[51]，斯已矣。彼其于世，未数数然也[52]。虽然，犹有未树也[53]。

夫列子御风而行[54]，泠然善也[55]，旬有五日而后反。彼于致福者，未数数然也。此虽免乎行，犹有所待者也[56]。

若夫乘天地之正[57]，而御六气之辩[58]，以游无穷者[59]，彼且恶乎待哉[60]？故曰：至人无己[61]，神人无功[62]，圣人无名[63]。

尧让天下于许由[64]，曰："日月出矣，而爝火不息[65]；其于光也，不亦难乎！时雨降矣，而犹浸灌[66]；其于泽也，不亦劳乎[67]！夫子立而天下治，而我犹尸之[68]，吾自视缺然，请致天下[69]。"许由曰："子治天下，天下既已治也；而我犹代子，吾将为名乎？名者，实之宾也[70]。吾将为宾乎？鹪鹩巢于深林[71]，不过一枝；偃鼠饮河[72]，不过满腹。归休乎君[73]！予无所用天下为[74]。庖人虽不治庖，尸祝不越樽俎而代之矣[75]。"

肩吾问于连叔曰[76]："吾闻言于接舆[77]，大而无当[78]，往而不返[79]。吾惊怖其言，犹河汉而无极也[80]；大有径庭[81]，不近人情焉。"连叔曰："其言谓何哉？"曰："'藐姑射之山[82]，有神人居焉。肌肤若冰雪，淖约若处子[83]，不食五谷，吸风饮露；乘云气，御飞龙，而游乎四海之外；其神凝[84]，使物不疵疠而年谷熟[85]。'吾以是狂而不信也[86]。"连叔曰："然！瞽者无以与乎文章之观[87]，聋者无以与乎钟鼓之声。岂唯形骸有聋盲哉？夫知亦有之[88]。是其言也，犹时女也[89]。之人也[90]，之德也，将旁礴万物以为一[91]。世蕲乎乱[92]，孰弊弊焉以天下为事[93]！之人也，物莫之伤：大浸稽天而不溺[94]；大旱金石流、土山焦而不热。是其尘垢秕糠[95]，将犹陶铸尧、舜者也[96]。孰肯以物为事[97]！宋人资章甫而适诸越[98]，越人断发文身[99]，无所用。尧治天下之民，平海内之政，往见四子藐姑射之山、汾水之阳[100]，窅然丧其天下焉[101]。"

惠子谓庄子曰[102]："魏王贻我大瓠之种[103]，我树之成而实五石[104]，以盛水浆，其坚不能自举也[105]；剖之以为瓢，则瓠落无所容[106]。非不呺然大也[107]，吾为其无用而掊之[108]。"庄子曰："夫子固拙于用大矣[109]！宋人有善为不龟手之药者[110]，世世以洴澼絖为事[111]。客闻之，请买其方百金[112]。聚族而谋曰：'我世世为洴澼絖，不过数金；今一朝而鬻技百金[113]，请与之。'客得之，以说吴王。越有难，吴王使之将[114]。冬，与越人水战，大败越人。裂地而封之。能不龟手，一也；或以封，或不免于洴澼絖，则所用之异也。今子有五石之瓠，何不虑以为大樽而浮乎江湖[115]？而忧其瓠落无所容，则夫子犹有蓬之心也夫[116]！"

惠子谓庄子曰："吾有大树，人谓之樗[117]；其大本拥肿而不中绳墨[118]，其小枝卷曲而不中规矩[119]。立之涂[120]，匠者不顾。今子之言，大而无用，众所同去也。"庄子曰："子独不见狸狌乎[121]？卑身而伏，以候敖者[122]。东西跳梁[123]，不避高下，中于机辟[124]，死于罔罟[125]。今夫斄牛[126]，其大若垂天之云，此能为大矣，而不能执鼠。今子有大树，患其无用，何不树之于无何有之乡[127]，广莫之野[128]，彷徨乎无为其侧[129]，逍遥乎寝卧其下，不夭斤斧[130]，物无害者。无所可用，安所困苦哉[131]！"

【注释】 [1] 北冥：即北海。冥，同"溟"，海。鲲：鱼卵，这里借作大鱼名。以鱼卵作大鱼，含有大小皆相对、无绝对差别的意思。 [2] 鹏：古"凤"字，这里用作大鸟名。 [3] 怒：振奋，奋发。垂天：指天边，形容鹏翼之大，像天边的云。垂,同"陲",边际。　　〔4〕海运:海波动荡。运,行,指鹏飞。天池:言大海洪川由造化形成,不是人工所造,故称"天池"。　　〔5〕齐谐:书名。志怪:记载怪异的事物。　　〔6〕水击:两翼拍击水面飞行。抟(tuán):环绕。一说,抟,拍击。扶摇:暴风名。一种从地面盘旋而上的暴风。〔7〕"去以"句:大鹏凭借六月间的大风离开北海飞向南海。六月息,六月风。六月间,海上常有大风。　　〔8〕"野马"三句:春天原野上浮游如奔马的云气,以及细小的尘埃,都是由于生物气息的吹拂而在空中游动的。意思是说大至鹏,小至尘埃,都必须有所凭借才能运动。野马,指浮游的云气。春天阳气发动,远望林泽之中浮游的云气犹如奔马,故叫"野马"。　　〔9〕苍苍:深蓝色。正色:本色。　　〔10〕其:指代鹏。　　〔11〕覆:倒。坳(ào)堂:室内低洼之处。　　〔12〕芥:小草。　　〔13〕胶:粘住不动。　　〔14〕"故九万"二句:所以大鹏高飞九万里,就是因为有大风在下面负托。斯,就。在下,指在鹏翼之下。　　〔15〕乃:才。培:通"凭",凭借。　　〔16〕夭:挫折。阏(è):阻止。　　〔17〕图南:打算飞往南方。　　〔18〕蜩(tiáo):蝉。学鸠:小斑鸠。学,一作"鹙(xué)"。　　〔19〕决起:犹言奋起。决,迅急起飞的样子。　　〔20〕枪:突,冲过。榆、枋(fāng):两种树名。枋,檀树。〔21〕时则不至:有时或者飞不到。控:投,落下。　　〔22〕奚以:何用,哪里用得着。之:用作动词,到。南:用作动词,向南飞。为:疑问助词。　　〔23〕适:往。莽苍:野外迷茫不清的样子,这里代指郊野。反:同"返"。　　〔24〕果然:肚子很饱的样子。果,实,充实。　　〔25〕宿舂粮:用一夜的时间舂米准备食粮。　　〔26〕之:指示代词,此。二虫:指蜩与学鸠。　　〔27〕"小知"句:才智小的赶不上才智大的。知,同"智"。　　〔28〕小年:指寿命短。大年:指寿命长。　　〔29〕朝菌:清晨生于阴湿处的菌类植物,生命极为短促,见阳光即死。晦:黑夜。朔:平旦,天明时。　　〔30〕蟪蛄(huì gū):即寒蝉,春生夏死,夏生秋死。春秋:代指一年。　　〔31〕冥灵:大树名。　　〔32〕椿:高大乔木。　　〔33〕此大年也:此句原文阙,据宋人陈景元《庄子阙误》所考补。　　〔34〕彭祖:传说姓篯(jiān),名铿(kēng),唐尧时大臣,封于彭城,活了八百岁。特:独。　　〔35〕众人匹之:指讲求长寿的人往往拿彭祖来相比。　　〔36〕汤:即商汤。棘:一作"革(jí)",人名,汤时贤大夫。　　〔37〕穷发:不生草木的地方。　　〔38〕羊角:旋风。其状盘旋而上如羊角。〔39〕绝:超越,穿过。云气:指云层。　　〔40〕斥鴳(ān):即小雀。斥,通

"尺"。 [41]小:指斥鴳。大:指鹏。 [42]效:胜任。 [43]比:合。一乡:古以一万二千五百户为一乡。 [44]德合一君:指品德能使国君满意。 [45]"而征"句:能力能够取信于一国的人。而,这里同"能",指才能,能力。征,信。 [46]其:指上述四种人。自视:对自己的看法、评价。 [47]宋荣子:宋国姓荣的贤者。犹然:笑的样子。之:指上述一类人。 [48]加劝:犹言更加努力。 [49]非:责难,批评。沮(jǔ):沮丧。 [50]定:确定。内:指"我",自身。外:指"物",外物。分:分界,区分。 [51]境:界,界限。 [52]"彼其"二句:宋荣子在世上并不多见。数数(shuò shuò),频频,常常。 [53]虽然:即使这样。犹有未树:指宋荣子也还未能树立至德。 [54]列子:即列御寇,郑国人。御风而行:驾风行走。传说列子得风仙之道,能乘风游行。 [55]泠(líng)然:轻妙的样子。 [56]"此虽"二句:列子虽然免于步行,但还是有所凭借。 [57]若夫:至于。乘:驾驭。这里指"顺应"。天地:指万物。正:本性,指自然的本性。 [58]御:驾驭。这里指"顺应"。六气:指阴、阳、风、雨、晦、明。辩:通"变",变化。 [59]以游无穷:指无始无终地遨游于无穷无尽的宇宙宙。 [60]"彼且"句:他还依赖什么呢? [61]至人:庄子理想中修养最高的人。无己:忘掉自己。指顺应自然,消除物我界限。 [62]神人:修养达到高妙莫测境界的人。无功:不求建功立业。 [63]圣人:修养达到圣明通达的人。无名:不求成名。 [64]尧:即唐尧,传说中的上古帝王。许由:传说中的高士,字武仲,颍川人。相传尧要让位给他,他不接受而逃走,隐居箕山下,农耕而食。 [65]爝(jué)火:小火把。火把是人为的,这里寓指其多余。 [66]时雨:按照一定时令节气及时降落的雨。浸灌:指人工灌溉。 [67]"其于"二句:这对于润泽土地来说,不也是徒劳的吗? [68]夫子:指许由。尸:古代替死者接受孝子祭奠的活人。后引申为徒居其位的意思,即所谓"尸位"。这里用作动词,指居天子之位。 [69]缺然:不足的样子。请致天下:请允许我把天下奉交给你。 [70]名:名称。宾:从生物,附属品。 [71]鹪鹩(jiāo liáo):小鸟名。善筑巢,又称巧妇鸟。 [72]偃鼠:地行鼠,喜饮河水。一作"鼹鼠"。 [73]归休乎君:即"君归休乎"。意为"您回去算了吧"。君,指尧。 [74]"予无"句:我对于天下无所作为。 [75]庖(páo)人:厨夫。不治庖:不管理好烹饪。祝:主祭的官,因他对尸(神主)而祝,故称"尸祝"。樽:酒器。俎

(zǔ):盛肉的器具。 [76]肩吾、连叔:庄子虚构的人物。旧说二人是"古之有道者"。 [77]接舆:春秋时楚国的隐士,姓陆名通,字接舆,与孔子同时,佯狂不仕。 [78]大而无当(dàng):大得没有边际。 [79]往而不返:犹言说到哪里是哪里,亦即漫无边际。 [80]惊怖:惊异害怕。河汉:指天上的银河。 [81]径:门外路。庭:堂外地。门外之路与堂外之地相距甚远。这里即用以喻说与常人差别很大,与人情相距甚远。 [82]藐(miǎo):辽远。姑射(yè):传说中仙山名。 [83]淖约:即"绰约",姿态柔美的样子。淖(chuò),同"绰"。处子:处女。 [84]神凝:指精神专注。 [85]疵(cī):病。疠(lì):瘟疫。 [86]狂:同"诳",荒诞不经。 [87]与:参与。文章:指有文采的东西。 [88]"夫知"句:人的智力与形体一样也有缺陷。 [89]"是其"二句:即接舆的那番话说的就是你(指肩吾)啊!时,通"是"。女,同"汝"。 [90]之:此,这。[91]旁礴(bó):无所不包的样子。 [92]蕲:同"祈",求。乱:作"治"解。[93]"孰弊"句:他哪里会劳苦地以治理天下为自己的事业!弊弊,劳苦的样子。 [94]大浸:大水。稽:至。 [95]秕糠:瘪谷和谷皮,犹言糟粕。[96]陶铸:烧制陶器和铸造金属器物。此指培育、造就。 [97]"孰肯"句:他哪里还会把治理天下万物当作自己的事业! [98]资:贩卖。章甫:一种礼帽。 [99]断发:剪短头发。文身:在身上刺绘花纹。这是古代越国人的风俗。古代中原一带人将头发结成云鬟,方可戴上礼帽。越人断发,礼帽对他们无用。 [100]四子:旧说指王倪、啮缺、被衣、许由四人。实则此系寓言,未可指实。汾水之阳:汾水的北面。其地在今山西临汾一带,曾为尧都。 [101]窅(yǎo)然:所见深远的样子。丧:忘。 [102]惠子:即惠施。宋人,庄子之友,战国时思想家,名家学派的重要代表,曾做过魏相。 [103]魏王:旧说指魏惠王。贻(yí):赠送。瓠(hù):葫芦。种:种子。 [104]树:种植。成:成熟。实:容纳。石:容量单位,十斗为一石。此言葫芦之大可容五石。 [105]不能自举:指承受不了水的压力,禁不起提举。 [106]瓠落:犹廓落,大而平浅的样子。 [107]呺(xiāo)然:大而虚空的样子。 [108]掊(pǒu):砸烂。 [109]固:实在是。拙于用大:不善于使用大的物件。 [110]不龟(jūn)手之药:防治手上皮肤冻裂的药。龟,同"皲(jūn)",皮肤因寒冷干燥而破裂。 [111]洴(píng):浮。澼(pì):漂洗。絖(kuàng):同"纩",细绵絮。 [112]方:药方。

123

[113] 鬻(yù):卖。技:指制药技术。　　[114] 越有难:指越国发难入侵吴国。使之将:派他统率军队。　　[115] 虑:拴,系。大樽:一名腰舟,形如酒器,拴系在身上,浮于江湖,可以自渡。　　[116] 蓬:草名,俗名蓬蒿。蓬心狭窄而弯曲,借喻见识迂曲浅陋。　　[117] 樗(chū):一种木质粗劣的大树,又叫臭椿。　　[118] 大本:主干。拥肿:即臃肿,指树上节瘤多,不平直。中(zhòng):合。绳墨:木匠用以求直的工具。　　[119] 卷曲:同"蜷曲"。规矩:木匠用以求圆、求方的工具。此言樗的枝干都不成材,不中用。[120] 涂:同"途",道路。　　[121] 狸(lí):野猫。狌(shēng):黄鼠狼。　　[122] 敖者:指来往的鸡、鼠之类小动物,是狸狌的捕食对象。敖,通"遨",游。　　[123] 跳梁:同"跳踉",跳跃。　　[124] 中(zhòng):陷,遭。机辟:指猎人设置的捕捉禽兽的机关。机,弩机。辟,陷阱。　　[125] 罔罟:泛指捕兽器具。罔,同"网"。　　[126] 斄(lí)牛:即牦(máo)牛,产于我国青藏高原。　　[127] 无何有之乡:指一无所有的地方。　　[128] 广莫:广大。莫,大。　　[129] 彷徨:徘徊。　　[130] 不夭斤斧:不因斧头砍伐而夭折。　　[131] "无所"二句:它没有什么用处,又哪里会有什么困苦呢?

养 生 主

【题解】　　本文旨在说明养生之道。作者认为,养生的关键是"缘督以为经"。意思是说,要顺应自然之道,把它作为处世的常法。不要为追求功名去行善,也不要因作恶而遭受刑辱,要善于避开一切矛盾、是非,"以无厚入有间",在矛盾、是非的缝隙中生活,这样才能"保身"、"全生"、"养亲"、"尽年"。

　　本文寓说理于故事之中,意趣横生,富于启发意义;描写生动形象,"庖丁解牛"一段,细节刻画精细入微。

　　吾生也有涯,而知也无涯[1]。以有涯随无涯,殆已[2]!已而为知者[3],殆而已矣!为善无近名,为恶无近刑[4]。缘督以为经[5],可以保身,可以全生,可以养亲,可以尽年[6]。

庖丁为文惠君解牛[7]，手之所触，肩之所倚，足之所履，膝之所踦[8]，砉然向然，奏刀騞然[9]，莫不中音[10]，合于《桑林》之舞[11]，乃中《经首》之会[12]。文惠君曰："嘻，善哉！技盖至此乎[13]？"庖丁释刀对曰[14]："臣之所好者道也，进乎技矣[15]。始臣之解牛之时，所见无非全牛者[16]。三年之后，未尝见全牛也[17]。方今之时，臣以神遇而不以目视，官知止而神欲行[18]。依乎天理[19]，批大郤，导大窾，因其固然[20]。技经肯綮之未尝，而况大軱乎[21]？良庖岁更刀，割也[22]；族庖月更刀，折也[23]。今臣之刀十九年矣，所解数千牛矣，而刀刃若新发于硎[24]。彼节者有间，而刀刃者无厚[25]。以无厚入有间，恢恢乎其于游刃必有余地矣[26]，是以十九年而刀刃若新发于硎。虽然，每至于族[27]，吾见其难为，怵然为戒[28]，视为止，行为迟，动刀甚微[29]，謋然已解，如土委地[30]，提刀而立，为之四顾，为之踌躇满志[31]，善刀而藏之[32]。"文惠君曰："善哉！吾闻庖丁之言，得养生焉[33]。"

公文轩见右师而惊曰[34]："是何人也？恶乎介也[35]？天与？其人与[36]？"曰："天也，非人也。天之生是使独也[37]，人之貌有与也[38]。以是知其天也，非人也。"

泽雉十步一啄[39]，百步一饮，不蕲畜乎樊中[40]。神虽王，不善也[41]。

老聃死[42]，秦失吊之，三号而出[43]。弟子曰："非夫子之友邪[44]？"曰："然。""然则吊焉若此，可乎？"曰："然。始也吾以为其人也[45]，而今非也。向吾入而吊焉[46]，有老者哭之,如哭其子;少者哭之,如哭其母。彼其所以会之[47],必有不蕲言而言[48],不蕲哭而哭者。是遁天倍情[49],忘其所受[50],古者谓之遁天之刑[51]。适来,夫子时也;适去,夫子顺也[52]。安时而处顺,哀乐不能入也,古者谓是帝之县解[53]。"

指穷于为薪,火传也,不知其尽也[54]。

【注释】 [1] 涯:边际,极限。知:知识,也指人的思想活动。 [2] 随:追求。殆:危险,困穷。已:语尾助词。 [3] 已而为知者:如此仍自以为聪明的人。 [4] "为善"句:即"无为善近名",意即不要有心为善去求取功名。"为恶"句:即"无为恶近刑",意即不要有心作恶而遭到刑辱。 [5] "缘督"句:要顺应自然的中道,把它作为常法。缘,顺。督,颈中央之脉称为"督",这里用脉为喻,意为"中","中道"。经,常。 [6] 保身:指保护身体,免遭刑辱。全生:即护全天性,免受思虑忧惧之苦。生,通"性"。养亲:奉养双亲。一说,"亲"指精神,"养亲"即保养精神。尽年:尽享天年,指不受外在物欲的影响而夭折。 [7] 庖(páo)丁:厨工。一说,庖指厨工,丁是厨工之名。文惠君:战国时魏国国君,因魏国后来迁都大梁(今河南开封),故又称梁惠王。解牛:宰牛。 [8] 履:踩踏。踦(yǐ):用膝盖抵住。 [9] 砉(huā)然向然:哗哗啦啦地响。砉,皮骨相离的声音。向,通"响"。奏刀騞(huō)然:进刀时刷刷地响。奏,进。騞,刀裂物的声音。 [10] 中音:符合音乐的韵律。 [11] 《桑林》之舞:即用《桑林》乐曲伴奏的舞蹈。《桑林》,传说为商汤时乐曲名。 [12] 《经首》:传说为尧时乐曲《咸池》中的一章。会:节奏,韵律。 [13] 譆(xī):赞叹声。盖:通"盍(hé)",意为何。 [14] 释:放下。 [15] 道:指事物的原理、规律,与"技"对举,一虚一实。进:超过。技:指一般具体的技术。 [16] 所见无非全牛者:看到的没有不是完整的牛。意谓看不到牛身上可以进刀的空隙。 [17] "未尝"句:意谓技术熟练之后,对牛体结构非常熟悉,眼中看到的已不是一头完整的牛。 [18] 以神遇:用精神去和牛接触。官知:指器官如眼、耳等的知觉。这里专指视觉。神欲:指精神活动。 [19] 天理:指牛体的自然结构。 [20] 批:

126

击。郤(xì):同"隙",空隙,指牛骨节间的空隙。导:顺着。窾(kuǎn):空处,亦指牛骨节间的空隙之处。因:依照,按照。固然:本来,即牛体的自然结构。

[21] 技经:即经络相连的地方。技,当作"枝",枝脉。经,经脉。肯綮(qìng):即筋骨结合的地方。肯,附着在骨上的肉。綮,筋肉聚结的地方。这些地方于运刀有碍。未尝:不曾触及。大軱(gū):大骨。 [22] 更:换。割:指不按照牛体的自然结构强行割肉。 [23] 族庖:指普通厨工。族,众。折:用刀砍断骨头。 [24] 新发于硎(xíng):刚从磨刀石上磨出来。硎,磨刀石。 [25] 节:指骨关节。间(jiàn):间隙,空隙。无厚:没有厚度,指刀刃极薄。 [26] 恢恢:宽大有余的样子。游刃:转动刀刃。 [27] 族:指筋骨交错聚结的地方。 [28] 怵(chù)然:警惕小心的样子。戒:戒备。

[29] 视为止:即目光为之集中。"为"后省"之"字。 [30] 磔:同"磔(zhé)",指牛体分解的样子。委:堆积。 [31] 踌躇满志:悠然自得、心满意足的样子。 [32] 善:拭,擦。 [33] 得养生焉:领悟到养生之道了。

[34] 公文轩:宋国人。公文,姓,轩,名。右师:宋国官名。 [35] 恶(wū):何。介:独,指只有一只脚。一本"介"作"兀",意即断足。 [36] 天与:天生的吗? 其人与:还是被人砍断的呢? [37] "天之生"句:这是天使我的形体只有一只脚的。是,此,指形体。 [38] 与:并,共,指两脚并存。 [39] 泽雉(zhì):草泽中的雉鸟。雉,俗称野鸡。 [40] 蕲(qí):通"祈",求。畜(xù):畜养。樊:关鸟兽的笼子。 [41] "神虽王"二句:意谓如果养于笼中,即使不必劳神觅食而精神饱满,它也觉得不好。王(wàng),通"旺"。 [42] 老聃(dān):即老子。 [43] 秦失(yì):又作"秦佚"。姓秦,名失,老子的朋友,生平不详。 [44] "非夫子"句:秦失与老子为友,理应超脱世俗礼仪之外,他却既"吊"且"号",故老子弟子惊疑而问之。 [45] 其人:指下文所说的那些痛哭的人。此言秦失开始以为这些人都是得道之人,但后来看到他们哀痛过甚,才知道他们并非得道之人。

[46] 向:刚才。 [47] 彼:他们。指"老者"和"少者"。会之:会聚在这里。 [48] 不蕲言而言:本不想说话,却倾诉了真情。蕲,通"期"。

[49] 遁天倍情:违反自然之性,加添流俗之情。遁(dùn),违反。倍,加。

[50] 所受:指受命于天。 [51] 遁天之刑:意谓违反自然天性,以致哀乐过分,心灵困苦。 [52] "适来"四句:老聃偶然降世,应时而生;偶然辞世,也是顺理归天。适,偶然。来,指生。去,指死。 [53] 帝:天,指造物者。县

(xuán)解：即"悬解"，指生死不能系，哀乐不能入，天然的解脱。悬，系，拴绑，指为生死、哀乐所束缚。　　[54]"指穷"三句：油脂作燃料有穷尽的时候，而火种的流传却无穷无尽。指，通"脂"。

马　　蹄

【题解】　本文取篇首二字为题。文章阐发了老子的"无为而治"的思想，以马与埴、木等物为喻，说明治理天下不要违反民之本性。

文章气势充沛，一气呵成，结构完整，独立成篇，是《庄子》中很有特色的一篇佳作。

马，蹄可以践霜雪，毛可以御风寒，龁草饮水，翘足而陆[1]，此马之真性也。虽有义台、路寝[2]，无所用之。及至伯乐[3]，曰："我善治马[4]。"烧之，剔之，刻之，雒之，连之以羁馽[5]，编之以皂栈[6]，马之死者十二三矣；饥之，渴之，驰之，骤之，整之，齐之[7]，前有橛饰之患[8]，而后有鞭策之威[9]，而马之死者已过半矣。陶者曰："我善治埴[10]：圆者中规，方者中矩[11]。"匠人曰："我善治木：曲者中钩，直者应绳[12]。"夫埴木之性，岂欲中规矩钩绳哉？然且世世称之，曰："伯乐善治马，而陶、匠善治埴、木。"此亦治天下者之过也。

吾意善治天下者不然。彼民有常性：织而衣，耕而食，是谓同德[13]；一而不党，命曰天放[14]。故至德之世[15]，其行填填，其视颠颠[16]。当是时也，山无蹊隧，泽无舟梁[17]；万物群生，连属其乡[18]；禽兽成群，草木遂长[19]。是故禽兽可系羁而游，鸟鹊之巢可攀援而窥[20]。

128

夫至德之世,同与禽兽居,族与万物并[21],恶乎知君子小人哉[22]!同乎无知,其德不离[23];同乎无欲,是谓素朴[24];素朴而民性得矣。及至圣人[25],蹩躠为仁,踶跂为义,而天下始疑矣[26];澶漫为乐,摘僻为礼,而天下始分矣[27]。故纯朴不残,孰为牺尊[28]?白玉不毁,孰为珪璋[29]?道德不废,安取仁义[30]?性情不离,安用礼乐[31]?五色不乱,孰为文采[32]?五声不乱,孰应六律[33]?夫残朴以为器,工匠之罪也;毁道德以为仁义,圣人之过也。

　夫马,陆居则食草饮水,喜则交颈相靡[34],怒则分背相踶[35]。马知已此矣[36]。夫加之以衡扼[37],齐之以月题[38],而马知介倪、闉扼、鸷曼、诡衔、窃辔[39]。故马之知而态至盗者,伯乐之罪也[40]。夫赫胥氏之时[41],民居不知所为,行不知所之[42],含哺而熙,鼓腹而游[43]。民能以此矣[44]。及至圣人,屈折礼乐以匡天下之形[45],县跂仁义以慰天下之心[46],而民乃始踶跂好知[47],争归于利,不可止也。此亦圣人之过也。

【注释】　[1]龁(hé):咬,嚼。翘(qiáo):举,抬。陆:同"踛",跳跃。[2]义台:巍台,指高台。义,"巍"的假借字。路寝:正室。路,正。　　[3]伯乐:姓孙名阳,字伯乐,相传是秦穆公时的相马专家。　　[4]治:整治。这里有驯顺、训练等意思。　　[5]烧:用热的铁器烧灼马毛。剔(tī):通"剃",修剪马毛。刻:凿削马的蹄甲。雒(luò):通"烙",用火烙马的皮毛,烙印作标志,即打火印。羁(jī):马络头。絷(zhí):同"絷",指马缰绳。　　[6]皂栈:即指马棚。皂(zào),槽枥。栈,用木编成的地板,俗名"马床",马居其上,可避潮湿。　　[7]"饥之"六句:均为使动用法,即"使之……"。驰之、骤之,使马快速奔驰。整之、齐之,使马步伐整齐一致。古代四马驾一车,故需严格训练,使步伐一致。　　　[8] 橛(jué):马口所衔横木。饰:马络头上的饰物。
[9] 鞭策:打马用具。带皮的叫鞭,不带皮的叫策。　　　[10] 陶者:制作陶
器的人。埴(zhì):粘土,烧制陶器的原料。　　　[11] 中(zhòng):合于。规:
圆规。矩:曲尺,画方形的工具。　　　[12] 钩:木匠用来画圆的工具。应:符
合。绳:墨线,木匠用来取直的工具。　　　[13] 同德:共同的本性。德,指人
类的本性。　　　[14] 一:指浑然一体。不党:不偏不倚。命曰:犹言叫做。
为。天放:任乎自然。天,自然。放,放任。　　　[15] 至德之世:意即最好的
社会。据成玄英说是"太上淳和之世,遂初至德之时",即庄子理想的原始社
会。至,极。　　　[16] 填填:行动安详迟缓的样子。颠颠:视物目光专注的
样子。　　　[17] 蹊(xī):小径,山路。隧(suì):山中孔道。梁:桥。　　　[18] 连
属其乡:指所居之地彼此相连,不分界限。属(zhǔ),接。乡,指所居之地。
[19] 草木遂长:花草树木自由生长。遂,顺适。　　　[20] 系羁:用绳子拴
着。游:指漫游,游逛。窥:窥望,窥伺。　　　[21] "同与"二句:人类与禽兽
混杂而居,与万物浑同一体。同,共同,混杂。族,聚合。　　　[22] 恶(wū)
乎:如何。　　　[23] 其德不离:共同的本性不会丧失。离,丧失。　　　[24] 素
朴:质朴无华,保持本色。素,未经染色的生丝。朴,原始未经加工的木材。"素
朴"连用有"本色"的意思。　　　[25] 圣人:这里指儒家所尊奉的理想人物。
[26] 蹩躠(bié xuě):行步困难的样子。踶跂(zhì qǐ):脚跟硬向上提的样子。
这里都引申作勉强、尽心用力的意思。　　　[27] 澶(dàn)漫:放纵。乐:音
乐。摘僻:烦琐拘泥。礼:礼制。　　　[28] 纯朴:未经加工的原木。牺尊:雕
刻有花纹的酒器。　　　[29] 珪:玉器,上锐下方。璋:玉器,半珪形。
[30] 仁义:这里指人为的道德法则。　　　[31] 性情:指人类的自然禀性。
离:指偏离正道,走上邪路。　　　[32] 五色:古以青、黄、赤、白、黑为正色,称
"五色"。这里指天然的单纯色。文采:这里指人为的彩色,由多种颜色错杂
而成。　　　[33] 五声:即"五音",中国音阶分宫、商、角、徵(zhǐ)、羽五个音
级。六律:指阳律六。古人以长短不同的竹筒定声音的清浊高低,分阴、阳各
六,阳为律,阴为吕,合称十二律。应:应和。　　　[34] 交颈相靡:指马颈相
交,互相摩触,表示亲热。靡,通"摩"。　　　[35] 分背相踶(dǐ):即分背而立,
互相踢撞。踶,踢,踏(用于兽类)。　　　[36] 已:止。　　　[37] 衡:车辕前
的横木。扼:同"轭",叉马颈之木。　　　[38] 齐:限制。月题:即马的眼罩,
月形。题,额。　　　[39] 介倪:犹"睥睨(pì nì)",侧目而视,怒视,傲视。阐

130

扼:指马弯着脖颈,企图从轭下逃脱。阛(yīn),曲。扼,同"轭"。鸷曼:凶猛地抵撞车上的帷幔。鸷(zhì),抵。曼,同"幔",车上的帷子。诡衔:狡猾地吐出马勒。窃辔:偷偷地咬啮辔头。 [40] 知:同"智",智力。 [41] 赫胥氏:传说中的上古帝王。 [42] 行不知所之:出行随便,不知道到什么地方去。 [43] 含哺而熙:口含食物,到处嬉戏。哺,口中所含的食物。熙,通"嬉"。鼓腹而游:吃饱后腆着肚子,各地游逛。 [44] 民能以此矣:人民能做的事,仅此而已。以,同"已",止。 [45] 屈折:犹言矫揉造作。匡:正。形:貌。 [46] 县:同"悬"。跂:通"企"。 [47] 好知:喜好智谋。

胠 箧

【题解】 本文阐发了道家"绝圣弃智"的思想,认为一切人为的仁义礼法,都不过是统治者借以盗掠人民的工具,通过对"智"与"圣"的抨击,揭露了当时统治阶级强盗般的本质。作者主张退回到所谓"至德之世",即无知无识的原始社会,这显然是一种违背历史潮流的不切实际的幻想。

本文先从具体事例入手,引出了所谓"智"与"圣"是为大盗聚财、守财的观点,而后围绕这一观点,层层进行深入论证。文章写得痛快淋漓,具有较强的逻辑性和讽刺力。

将为胠箧、探囊、发匮之盗而为守备[1],则必摄缄縢,固扃鐍[2],此世俗之所谓知也[3]。然而巨盗至,则负匮、揭箧、担囊而趋[4],唯恐缄縢、扃鐍之不固也,然则乡之所谓知者,不乃为大盗积者也[5]?

故尝试论之,世俗之所谓知者,有不为大盗积者乎?所谓圣者,有不为大盗守者乎?何以知其然邪?昔者齐国[6],邻邑相望,鸡狗之音相闻,罔罟之所布[7],耒耨之所刺，方二千余里[8]；阖四竟之内[9]，所以立宗庙社稷、治邑屋州闾乡曲者[10]，曷尝不法圣人哉？然而田成子一旦杀齐君而盗其国[11]。所盗者，岂独其国邪？并与其圣知之法而盗之。故田成子有乎盗贼之名，而身处尧舜之安；小国不敢非，大国不敢诛[12]，十二世有齐国[13]。则是不乃窃齐国并与其圣知之法，以守其盗贼之身乎？

尝试论之，世俗之所谓至知者，有不为大盗积者乎？所谓至圣者，有不为大盗守者乎？何以知其然邪？昔者龙逢斩，比干剖，苌弘胣，子胥靡[14]。故四子之贤，而身不免乎戮。故跖之徒问于跖曰[15]："盗亦有道乎？"跖曰："何适而无有道邪[16]？夫妄意室中之藏[17]，圣也；入先，勇也；出后，义也；知可否，知也；分均，仁也。五者不备，而能成大盗者，天下未之有也。"由是观之，善人不得圣人之道不立，跖不得圣人之道不行；天下之善人少而不善人多，则圣人之利天下也少，而害天下也多。故曰：唇竭则齿寒[18]，鲁酒薄而邯郸围[19]，圣人生而大盗起。掊击圣人，纵舍盗贼[20]，而天下始治矣！

夫川竭而谷虚，丘夷而渊实[21]；圣人已死，则大盗不起，天下平而无故矣[22]。圣人不死，大盗不止[23]。虽重圣人而治天下，则是重利盗跖也[24]。为之斗斛以量之[25]，则并与斗斛而窃之；为之权衡以称之[26]，则并与权衡而窃之；为之符玺以信之[27]，则并与符玺而窃之；为之仁义以矫之[28]，则并与仁义而窃之。何以知其然邪？彼窃钩者诛[29]，窃国者为诸侯；诸侯之门，而仁义存焉[30]。则是非窃仁义圣知邪[31]？故逐于大盗、揭诸侯、窃仁义并斗斛权衡符玺之利者[32]，虽有轩冕之赏弗能劝[33]，斧钺之威弗能禁[34]。此重利盗跖而使不可禁者，是乃圣人之过也。故曰：鱼不可脱于渊，国之利器不可以示人[35]。彼圣人者，天下之利器也，非所以明天下也[36]。

故绝圣弃知，大盗乃止；擿玉毁珠[37]，小盗不起；焚符破玺，而民朴鄙[38]；掊斗折衡[39]，而民不争；殚残天下之圣法[40]，而民始可与论议。擢乱六律[41]，铄绝竽瑟[42]，塞瞽旷之耳[43]，而天下始人含其聪矣[44]；灭文章[45]，散五采[46]，胶离朱之目[47]，而天下始人含其明矣；毁绝钩绳，而弃规矩，攦工倕之指[48]，而天下始人有其巧矣。故曰：大巧若拙[49]。削曾、史之行[50]，钳杨、墨之口[51]，攘弃仁义[52]，而天下之德始玄同矣[53]。

彼人含其明，则天下不铄矣[54]；人含其聪，则天下不累矣[55]；人含其知，则天下不惑矣；人含其德，则天下不僻矣[56]。彼曾、史、杨、墨、师旷、工倕、离朱，皆外立其德[57]，而以爚乱天下者也[58]，法之所无用也[59]。

子独不知至德之世乎？昔者容成氏、大庭氏、伯皇氏、中央氏、栗陆氏、骊畜氏、轩辕氏、赫胥氏、尊卢氏、祝融氏、伏羲氏、神农氏[60]，当是时也，民结绳而用之，甘其食，美其服，乐其俗，安其居，邻国相望，鸡狗之音相闻，民至老死而不相往来。若此之时，则至治已。今遂至使民延颈举踵[61]，曰“某所有贤者”，赢粮而趣之[62]，则内弃其亲，而外去其主之事；足迹接乎诸侯之境[63]，车轨结乎千里之外[64]，则是上好知之过也[65]。上诚好知而无道，则天下大乱矣！

何以知其然邪？夫弓、弩、毕、弋、机、变之知多[66]，则鸟乱于上矣；钩饵、罔罟、罾笱之知多[67]，则鱼乱于水矣；削格、罗落、罝罘之知多[68]，则兽乱于泽矣；知诈渐毒、颉滑坚白、解垢同异之变多[69]，则俗惑于辩矣。故天下每每大乱[70]，罪在于好知。故天下皆知求其所不知，而莫知求其所已知者[71]；皆知非其所不善，而莫知非其所已善者[72]，是以大乱。故上悖日月之明[73]，下烁山川之精[74]，中堕四时之施[75]；惴耎之虫[76]，肖翘之物[77]，莫不失其性。甚矣，夫好知之乱天下也。自三代以下者是已。舍夫种种之民，而悦夫役役之佞[78]；释夫恬淡无为，而悦夫啍啍之意[79]。啍啍已乱天下矣！

以上据中华书局版《庄子集释》

【注释】 [1] 胠(qū)：撬开。箧(qiè)：小箱子。探：掏。囊：口袋。发：开。匮(guì)：即柜。 [2] 摄(shè)：结，勒紧。缄(jiān)、縢(téng)：都是绳子。固：用作动词，使牢固、结实。扃(jiōng)：箱、柜上的插销，闩子。镣(jué)：箱子上加锁的绞钮。 [3] 知：同"智"，聪明。 [4] 负匮：背着柜子。揭：提起。趋：跑。 [5] 乡：同"向"，以前。不乃……也：不就是……吗。积：积聚。 [6] 齐国：指姜氏之齐。周武王封太公姜尚于齐，都营丘(今山东临淄)，后为其臣田氏所代，仍号为齐。 [7] 罔罟(gǔ)之所布：指海滨之民从事渔业其鱼网所及的地方。罔，同"网"。罟，网的总名。 [8] 耒耨之所刺：指陆地之民从事农业其犁锄所耕作的地方。耒(lěi)，犁。耨(nòu)，锄头。刺，扎，插入。 [9] 阖(hé)：同"合"。竟：同"境"。 [10] 宗庙：国君祭祀祖先的处所。社稷：指祭祀土神和谷神的处所。治：治理，规划。邑屋州闾乡：都是古代大小不同的各级地方区域的名称。成玄英疏引《司马法》云："六尺为步，步百为亩，亩百为夫，夫三为屋，屋三为井，井四为邑。"又云："五家为比，五比为闾，五闾为族，五族为党，五党为州，五州为乡。"乡曲：指乡间的角落。曲，隐秘之处。 [11] 田成子：即田常，也称陈恒，齐国的

134

大夫。鲁哀公十四年(前481),田常杀齐简公而立平公,自专国政,夺取了齐国的统治权。后来田常曾孙田和又将齐康公放逐到海上,自立为齐侯。　　[12] 非:非议。诛:讨伐。　　[13] 十二世有齐:田氏本陈国人,其祖陈完从陈国逃亡至齐,改姓田氏。到田常专齐政,共七世;由田常至齐宣王,共六世,累计为十三世。因庄子与齐宣王同时,故上溯过去而言"十二世"。又,清代俞樾《诸子平议》说,"十二世"乃"世世"之误。　　[14] 龙逢(páng):即关龙逢,夏桀时贤臣,谏桀而桀不听,为桀所杀。比干:殷之宗室,为人刚正不阿,因谏纣王,被剖心而死。苌(cháng)弘:春秋时周敬王大夫。晋公族内哄,他助晋大夫范吉射、中行寅。晋卿赵鞅因此责周,周杀苌弘。一说,苌弘为周灵王时人,为周人所杀。胣(chǐ):车裂之刑。一说,剖腹挖空内脏之刑。子胥:即伍子胥,因谏吴王夫差被杀。靡:同"糜",糜烂。指伍子胥被杀后,浮尸于江,使之糜烂。　　[15] 跖(zhí):传说中的奴隶起义领袖。过去统治者说他是大盗,故又称盗跖。　　[16] 何适:何往。道:指原则、准绳、标准。[17] 妄意:凭空揣测。意,猜测,预料。　　[18] 唇竭:即嘴唇反举向上,不能包齿。竭,当从《战国策·韩策》作"揭",高举。　　[19] "鲁酒"句:据《淮南子》许慎注说,楚会诸侯,鲁、赵两国均献酒于楚王,鲁酒薄而赵酒厚。楚国主管酒的官吏向赵要酒,赵不给。这个官吏大为恼怒,就把鲁、赵之酒互换,进献楚王。楚王因赵酒薄而围赵都邯郸。这里用来说明事出有因,且互有关联。　　[20] 掊(pǒu):打。纵舍:释放。　　[21] "夫川"二句:河水干了,山谷就空虚了;山丘削平了,深渊也就被土填满了。竭,枯竭,干枯。虚,空虚。夷,平。渊,深潭。　　[22] 平而无故:即太平无事。　　[23] 止:息。这里指绝迹。　　[24] 重利盗跖:使盗跖获取重利。重,更多。　　[25] 斗斛(hú):量器,古一斛为十斗。　　[26] 权:秤锤。衡:秤杆。　　[27] 符:用木竹或铜玉制成的符契,分两片,合而成一,以验证真假,是古代朝廷传达命令或征调兵将的凭证。玺(xǐ):印章。信:取信。　　[28] 矫(jiǎo):纠正。这里指矫正世风。　　[29] 钩:腰带钩。这里指不值钱的东西。　　[30] 存焉:存于此。指仁义存于"诸侯之门"。　　[31] 是:此,这。　　[32] 逐:追随。揭诸侯:犹言居诸侯之上,即称霸诸侯。　　[33] 轩冕:指高官厚禄。轩,古代大夫以上的官吏所乘的车子,车的两边有屏障。冕,古代大夫以上的官吏所戴的礼帽。赏:赏赐。劝:勉励。此言不能勉励其为善。　　[34] 斧钺:这里指严刑峻法。钺(yuè),大斧。禁:禁止。此言不能禁止其作恶。

[35] "鱼不可"二句：意为鱼不可脱离深水，不然便会为人捕获；治理国家的方法不能随便向民众公开宣示，不然便会被大盗利用。见《老子》三十六章。利器，指治理国家的方法和手段。　　[36] 彼圣人者：指圣人制定的那些治理天下的方法和制度。明：宣示。　　[37] 擿（zhì）：同"掷"，扔掉，抛弃。

[38] 朴鄙：朴实敦厚。鄙，鄙陋无知，这里指敦厚质朴。　　[39] 折：折断，毁掉。　　[40] 殚（dān）：尽。残：毁坏。　　[41] 擢（zhuó）乱：搅乱。

[42] 铄（shuò）绝：烧断，销毁。竽瑟：泛指乐器。　　[43] 瞽：盲。古以盲人为乐官，故以"瞽"为乐官的代称。旷：即师旷，春秋晋平公时著名乐师，盲人，故称"瞽旷"。　　[44] 含：怀藏，保全。　　[45] 文章：古代以青色和赤色相配合叫做"文"，以赤色和白色相配合叫做"章"。这里泛指文采。　　[46] 散：使动用法，使分离。　　[47] 离朱：一名离娄，相传是古代眼力最好的人，能于百步之外，察秋毫之末。　　[48] 摘（lì）：折断。工倕（chuí）：相传为尧时的巧匠。指：手指。

[49] 大巧若拙：意谓具有大智慧的人，顺应自然，不尚机巧，形似愚拙。语出《老子》四十五章。　　[50] 曾、史之行：指曾参的孝行和史鳝的直道。曾，指曾参，字子舆，孔子弟子，以孝行著称。史，指史鳝（qiū），字子鱼，亦称史鱼，春秋时卫臣。卫灵公宠小人弥子瑕而疏贤臣蘧（qú）伯玉，史鳝自杀，以尸谏灵公。孔子称赞他说：直哉史鱼！　　[51] 钳：夹住，封闭。杨：杨朱。墨：墨翟。　　[52] 攘（ráng）：排除，排斥。　　[53] 玄同：混同为一。玄，幽深微妙。　　[54] "彼人"二句：人人都能保全自己目力而不显露，那么天下就不会有什么文采闪耀了。铄，通"烁"，指文采闪耀。　　[55] 累：忧患。　　[56] 僻：邪恶。　　[57] 外立其德：德行表现在外，炫耀自己。　　[58] 爚（yuè）乱：惑乱。　　[59] "法之"句：这就是圣智之法之所以没有用的原因。　　[60] "昔者"句：所说的自"容成氏"至"神农氏"，都是传说中远古时期的帝王。　　[61] 延颈：伸长脖颈。举踵：跂起脚后跟。形容殷切盼望。　　[62] 赢：背，担。趣：同"趋"，奔赴。　　[63] 接：连接。　　[64] 结：往来交错。　　[65] 好知：好智，即喜欢以智治国。

[66] 弩（nǔ）：用机关发射连珠箭的弓。毕：带柄的网。弋（yì）：带绳的箭。机：一名弩牙，弩上的发动机关。变："磻（bō）"的假借字，射鸟用的石制箭头。知：知识。　　[67] 钩：钓钩。饵：鱼饵。罾（zēng）：俗名"扳罾"，以竿支架的像伞盖的鱼网。笱（gǒu）：捕鱼的竹器。　　[68] 削：即"箾（shuò）"，竹竿。格：木柄。二者都用来张开罗网。落：同"络"，"罗落"即"罗落"，罗网。罝罘（jū fú）：捕兽的网。　　[69] 知：同"智"。诈：欺骗。渐：欺诈。颉（xié）滑：犹"诘

136

诎",即绞结错乱,形容"坚白"之论混淆不清。坚白:战国时名家公孙龙子诡辩的论题之一,认为石头的坚硬质地和白颜色是彼此分离存在的,不能并知并见,称为"坚白论"。解垢:指诡曲之辞。同异:指"合同异",战国时名家惠施诡辩的论题之一。他认为一切同异都是相对的。　　[70]每每:昏乱的样子。　　[71]"故天"二句:人们只知舍内求外,追求知识,而不知无为恬淡,清虚合道。所不知,指分外的事,即客观的知识。所已知,指分内之事,即人类的本性。　　[72]"皆知"二句:人们只知道责难暴君和大盗的行为,却不知道反对圣人之道。非,非议,责难。所不善,指暴君、大盗的行为。所已善,指圣人之道。　　[73]悖(bèi):遮蔽。　　[74]烁(shuò):通"铄",销毁。　　[75]堕:错乱。施:推移。　　[76]蝡蝡之虫:指无足蠕行的虫类。蝡蝡,虫类蠕动的样子。　　[77]肖翘之物:指能飞的小虫。[78]种种:淳朴敦厚的样子。悦:喜欢。役役:奸滑轻薄的样子。佞:巧言谄媚的人。　　[79]释:放弃。啍啍(zhūn):同"谆谆",恳切教导的样子。这里指反复说教,不厌其烦。

孟　子

　　孟子(约前372—前289),名轲,字子舆,战国时邹(今山东邹县)人。孔子以后儒家学派的重要代表人物。孟子认为人性本善,提出了"仁政"和"王道"的政治主张,其中主要包括"省刑罚,薄税敛"、制民之产等具体措施。孟子曾周游列国,但他的主张被认为不合时宜,不为诸侯所用,于是退而与弟子万章、公孙丑等发挥孔子学说,作《孟子》七篇。

　　全书基本为对话体,行文自然流畅,雄辩犀利;引譬设喻,富于形象;放言无惮,气势逼人。

孟子见梁襄王

【题解】　选自《孟子·梁惠王上》,标题据首句而加。在这段文字

137

中，孟子对当时的暴君暴政提出了猛烈的抨击，明确地表达了"不嗜杀人者"才能统一天下的观点，体现了他"保民而王"的仁政思想。作者"深于取象"，以形象的比喻说明抽象的道理，生动透辟，明白晓畅。

　　孟子见梁襄王，出，语人曰[1]："望之不似人君，就之而不见所畏焉[2]。卒然问曰[3]：'天下恶乎定[4]？'吾对曰：'定于一[5]。''孰能一之？'对曰：'不嗜杀人者能一之[6]。''孰能与之？'对曰：'天下莫不与也。王知夫苗乎？七八月之间旱[7]，则苗槁矣[8]。天油然作云，沛然下雨，则苗浡然兴之矣[9]。其如是，孰能御之[10]？今夫天下之人牧[11]，未有不嗜杀人者也；如有不嗜杀人者，则天下之民皆引领而望之矣[12]。诚如是也，民归之，由水之就下[13]，沛然谁能御之！'"

【注释】　[1] 梁襄王：惠王之子，名嗣。公元前318至前296年在位。语(yù)：告诉，对人说。　[2] "望之"二句：远看他不像个国君，到跟前也不见威严所在。就，靠近，趋近。　[3] 卒然：突然，出乎意外。卒，同"猝(cù)"。　[4] 恶(wū)：怎么，怎样。定：安定。　[5] 一：一统。[6] 嗜(shì)：喜好。　[7] 七八月：周历正月即夏历的十一月，周历七八月约当夏历五六月。这时正是禾苗生长需水的时候。　[8] 槁(gǎo)：枯萎。[9] 油然：云气上升的样子。沛然：水奔流的样子。浡(bó)然：猛然生长的样子。浡，通"勃"，兴起，旺盛。　[10] 御：抵挡。　[11] 人牧：统治老百姓的人，指国君。　[12] 引：延长，伸长。领：脖子。　[13] 由：同"犹"，好像。

齐桓晋文之事

【题解】　选自《孟子·梁惠王上》，标题依普通选本。本章比较系

138

统、具体地阐述了关于"王道"的理论和主张,突出反映了孟子的仁政思想。孟子主张"保民而王",认为"推恩足以保四海",指出"明君制民之产",必须使人民生活有保障。他还形象地描绘出理想中的王国图景,但在诸侯争霸的战国时代,这显然是不切实际的幻想。

本章层层设问,妙用比喻,富于感染力和说服力。

齐宣王问曰[1]:"齐桓、晋文之事[2],可得闻乎?"

孟子对曰:"仲尼之徒,无道桓、文之事者[3],是以后世无传焉;臣未之闻也。无以,则王乎[4]?"

曰:"德何如则可以王矣?"

曰:"保民而王,莫之能御也[5]。"

曰:"若寡人者,可以保民乎哉?"

曰:"可。"

曰:"何由知吾可也?"

曰:"臣闻之胡龁曰[6]:'王坐于堂上,有牵牛而过堂下者,王见之,曰:"牛何之[7]?"对曰:"将以衅钟[8]。"王曰:"舍之!吾不忍其觳觫[9],若无罪而就死地[10]。"对曰:"然则废衅钟与?"曰:"何可废也,以羊易之。"'不识有诸[11]?"

曰:"有之。"

曰:"是心足以王矣!百姓皆以王为爱也[12],臣固知王之不忍也。"

王曰:"然,诚有百姓者[13]。齐国虽褊小[14],吾何爱一牛!即不忍其觳觫,若无罪而就死地,故以羊易之也。"

曰:"王无异于百姓之以王为爱也[15]。以小易大,彼恶知之[16]！王若隐其无罪而就死地[17]，则牛羊何择焉[18]？"

王笑曰："是诚何心哉！我非爱其财而易之以羊也，宜乎百姓之谓我爱也。"

曰："无伤也，是乃仁术也[19]！见牛未见羊也。君子之于禽兽也，见其生，不忍见其死，闻其声，不忍食其肉，是以君子远庖厨也[20]。"

王说曰[21]：《诗》云：'他人有心，予忖度之[22]。'夫子之谓也[23]。夫我乃行之，反而求之，不得吾心[24]。夫子言之，于我心有戚戚焉[25]。此心之所以合于王者何也？"

曰："有复于王者曰[26]：'吾力足以举百钧[27]，而不足以举一羽；明足以察秋毫之末[28]，而不见舆薪[29]。'则王许之乎[30]？"

曰："否！"

"今恩足以及禽兽[31]，而功不至于百姓者，独何与[32]？然则一羽之不举，为不用力焉；舆薪之不见，为不用明焉；百姓之不见保[33]，为不用恩焉。故王之不王[34]，不为也，非不能也。"

曰："不为者与不能者之形[35]，何以异？"

曰："挟泰山以超北海[36]，语人曰：'我不能。'是诚不能也。为长者折枝[37]，语人曰：'我不能。'是不为也，非不能也。故王之不王，非挟泰山以超北海之类也；王之不王，是折枝之类也。"

"老吾老，以及人之老；幼吾幼，以及人之幼[38]；天下可运于掌[39]。《诗》云：'刑于寡妻，至于兄弟，以御于家邦[40]。'言举斯心加诸彼而已[41]。故推恩足以保四海[42]，不推恩无以保妻子[43]。古之人所以大过人者，无他焉，善推其所为而已矣。今恩足以及禽兽，而功不至于百姓者，独何与？权[44]，然后知轻重；度[45]，然后知长短。物皆然，心为甚。王请度之[46]！抑王兴甲兵，危士臣，构怨于诸侯[47]，然后快于心与？"

王曰："否，吾何快于是！将以求吾所大欲也。"

曰："王之所大欲，可得闻与？"

王笑而不言。

曰："为肥甘不足于口与[48]？轻煖不足于体与[49]？抑为采色不足视于目与[50]？声音不足听于耳与[51]？便嬖不足使令于前与[52]？王之诸臣，皆足以供之，而王岂为是哉！"

曰："否。吾不为是也。"

曰："然则王之所大欲可知已：欲辟土地[53]，朝秦、楚[54]，莅中国[55]，而抚四夷也[56]。以若所为，求若所欲，犹缘木而求鱼也[57]。"

王曰："若是其甚与[58]？"

曰："殆有甚焉[59]。缘木求鱼，虽不得鱼，无后灾；以若所为，求若所欲，尽心力而为之，后必有灾。"

曰："可得闻与？"

曰："邹人与楚人战[60]，则王以为孰胜？"

曰："楚人胜。"

曰："然则小固不可以敌大，寡固不可以敌众，弱固不可以敌强。海内之地，方千里者九[61]，齐集有其一[62]；以

141

一服八,何以异于邹敌楚哉？盖亦反其本矣[63]！今王发政施仁[64],使天下仕者皆欲立于王之朝,耕者皆欲耕于王之野,商贾皆欲藏于王之市,行旅皆欲出于王之涂[65],天下之欲疾其君者,皆欲赴愬于王[66],其若是,孰能御之？"

王曰:"吾惛,不能进于是矣[67]！愿夫子辅吾志,明以教我;我虽不敏,请尝试之！"

曰:"无恒产而有恒心者,惟士为能[68],若民则无恒产,因无恒心。苟无恒心,放辟邪侈,无不为已[69]。及陷于罪,然后从而刑之,是罔民也[70]。焉有仁人在位。罔民而可为也！是故明君制民之产[71],必使仰足以事父母,俯足以畜妻子[72];乐岁终身饱,凶年免于死亡[73];然后驱而之善[74],故民之从之也轻[75]。今也制民之产,仰不足以事父母,俯不足以畜妻子,乐岁终身苦,凶年不免于死亡;此惟救死而恐不赡[76],奚暇治礼义哉[77]！王欲行之,则盍反其本矣。五亩之宅,树之以桑,五十者可以衣帛矣[78];鸡豚狗彘之畜,无失其时[79],七十者可以食肉矣,百亩之田,勿夺其时[80],八口之家,可以无饥矣;谨庠序之教[81],申之以孝悌之义[82],颁白者不负戴于道路矣[83]。老者衣帛食肉,黎民不饥不寒[84],然而不王者,未之有也。"

【注释】 [1] 齐宣王:田氏,名辟疆,齐威王之子,公元前 319 至前 301 年在位。 [2] "齐桓"句:指齐桓公、晋文公称霸诸侯的事。齐桓公、晋文公为春秋五霸之首。齐宣王想效法他们,谋为霸主,故以此问孟子。 [3] 仲尼:孔子。道:称道。 [4] "无以"二句:如果一定要讲下去而不停止的话,那就讲讲(用仁政统一天下的)王道吧。以,同"已",止。王(wàng),实行王道。 　　[5]保民而王:使人民的生活得到安定,实行王道。保,安。
[6]胡龁(hé):齐王身边的大臣。 　　[7]之:用作动词,往。 　　[8]衅
钟:即新钟制成,杀牲取血涂抹钟的孔隙,用以祭祀。 　　[9]觳(hú)觫
(sù):恐惧发抖的样子。 　　[10]若:如此。就:趋往,走向。 　　[11]识:
知道,了解。诸:"之乎"的合音,即作"之乎"解。 　　[12]爱:爱惜。这里有
吝啬的意思。 　　[13]诚:确实。 　　[14]褊(biǎn)小:狭小。 　　[15]异:
奇怪,怪异。 　　[16]"以小"二句:用小牲(羊)去代替大牲(牛),他们怎么
领会大王的用意呢? 　　[17]隐:可怜,怜悯。 　　[18]何择:有什么区别。
[19]无伤:没什么妨害,犹言没关系。仁术:为仁之道。 　　[20]君子:有
道德有修养的人。远庖(páo)厨:远离厨房。一说"远"为使动词,"远庖厨"即
"使厨房远离自己",也就是把厨房设在远离自己的地方。 　　[21]说
(yuè):同"悦",高兴,欢喜。 　　[22]"他人"二句:别人有什么心思,我能够
揣摩出来。见《诗经·小雅·巧言》。忖度(cǔn duó),揣想,揣摩。 　　[23]"夫子"
句:说的就是先生这样的人啊! 　　[24]"夫我"三句:我自己竟然这样做
了,回头寻思,却不明白自己的心意。 　　[25]戚戚:内心深受感动的样子。
[26]复:禀告,报告。 　　[27]钧:古以三十斤为一钧。 　　[28]明:视
力。秋毫:鸟兽在秋天新生的细毛。末:尖端,末梢。 　　[29]舆薪:一车柴
火。 　　[30]许:赞许。 　　[31]"今恩"句:以下是孟子的话,省去"曰"
字,表示语气迫促。 　　[32]独何与:这又是为什么呢? 　　[33]不见保:
不被安抚,意为得不到安定的生活。 　　[34]王之不王:齐宣王不实行王
道。前一个"王"字,名词,指齐宣王。后一个"王"字,用作动词,指实行王道。
[35]形:情状。这里指表现。 　　[36]超:跳跃而过。北海:即渤海,在齐
国之北。 　　[37]折枝:折取树枝。一说"枝"通"肢","折肢"即弯腰行礼;
又一说指"按摩筋骨四肢"。 　　[38]老吾老:敬爱自己的父母。前一"老"
字,用作动词,敬爱。后一"老"字,名词,指父母。幼吾幼:爱抚自己的儿女。
前一"幼"字,用作动词,爱抚。后一"幼"字,名词,指儿女。及:达到,这里有
推广到的意思。人:指别人。 　　[39]"天下"句:天下可运转于手掌上。比
喻容易治理。 　　[40]"刑于"三句:先给妻子作榜样,再推广到兄弟,进而
推广到治理封邑和国家。见《诗经·大雅·思齐》。刑,同"型",示范,作榜样。
寡妻,国君的正妻。御,治理。家,封邑。邦,国家。 　　[41]"言举"句:说
的就是把这种爱自家人的心推广到爱他人罢了。 　　[42]推恩:推广恩德。

保四海：指安定天下。　　[43] 保：保护，保全。　　[44] 权：秤锤，亦指秤。这里用作动词，指用秤称。　　[45] 度(duó)：用作动词，指用尺量。[46] 度：忖度，考虑。　　[47] 抑：或者，还是。构怨：结怨，结仇。[48] 肥甘：指肥美香甜的食物。　　[49] 轻煖：指轻便温暖的衣服。煖，同"暖"。　　[50] 采色：即"彩色"。采，同"彩"。　　[51] 声音：这里指音乐。　　[52] 便嬖(pián bì)：指国君左右亲近宠爱的人。使令于前：在身边供使唤。　　[53] 辟：开辟，扩张。　　[54] 朝秦、楚：使秦、楚等国都来朝贡。　　[55] 莅：临。中国：中原。　　[56] 抚：安抚。四夷：指四方边远民族。夷，中原人对边远地区少数民族的蔑称。　　[57] "以若"三句：用您这样的作为去追求您的欲望，就好像爬到树上去捉鱼一样。若，你的。缘，攀援。[58] "若是"句：像这样严重吗？　　[59] "殆有"句：恐怕(比缘木求鱼)更严重。　　[60] 邹：小国。楚：大国。邹、楚二国大小、强弱相差悬殊，故孟子举以为例。　　[61] 海内之地：古人说中国有九州，九州外面是大海，故"海内之地"即指中国。　　[62] 集：凑集，总计。有其一：指仅占天下土地的九分之一。　　[63] 盖：同"盍"，何不。反其本：指回过头来寻求根本的办法(意即施行仁政)。　　[64] 发政施仁：发布政令，施行仁政。[65] 行旅：来往的旅客。涂：同"途"，道路。　　[66] 疾：恨。愬：同"诉"，控诉。　　[67] 惛(hūn)：同"昏"，昏乱，糊涂。进于是：达到这种地步，指行仁政。　　[68] 恒产：指固定产业。恒心：指恪守一定道德观念和行为准则。　　[69] 放辟邪侈：指违法乱纪、胡作非为。放，放荡。辟，同"僻"，与"邪"同义，指思想行为不合正轨。侈，放纵挥霍。　　[70] 刑：加以处罚。罔：同"网"，用作动词，意为张开网罗使人陷入。　　[71] 制：规定。[72] 畜：同"蓄"，抚养。　　[73] 乐岁：丰年，好年成。凶年：荒年，坏年成。[74] 驱：督导。　　[75] 轻：容易。　　[76] 不赡(shàn)：不足，不够。[77] 奚：何。暇：闲。　　[78] 五亩之宅：相传古代一个男丁可分得五亩土地供建住宅之用。衣：用作动词，穿。帛：丝绵。　　[79] 豚(tún)：小猪。彘(zhì)：大猪。　　[80] 百亩之田：相传古井田制，每个男丁分得土地一百亩。夺：侵占。这里指因劳役而妨碍生产。　　[81] 谨：重视。庠(xiáng)序：古代地方学校。周代称"庠"，殷代叫"序"。　　[82] 申：指反复叮咛，再三开导。孝悌(tì)之义：孝顺父母、敬爱兄长的道理。　　[83] 颁白者：指须发斑白的老年人。颁，同"斑"。戴：头顶。　　[84] 黎民：百姓。一说"黎

144

民"与上文"颁白者"对举,指黑发人,即少壮者。

齐人有一妻一妾

【题解】 选自《孟子·离娄下》,标题依普通选本。本章借齐人乞墦而骄其妻妾的故事,对当时那些孜孜于"求富贵利达者",予以无情的揶揄和尖刻的讽刺,有力地鞭笞了为追名逐利而不择手段的无耻行径。文章生动、幽默,寓意深刻,情节完整,结构严密,人物形象栩栩如生。

　　齐人有一妻一妾而处室者[1],其良人出,则必餍酒肉而后反[2]。其妻问所与饮食者,则尽富贵也[3]。其妻告其妾曰:"良人出,则必餍酒肉而后反;问其与饮食者,尽富贵也,而未尝有显者来[4],吾将瞷良人之所之也[5]。"

　　蚤起[6],施从良人之所之[7],遍国中无与立谈者[8];卒之东郭墦间[9],之祭者,乞其余;不足,又顾而之他[10]——此其为餍足之道也。

　　其妻归,告其妾,曰:"良人者,所仰望而终身也[11],今若此!"与其妾讪其良人[12],而相泣于中庭[13],而良人未之知也,施施从外来[14],骄其妻妾。

　　由君子观之,则人之所以求富贵利达者,其妻妾不羞也而不相泣者,几希矣[15]!

【注释】 [1]处室:指居家过日子。 [2]良人:即丈夫。古时妇人称夫为"良人"。餍(yàn):吃饱。反:同"返",回家。 [3]"其妻"二句:他的妻子问他跟谁在一起吃喝,他总说全是些富贵体面的人物。 [4]显者:显要富贵的人。 [5]瞷(jiàn):窥探,偷偷观察。 [6]蚤:通"早"。

145

[7] 施(yí):通"迤",斜行。　　[8] 国中:城中。　　[9] 卒:终于,最后。之:往。郭:外城。墦(fán):坟墓。　　[10] 顾而之他:指东张西望地到别处去乞讨。　　[11] 仰望:依靠。终身:即终生,指度过一生。　　[12] 讪(shàn):这里指怨谤。　　[13] 中庭:即庭中。　　[14] 施施:洋洋得意的样子。　　[15] 几希:很少。

民 为 贵

【题解】　选自《孟子·尽心下》,标题依普通选本。本章提出了"民为贵,社稷次之,君为轻"的观点,突出反映了孟子的民本主义思想。

孟子曰:"民为贵,社稷次之,君为轻[1]。是故得乎丘民而为天子[2],得乎天子为诸侯,得乎诸侯为大夫[3]。诸侯危社稷,则变置[4]。牺牲既成[5],粢盛既絜[6],祭祀以时[7],然而旱干水溢,则变置社稷。"

以上据中华书局影印阮刻本《十三经注疏》

【注释】　[1] 社稷(jì):古代帝王、诸侯所祭的土神和谷神。古代用作国家的代称。社,土地神。稷,谷神。　　[2] "是故"句:因此,获得百姓的拥护才能做天子。丘,众。　　[3] "得乎"二句:得到天子的信任才能做诸侯,得到诸侯的信任才能做大夫。　　[4] 变置:改立。　　[5] 牺牲:祭祀所用的牛、羊、猪。成:盛,引申为肥硕。　　[6] 粢(zī):供祭祀用的谷物。盛(chéng):祭器中所盛的谷物。絜:同"洁",洁净。　　[7] 祭祀以时:按时祭祀,不失其序。

荀 子

荀子(约前313—前238),名况,人称荀卿,亦称孙卿,赵国人,战国末儒学大师。曾游历齐、秦,在齐稷下(今山东临淄北)学宫讲学,"三为祭酒(学宫之长)";齐襄王时,"最为老师"。后来受到齐人毁谤,投奔楚国,春申君用为兰陵(今山东苍山西南兰陵镇)令。春申君死,荀卿免职,家居兰陵。晚年授徒并从事著述,遂终老于兰陵。其弟子甚众,著名者有韩非、李斯、浮丘伯等。他认为人性本"恶",故提出"隆礼"与"重法"的政治主张。他不信鬼神天道,重人事,有突出的唯物主义自然观。

《荀子》又名《孙卿子》、《孙卿新书》,今传32篇。其中虽有荀子后学之作掺入,但大部分为荀子自著。《荀子》之文,已不再是语录或对话的连缀,而是自成体系的专题论文。其文博大精深,严谨周详,淳厚老练,朴实有力。

劝　学

【题解】　本文是今本《荀子》中的第一篇。它是我国古代教育史上的一篇著名论文,也是荀子的代表作。"劝学"即劝导和勉励学习。文章旨在论述教育和学习的重要性以及学习的途径和方法,较为系统地反映了荀子的教育思想。

本文谨严细密,说理深透,旁征博引,论证详明。它以大量比喻来阐明道理,使内容显明又有说服力。

君子曰:学不可以已[1]。青,取之于蓝,而青于蓝[2];冰,水为之,而寒于水[3]。木直中绳[4],𫐐以为轮[5],其曲中规[6];虽有槁暴[7],不复挺者[8],𫐐使之然也。故木受绳则直,金就砺则利[9],君子博学而日参省乎己[10],则知明而行无过矣[11]。

故不登高山,不知天之高也;不临深溪[12],不知地之厚也；不闻先王之遗言[13]，不知学问之大也。干、越、夷、貉之子[14]，生而同声，长而异俗，教使之然也。《诗》曰[15]："嗟尔君子，无恒安息。靖共尔位，好是正直。神之听之，介尔景福[16]。"神莫大于化道，福莫长于无祸[17]。

吾尝终日而思矣，不如须臾之所学也[18]；吾尝跂而望矣，不如登高之博见也[19]。登高而招，臂非加长也，而见者远；顺风而呼，声非加疾也，而闻者彰[20]。假舆马者，非利足也，而致千里[21]；假舟楫者，非能水也，而绝江河[22]。君子生非异也，善假于物也[23]。

南方有鸟焉，名曰蒙鸠[24]，以羽为巢，而编之以发，系之苇苕[25]。风至苕折，卵破子死。巢非不完也，所系者然也。西方有木焉，名曰射干[26]，茎长四寸，生于高山之上，而临百仞之渊。木茎非能长也，所立者然也[27]。蓬生麻中，不扶而直；白沙在涅，与之俱黑[28]。兰槐之根是为芷，其渐之滫，君子不近，庶人不服[29]。其质非不美也，所渐者然也。故君子居必择乡，游必就士[30]，所以防邪僻而近中正也[31]。

物类之起，必有所始[32]；荣辱之来，必象其德[33]。肉腐出虫，鱼枯生蠹[34]；怠慢忘身，祸灾乃作[35]。强自取柱，柔自取束[36]；邪秽在身，怨之所构[37]。施薪若一，火就燥也[38]；平地若一，水就湿也[39]。草木畴生[40]，禽兽群焉，物各从其类也。是故质的张而弓矢至焉[41]，林木茂而斧斤至焉，树成荫而众鸟息焉，醯酸而蚋聚焉[42]。故言有招祸也，行有招辱也，君子慎其所立乎[43]！

积土成山，风雨兴焉[44]，积水成渊，蛟龙生焉；积善成

148

德,而神明自得,圣心备焉[45]。故不积跬步[46],无以至千里;不积小流,无以成江海。骐骥一跃[47],不能十步;驽马十驾,功在不舍[48]。锲而舍之[49],朽木不折;锲而不舍,金石可镂[50]。螾无爪牙之利、筋骨之强[51],上食埃土,下饮黄泉,用心一也;蟹八跪而二螯[52],非蛇蟺之穴无可寄托者[53],用心躁也。是故无冥冥之志者,无昭昭之明[54];无惛惛之事者,无赫赫之功[55]。行衢道者不至[56],事两君者不容。目不能两视而明,耳不能两听而聪;螣蛇无足而飞[57],鼫鼠五技而穷[58]。《诗》曰[59]:"尸鸠在桑,其子七兮,淑人君子,其仪一兮。其仪一兮,心如结兮[60]!"故君子结于一也[61]。

昔者瓠巴鼓瑟而流鱼出听[62],伯牙鼓琴而六马仰秣[63]。故声无小而不闻,行无隐而不形[64];玉在山而草木润,渊生珠而崖不枯[65]。为善不积邪?安有不闻者乎!

学恶乎始[66]?恶乎终?曰:其数则始乎诵经,终乎读礼[67];其义则始乎为士[68],终乎为圣人。真积力久则入,学至乎没而后止也[69]。故学数有终,若其义则不可须臾舍也[70]。为之,人也;舍之,禽兽也。故《书》者,政事之纪也[71]。《诗》者,中声之所止也[72];《礼》者,法之大分、类之纲纪也[73]。故学至乎《礼》而止矣。夫是之谓道德之极。《礼》之敬文也,《乐》之中和也,《诗》、《书》之博也,《春秋》之微也,在天地之间者毕矣[74]。

君子之学也,入乎耳,箸乎心,布乎四体,形乎动静[75];端而言,蠕而动,一可以为法则[76]。小人之学也,入乎耳,出乎口,口耳之间则四寸耳,曷足以美七尺之躯哉[77]?

古之学者为己,今之学者为人[78]。君子之学也,以美其身;小人之学也,以为禽犊[79]。故不问而告谓之傲[80],问一而告二谓之囋[81]。傲,非也;囋,非也,君子如向矣[82]。

学莫便乎近其人[83]。《礼》、《乐》法而不说[84],《诗》、《书》故而不切[85],《春秋》约而不速[86]。方其人之习君子之说,则尊以遍矣,周于世矣[87]。故曰:学莫便乎近其人。

学之经莫速乎好其人[88],隆礼次之[89]。上不能好其人,下不能隆礼,安特将学杂志顺《诗》、《书》而已耳[90]!则末世穷年,不免为陋儒而已[91]。将原先王,本仁义,则礼正其经纬蹊径也[92]。若挈裘领,诎五指而顿之[93],顺者不可胜数也。不道礼宪,以《诗》、《书》为之,譬之犹以指测河也,以戈舂黍也,以锥飡壶也,不可以得之矣[94]。故隆礼,虽未明,法士也[95];不隆礼,虽察辩,散儒也[96]。

问楛者,勿告也[97];告楛者,勿问也;说楛者,勿听也。有争气者[98],勿与辩也。故必由其道至然后接之,非其道则避之[99]。故礼恭而后可与言道之方[100],辞顺而后可与言道之理[101],色从而后可与言道之致[102]。故未可与言而言谓之傲,可与言而不言谓之隐,不观气色而言谓之瞽[103]。故君子不傲、不隐、不瞽,谨顺其身[104]。《诗》曰[105]:"匪交匪舒,天子所予[106]。"此之谓也。

百发失一,不足谓善射[107];千里跬步不至,不足谓善御[108];伦类不通,仁义不一,不足谓善学[109]。学也者,固学一之也[110]。一出焉,一入焉,涂巷之人也[111];其善

150

者少,不善者多,桀、纣、盗跖也;全之尽之,然后学者也[112]。

君子知夫不全不粹之不足以为美也,故诵数以贯之[113],思索以通之[114],为其人以处之[115],除其害者以持养之[116]。使目非是无欲见也,使耳非是无欲闻也,使口非是无欲言也,使心非是无欲虑也。及至其致好之也,目好之五色,耳好之五声,口好之五味,心利之有天下[117]。是故权利不能倾也,群众不能移也,天下不能荡也[118]。生乎由是[119],死乎由是,夫是之谓德操。德操然后能定[120],能定然后能应[121]。能定能应,夫是之谓成人[122]。天见其明,地见其光,君子贵其全也[123]。

【注释】 [1] 已:止息。 [2] 青:靛(diàn)青。取:提取,提炼。蓝:草名。即蓼(liǎo)蓝,一种作青色颜料用的植物。 [3]"冰"三句:冰是由水变成的,但比水更寒冷。 [4] 中(zhòng):符合。绳:绳墨,木工取直用的墨线。 [5] 輮(róu):同"煣",用火烘烤,使木弯曲。 [6] 其曲中规:它的弯曲程度,符合圆规的标准。 [7] 有:通"又"。槁(gǎo):枯干。暴(pù):同"曝",晒干。 [8] 挺:直。 [9] 受绳:指经过墨绳校正。金:指金属制造的刀剑。砺:磨刀石。利:锋利。 [10] 博学:广博地学习。参:同"三"。省(xǐng):反省,省察。 [11]"则知明"句:就会变得聪明,而行为也不会犯错误。知,同"智"。 [12] 溪(xī):山涧。 [13] 先王:古代帝王,荀子理想中的君主。 [14] 干(hán):国名,即古邗国,为吴国所灭,这里即指吴国。越:越国。吴、越在今江苏、浙江一带。夷、貉(mò,通"貊"):古代对东方和北方少数民族的蔑称。干、越、夷、貉,泛指四方民族。子:这里指人。 [15]《诗》:指《诗经·小雅·小明》。 [16]"嗟尔"六句:你这个君子啊,不要常常贪图安逸。安于你的职位吧,爱好正直的德行。神觉察到这种情况,就会赐给你极大的幸福。恒,常常。安息,安逸。靖,安。共,通"恭"。位,指职位。好,爱好。听,察觉。介,助。景,大。 [17] 神:指最

151

高精神境界。化道:犹言合于道。化,合。　　[18] 尝:曾经。须臾(yú):一会儿。　　[19] 跂(qì):踮着脚。博见:指看得远而宽广。　　[20] 加疾:指声音比平时更加洪亮。彰:清楚。　　[21] 假:凭借,借助,利用。利足:指跑得很快。利,快,迅速。致:达到。　　[22] 楫(jí):船桨。能水:指善于游泳。绝:用作动词,指渡过。　　[23]"君子"二句:君子的生性并不特别,只是善于借助外物罢了。生,同"性"。　　[24] 蒙鸠:即鹪鹩(jiāo liáo),一种善于筑巢的小鸟。　　[25] 编之以发:用毛发编结鸟巢。系,联结。苇苕,芦苇的嫩条。　　[26] 射(yè)干:多年生草本植物,根状茎可入药。　　[27]"木茎"二句:射干的茎并没有加长,而是它生长的地方使它这样。　　[28] 蓬:草名,又叫"飞蓬"。涅(niè):黑泥。　　[29] 兰槐:即白芷(zhǐ),香草名,花白味香。其苗称"兰槐",其根称"芷"。其:若,如果。渐:浸泡。滫(xiū):一说是淘米水,一说是尿。这里泛指脏水。近:接近。庶人:普通人。[30]"故君"二句:因此君子定居一定要选择好的地方,交游一定要接近贤德之士。　　[31] 防邪僻:防止受到邪恶不正的影响。近中正:接近正直的人。中正,正直。　　[32] 物类:即万物。起:发生,兴起。有所始:有开始的原因。　　[33] 象:象征,反映。　　[34] 蠹(dù):蛀虫。　　[35]"怠慢"二句:懒散到了不顾自身行动的地步,灾祸就要降临了。　　[36]"强自"二句:太刚强了就会自取断折,太柔软了就会自受约束。柱,通"祝",断折。　　[37]"邪秽"二句:自身邪恶污秽,就一定会招致怨恨。构,结。[38]"施薪"二句:堆放柴草看似一样,火总是向干燥处烧去。施,陈放。[39] 湿:潮湿。此指低洼的地方。　　[40] 畴生:丛生。畴,通"稠"。一说,"畴"通"俦",指同类。　　[41] 质(zhì):箭靶。的(dì):靶心。张:设置。[42] 醯(xī):醋。蚋(ruì):蚊类小昆虫。　　[43] 所立:指治学的立脚点,即学些什么,以什么为指导。　　[44]"积土"二句:土积起来成为高山,风雨就从山里发生。兴焉,兴于此。　　[45] 神明:指高度的智慧。自得:自然达到。圣心:指圣人的精神境界。备:具备。　　[46] 跬(kuǐ):半步。　　[47] 骐骥(jì):能日行千里的好马。　　[48] 驽(nú):劣马。十驾:指十日的行程。马行一日为一驾。功:成功。舍:停止。　　[49] 锲(qiè):刻。　　[50] 镂(lòu):雕刻。　　[51] 螾:同"蚓",即蚯蚓。　　[52] 八跪:八足。螯(áo):螃蟹身上形状像钳子的第一对足,能开合,用来取食、自卫。　　[53] 鳝:即"鳝",鳝鱼。　　[54] 冥冥:幽暗。这里形容对外界事物视而不见,听而不闻,埋头苦干的样子。昭昭:明显,显著。 [55] 惛惛(hūn):昏暗。这里形容专心致志的样子,与"冥冥"意思相同。赫赫:巨大。 [56] 衢(qú):十字路,这里指歧路。 [57] 螣(téng)蛇:传说中的一种龙,能驾云雾而飞。 [58] 鼫(shí)鼠:一种形状像兔子的鼠类。五技:据说鼫鼠有五种技能,但都不能专心做到底。它能飞但不能上屋,能爬树但不能爬上树顶,能游泳但不能渡过溪流,能打洞但不能掩藏身子,能跑但落后于别的动物。穷:困窘,没有办法。 [59]《诗》:指《诗经·曹风·尸鸠》。 [60]"尸鸠"六句:布谷鸟住在桑树上,专心一意喂养七只小鸟。那善良正直的君子,行为要专一不变。尸鸠,一名布谷鸟。淑,善。仪,仪容,举止。一,指始终如一。结,指坚定专一。 [61] 结于一:指用心向善,专一不二。 [62] 瓠(hù)巴:古代传说中善于鼓瑟的人。据说他鼓瑟时能使鱼舞鱼跃。流:通"游"。一说,"流"应作"沉"。 [63] 伯牙:古代传说中善于弹琴的人。六马:古代天子用六马驾车。仰秣:指马在吃草时抬头听。 [64]"故声"二句:所以声音不管多么微小,总会被人听见;行为无论多隐秘,也会显露出来。[65]"玉在"二句:山中蕴藏有宝玉,草木就会滋润;深渊里长有珍珠,崖岸也生光彩。 [66] 恶乎始:从哪里开始。 [67] 数:术,指治学的方法、途径。经:经典,指《诗》、《书》之类。礼:指典章礼制之类。 [68] 义:指治学的原则。 [69] 真:诚,这里指踏实。力:力行。入:指学习能够深入。没:同"殁(mò)",死。 [70]"故学数"二句:所以治学的方法可能有尽,而治学的意义是一刻也不能忽略的。数,术,方法,途径。 [71]《书》:即《尚书》。纪:通"记",记载。 [72]《诗》:即《诗经》。中声:中和之声,指符合标准的乐章。止:留存。 [73]《礼》:指《礼经》。一部关于等级制度、道德规范和礼节仪式的书。大分:大的原则。类:指以法类推的条例。纲纪:纲要,准则。 [74] 敬:敬重。文:指礼节,仪式。《乐》:即《乐经》,现已失传。中和:和谐,指培养和谐的感情。微:微妙,隐微。相传孔子作《春秋》,在隐微的言辞中寓有深刻的褒贬之意,后世称之为"微言大义"。毕:完备。 [75] 箸:通"著(zhuó)",附着。这里指"存贮"。布乎四体:体现在仪表举止上。形乎动静:表现在行动上。 [76]"端而言"三句:即使是极细小的言语行动,都可以作为别人取法的榜样。端,通"喘",小声说话的样子。蝡(ruǎn),慢慢行动的样子。一,都 。 [77]"小人"五句:小人对于学习,不过是从耳朵里听进去,便从口里讲出来,口耳之间的距离就只四寸罢了,这怎

153

么能有益于修身呢? 　　[78]"古之"二句:古代的人,学习是为了提高自己的修养;现在有的人,学习是为了讨好别人。 　　[79]禽犊(dú):小禽兽。古人常用雏雁、羔羊等作为见面礼。这里用来比喻小人学了一点东西就喜欢向人炫耀卖弄。 　　[80]傲:通"躁",急躁。 　　[81]嚪(zàn):啰嗦。[82]如向:像回响一样。指君子回答问题恰如其分。向,同"响"。 　　[83]便:便利。其人:这里指良师益友。 　　[84]"《礼》、《乐》"句:《礼》、《乐》规定了法度,但未详细说明。法,法度。说,指详细说明。 　　[85]"《诗》、《书》"句:《诗》、《书》记载了前代故事,但不切合当前实际。故,指先王故事。切,指切合实际。 　　[86]约:隐晦,隐约。速:迅速,这里指很快理解。 　　[87]"方其"三句:仿效良师益友而学习君子的学说,就能养成高尚的人格,获得全面的认识,并且通晓世事。方,仿效。其人,指良师益友。之,而。尊,指崇高的人格。以,而。遍,全面。周,周到,指通晓。 　　[88]"学之"句:学习的途径没有比心悦诚服地请教良师益友收效更快了。经,通"径",道路、途径。[89]隆礼:尊崇礼义。 　　[90]安:则。特:仅,只。学杂志:指学到一些驳杂的记载。顺,通"训",即训释。 　　[91]末世穷年:指一辈子。陋儒:学识浅陋的儒生。 　　[92]原、本:均指探求根源。经纬:南北为经,东西为纬,这里指四通八达。蹊径:道路。 　　[93]挈(qiè):提起。裘(qiú):皮衣。诎:同"屈"。顿:整理。 　　[94]道:经由。这里指实行。礼宪:即礼法。舂(chōng):把谷类的壳捣掉。 　　[95]法士:遵守礼法之士。 　　[96]察辩:指明察善辩。散儒:指不遵守礼法的儒生。 　　[97]楛(kǔ):同"苦",粗恶。这里指不合礼法。 　　[98]争气:指态度蛮横,不讲道理。 　　[99]"故必"二句:所以一定得是按照礼法而来的人,然后才接待他;不是按照礼法而来的人,就回避他。 　　[100]礼恭:指恭敬有礼。方:方向、途径。 　　[101]辞顺:指言词谦逊。理:内容。 　　[102]色从:指乐意听从的神色。致:极致。[103]瞽:瞎子。这里指盲目从事。 　　[104]谨顺其身:谨慎适当地对待那些来请教的人。顺,通"慎"。 　　[105]《诗》:指《诗经·小雅·采菽》。[106]匪:同"非",不。交:通"绞",急切。舒:舒缓,怠慢。予:赐予,这里指赞赏。 　　[107]"百发"二句:射箭一百,有一不中,不能叫做善于射箭。[108]"千里"二句:行一千里路,只差半步未达终点,不能叫善于驾车。[109]"伦类"三句:对各种事物不能触类旁通,对仁义不能专心致志,不能够叫做善于学习。 　　[110]"学也者"二句:学习本来就是要专心致志于仁义的。

154

[111] 涂巷之人:指普通人。涂,同"途"。　　[112] "全之"二句:要做到学得全面彻底,才算是好学者。　　[113] 夫:指示代词,指学习。粹:纯粹。诵数:即诵说,诵读。贯:通贯,前后联系。　　[114] 通:融会贯通。[115] 为:效法。其人:指良师益友。处:设身处地。　　[116] 持养:培养,指培养常识。　　[117] "及至"五句:到了极其喜爱学习的时候,就像眼睛喜爱看五色,耳朵喜爱听五声,嘴巴喜爱食五味,心追求占有天下那样。[118] "是故"三句:因此,权势利禄不能使你屈服,人多势众不能使你变心,天下万物不能使你动摇。　　[119] 生乎由是:犹言"生由乎是",即活着按照这样去做。　　[120] 定:坚定。　　[121] 应:指能应付各种事变。[122] 成人:完美的人。　　[123] 见:同"现",显现。光:通"广",广大。

成　相 节选

【题解】《成相》是荀子学习民间文艺形式新创的一篇韵文。全篇以"请成相"开头,分三大段五十六节。这里节选其第一大段的前十三节。一般认为,"成"即奏,"相"乃乐器,"成相"好比"打起鼓"、"敲起锣",是说唱文学惯用的开场套语。一说,"成相"另有含义,"成"即成就,"相"为辅佐,"成相"指说唱内容为贤臣如何成就辅佐明主。

　　请成相,世之殃,愚暗愚暗堕贤良[1]。人主无贤,如瞽无相何伥伥[2]。请布基[3],慎听之,愚而自专事不治。主忌苟胜[4],群臣莫谏必逢灾。论臣过,反其施,尊主安国尚贤义[5]。拒谏饰非,愚而上同国必祸[6]。曷谓罢?国多私,比周还主党与施[7]。远贤近谗,忠臣蔽塞主势移[8]。曷谓贤?明君臣,上能尊主下爱民。主诚听之,天下为一海内宾[9]。主之孽,谗人达,贤能遁逃国乃蹶[10]。愚以重愚,暗以重暗成为桀[11]。世之灾,妒贤能,飞廉知

155

政任恶来[12]。卑其志意,大其园囿高其台[13]。武王怒,师牧野,纣卒易乡启乃下[14]。武王善之,封之於宋立其祖[15]。世之衰,谗人归,比干见刳箕子累[16]。武王诛之,吕尚招麾殷民怀[17]。世之祸,恶贤士,子胥见杀百里徙[18]。穆公任之,强配五伯六卿施[19]。世之愚,恶大儒,逆斥不通孔子拘[20]。展禽三绌,春申道缀基毕输[21]。请牧基,贤者思,尧在万世如见之[22]。谗人罔极,险陂倾侧此之疑[23]。基必施,辨贤罢,文、武之道同伏戏[24]。由之者治[25],不由者乱何疑为?……

【注释】 [1] 殃:灾祸。愚暗:愚昧昏暗。堕:毁弃。 [2] 瞽:盲人。相:辅助,帮助。这里指扶助盲人的人。何:何其,多么。伥伥(chāng):迷茫失措、无所适从的样子。 [3] 布:陈述。基:根本。这里指治国的根本道理。 [4] 主忌苟胜:谓君主好猜忌和务求胜过臣下(故群臣莫敢进谏)。忌,猜忌,忌妒。苟,苟且。 [5] "论臣过"三句:评论臣下的过失,要看其是否违背了为臣之道,即是否尊崇君主,安定国家,重贤尚义。反,违背,违反。施,施行,指应当做的事。 [6] 饰:掩盖。上同:指阿谀逢迎、苟且附和君主。 [7] 曷:何,什么。罢(pí):通"疲",即不贤的人。比周:结党营私。还:通"营",惑乱。党与:同党的人。施:设置。此言小人结党营私,惑乱君主,在君主周围广布党羽。 [8] 主势移:君主的权势转移至他人。[9] 宾:服从,归顺。 [10] 孽:灾祸。达:得志,显贵。遁逃:隐避。蹶(jué):跌倒。这里指覆灭。 [11] 重(chóng):加。桀:夏桀,历史上著名暴君。 [12] 飞廉、恶来:父子二人,都是殷商之末纣的的邪臣。知政:执政,掌握政事。任:任用。 [13] 卑:卑下,降低。其:指代君主。大:增大,扩大。园囿(yòu):供游乐的花园或动物园。台:台观。这里泛指宫殿楼阁等。 [14] 武王:周武王。师:出师,进军。牧野:古地名,在今河南淇县西南。易乡:改向,指倒戈。乡,通"向"。启:即微子,名启,商纣王的庶兄,以贤著称。下:投降。 [15] 之:指代微子。立其祖:立宗庙以奉殷祀。祖,宗庙。 [16] 归:归附。比干:商纣王的叔父,屡谏纣王不听,被剖心而死。见:被。刳(kū):剖开,挖空。箕子:商纣王的叔父,因谏纣王,被囚禁,武王灭商后获释。累:通"缧(léi)",捆绑犯人的绳索,这里指囚禁。　　[17] 之:指代纣王。吕尚:姜姓,吕氏,名望,一说字子牙。周初官太师,也称师尚父。俗称姜太公。招麾(huī):指挥。麾,古代用以指挥军队的旗帜。怀:归顺。
[18] 子胥:伍子胥,春秋时吴国大夫,名员,字子胥。因屡谏吴王夫差,被迫自杀。百里:即百里奚,春秋时虞国大夫,不为虞君所用。晋灭虞,百里奚被俘,后转移到秦国,辅助秦穆公成就霸业。徙:迁移。　　[19] 配:匹配,相当。伯:通"霸"。荀子所称"五伯",是指齐桓、晋文、楚庄、吴王阖闾、越王勾践。六卿施:设置六卿官制。古代天子置六卿,此谓其势力强盛,拟于天子。
[20] 逆:拒绝。斥:排斥。不通:不通达,不得志。孔子拘:指孔子周游列国,不获任用,曾被拘禁于匡,受困于陈、蔡。拘,拘禁。　　[21] 展禽:即春秋时鲁国大夫柳下惠,曾三次任士师(司法典狱之官),三次被罢免。绌:废黜,罢免。春申:即楚相春申君黄歇,后被李园所杀。荀卿曾被春申君任为兰陵令,春申君被杀后,废居兰陵。缀:通"辍",废止。基毕输:基业完全毁坏。输,毁坏。　　[22] 请牧基:请让我说明治国的根本道理。牧,治理。　　[23] 罔极:没有准则,反复无常。险:奸险。陂(bì):通"诐",邪恶。倾侧:不正派。此:指治国之道。疑:怀疑,不信任。　　[24] "基必施"三句:一定要发展基业,就必须分清贤与不贤,在这一点上,周文王、周武王的原则是跟上古帝王伏羲一致的。施,施行,发展。辨,区别,分清。文、武,指周文王、周武王。伏戏,即伏羲,传说中的上古帝王。　　[25] 由:遵循。

赋 节选

【题解】　在中国文学史上,荀子是以"赋"名篇的第一人,因此被视为赋体始祖之一。据《汉书·艺文志》著录,荀卿赋原有十篇。今本赋篇仅存《礼》、《知》、《云》、《蚕》、《箴》五篇,末附《佹诗》及《小歌》。其中《礼》、《知》为说理之作,《云》、《蚕》、《箴》则为咏物之赋。其形式颇为一律,如同谜语。大致是前段设谜,以四言韵语围绕谜底铺陈形容;后段点题,杂以散文句式,设为问答之辞;末以结语揭示谜底。这里选其《箴》赋。"箴"同"针"。本篇运用隐语描写了"针"的

157

形象和功能。

　　有物于此，生于山阜，处于室堂[1]。无知无巧，善治衣裳[2]。不盗不窃，穿窬而行[3]。日夜合离，以成文章[4]。以能合从，又善连衡[5]。下覆百姓，上饰帝王。功业甚博，不见贤良[6]。时用则存，不用则亡。臣愚不识，敢请之王。王曰：此夫始生鉅其成功小者邪[7]？长其尾而锐其剽者邪[8]？头铦达而尾赵缭者邪[9]？一往一来，结尾以为事[10]。无羽无翼，反覆甚极[11]。尾生而事起，尾遭而事已[12]。簪以为父，管以为母[13]。既以缝表，又以连里[14]。夫是之谓箴理[15]。箴。

以上据中华书局版《荀子新注》

【注释】　[1]物：指"针"。山阜：山冈。阜，土山。室堂：屋子里。此言针由铁制成，而铁出自矿山，制成针之后，便处于屋子里了。　[2]知：同"智"。善：擅长。治：指缝制。　[3]穿窬（yú）：钻洞。这里指运针缝制衣物。窬，通"窦"，洞。　[4]合离：把原先分开的物件缝合起来。文章：这里指缝制成有各种花纹的服饰。　[5]以：通"已"，既。从（zòng）：通"纵"。南北为纵。衡：通"横"，东西为横。"合从"、"连衡"本是战国时列强实行的斗争策略，这里借指运针或直或横缝合、连缀衣物。　[6]不见（xiàn）贤良：不显示自己的才德和业绩。见，同"现"，显示。　[7]始生鉅：指制针的铁原料体积大。成功小：指制成的针形状小。　[8]尾：指穿在针鼻上的线。锐：尖锐，锐利。剽（biǎo）：末梢。这里指针尖。　[9]铦（xiān）达：锐利。赵缭：长长的样子。　[10]结尾：指穿线后打结。事：指运针作业。[11]反覆甚极：往返来回极快。极，通"亟"，急。　[12]尾生：指线穿在针上。事起：缝制工作开始。遭（zhān）：回旋盘绕，指打结。　[13]簪（zān）：古人用来绾住头发或别帽的一种针形首饰，比针大，故称其为"父"。管：用来盛针的工具，故称其为"母"。　[14]表、里：指衣物的两面。

158

韩非子

韩非(约前280—前233),战国末年杰出的思想家。韩国贵族出身,曾与李斯一道求学于荀子。倡导法家学说,主张修明法制,富国强兵。见韩国日渐贫弱,多次上书献策,但不得信用,于是发愤著书立说。他的著作流传到秦国,秦王(后为秦始皇)非常赏识他,发兵攻韩,要他去秦国。韩非到了秦国,却未受信用,反被李斯等人陷害,死于狱中。韩非是先秦法家集大成的代表人物,他综合前辈法家的观点,吸取荀子和道家的理论,建立了以"法"为中心的"法、术、势"三者合一的法家思想体系。今传《韩非子》五十五篇,基本上是韩非所著,但其中少数篇章为后学辑录。其文说理精密,文笔犀利,直言畅论,透彻明晰,又善于运用大量的寓言故事和历史资料进行说理。

说　难

【题解】　说(shuì):游说。"说难"即游说之难。战国晚期,游说之风大盛。诸子出而用世,为了推行自己的主张,无不讲究游说之术。本文专论游说君主之不易,实际上也是对游说之术的探讨和经验总结。文中历举游说君主的种种困难,指出"如此者身危"的种种情况,提出了如何对付这些困难的手段和办法。文章比较隐晦,措辞比较曲折,但锋芒仍不可掩,代表着韩非文章风格的一个方面。

凡说之难,非吾知之有以说之之难也[1],又非吾辩之能明吾意之难也[2],又非吾敢横失而能尽之难也[3]。凡说之难,在知所说之心[4],可以吾说当之[5]。所说出于为名高者也[6],而说之以厚利,则见下节而遇卑贱,必弃远矣[7]。所说出于厚利者也,而说之以名高,则见无心而远事情,必不收矣[8]。所说阴为厚利而显为名高者也[9],而说之以名高,则阳收其身而实疏之[10];说之以厚利,则阴用其言显弃其身矣[11]。此不可不察也[12]。

夫事以密成,语以泄败。未必其身泄之也,而语及所匿之事,如此者身危[13]。彼显有所出事,而乃以成他故,说者不徒知所出而已矣,又知其所以为,如此者身危[14]。规异事而当,知者揣之外而得之[15],事泄于外,必以为己也,如此者身危。周泽未渥也,而语极知[16],说行而有功,则德忘[17];说不行而有败,则见疑,如此者身危。贵人有过端,而说者明言礼义以挑其恶[18],如此者身危。贵人或得计,而欲自以为功,说者与知焉,如此者身危。强以其所不能为[19],止以其所不能已,如此者身危。故与之论大人,则以为间己矣[20];与之论细人,则以为卖重[21];论其所爱,则以为借资[22];论其所憎,则以为尝己也[23]。径省其说[24],则以为不智而拙之;米盐博辩,则以为多而久之[25];略事陈意[26],则曰怯懦而不尽;虑事广肆,则曰草野而倨侮[27]。此说之难,不可不知也。

凡说之务,在知饰所说之所矜而灭其所耻[28]。彼有私急也,必以公义示而强之[29]。其意有下也,然而不能已,说者因为之饰其美而少其不为也[30]。其心有高也,而实不能及,说者为之举其过而见其恶,而多其不行也[31]。有欲矜以智能,则为之举异事之同类者,多为之地,使之

160

资说于我,而佯不知也,以资其智[32]。欲内相存之言,则必以美名明之,而微见其合于私利也[33]。欲陈危害之事,则显其毁诽,而微见其合于私患也[34]。誉异人与同行者,规异事与同计者[35]。有与同污者,则必以大饰其无伤也[36];有与同败者,则必以明饰其无失也[37]。彼自多其力,则毋以其难概之也[38];自勇其断,则无以其谪怒之[39];自智其计,则毋以其败穷之[40]。大意无所拂悟[41],辞言无所系縻[42],然后极骋智辩焉[43]。此道所得,亲近不疑而得尽辞也。

伊尹为宰[44],百里奚为虏[45],皆所以干其上也[46]。此二人者,皆圣人也;然犹不能无役身以进,如此其污也[47]!今以吾言为宰、虏,而可以听用而振世,此非能仕之所耻也[48]。夫旷日离久,而周泽既渥[49],深计而不疑,引争而不罪,则明割利害以致其功[50],直指是非以饰其身[51],以此相持,此说之成也[52]。

昔者郑武公欲伐胡,故先以其女妻胡君,以娱其意[53]。因问于群臣:“吾欲用兵,谁可伐者?”大夫关其思对曰:“胡可伐。”武公怒而戮之[54],曰:“胡,兄弟之国也。子言伐之,何也?”胡君闻之,以郑为亲己,遂不备郑。郑人袭胡,取之。宋有富人,天雨墙坏。其子曰:“不筑,必将有盗。”其邻人之父亦云[55]。暮而果大亡其财[56]。其家甚智其子,而疑邻人之父。此二人说者皆当矣[57],厚者为戮,薄者见疑[58],则非知之难也,处知则难也[59]。故绕朝之言当矣[60],其为圣人于晋,而为戮于秦也,此不可不察。

昔者弥子瑕有宠于卫君[61]。卫国之法,窃驾君车者罪刑[62]。弥子瑕母病，人间往夜告弥子[63]，弥子矫驾君车以出[64]。君闻而贤之[65]，曰："孝哉！为母之故，忘其刖罪。"异日，与君游于果园，食桃而甘，不尽，以其半啖君[66]。君曰："爱我哉！忘其口味以啖寡人[67]。"及弥子色衰爱弛[68]，得罪于君，君曰："是固尝矫驾吾车，又尝啖我以余桃[69]。"故弥子之行未变于初也，而以前之所以见贤而后获罪者，爱憎之变也。故有爱于主，则智当而加亲；有憎于主，则智不当见罪而加疏。故谏说谈论之士，不可不察爱憎之主而后说焉[70]。

夫龙之为虫也[71]，柔可狎而骑也[72]；然其喉下有逆鳞径尺[73]，若人有婴之者[74]，则必杀人。人主亦有逆鳞，说者能无婴人主之逆鳞，则几矣[75]。

【注释】 [1]"非吾"句：不是难在我向君主进说的才智不够。知，同"智"。说之，进说君主。 [2]辩：口才。明：阐明。 [3]横失：纵横如意，放纵不拘。失，通"佚(yì)"，放荡。 [4]所说：所游说的对象，指君主。 [5]以：用。当(dàng)：适合，适应。 [6]为：追求。 [7]见：被看作。下节：节操低下。遇卑贱：指得到卑贱的待遇。 [8]无心：无谋虑。远事情：远离事实，即不切实际。收：接受，信用。 [9]阴：暗中。显：公开。 [10]阳：表面。身：指游说者。 [11]"阴用"句：暗地采纳游说者的意见而公开抛弃游说者本身。 [12]察：考察。 [13]"未必"三句：不一定是游说者自身泄露了秘密，而是在言谈中无意触及了君主有意隐藏的事情，这样就会身遭危险。及，连及，触及。匿(nì)，隐藏。 [14]彼：他，指君主。显有所出事：意谓他所作所为显然自有缘故。而乃以成他故：意即不明白说出却假托别的缘故。又知其所以为：指游说者又知道他所以要这样做的意图。 [15]规：规划，筹谋。异事：不平常的大事。当：恰当，合意。知者：即智者，聪明人。揣之外而得之：从外部迹象上揣测到实情。 [16]"周泽"二句：指君主对说者的恩宠还不深厚，说者却说尽了自己所知道

162

的一切。周,亲密。泽,恩泽。渥(wò),深厚。　　[17] 德:功德。　　[18] 贵人:这里指君主。过端:过失,错误。挑:揭露。　　[19] 强(qiǎng):勉强。[20] 大人:指大臣。间:离间。　　[21] 细人:地位卑微的人。此指侍奉君主的小臣。卖重:卖弄权势。　　[22] 借资:凭借帮助作靠山。资,助。[23] 尝:试,试探。　　[24] 径:直接。省:略　　[25] 米盐:形容细微。博:广。　　[26] 略事陈意:简略地陈述意见。　　[27] 虑:谋划。广肆:指放言不拘。草野:粗野。倨(jù)侮:傲慢无礼。　　[28] 务:要旨。饰:修饰,美化。矜(jīn):自夸。灭:掩盖。　　[29] "彼有"二句:君主有私人的迫切要求,说者一定要宣示这合乎公义而鼓励他去做。私急,私人的迫切要求。强,鼓励。　　[30] "其意"三句:君主心中有卑下的念头,然而不能克制,说者就要为他虚饰美化,而且对他不去干略表不满。下,卑下。已,止。少,轻视,不满。　　[31] 高:指过高的企求。多:称赞。　　[32] "有欲"六句:有的君主想自我夸耀才智能力,说者就要为他举出与他所谈同类的其他事例,多给他提供依据,让他借用我的说法,而我却假装不知道,这样来帮助他夸耀的才智。地,指依据。资,借取。佯,假装。　　[33] 内(nà):同"纳",进献。存:存恤,救助。微见(xiàn):隐约地表现出,即暗示。　　[34] 毁诽:毁谤,非议。私患:指对君主不利。　　[35] 誉:称赞。异人:他人。与同行者:与君主行为相同的人。与同计者:与君主计划相同的事。　　[36] 伤:妨害。[37] 失:过失。　　[38] 概:量米粟时刮平斗斛用的木板,引申为刮平、削平之义。这里有压平、压抑的意思。　　[39] 断:决断。谪:缺点,过失。[40] 穷:窘迫,难堪。　　[41] 大意:指说者的意见。拂悟:违逆,抵触。悟,通"忤(wǔ)",违反,矛盾。　　[42] 系縻:羁绊,束缚。　　[43] 骋:施展。[44] 伊尹:名挚,商汤的相。宰:厨夫。传说伊尹为得商汤任用,设法当上汤的厨夫,后来汤发现他有才能,任为相。　　[45] 百里奚:春秋时虞国大夫。晋灭虞,他成为奴隶。晋献公嫁女,把他作为陪嫁送给秦国。他途中外逃,在楚国被抓住。秦穆公听说他有才能,用五张羊皮把他赎去,授以国政,相秦七年。虏:奴隶。　　[46] 干(gān)其上:求得他们的君主的重用。干,求。[47] 圣人:这里指才智杰出的人。役身:身为贱役。污:卑下。　　[48] 以吾言为宰、虏:犹言把我的这番论说作为进身之阶。宰、虏分别是伊尹、百里奚"役身以进"而"干其上"的标志,实际上成了他俩进身的阶梯,故这里即用"宰、虏"作为"进身手段"、"进身之阶"的代称。能仕:有才能的士。仕,通

"士"。　　[49] 旷日离久:指经历很长时间。　　[50] 割:剖析。　　[51] 饬:通"饬(chì)",整治,端正。　　[52] 相持:相待。　　[53] 郑武公:名掘突,春秋初期郑国君主。胡:诸侯国名,位于今河南郾城。故:故意。　　[54] 关其思:人名。生平不详。戮(lù):斩,杀。　　[55] 父(fǔ):对老年人的尊称。[56] 亡:失。这里指被盗。　　[57] 此二人:指关其思和邻人之父。当:适当,得当。　　[58] 厚:重。薄:轻。　　[59] 处:对待,处理。　　[60] 绕朝:人名,春秋时秦国大夫。《左传·文公十三年》载,晋国大夫士会逃亡到秦,晋用计谋诱骗他回国,被绕朝识破,劝秦康公不要派士会去,康公不听。又据马王堆三号汉墓出土古佚书所记,士会返晋后,用反间计,说绕朝和他同谋,因此秦国把绕朝杀了。　　[61] 弥子瑕(xiá):人名,卫灵公宠幸的臣子。卫君:指卫灵公,春秋时卫国君主,公元前 534 至前 493 年在位。　　[62] 刖(yuè):砍断脚的刑罚。　　[63] 间(jiàn)往:抄近路前去。　　[64] 矫托:假托。这里指假传君命。　　[65] 贤:有道德有才能。　　[66] 啖:给……吃。　　[67] 口味:喜欢吃的东西。　　[68] 弛:松弛,这里指消失。[69] 矫:假托。啖:吃。　　[70] 爱憎之主:指君主的爱憎如何。　　[71] 虫:泛指动物。　　[72] 柔:驯服。狎(xiá):戏弄。　　[73] 逆鳞:倒生的鳞片。径尺:直径一尺。　　[74] 婴:通"撄(yīng)",触犯,触动。　　[75] 几:庶几,差不多。

难 一 　节选

【题解】　《韩非子》中有四篇文章以《难》为题,《难一》是第一篇。"难(nàn)"即辩难,有辩问、反驳的意思。《难一》共分九个部分,讨论、分析了九个故事。本篇节选的是第二部分,其主旨在于说明君主不必亲历劳苦去实施德化,而应以掌握权势、实施赏罚为要务。

文章冷峻峭刻,锋芒逼人;语言爽快直露,犀利畅达。

历山之农者侵畔[1],舜往耕焉,期年,甽亩正[2]。河滨之渔者争坻[3]，舜往渔焉，期年而让长[4]。东夷之陶者器苦窳[5]，舜往陶焉，期年而器牢[6]。仲尼叹曰："耕、渔与陶，非舜官也[7]，而舜往为之者，所以救败也[8]。舜其信仁乎[9]！乃躬藉处苦，而民从之[10]。故曰：圣人之德化乎[11]！"

或问儒者曰："方此时也，尧安在[12]？"

其人曰[13]："尧为天子。"

然则仲尼之圣尧奈何[14]？圣人明察在上位，将使天下无奸也[15]。今耕渔不争[16]，陶器不窳，舜又何德而化？舜之救败也，则是尧有失也。贤舜，则去尧之明察；圣尧，则去舜之德化：不可两得也。楚人有鬻楯与矛者[17]，誉之曰[18]："吾楯之坚，物莫能陷也[19]。"又誉其矛曰："吾矛之利，于物无不陷也[20]。"或曰："以子之矛[21]，陷子之楯，何如？"其人弗能应也。夫不可陷之楯与无不陷之矛，不可同世而立[22]。今尧舜之不可两誉，矛楯之说也。

且舜救败，期年已一过[23]，三年已三过。舜有尽，寿有尽[24]，天下过无已者[25]；以有尽逐无已，所止者寡矣[26]。赏罚，使天下必行之；令曰："中程者赏[27]，弗中程者诛。"令朝至，暮变[28]；暮至，朝变。十日而海内毕矣，奚待期年[29]？舜犹不以此说尧令从己，乃躬亲，不亦无术乎[30]？

且夫以身为苦而后化民者[31]，尧舜之所难也；处势而矫下者，庸主之所易也[32]。将治天下，释庸主之所易，道尧舜之所难，未可与为政也[33]。

【注释】 〔1〕历山:古代山名。传说是舜未作天子时耕种的地方。畔(pàn):田界。 〔2〕舜:我国原始社会末期的部落联盟首领,传说中的贤君。期年:一周年。畎(quǎn)亩正:意谓农夫们受到舜的感化,互相谦让,不再争夺,使得田界合理了。畎,同"甽",田边水沟。正,合理。 〔3〕河:黄河。坻(chí):水中高地,渔夫立脚的地方。 〔4〕让长:礼让长者。 〔5〕东夷:古代对东方少数民族的贱称。陶者:制造陶器的人。器:指陶器。苦窳(gǔ yǔ):粗劣,不坚固。 〔6〕牢:坚固。 〔7〕官:职责。 〔8〕救败:指纠正败坏的风气。 〔9〕信:诚,真正。 〔10〕"乃躬"二句:舜竟然亲身操劳而使民众都顺从他。躬,亲身。藉,实行,实践。 〔11〕德化:以德感化人。 〔12〕或:有人。尧:我国原始社会末期的部落联盟领袖,传说中的贤君,据说他传位于舜。安:哪里。 〔13〕其人:指儒者。 〔14〕圣:以……为圣。 〔15〕奸:邪恶。 〔16〕今:假如,如果。 〔17〕鬻(yù):卖。楯:同"盾"。 〔18〕之:指代"楯"。 〔19〕陷:攻破,这里指刺穿。 〔20〕于:对于。 〔21〕以:用。子:对人的尊称,相当于"您"。 〔22〕同世而立:同时存在。 〔23〕已:止,纠正。 〔24〕有尽:有完结的时候,即有限。 〔25〕无已:没有休止的时候,即不断。 〔26〕"以有"二句:以有限的寿命去对付不断发生的过错,所能纠正的就太少了。逐,追逐。此指对付。 〔27〕中(zhòng):符合。程:规程,指法令规定。 〔28〕"令朝"二句:法令早晨下达,傍晚就得到纠正。说明人们迅速依法令行事。 〔29〕海内:指全国范围内。奚:何。 〔30〕"舜犹"三句:舜尚且不根据这个道理去说服尧让天下人遵从自己的法令,竟去亲自操劳,不也是没有统治的方法么?躬亲,亲自操劳。术,方法,手段,这里指统治方法。 〔31〕"且夫"句:况且那用自身受劳苦而去感化民众的作法。夫,指示代词,那,那种。 〔32〕处势:处于有权势的地位。矫:纠正。 〔33〕释:放弃。道:用作动词,由,行。

五　蠹

【题解】 本篇比较集中和突出地反映了韩非的历史观和社会政治思想。"五蠹(dù)"即"五种蛀虫"。韩非认为,"学者"、"言谈者"、

"带剑者"、"患御者"、"商工之民"是实行耕战政策以富国强兵的破坏力量，因而把他们比作危害国家的五种蛀虫。他主张养耕战之士，废除五蠹之民。

文中运用寓言，引述史事，以具体的形象说明抽象的道理。

上古之世[1]，人民少而禽兽众，人民不胜禽兽虫蛇[2]，有圣人作，构木为巢以避群害[3]，而民悦之，使王天下，号之曰有巢氏[4]。民食果、蓏、蚌、蛤[5]，腥臊恶臭而伤害腹胃[6]，民多疾病，有圣人作，钻燧取火以化腥臊，而民说之[7]，使王天下，号之曰燧人氏[8]。中古之世[9]，天下大水，而鲧、禹决渎[10]。近古之世[11]，桀、纣暴乱，而汤、武征伐。今有构木钻燧于夏后氏之世者[12]，必为鲧、禹笑矣；有决渎于殷、周之世者，必为汤、武笑矣。然则今有美尧、舜、汤、武、禹之道于当今之世者[13]，必为新圣笑矣[14]。是以圣人不期修古，不法常可，论世之事，因为之备[15]。宋人有耕田者，田中有株[16]，兔走触株，折颈而死，因释其耒而守株，冀复得兔[17]，兔不可复得，而身为宋国笑。今欲以先王之政，治当世之民，皆守株之类也。

古者丈夫不耕[18]，草木之实足食也；妇人不织，禽兽之皮足衣也。不事力而养足[19]，人民少而财有余，故民不争。是以厚赏不行，重罚不用，而民自治[20]。今人有五子不为多，子又有五子，大父未死而有二十五孙[21]，是以人民众而货财寡，事力劳而供养薄，故民争，虽倍赏累罚而不免于乱[22]。

尧之王天下也，茅茨不翦，采椽不斫[23]，粝粢之食，藜藿之羹[24]，冬日麑裘，夏日葛衣[25]，虽监门之服养，不亏于此矣[26]。禹之王天下也,身执耒臿以为民先[27],股无胈,胫不生毛[28],虽臣虏之劳不苦于此矣[29]。以是言之,夫古之让天子者,是去监门之养而离臣虏之劳也[30],故传天下而不足多也[31]。今之县令,一日身死,子孙累世絜驾[32],故人重之。是以人之于让也,轻辞古之天子,难去今之县令者,薄厚之实异也[33]。夫山居而谷汲者,膢腊而相遗以水[34];泽居苦水者,买庸而决窦[35]。故饥岁之春,幼弟不饷[36];穰岁之秋,疏客必食[37]。非疏骨肉爱过客也,多少之实异也。是以古之易财[38],非仁也,财多也;今之争夺,非鄙也[39],财寡也;轻辞天子,非高也,势薄也;重争士橐[40],非下也,权重也[41]。故圣人议多少、论薄厚为之政[42],故罚薄不为慈,诛严不为戾[43],称俗而行也[44]。故事因于世,而备适于事[45]。

古者文王处丰、镐之间,地方百里[46],行仁义而怀西戎,遂王天下[47]。徐偃王处汉东[48],地方五百里,行仁义,割地而朝者三十有六国。荆文王恐其害己也[49],举兵伐徐,遂灭之。故文王行仁义而王天下,偃王行仁义而丧其国,是仁义用于古不用于今也。故曰:世异则事异。当舜之时,有苗不服[50],禹将伐之,舜曰:“不可。上德不厚而行武,非道也[51]。”乃修教三年,执干戚舞[52],有苗乃服。共工之战,铁铦短者及乎敌,铠甲不坚者伤乎体[53],是干戚用于古不用于今也。故曰:事异则备变。上古竞于道德,中世逐于智谋,当今争于气力[54]。齐将攻鲁,鲁使子贡说之[55]。齐人曰:“子言非不辩也,吾所欲者土地也,非斯言所谓也[56]。”遂举兵伐鲁,去门十里以为界[57]。

故偃王仁义而徐亡，子贡辩智而鲁削[58]。以是言之，夫仁义辩智，非所以持国也[59]。去偃王之仁，息子贡之智，循徐、鲁之力使敌万乘[60]，则齐、荆之欲不得行于二国矣。

夫古今异俗，新故异备[61]。如欲以宽缓之政，治急世之民，犹无辔策而御駻马，此不知之患也[62]。今儒、墨皆称先王兼爱天下[63]，则视民如父母。何以明其然也[64]？曰："司寇行刑，君为之不举乐[65]；闻死刑之报，君为流涕。"此所举先王也[66]。夫以君臣为如父子则必治，推是言之，是无乱父子也[67]。人之情性，莫先于父母[68]，皆见爱而未必治也[69]，虽厚爱矣，奚遽不乱[70]？今先王之爱民，不过父母之爱子[71]，子未必不乱也，则民奚遽治哉[72]！且夫以法行刑而君为之流涕，此以效仁，非以为治也[73]。夫垂泣不欲刑者，仁也；然而不可不刑者，法也。先王胜其法，不听其泣[74]，则仁之不可以为治亦明矣。且民者固服于势，寡能怀于义[75]。仲尼，天下圣人也，修行明道以游海内[76]，海内说其仁，美其义，而为服役者七十人[77]。盖贵仁者寡[78]，能义者难也。故以天下之大，而为服役者七十人，而仁义者一人[79]。鲁哀公，下主也[80]，南面君国，境内之民莫敢不臣[81]。民者固服于势，势诚易以服人[82]，故仲尼反为臣，而哀公顾为君[83]。仲尼非怀其义，服其势也。故以义，则仲尼不服于哀公；乘势，则哀公臣仲尼。今学者之说人主也[84]，不乘必胜之势，而务行仁义则可以王，是求人主之必及仲尼[85]，而以世之凡民皆如列徒[86]，此必不得之数也[87]。

今有不才之子[88]，父母怒之弗为改，乡人谯之弗为

169

动,师长教之弗为变[89]。夫以父母之爱,乡人之行,师长之智,三美加焉而终不动,其胫毛不改[90];州部之吏,操官兵、推公法而求索奸人[91],然后恐惧,变其节,易其行矣。故父母之爱不足以教子,必待州部之严刑者,民固骄于爱、听于威矣。故十仞之城,楼季弗能逾者,峭也[92];千仞之山,跛牂易牧者,夷也[93]。故明王峭其法而严其刑也[94]。布帛寻常,庸人不释[95];铄金百溢,盗跖不掇[96]。不必害,则不释寻常;必害手,则不掇百溢,故明主必其诛也[97]。是以赏莫如厚而信,使民利之;罚莫如重而必,使民畏之;法莫如一而固[98],使民知之。故主施赏不迁,行诛无赦[99];誉辅其赏,毁随其罚,则贤不肖俱尽其力矣。

今则不然。以其有功也爵之,而卑其士官也[100];以其耕作也赏之,而少其家业也[101];以其不收也外之,而高其轻世也[102];以其犯禁也罪之,而多其有勇也[103]。毁誉、赏罚之所加者,相与悖缪也,故法禁坏而民愈乱[104]。今兄弟被侵必攻者,廉也[105];知友被辱随仇者,贞也[106];廉贞之行成,而君上之法犯矣。人主尊贞廉之行,而忘犯禁之罪,故民程于勇而吏不能胜也[107]。不事力而衣食则谓之能,不战功而尊则谓之贤[108],贤能之行成,而兵弱,而地荒矣。人主说贤能之行,而忘兵弱地荒之祸,则私行立而公利灭矣。

儒以文乱法,侠以武犯禁[109],而人主兼礼之,此所以乱也。夫离法者罪,而诸先生以文学取[110];犯禁者诛,而群侠以私剑养[111]。故法之所非,君之所取;吏之所诛,上之所养也。法、趣、上、下,四相反也,而无所定,虽有十黄

170

帝,不能治也[112]。故行仁义者非所誉,誉之则害功[113];习文学者非所用,用之则乱法。楚人有直躬[114],其父窃羊而谒之吏[115]。令尹曰[116]:"杀之。"以为直于君而曲于父,报而罪之[117]。以是观之,夫君之直臣,父之暴子也[118]。鲁人从君战,三战三北[119]。仲尼问其故,对曰:"吾有老父,身死莫之养也[120]。"仲尼以为孝,举而上之[121]。以是观之,夫父之孝子,君之背臣也。故令尹诛而楚奸不上闻,仲尼赏而鲁民易降北。上下之利若是其异也,而人主兼举匹夫之行,而求致社稷之福,必不几矣[122]。古者苍颉之作书也[123],自环者谓之"厶",背厶谓之"公"[124]。公私之相背也,乃苍颉固以知之矣[125]。今以为同利者,不察之患也[126]。然则为匹夫计者,莫如修仁义而习文学[127]。仁义修则见信,见信则受事[128];文学习则为明师,为明师则显荣[129]:此匹夫之美也。然则无功而受事,无爵而显荣,有政如此[130],则国必乱,主必危矣。故不相容之事,不两立也。斩敌者受赏,而高慈惠之行;拔城者受爵禄[131],而信兼爱之说;坚甲厉兵以备难,而美荐绅之饰[132];富国以农,距敌恃卒[133],而贵文学之士;废敬上畏法之民,而养游侠私剑之属[134]:举行如此[135],治强不可得也。国平养儒侠,难至用介士,所利非所用,所用非所利[136]。是故服事者简其业[137],而游学者日众[138],是世之所以乱也。

且世之所谓贤者,贞信之行也[139];所谓智者,微妙之言也[140]。微妙之言,上智之所难知也[141]。今为众人法,而以上智之所难知,则民无从识之矣[142]。故糟糠不饱者,不务粱肉[143];短褐不完者,不待文绣[144]。夫治世之事,急者不得,则缓者非所务也[145]。今所治之政,民间之事,夫妇所明知者不用[146],而慕上智之论,则其于治反矣。故微妙之言,非民务也。若夫贤贞信之行者,必将贵不欺之士[147];不欺之士者,亦无不欺之术也[148]。布衣相与交,无富厚以相利[149],无威势以相惧也,故求不欺之士。今人主处制人之势,有一国之厚,重赏严诛,得操其柄,以修明术之所烛[150],虽有田常、子罕之臣[151],不敢欺也,奚待于不欺之士!今贞信之士不盈于十,而境内之官以百数。必任贞信之士,则人不足官[152],人不足官,则治者寡而乱者众矣。故明主之道,一法而不求智,固术而不慕信[153],故法不败而群官无奸诈矣。

今人主之于言也,说其辩而不求其当焉;其用于行也,美其声而不责其功焉[154]。是以天下之众,其谈言者务为辩而不周于用[155],故举先王、言仁义者盈廷,而政不免于乱;行身者竞于为高而不合于功[156],故智士退处岩穴,归禄不受[157],而兵不免于弱,政不免于乱。此其故何也?民之所誉,上之所礼,乱国之术也[158]。今境内之民皆言治[159],藏商、管之法者家有之[160],而国愈贫:言耕者众,执末者寡也。境内皆言兵,藏孙、吴之书者家有之[161],而兵愈弱:言战者多,被甲者少也[162]。故明主用其力,不听其言;赏其功,必禁无用;故民尽死力以从其上。夫耕之用力也劳,而民为之者,曰:可得以富也。战之为事也危,而民为之者,曰:可得以贵也。今修文学,习言谈,则无耕之劳而有富之实,无战之危而有贵之尊,则人孰不为也？是以百人事智，而一人用力[163]。事智者众，则法败；用力者寡，则国贫：此世之所以乱也。故明主之国，无书简之文，以法为教[164]；无先王之语，以吏为师[165]；无私剑之捍，以斩首为勇[166]。是以境内之民，其言谈者必轨于法，动作者归之于功，为勇者尽之于军[167]。是故无事则国富，有事则兵强，此之谓王资[168]。既畜王资而承敌国之釁[169]，超五帝，侔三王者，必此法也[170]。

今则不然。士民纵恣于内，言谈者为势于外[171]，外内称恶以待强敌，不亦殆乎[172]！故群臣之言外事者，非有分于从衡之党，则有仇雠之忠，而借力于国也[173]。从者，合众弱以攻一强也；而衡者，事一强以攻众弱也——皆非所以持国也[174]。今人臣之言衡者，皆曰："不事大，则遇敌受祸矣！"事大未必有实，则举图而委，效玺而请矣[175]。献图则地削，效玺则名卑；地削则国削，名卑则政乱矣。事大为衡，未见其利也，而亡地乱政矣[176]。人臣之言从者，皆曰："不救小而伐大，则失天下；失天下则国危；国危而主卑。"救小未必有实，则起兵而敌大矣。救小未必能存，而敌大未必不有疏；有疏则为强国制矣。出兵则军败，退守则城拔[177]。救小为从，未见其利，而亡地败军矣。是故事强则以外权士官于内，救小则以内重求利于外[178]。国利未立，封土厚禄至矣；主上虽卑，人臣尊矣；国地虽削，私家富矣[179]。事成则以权长重[180]，事败则以富退处。人主之听说于其臣[181]，事未成则爵禄已尊矣；事败而弗诛，则游说之士，孰不为用矰缴之说而徼幸其后[182]？故破国亡主，以听言谈者之浮说[183]。此其故何也？是人君不明乎公私之利，不察当否之言，而诛罚不必其后也[184]。皆曰："外事，大可以王，小可以安[185]。"夫王者，能攻人者也，而安，则不可攻也；强，则能攻人者也；治，则不可攻也[186]。治强不可责于外，内政之有也[187]。今不行法术于内，而事智于外，则不至于治强矣[188]。鄙谚曰[189]："长袖善舞，多钱善贾[190]。"此言多资之易为工也[191]。故治强易为谋，弱乱难为计[192]。故用于秦者，十变而谋希失；用于燕者，一变而计希得[193]。非用于秦者必智，用于燕者必愚也，盖治乱之资异也[194]。故周去秦为从，期年而举[195]；卫离魏为衡，半岁而亡[196]。是周灭于从，卫亡于衡也。使周、卫缓其从衡之计，而严其境内之治，明其法禁，必其赏罚，尽其地力以多其积，致其民死以坚其城守，天下得其地，则其利少；攻其国，则其伤大；万乘之国，莫敢自顿于坚城之下[197]，而使强敌裁其弊也[198]，此必不亡之术也。舍必不亡之术，而道必灭之事[199]，治国者之过也。智困于内而政乱于外，则亡不可振也[200]。

民之故计，皆就安利如辟危穷[201]。今为之攻战[202]，进则死于敌，退则死于诛，则危矣。弃私家之事，而必汗马之劳，家困而上弗论，则穷矣[203]。穷、危之所在也，民安得勿避？故事私门而完解舍，解舍完则远战[204]，远战则安。行货赂而袭当涂者则求得[205]，求得则私安，私安则利之所在，安得勿就？是以公民少而私人众矣[206]。

夫明王治国之政，使其商工游食之民少而名卑[207]，以寡舍本务而趋末作[208]。今世近习之请行[209]，则官爵可买；官爵可买，则商工不卑也矣；奸财货贾得用于市[210]，则商人不少矣。聚敛倍农，而致尊过耕战之士[211]，则耿介之士寡[212]，而商贾之民多矣。

是故乱国之俗，其学者，则称先王之道以籍仁义[213]，盛容服而饰辩说，以疑当世之法，而贰人主之心[214]。其言谈者，为设诈称[215]，借于外力，以成其私，而遗社稷之利[216]。其带剑者，聚徒属，立节操，以显其名，而犯五官之禁[217]。其患御者，积于私门，尽货赂，而用重人之谒，退汗马之劳[218]。其商工之民，修治苦窳之器，聚沸靡之财，蓄积待时，而侔农夫之利[219]。此五者，邦之蠹也。人主不除此五蠹之民，不养耿介之士，则海内虽有破亡之国，削灭之朝，亦勿怪矣。

以上据江苏人民出版社版《韩非子校注》

【注释】 ［1］上古之世：远古时代，相当于原始社会时期。世，时代。［2］不胜：禁不住，抵御不住。 ［3］作：兴起，出现。 ［4］王(wàng)：称王，即统治。有巢氏：传说中发明巢居的人。 ［5］蓏(luǒ)：瓜类植物的果实。蛤(gé)：蛤蜊(lí)。 ［6］恶臭(xiù)：难闻的气味。 ［7］燧(suì)：古代取火器具。说(yuè)：通"悦"，喜欢，高兴。 ［8］燧人氏：传说中发明钻木取火的人。 ［9］中古之世：这里指原始社会向奴隶社会过渡的时期。 ［10］鲧(gǔn)：传说是禹的父亲。决：疏通。渎(dú)：河流，大川。 ［11］近古之世：相当于奴隶社会时期。 ［12］今：假若，如果。夏后氏之世：指夏朝。 ［13］美：赞美，称颂。 ［14］新圣：新时代的圣人。 ［15］期：期望，要求。修：研究，学习。法：效法。常可：即常规，指所谓永久合适的制度和习惯。论：议论，研究。备：制定措施。 ［16］株：树桩。 ［17］释：放下。耒(léi)：古代翻土的农具。冀：希望。 ［18］丈夫：泛指成年男子。 ［19］事力：用力劳作。养：供养。 ［20］自治：自然安定。 ［21］大父：祖父。 ［22］倍：加倍。累：加重。 ［23］茅茨(cí):茅草盖的屋顶。翦:通"剪",修剪。采椽(chuán):栎(lì)木做的椽子。斫(zhuó):砍削。此指雕饰。 [24] 粝(lì):粗米。粢(zī):谷类。藜(lí):一年生草本植物,嫩叶可吃。藿(huò):豆叶。 [25] 麑(ní):小鹿。葛:一种多年生蔓草,纤维可织布。 [26] 监门:看门人。服养:这里指衣食等生活资料。亏:欠缺,短少。 [27] 臿(chā):铁锹,挖土用的工具。
[28] 股:大腿。胈(bá):肌肉。胫(jìng):小腿。 [29] 臣虏:奴隶。
[30] 去:抛弃。离:离开。 [31] 多:称赞。 [32] 累世:接连几代。絜(xié)驾:指乘车。 [33] 薄厚:指利益的大小。 [34] 汲(jí):取水。腠(lóu)腊:祭名,古代酒食宴饮节日。腠,祭祀饮食神的节日,时间因地而异,河东(今山西西南部)八月初一,楚地二月。腊,岁终祭祀众神的节日。遗(wèi):赠送。 [35] 苦水:苦于水患。买庸:花钱雇人。决窦(dòu):挖沟排水。 [36] 饷:供给食物。 [37] 穰(ráng):庄稼丰收。疏客:疏远的过客。食(sì):给东西吃。 [38] 易:轻视。 [39] 鄙:卑鄙,贪吝。
[40] 士:通"仕",做官。橐(tuó):通"托",指托身诸侯。 [41] 下:卑下。
[42] "故圣人"句:所以圣人要研究社会财富的多少、考虑权势的轻重,然后采取措施。 [43] 戾(lì):暴虐。 [44] 称(chèn):适应。 [45] "故事"二句:所以情况是因时代的不同而变化的,措施也就必须适合不同的情况。
[46] 文王:指周文王。丰:西周国都。在今陕西长安。镐(hào):周武王的国都,在今陕西西安。方:方圆,指面积。 [47] 怀:感化。西戎:我国周代时西北部的少数民族。 [48] 徐偃王:西周或春秋时徐国国君,统辖今淮、泗一带,后为楚所灭。汉:汉水。 [49] 荆文王:即楚文王熊赀(zī),春秋时楚国国君,公元前689—前677年在位。荆,楚国别名。 [50] 有苗:我国古代长江流域的少数民族,也称三苗。 [51] 上:通"尚",崇尚。道:正道,正确的原则。
[52] 修:整顿,修治。教:指德教。执干戚舞:手拿盾和斧对着苗人跳舞。干,盾。即打仗时防身用的盾牌。戚,一种像大斧的兵器。 [53] 共工:古史中的传说人物,带有神话色彩。就本文所指,大约是古代某部落的名称。铦(xiān):一种类似于臿的兵器,较短。铠(kǎi)甲:铁甲,打仗时护身的衣服。 [54] "上古"三句:上古时代人们在道德上竞争,中古时代人们在智谋上角逐,当代人却是在力量上较量。 [55] 子贡:孔子弟子,姓端木,名赐,字子贡,卫国人,说(shuì):游说。 [56] 辩:说得动听。 [57] 去:距离。门:指都门。界:国界。
[58] 辩智:巧言善辩。削:削地。 [59] 持:保全,保卫。 [60] 循:遵循。

这里有依靠、推动的意思。万乘(shèng):指拥有万辆兵车的强国。　　〔61〕新故异备:新旧时代的政治措施不一样。　　〔62〕辔(pèi):缰绳。策:马鞭。骄(hàn):烈马。知:同"智"。　　〔63〕称:称颂。兼爱天下:普遍地爱天下一切人。〔64〕明:证明。然:这样。　　〔65〕司寇:古代掌管刑狱的高级官吏。举乐:奏乐。　　〔66〕举:称引,推崇。　　〔67〕推是言之:照这样推论。　　〔68〕情性:指本性。　　〔69〕见:同"现",表现。治:和睦。　　〔70〕奚:怎么。遽(jù):就。　　〔71〕过:超过。　　〔72〕"子未必"二句:子女未必不发生纷争,那么人民怎么就会相安无事呢?　　〔73〕且:况且,再说。夫(fú):指示代词,那种。效:表示。　　〔74〕胜:听任,任凭。听:顺从,听任。　　〔75〕固:本来。服于势:屈服于权势。怀于义:被仁义所感化。　　〔76〕修行:修养德行。明道:宣扬道德。〔77〕说:通"悦",喜欢,欣慕。　　〔78〕贵:看重,重视。　　〔79〕仁义者一人:能行仁义者只有一个人,指孔子。　　〔80〕鲁哀公:春秋末鲁国君主,公元前494至前467年在位。下主:下等的君主。　　〔81〕君:统治。臣:称臣,臣服。　　〔82〕诚:确实。　　〔83〕顾:反而。　　〔84〕学者:指儒家学者。〔85〕必及:一定达到。　　〔86〕列徒:指孔子的众门徒。〔87〕数:通"术",方法。　　〔88〕不才:不成器。　　〔89〕谯(qiào):通"诮",责骂。　　〔90〕三美:指父母的爱护、乡邻的善行和师长的智慧。加:施加。　　〔91〕州部:当时的一种地方基层行政机关。操:拿着。官兵:官府的兵器。推:执行。求索:搜捕。　　〔92〕楼季:战国初魏文侯之弟,善于攀登跳跃。逾(yú):跨过,越过。〔93〕牂(zāng):母羊。夷:平,指坡度平缓。　　〔94〕峭其法:立法严峻。严其刑:行刑严厉。　　〔95〕寻常:古代长度计算单位,八尺为寻,倍寻为常。〔96〕铄(shuò):熔化。溢:通"镒",一镒为二十两,一说二十四两。掇(duō):拾取。　　〔97〕必其诛:一定要执行严厉的刑罚。　　〔98〕一:统一。固:固定。〔99〕迁:变更。赦:有罪而放免。　　〔100〕卑:鄙视。士官:即做官。士,通"仕"。　　〔101〕少:轻视,看不起。　　〔102〕收:收取,录用。外:疏远。高:推崇。轻世:不慕世俗。　　〔103〕多:赞美。　　〔104〕"毁誉"三句:贬斥与赞美、奖赏与惩罚所具体实施的对象竟如此自相矛盾,所以法禁遭到破坏,民众更加混乱。悖(bèi),违背。缪,通"谬",谬误。　　〔105〕攻:攻击,这里指进行反击。廉:方正。　　〔106〕随仇:随即报仇。贞:忠贞。　　〔107〕程:通"逞",显示,炫耀。胜:制止。　　〔108〕不战功:不作战立功。　　〔109〕文:文学,指诗、书、礼、乐之类。侠:即带剑者,指行凶逞勇的人。　　〔110〕离:通"罹(lí)",触犯。诸

177

事"三句:致力于外交,大国可以成就帝王事业,小国可以获得安宁。这是游说者之词。　　[186]"夫王者"八句:大国既能成就王业,便有能力攻打别国;小国既能获得安宁,就不可能是被攻打的;国力强盛就能攻打别国,政治清明就不可能被别国攻打。这是反驳游说者之词的。　　[187]"治强"二句:政治的清明和国力的强盛都不能够求助于外交活动,而必须靠内政的修明才能办到。　　[188]事:用。不至于:不会达到。　　[189]鄙谚:民间谚语。　　[190]贾(gǔ):做买卖。　　[191]工:通"功",成功。　　[192]"故治强"二句:所以政治清明国力强盛就容易谋划,国力衰弱政治混乱就很难出主意。　　[193]希:同"稀",很少。　　[194]治乱之资异:指秦、燕二国一治一乱的条件不同。　　[195]"故周"二句:指公元前 256 年,西周君背离秦国与诸侯合纵,结果失败,被秦国吞并。举,拔,即攻陷。　　[196]"卫离"二句:卫一向依附魏国,公元前 253 年与秦连横,竟被魏灭亡。　　[197]顿:同"屯",屯驻。一说,"顿"即"困顿"。　　[198]裁其弊:乘其疲弊加以攻击。　　[199]道:由,施行。事:指合纵或连横。　　[200]振:挽救。[201]故计:习惯的想法,通常的打算。就:趋向,追求。如:而。辟:同"避",逃避。　　[202]为:使。　　[203]汗马之劳:指战争的劳苦。家困:私家有了困难。上弗论:君主不去过问关照。穷:困穷。　　[204]完:修缮。解舍:官家的房舍。解,通"廨(xiè)"。远战:远离战争。　　[205]货赂:即贿赂。袭:依附。当涂:指当权的大臣。求得:达到要求。　　[206]公民:指为公家出力的人。私人:指为豪门贵族私家服役的人。　　[207]游食之民:指居无定所到处混饭吃的人。　　[208]本务:指农耕。末作:指工、商。[209]近习:指国君左右的亲近宠幸。请:请托。　　[210]奸财:指非法不义之财。货贾:即做买卖。　　[211]聚敛:搜括,指奸商牟取暴利。倍农:成倍超过农民收入。致尊:指得到世人的尊重。　　[212]耿介:光明正直。[213]籍:通"藉",依托,凭借。　　[214]疑:惑乱。贰:动摇。　　[215]为设诈称:即行骗说谎。为,通"伪",虚假。　　[216]遗社稷之利:抛弃国家的公利。　　[217]徒属:党徒。五官:指司徒、司马、司空、司士、司寇。[218]患御者:害怕服兵役的人。重人:指权贵。谒(yè):请托。　　[219]沸靡:奢侈。沸,通"费"。侔:同"牟",谋取。

180

吕氏春秋

《吕氏春秋》,"吕氏"即指吕不韦(前290?—前235),战国末期韩国阳翟(今河南禹县)人。原是富商,后转而从事政治投机活动,辅助子楚立为秦太子。子楚继位为秦庄襄王,吕不韦为丞相,封文信侯。庄襄王即位三年死,太子政(即后来的秦始皇)立为王,尊吕不韦为相国,号称"仲父"。后被免职放逐,饮鸩自杀。

《吕氏春秋》又称《吕览》,成书于秦始皇八年(前239),由吕不韦的门下"食客"集体撰著而成。它包括"八览"、"六论"、"十二纪"三大类,共160篇,体制严整,自成系统。因成于众家之手,故兼有儒、道、墨、法、名、农、阴阳、纵横、兵诸家学说,所以历来有"杂家"之称。文章条理清晰,善用寓言故事和巧妙譬喻来阐明事理,风格平实畅达,说理透辟。

察　今

【题解】　选自《吕氏春秋·慎大览》,这是其中的第八篇。本文论述了因时变法的重要性,阐明了古今时世不同,不应死守古法,而应明察当今形势,依据时代的需要,不断改革法令制度的道理。

上胡不法先王之法[1]?非不贤也,为其不可得而法。先王之法,经乎上世而来者也,人或益之,人或损之,胡可得而法[2]?虽人弗损益,犹若不可得而法。东、夏之命,古今之法,言异而典殊[3],故古之命多不通乎今之言者,今之法多不合乎古之法者。殊俗之民[4],有似于此。其所为欲同,其所为欲异[5]。口惛之命不愉,若舟车衣冠滋味声色之不同[6],人以自是,反以相诽[7]。天下之学者多辩,言利辞倒[8],不求其实,务以相毁,以胜为故[9]。先王之法,胡可得而法? 虽可得,犹若不可法。凡先王之法,有要于时也[10],时不与法俱至。法虽今而至,犹若不可法[11]。故择先王之成法,而法其所以为法[12]。先王之所以为法者何也? 先王之所以为法者人也。而己亦人也,故察己则可以知人,察今则可以知古。古今一也,人与我同耳。有道之士,贵以近知远,以今知古,以益所见,知所不见。故审堂下之阴[13],而知日月之行、阴阳之变;见瓶水之冰,而知天下之寒、鱼鳖之藏也;尝一脟肉,而知一镬之味、一鼎之调[14]。

荆人欲袭宋,使人先表澭水[15]。澭水暴益[16],荆人弗知,循表而夜涉,溺死者千有余人[17],军惊而坏都舍[18]。向其先表之时可导也[19],今水已变而益多矣,荆人尚犹循表而导之,此其所以败也。今世之主,法先王之法也,有似于此。其时已与先王之法亏矣[20],而曰"此先王之法也"而法之以为治,岂不悲哉? 故治国无法则乱,守法而弗变则悖[21],悖乱不可以持国。世易时移,变法宜矣。譬之若良医,病万变,药亦万变。病变而药不变,向之寿民,今为殇子矣[22]。故凡举事必循法以动,变法者因时而化。若此论则无过务矣[23]。

夫不敢议法者,众庶也[24];以死守者,有司也[25];因时变法者,贤主也。是故有天下七十一圣[26],其法皆不同,非务相反也,时势异也[27]。故曰良剑期乎断,不期乎

182

镆铘[28];良马期乎千里,不期乎骥骜[29]。夫成功名者,此先王之千里也。

楚人有涉江者,其剑自舟中坠于水,遽契其舟曰:"是吾剑之所从坠[30]。"舟止,从其所契者入水求之。舟已行矣,而剑不行,求剑若此,不亦惑乎?以此故法为其国与此同。时已徙矣[31],而法不徙,以此为治,岂不难哉!有过于江上者,见人方引婴儿而欲投之江中[32],婴儿啼,人问其故,曰:"此其父善游。"其父虽善游,其子岂遽善游哉[33]?此任物亦必悖矣[34]。荆国之为政[35],有似于此。

据上海古籍出版社版《吕氏春秋新校释》

【注释】 [1]上胡句:君主为什么不效法古代圣王的法制呢?上,君主。先王,指古代圣王。 [2]"先王"五句:古代圣王的法制,经历了上古时代而流传到现在,被人们增加或者减少了一些内容,怎么可能效法它呢? [3]东、夏:东夷和诸夏,指东方少数民族和中原地区的汉民族。命:取名。这里指给同一事物所取的名称。言:语言。典:法。殊:不同。 [4]殊俗:不同的风俗习惯。 [5]"其所"二句:他们的要求一样,但做法不同。 [6]"口惛"二句:他们的方言不可改变,就像乘的船、坐的车、穿的衣、戴的帽、爱吃的滋味、爱听的声音、爱看的颜色各不相同一样。口惛(hūn)之命,即方言。口惛,即口吻。愉,通"渝",改变。 [7]"人以"二句:人们总是自以为是,而指责不同的意见。 [8]言利辞倒:意即言辞锋利而是非颠倒。[9]务以相毁:致力于互相毁谤。以胜为故:以胜过对方为能事。故,事。[10]"凡先王"二句:所有古代圣王的法制,都是切合当时形势需要的。要,切合。 [11]"时不与"三句:时代是不断发展的,不可能与成法一起传下来;古代圣王的法制即使传到了现在,也是不能效法的。 [12]择:通"释",舍弃。法其所以为法:学习他们根据现实需要制定法令制度的作法。[13]审:观察。阴:指日影。 [14]胾(luán):同"脔",切成块状的肉。镆

183

(huò):古代煮食物的大锅。鼎:古代烹煮用的器物,圆形三足两耳,或方形四足。 [15] 荆人:即楚人。表:用作动词,作标志。澭(yōng)水:黄河的一条支流。 [16] 暴益:突然上涨。益,同"溢",水涨满。 [17] 循表:依着早先所作的标志。夜涉:趁夜涉水偷渡。溺(nì):淹没。 [18] "军惊"句:士兵们惊惶失措的喊叫声如同都市里房舍崩塌的响声一样。
[19] "向其"句:早先当他们作标志时,澭水是可以趟过去的。导,涉水。
[20] 亏:通"诡",异,不同。 [21] 悖(bèi):谬误。 [22] 寿民:长寿的人。殇(shāng)子:犹言短命郎,未成年而夭折的人。 [23] 若此论:意即像这样说的去办。过务:错事。 [24] 众庶:众百姓。 [25] 有司:官吏。 [26] 有天下七十一圣:泛指我国古代君主。 [27] "非务"二句:不是他们有意追求新异,而是由于他们所处时代形势不同。 [28] 镆铘(mò yé)也作"莫邪",与"干将"同为春秋时吴国著名的宝剑。 [29] 骥(jì)骜(ào):皆千里马名。 [30] 遽(jù):迅速、赶紧。契:通"锲",刻。
[31] 徙:发展,变迁。 [32] 引:拉,牵。 [33] 遽:就。 [34] 任物:即任事,处理事务。悖:荒谬。 [35] 荆国:楚国。

晏子春秋

《晏子春秋》也称《晏子》,是记叙春秋末期齐国晏婴的思想、言行和事迹的一部著作。旧题晏婴撰,实为后人收集先秦史书的零星记载和民间流传的故事。今本《晏子春秋》共 8 篇,215 章。所记主要人物晏婴(? —前 500),字平仲,夷维(今山东高密)人,于齐灵公二十六年(前 556)继父晏弱(晏桓子)任齐卿,历仕灵、庄、景公三世,为当时著名政治家。《晏子春秋》所记晏婴言行,虽非尽为历史实录,但也不是虚拟杜撰。作者善于抓住富有典型意义的事件,以简洁生动的文笔叙事写人,故事性强。

晏子使楚

【题解】 选自《晏子春秋·内篇杂下》,标题依普通选本。这是一个

184

幽默风趣、脍炙人口的小故事。晏子出使楚国,楚国君臣不顾外交礼仪,竟一再针对晏子身材矮小这一身体特征无理挑衅。晏子对此不卑不亢,从容应对,在谈笑风生中给对方以有力回击,使挑衅者自取其辱。所记不过三言两语,但晏子遇事沉着、反应敏捷、机智过人、能言善辩的勃勃英姿已跃然纸上。

晏子使楚。以晏子短[1],楚人为小门于大门之侧而延晏子[2]。晏子不入,曰:"使狗国者,从狗门入。今臣使楚,不当从此门入。"傧者更道从大门入[3]。

见楚王。王曰:"齐无人耶?"晏子对曰:"临淄三百闾[4],张袂成阴[5],挥汗成雨,比肩继踵而在,何为无人[6]?"王曰:"然则子何为使乎?"晏子对曰:"齐命使各有所主[7],其贤者使使贤王[8],不肖者使使不肖王[9]。婴最不肖,故直使楚矣[10]!"

【注释】 [1] 以:因为。短:指身材矮小。 [2] 延:引进,迎接。[3] 傧者:导引宾客者,即负责接待的官员。道:通"导",导引。 [4] 临淄(zī):也作"临菑"、"临甾",为齐之国都,因城临菑水而得名,故址在今山东淄博东北。三百:极言其多,并非实指。闾(lǘ):里巷。 [5] 袂(mèi):衣袖。成阴:指遮没阳光。 [6] 比:并列,挨着。踵(zhǒng):脚后跟。为:通"谓"。 [7] "齐命"句:我们齐国派遣使臣,各自有主管的对象。主,主持,掌管。 [8] "其贤者"句:前一个"使"作"派遣"讲,后一个"使"作"出使"讲。 [9] 不肖(xiào):不贤,品行不好。 [10] 直:特,特地。

南 橘 北 枳

【题解】 选自《晏子春秋·内篇杂下》,标题依普通选本。晏子名显诸侯,能言善辩,将使楚国,楚王有意戏辱他,事先作了一番谋划。

岂料晏子以"南橘北枳"之喻，不仅驳倒了楚王"齐人固善盗乎"的污蔑，维护了齐国的尊严；而且使欲辱人者反受其辱。本篇情节富于戏剧性，人物形象对比鲜明，楚国君臣的荒唐可笑和晏子的机智善辩，给人留下深刻印象。

晏子将至楚。楚闻之[1]。谓左右曰[2]："晏婴，齐之习辞者也[3]，今方来，吾欲辱之，何以也[4]？"左右对曰："为其来也，臣请缚一人，过王而行[5]。王曰，何为者也[6]？对曰，齐人也。王曰，何坐[7]？曰，坐盗。"

晏子至，楚王赐晏子酒[8]。酒酣[9]，吏二缚一人诣王[10]。王曰："缚者曷为者也？"对曰："齐人也，坐盗。"王视晏子曰："齐人固善盗乎[11]？"晏子避席对曰[12]："婴闻之，橘生淮南则为橘，生于淮北则为枳[13]，叶徒相似，其实味不同[14]。所以然者何？水土异也。今民生长于齐不盗，入楚则盗，得无楚之水土使民善盗耶[15]？"王笑曰："圣人非所与熙也[16]，寡人反取病焉[17]。"

以上据上海古籍出版社版《晏子春秋》

【注释】 [1] 之：指"晏子将使楚"这件事。 [2] 左右：身边的人，指近臣。 [3] 习辞者：能言善辩的人。习，通晓，熟悉。 [4] 方：将要。何以也：即"以何也"，用什么办法呢？ [5] 为：当。缚：捆绑。 [6] 何为者也：是什么人呀？ [7] 坐：获罪。 [8] 赐晏子酒：意即设酒宴招待晏子。 [9] 酒酣：喝酒到了兴头上。酣，酒喝得很畅快。 [10] 吏二：两个官吏。诣(yì)：到……去。 [11] "齐人"句：齐国人原本就擅长盗窃吗？固，本来。 [12] 避席：离开座位，表示恭敬。 [13] 淮：淮河。枳(zhǐ)：又叫枸橘，味酸苦。 [14] 徒：只。 [15] 得无：莫非。 [16] 熙：通"嬉"，嬉戏，开玩笑。 [17] 反取病焉：反而自讨没趣。

屈　原

　　屈原(前 340? —前 278?)名平,字原,出身于楚国贵族,生当楚怀王、顷襄王时代。他才高学博,明于治乱,善于应对,有远大的政治抱负,曾任"左徒"和"三闾大夫"之职。初得怀王信任,后怀王听信谗言怒而疏之,一度流放汉北。顷襄王继位后,谄谀用事,屈原又被放逐于江南。秦兵攻破郢都后,他投汨罗江而死。《汉书·艺文志》著录屈原作品 25 篇,其中有些篇目的真伪,历来颇多争议。基本确定为屈原所作的作品,有《离骚》、《天问》、《九章》、《九歌》、《招魂》等。

离　　骚

　　【题解】　关于《离骚》题义的解释,历来颇多异说。司马迁释为"离忧",班固释为"遭忧",王逸解为"别愁"。这是较早的也是用训诂方法作出的解释。宋人项安世、王应麟则据《国语·楚语上》韦昭注,认为"离骚"亦如"骚离","皆楚言也"。后人对此再加发挥,以为"离骚"即"牢骚"。这是从方言角度作出的解释。近人游国恩从音韵着眼,说"离骚"亦即"劳商",为楚古曲之名。此外大同小异的解释还多,但主要为上述三种。三说中以马、班之说最古,于训诂有据,且不乏旁证,较为可信。

　　据两汉诸家旧说,屈原作《离骚》,乃在怀王时代遭谗被疏之时,亦即壮年时期。又据《离骚》中有关年岁的反复咏叹及诗人对国将倾危的忧患之情,可见其应作于诗人将老未老、楚国将败未败之时。

　　《离骚》是屈原心灵的歌唱。诗人饱含血泪倾诉了自己的理想、情操,展现了自己的精神世界。《离骚》全长 373 句,2490 字,是中国古代文学史上第一首由诗人自觉创作、独力完成的长篇抒情诗。

它在形象塑造、创作方法、表现手法和形式、语言诸方面都有开拓、创新。其思想艺术成就的辉煌，"虽与日月争光可也"（《史记·屈原列传》）。

帝高阳之苗裔兮，朕皇考曰伯庸[1]。摄提贞于孟陬兮，惟庚寅吾以降[2]。皇览揆余初度兮，肇锡余以嘉名[3]：名余曰正则兮，字余曰灵均[4]。

纷吾既有此内美兮，又重之以修能[5]。扈江离与辟芷兮，纫秋兰以为佩[6]。汨余若将不及兮，恐年岁之不吾与[7]。朝搴阰之木兰兮，夕揽洲之宿莽[8]。日月忽其不淹兮，春与秋其代序[9]。惟草木之零落兮，恐美人之迟暮[10]。不抚壮而弃秽兮，何不改此度[11]？乘骐骥以驰骋兮，来吾道夫先路[12]！

昔三后之纯粹兮，固众芳之所在[13]。杂申椒与菌桂兮，岂维纫夫蕙茝[14]！彼尧、舜之耿介兮，既遵道而得路[15]。何桀纣之猖披兮，夫唯捷径以窘步[16]！惟夫党人之偷乐兮，路幽昧以险隘[17]。岂余身之惮殃兮，恐皇舆之败绩[18]！忽奔走以先后兮，及前王之踵武[19]。荃不察余之中情兮，反信谗而齌怒[20]。余固知謇謇之为患兮，忍而不能舍也[21]。指九天以为正兮，夫唯灵修之故也[22]。曰黄昏以为期兮，羌中道而改路[23]。初既与余成言兮，后悔遁而有他[24]。余既不难夫离别兮，伤灵修之数化[25]。

余既滋兰之九畹兮，又树蕙之百亩[26]。畦留夷与揭车兮，杂杜衡与芳芷[27]。冀枝叶之峻茂兮，原俟时乎吾将刈[28]。虽萎绝其亦何伤兮，哀众芳之芜秽[29]。

众皆竞进以贪婪兮,凭不猒乎求索[30]。羌内恕己以量人兮,各兴心而嫉妒[31]。忽驰骛以追逐兮,非余心之所急。老冉冉其将至兮,恐修名之不立[33]。朝饮木兰之坠露兮,夕餐秋菊之落英[34]。苟余情其信姱以练要兮,长顑颔亦何伤[35]?擥木根以结茝兮,贯薜荔之落蕊[36]。矫菌桂以纫蕙兮,索胡绳之纚纚[37]。謇吾法夫前修兮,非世俗之所服[38]。虽不周于今之人兮,愿依彭咸之遗则[39]。

长太息以掩涕兮,哀民生之多艰[40]。余虽好修姱以𩋈羁兮,謇朝谇而夕替[41]。既替余以蕙纕兮,又申之以揽茝[42]。亦余心之所善兮,虽九死其犹未悔[43]。怨灵修之浩荡兮[44],终不察夫民心。众女嫉余之蛾眉兮,谣诼谓余以善淫[45]。固时俗之工巧兮,偭规矩而改错[46]。背绳墨以追曲兮,竞周容以为度[47]。忳郁邑余侘傺兮,吾独穷困乎此时也[48]!宁溘死以流亡兮,余不忍为此态也[49]!鸷鸟之不群兮[50],自前世而固然。何方圜之能周兮,夫孰异道而相安[51]?屈心而抑志兮,忍尤而攘诟[52]。伏清白以死直兮,固前圣之所厚[53]。

悔相道之不察兮,延伫乎吾将反[54]。回朕车以复路兮,及行迷之未远[55]。步余马于兰皋兮,驰椒丘且焉止息[56]。进不入以离尤兮,退将复修吾初服[57]。制芰荷以为衣兮,集芙蓉以为裳[58]。不吾知其亦已兮,苟余情其信芳。高余冠之岌岌兮,长余佩之陆离[59]。芳与泽其杂糅兮,唯昭质其犹未亏[60]。忽反顾以游目兮,将往观乎四荒[61]。佩缤纷其繁饰兮,芳菲菲其弥章[62]。民生各有所

189

乐兮[63]，余独好修以为常。虽体解吾犹未变兮，岂余心之
可惩[64]！

　　女嬃之婵媛兮，申申其詈予[65]。曰："鲧婞直以亡身
兮，终然殀乎羽之野[66]。汝何博謇而好修兮，纷独有此姱
节[67]？薋菉葹以盈室兮，判独离而不服[68]。众不可户说
兮，孰云察余之中情[69]？世并举而好朋兮，夫何茕独而不
予听[70]？"

　　依前圣以节中兮，喟凭心而历兹[71]。济沅、湘以南征
兮，就重华而陈词[72]："启《九辩》与《九歌》兮，夏康娱以自
纵[73]。不顾难以图后兮，五子用失乎家巷[74]。羿淫游以
佚畋兮，又好射夫封狐[75]。固乱流其鲜终兮，浞又贪夫厥
家[76]。浇身被服强圉兮，纵欲而不忍[77]。日康娱而自忘
兮，厥首用夫颠陨[78]。夏桀之常违兮，乃遂焉而逢殃[79]。
后辛之菹醢兮，殷宗用而不长[80]。汤、禹俨而祗敬兮，周
论道而莫差[81]。举贤而授能兮，循绳墨而不颇[82]。皇天
无私阿兮，览民德焉错辅[83]。夫维圣哲以茂行兮，苟得用
此下土[84]。瞻前而顾后兮，相观民之计极[85]。夫孰非义
而可用兮，孰非善而可服[86]？阽余身而危死兮[87]，览余
初其犹未悔。不量凿而正枘兮[88]，固前修以菹醢。曾歔
欷余郁邑兮，哀朕时之不当[89]。揽茹蕙以掩涕兮，霑余襟
之浪浪[90]。"

　　跪敷衽以陈辞兮，耿吾既得此中正[91]。驷玉虬以乘
鹥兮，溘埃风余上征[92]。朝发轫于苍梧兮，夕余至乎县
圃[93]。欲少留此灵琐兮[94]，日忽忽其将暮。吾令羲和弭
节兮，望崦嵫而勿迫[95]。路曼曼其修远兮，吾将上下而求

索[96]。饮余马於咸池兮,总余辔乎扶桑[97]。折若木以拂日兮,聊逍遥以相羊[98]。前望舒使先驱兮,后飞廉使奔属[99]。鸾皇为余先戒兮,雷师告余以未具[100]。吾令凤鸟飞腾兮,继之以日夜。飘风屯其相离兮,帅云霓而来御[101]。纷总总其离合兮,斑陆离其上下[102]。吾令帝阍开关兮,倚阊阖而望予[103]。时暧暧其将罢兮[104],结幽兰而延伫。世溷浊而不分兮,好蔽美而嫉妒。

朝吾将济於白水兮,登阆风而绁马[105]。忽反顾以流涕兮,哀高丘之无女[106]。溘吾游此春宫兮,折琼枝以继佩[107]。及荣华之未落兮,相下女之可诒[108]。吾令丰隆乘云兮,求宓妃之所在[109]。解佩纕以结言兮,吾令蹇修以为理[110]。纷总总其离合兮,忽纬繣其难迁[111]。夕归次于穷石兮,朝濯发乎洧盘[112]。保厥美以骄傲兮[113],日康娱以淫游。虽信美而无礼兮,来违弃而改求[114]。览相观于四极兮,周流乎天余乃下[115]。望瑶台之偃蹇兮,见有娀之佚女[116]。吾令鸩为媒兮[117],鸩告余以不好。雄鸠之鸣逝兮,余犹恶其佻巧[118]。心犹豫而狐疑兮,欲自适而不可[119]。凤皇既受诒兮,恐高辛之先我[120]。欲远集而无所止兮[121],聊浮游以逍遥。及少康之未家兮,留有虞之二姚[122]。理弱而媒拙兮,恐导言之不固[123]。世溷浊而嫉贤兮,好蔽美而称恶。闺中既以邃远兮,哲王又不寤[124]。怀朕情而不发兮,余焉能忍与此终古[125]!

索藑茅以筳篿兮,命灵氛为余占之[126]。曰:“两美其必合兮,孰信修而慕之[127]?思九州之博大兮,岂唯是其有女[128]?”曰:“勉远逝而无狐疑兮,孰求美而释女[129]?

何所独无芳草兮,尔何怀乎故宇[130]?"世幽昧以眩曜兮[131],孰云察余之善恶?民好恶其不同兮,惟此党人其独异!户服艾以盈要兮[132],谓幽兰其不可佩。览察草木其犹未得兮,岂珵美之能当[133]?苏粪壤以充帏兮[134],谓申椒其不芳。

欲从灵氛之吉占兮,心犹豫而狐疑。巫咸将夕降兮,怀椒糈而要之[135]。百神翳其备降兮,九疑缤其并迎[136]。皇剡剡其扬灵兮,告余以吉故[137]。曰:"勉升降以上下兮,求矩矱之所同[138]。汤、禹严而求合兮,挚、咎繇而能调[139]。苟中情其好修兮,又何必用夫行媒?说操筑於傅岩兮,武丁用而不疑[140]。吕望之鼓刀兮,遭周文而得举[141]。宁戚之讴歌兮,齐桓闻以该辅[142]。及年岁之未晏兮,时亦犹其未央[143]。恐鹈鴂之先鸣兮[144],使夫百草为之不芳。"

何琼佩之偃蹇兮,众薆然而蔽之[145]。惟此党人之不谅兮[146],恐嫉妒而折之。时缤纷其变易兮,又何可以淹留[147]?兰芷变而不芳兮,荃蕙化而为茅。何昔日之芳草兮,今直为此萧艾也[148]?岂其有他故兮,莫好修之害也!余以兰为可恃兮,羌无实而容长[149]。委厥美以从俗兮,苟得列乎众芳[150]。椒专佞以慢慆兮,樧又欲充夫佩帏[151]。既干进而务入兮,又何芳之能祗[152]?固时俗之流从兮[153],又孰能无变化?览椒兰其若兹兮,又况揭车与江离?惟兹佩之可贵兮,委厥美而历兹[154]。芳菲菲而难亏兮,芬至今犹未沫[155]。和调度以自娱兮[156],聊浮游而求女。及余饰之方壮兮,周流观乎上下。

192

灵氛既告余以吉占兮，历吉日乎吾将行[157]。折琼枝以为羞兮，精琼爢以为粮[158]。为余驾飞龙兮，杂瑶象以为车[159]。何离心之可同兮[160]，吾将远逝以自疏。邅吾道夫昆仑兮[161]，路修远以周流。扬云霓之晻蔼兮，鸣玉鸾之啾啾[162]。朝发轫于天津兮，夕余至乎西极[163]。凤皇翼其承旂兮，高翱翔之翼翼[164]。忽吾行此流沙兮，遵赤水而容与[165]。麾蛟龙使梁津兮，诏西皇使涉予[166]。路修远以多艰兮，腾众车使径待[167]。路不周以左转兮，指西海以为期[168]。屯余车其千乘兮，齐玉轪而并驰[169]。驾八龙之婉婉兮，载云旗之委蛇[170]。抑志而弭节兮，神高驰之邈邈[171]。奏《九歌》而舞《韶》兮，聊假日以媮乐[172]。陟升皇之赫戏兮，忽临睨夫旧乡[173]。仆夫悲余马怀兮，蜷局顾而不行[174]。

乱曰[175]：已矣哉[176]！国无人莫我知兮，又何怀乎故都！既莫足与为美政兮，吾将从彭咸之所居[177]！

【注释】 [1] 高阳：古帝颛顼(zhuān xū)，号高阳氏，相传为楚国远祖。周成王封其后人熊绎于楚国。春秋时，楚武王熊通有子名瑕，受封于屈邑，子孙以屈为氏。屈原为瑕的后人。苗裔(yì)：后代。朕(zhèn)：我，第一人称代词。古时无论贵贱通用，秦以后成为皇帝的专称。皇：大，美。对已故长辈的尊称。考：称已故的父亲。伯庸：屈原父亲的字。 [2] 摄提：即摄提格，古代纪年术语。属于寅年。贞：正。孟陬(zōu)：夏历正月。孟，开始。陬，《尔雅》："正月为陬。"正月为一年之始，故称"孟陬"。依夏历，正月是寅月。庚寅：谓庚寅这一天。降：降生。 [3] 皇："皇考"的简称。览：观察。揆：揣量。初度：初生的状况，包括时日、形态、气度等。肇：始。一说"肇"通"兆"，指卦兆，谓屈原卜于皇考之庙而得名。锡(cì)：通"赐"，赐给。嘉名：美名。 [4] "名余"二句：屈原名平字原。正则，公正而有法则。有"平"的含义。灵均,地善而均平。有"原"的含义。 [5] 纷:众多。内美:内在的美。重(chóng):加上。修能:犹言长才,杰出的才能。修,长。一说"能"通"态","修能"指美好的容态。 [6] 扈(hù):披。楚地方言。江离:香草名,又名蘼芜。辟芷(zhǐ):生长在幽僻之地的白芷。辟,同"僻"。芷,香草名,即白芷。纫(rèn):联结。佩:佩饰。 [7] 汨(yù):水流迅疾的样子。这里形容时光如迅疾而逝的流水。不吾与:即"不与吾",不等待我。 [8] 搴(qiān):拔取。阰(pí):土山。楚地方言。木兰:香木名。皮似桂而香,状如楠树。这里指木兰花。揽:采。洲:水中可居之陆地。宿莽:香草名。木兰去皮不死,宿莽经冬不枯,喻坚持操守,忠贞不渝。 [9] 日月:指时光。忽:迅速的样子。淹:停留。代:更代。序:次序。 [10] 惟:思虑。美人:喻君主。一说为自喻。迟暮:指年老。 [11] 抚:持,把握。壮:壮年,指年富力强之时。弃秽:抛弃污秽的行为。此度:指"不抚壮而弃秽"的态度。此句一本作"何不改乎此度也"。 [12] 骐骥:骏马,喻贤臣良才。来:呼唤之辞,犹言来吧。道夫先路:谓为王前驱,在前头带路。道,同"导",引导。
[13] 三后:三位君主,旧说指夏禹、商汤、周文王。戴震《屈原赋注》谓指楚国先君熊绎、若敖、蚡冒。纯粹:指德行完美无瑕。众芳:喻群贤。在:集聚。
[14] 申椒:申地所产的花椒。菌桂:香木名,桂的一种,花白蕊黄,正圆如竹。维:通"惟",独。蕙:香草名。又名薰草。麻叶而方茎,红花而黑实。茝(chǎi):香草名,即白芷。 [15] 耿介:光明正大。遵道:指遵循正道。路:指治国的途径。 [16] 猖披:同"裮被",衣不束带的样子。这里指放纵不羁,偏邪惑乱。捷径:偏邪的小路。窘步:谓不行正道,困窘失足。 [17] 党人:结党营私的小人。偷乐:苟且偷安。路:指政治道路。幽昧:昏暗不明。险隘:危险狭窄。 [18] 惮:畏惧。殃:灾祸。皇舆:君主所乘的车子,这里喻国家。败绩:倾覆,溃败。 [19] 奔走以先后:指在楚王前后奔走效力。及:赶上。前王:即上文所谓"三后"。踵武:足迹。 [20] 荃(quán):香草名,喻君主。中情:内心的真情。齌(jì)怒:盛怒,暴怒。楚地方言。
[21] 謇(jiǎn)謇:忠言直谏的样子。舍:停止。 [22] 九天:古人以为天有九重,故称"九天"。正:通"证"。灵修:犹言"神圣"。楚人称神为灵修。这里指楚王。 [23] 曰:追述当初约定的话。羌:发语词,楚地方言。洪兴祖《楚辞补注》"疑此二句后人所增",理由是王逸《楚辞章句》未注此二句,至下文始释"羌"义。 [24] 成言:彼此约定的话。悔遁:因后悔而回避,指背

194

弃诺言。有他：谓心意改变，另有打算。　　[25] 难：惮，怕。数(shuò)化：屡次变化。　　[26] 滋：培植。畹：古代土地面积单位，一畹为三十亩。一说为十二亩。树：栽种。　　[27]"畦留夷"二句：种植香草，以喻培育贤才。畦(qí)，四周有界隔的一块块排列整齐的田地。这里用作动词，即一块一块种着。留夷、揭车、杜衡、芳芷，都是香草名。　　[28] 冀：希望。峻茂：高大茂盛。俟：等待。刈(yì)：收割。　　[29] 萎绝：枯萎绝灭。喻贤才遭受摧折。芜秽：荒芜污秽。喻贤才变节堕落。　　[30]"众皆"二句：群小虽已富足，而仍贪求无厌。众，指群小。竞进，争先恐后追逐私利。凭，满，楚地方言。猒，同"厌"，饱足。索，求。　　[31] 恕己以量人：犹言以小人之心度君子之腹。恕，揣度。兴：起。　　[32] 驰骛(wù)：奔走。骛，乱跑。追逐：指追名逐利。　　[33] 冉冉：慢慢地。修名：美名。立：成。　　[34] 落英：初开的花。一说指坠落的花。　　[35] 信：的确。姱(kuā)：美好。练要：精粹专一。顑颔(kǎn hàn)：面黄肌瘦的样子。　　[36] 擥(lǎn)：同"揽"，握持。木根：树木之根。一说指木兰之根。结：系结。贯：串连。薜荔：香草名。蕊：花蕊。　　[37] 矫：举起。索：用作动词，搓绳。胡绳：香草名，其茎叶可搓成绳索。纚纚(xǐ)：纠结缭绕的样子。　　[38] 謇：发语词，楚地方言。法：效法。前修：前贤。服：用。　　[39] 不周：不合。彭咸：据王逸注为殷朝贤大夫，曾向君主进谏，君主不听，他便投水而死。遗则：遗留下来的法则，即榜样。　　[40] 太息：叹息。掩涕：掩泣，掩面涕泣。民生：指百姓的生计。多艰：多难。　　[41] 修姱：修洁而美好。靰(jī)羁：牵累，束缚。靰，马缰绳。羁，马络头。谇：谏净。替：废弃。　　[42] 蕙纕(xiāng)：用蕙草编结的服饰。纕，佩带。申：重，加上。　　[43] 善：爱好，崇尚。九：极言其多，非实指。　　[44] 浩荡：大水横流的样子。这里喻指楚王骄傲放纵。
[45] 众女：指群小。蛾眉：眉如蚕蛾，形容美貌。这里喻指美好的品质。诼(zhuó)：毁谤。　　[46] 工巧：善于投机取巧。偭(miǎn)：违背。规矩：指法度、准则。错：同"措"。　　[47] 追曲：追随邪曲，即违背正道。周容：苟合取容。度：方法。　　[48] 忳(tún)：忧闷的样子。郁邑：忧愁。侘傺(chà chì)：失意的样子。穷困：境遇困窘。　　[49] 溘(kè)死：忽然死去。此态：指苟合取容之态。　　[50] 鸷(zhì)鸟：鹰隼之类猛禽。不群：指不与凡鸟同群。　　[51]"何方"二句：以方榫与圆孔不能相合，喻不同道的人不能相安。圜，同"圆"。周，合。　　[52] 屈：委曲。抑：压抑。忍尤而攘诟：忍受

195

责难和诟骂。尤，指责。攘，取。　　[53] 伏：通"服"，奉行。死直：死于正道。厚：重视。　　[54] 相：看。延伫：久久站立，彷徨迟疑的样子。反：同"返"。　　[55] 复路：回头走老路。及：趁着。　　[56] 步：慢慢地走。兰皋：长有兰草的水边高地。椒丘：长有椒木的小山。焉：于是，在这儿。[57] 进：指仕进。不入：不受信用。离尤：获罪。离，同"罹"，遭受。尤，罪过。退：指退隐。初服：当初的服饰。喻指修身洁行的夙志。　　[58] 芰(jì)荷：荷的一种。这里指荷叶。衣：上衣。芙蓉：莲花。裳：下衣。　　[59] 岌岌：高的样子。佩：指玉佩。陆离：光彩斑斓的样子。一说"佩"指佩剑，"陆离"是长的样子。　　[60] 芳与泽其杂糅：喻贤人与群小共处。芳，芳香，指衣裳。泽，光泽，润泽，指玉佩。杂糅(róu)，混杂。一说"泽"当读为"殬(dù)"，指腐败之物。昭质：光明清白的品质。亏：毁损。　　[61] 游目：放眼四望。四荒：四方边远之地。　　[62] 缤纷：繁盛的样子。菲菲：香气浓郁的样子。弥：更加。章：同"彰"，显著。　　[63] 民生：人生。乐：喜好。[64] 体解：肢解，古代一种酷刑。惩：戒惧。　　[65] 女嬃(xū)：相传为屈原的姐姐。一说指侍妾。婵媛：由于内心关切而牵挂难舍的样子。申申：重复，再三。詈(lì)：责备。　　[66] 鲧(gǔn)：同"鲧"，夏禹的父亲。婞(xìng)直：刚直。亡身：丧命。妖(yāo)：早死。羽之野：羽山郊外。　　[67] 博謇：博学而好直谏。博，多。謇，忠直。姱节：美好的节操。　　[68] 薋(cí)：草多的样子。菉(lù)：又名王刍，恶草。葹(shī)：又名枲(xǐ)耳，恶草。这里喻指谄佞小人。盈室：喻充满朝廷。判：区别。服：佩用。　　[69] 户说：挨家挨户地说明。余：犹言我们。　　[70] 并举：互相抬举。好朋：喜好结党营私。茕(qióng)独：孤独。予：女嬃自称。　　[71] 依：依循，遵照。节中：犹折中，谓公平恰当、正直无私地为人处事。喟(kuì)：叹息。凭心：满心愤懑。凭，愤懑。历兹：至此，直到现在。　　[72] 济：渡过。沅、湘：水名，在今湖南境内。南征：南行。重华：舜名。传说舜死于苍梧之野，葬于九嶷山，在沅、湘之南。陈辞：陈述。　　[73] 启：夏启，禹的儿子，继禹而为夏王。九辩、九歌：神话传说为天帝乐曲，被启偷下人间。夏康：启的儿子太康。娱：娱乐。纵：放纵。　　[74] 不顾难：不念祸难。意即只图享乐，居安而不思危。图后：谋划未来，作长远打算。五子：指太康的五个儿子。用：因。家巷(hòng)：犹内讧，内部争斗。巷，"鬨"的假借字。　　[75] 淫：过度。佚：放纵。畋(tián)：打猎。封狐：大狐。　　[76] 乱流：指荒淫佚乐，恣意放纵。鲜终：少

196

有好结果。浞(zhuó)：即寒浞，传为羿亲信的相。羿为国君后，放纵佚乐，不理国事。寒浞使其家臣逄(páng)蒙射杀羿，强占了羿的妻子。厥：义同"其"。家：指妻室。　　[77]浇：即奡(ào)，寒浞的儿子。被服：穿戴，装饰。这里指信奉，仗恃。强圉(yǔ)：强暴有力。　　[78]自忘：谓只知佚乐，忘乎所以。用夫：因而。颠陨：坠落。这里指被杀头。传寒浞强占羿妻后，生子浇。浇强暴多力，杀死夏后相。后佚乐无度，又被相的儿子少康所杀。　　[79]常违：指经常违背正道，行为邪僻。遂：终究。　　[80]后辛：即商末国君殷纣王，名辛，又称帝辛。菹醢(zū hǎi)：剁成肉酱。史载纣杀比干，醢梅伯。这里泛指其残暴虐杀。殷宗：殷商的宗祀。即指殷朝政权。　　[81]汤、禹：商汤、夏禹，分别为殷朝、夏朝的开国君主。俨：恭敬庄重。祗(zhī)：敬畏。指敬畏天命。周：指周朝开国君主文王、武王和周公。论道：指讲论治国之道。莫差：没有偏差。　　[82]颇：偏邪。　　[83]私阿：偏袒，偏私。错辅：给予辅助。错，同"措"，施行。　　[84]茂行：盛多的德行。茂，茂盛。苟得：才能够。用：享有。下土：指天下。　　[85]相观：察看。民之计极：人民考虑事情的准则。计，计虑。极，终极，这里指准则。　　[86]用：施行。服：义同"用"。　　[87]阽(diàn)：临近。指面临险境。危死，犹几死，险些死去。[88]凿：木孔。枘(ruì)：木楔。枘插入木孔，必先量度准确，削正木楔，才能合榫。这里喻指前贤不能改变自己的原则去迎合国君，直言进谏，必然取祸。　　[89]曾：屡屡。歔欷：抽泣声。不当：不值。这里哀叹生不逢时。[90]茹：柔软。霑：同"沾"，沾湿。浪浪：泪流不止的样子。　　[91]敷：铺开。衽(rèn)：衣的前襟。耿：光明。中正：指中正之道。　　[92]驷：四匹马驾的车。这里用作动词，即驾驭。玉虬(qiú)：白色的无角龙。鹥(yī)：凤凰一类的鸟，身有五彩。溘：掩，压在上面。埃风：扬起尘埃的大风。上征：上天而行。　　[93]发轫(rèn)：启程，出发。轫，放在车轮前起刹车作用的横木。拿开轫木，意即出发。苍梧：即九嶷山，是舜所葬之地。县(xuán)圃：神话中山名，在昆仑之上。县，同"悬"。　　[94]灵琐：神灵所居之门。琐，门窗上雕绘的连环形花纹。这里代指门。　　[95]羲和：神话中以六龙给太阳驾车的神。弭(mǐ)节：停鞭。谓停车不进。弭，停止。节，策，马鞭。崦嵫(yān zī)：神话中山名，太阳所入处。迫：逼近。　　[96]曼曼：漫长遥远的样子。求索：寻求，求取。　　[97]咸池：神话中的大池，传说太阳在此沐浴。总：系，拴。辔：马缰绳。扶桑：神话中树名，太阳所出之处。　　[98]若

197

木:神话中树名,生于昆仑西极。一说即扶桑。拂:拂拭。折若木拂拭太阳,使之光明不晦。聊:姑且,暂且。相羊:通"徜徉",漫步闲游。　[99]望舒:神话中给月亮驾车的神。飞廉:神话中的风神。奔属:在后面追随。[100]鸾皇:凤凰。先戒:在前面警戒。雷师:神话中的雷神。未具:指准备不齐。　[101]飘风:旋风。屯:聚合。离(lí):通"丽",依附,附丽。帅:率领。霓:与虹同时出现的彩色圆弧,又称"副虹"。御(yà):通"迓",迎接。[102]纷:多的样子。总总:聚集的样子。斑:色彩错杂。　[103]帝阍:天帝的守门神。阍,守门的人。开关:即开门。关:门闩。阊阖:天门。[104]暧暧:昏暗的样子。罢:完结,终了。涽(hùn)浊:犹混浊。　[105]白水:神话中水名,出自昆仑山。阆(làng)风:神话中山名,在昆仑山上。缲(xiè):拴,系。　[106]高丘:指阆风。女:指神女。　[107]春宫:神话中春神所居的宫殿。琼枝:玉树枝。继佩:增加佩饰。　[108]荣华:花的通称。荣,草开的花。华,树开的花。下女:指下文所称宓(fú)妃诸人。下,下界,对高丘而言。诒:通"贻",赠予。　[109]丰隆:云神。一说雷神。宓妃:传为伏羲的女儿,溺死于洛水,为洛水之神。　[110]佩缥(xiāng):佩带。结言:订结盟约。蹇修:传为伏羲之臣。理:使者,媒人。　[111]纬繣(wěi huà):乖戾,不相投合。　[112]次:临时住宿。穷石:山名,弱水发源地,传为羿所居处。在古代传说中,宓妃与羿有暧昧关系。濯:洗。洧(wěi)盘:神话中水名,出自崦嵫山。　[113]保:伕侍。　[114]来:乃。违弃:抛弃。　[115]览相观:三字同义连用,即观望。周流:周游,行遍。[116]瑶台:美玉建造的高台。偃蹇:高高的样子。有娀(sōng):古代国名。佚女:美女。传有娀氏有二美女,住高台之上,其一即简狄,嫁帝喾,生契,为商之祖先。　[117]鸩(zhèn):传说中一种有毒的鸟,其羽毛置酒中能毒死人。　[118]鸩:鸟名,像山雀,喜鸣叫。鸣逝:一边叫一边飞走。佻巧:轻佻巧诈。　[119]自适:亲自前往。不可:谓于礼不可。　[120]受诒:致送聘礼。受,通"授",致送。诒,指聘礼。一说"受诒"指接受高辛氏的赠礼,将行就聘。高辛:帝喾的别号。　[121]远集:指到远处去。集,停留。与"止"同义。　[122]少康:夏后相之子。未家:未成家,即未结婚。有虞:古代国名。姚姓,舜的后代。寒浞使浇杀夏后相,少康逃奔有虞,有虞国君把两个女儿(即"二姚")嫁给他。后少康诛灭浇,中兴夏朝。　[123]导言:通导之言,即媒人撮合双方的话。不固:不可靠。　[124]闺:宫中小门。

198

邃远:深远。哲王:指楚王。寤:觉醒,醒悟。　　[125]终古:指永久,永远。　　[126]索:取。藑(qióng)茅:占筮用的茅草。以:义同"与"。筳(tíng):占筮用的小竹棍。筲(zhuān):楚人用藑茅和筳占筮叫"筲"。灵:巫师之称。巫能通神,故楚人称巫为"灵"。氛:巫师之名。占:用卜筮之法推断吉凶。[127]"两美"二句:虽说良臣必遇明君,但有谁信服你的美德来爱慕你呢?两美其必合,喻良臣必遇明君。合,遇合。修,指美德。　　[128]"岂唯"句:难道只有这里才有美女吗?　　[129]勉:努力,尽力。释:舍弃。[130]故宇:故居,喻指祖国。　　[131]幽昧:黑暗。眩曜:迷乱的样子。[132]户:指家家户户。艾:恶草名,即白蒿。要:古"腰"字。　　[133]程(chéng)美:品鉴美玉。程,通"程",衡量,品鉴。当:恰当,得当。　　[134]苏:取。帏:香囊。　　[135]巫咸:古代著名神巫。降:指降神。怀:揣着。椒:香物,用来降神。糈(xǔ):精米,用来供神。要:通"邀",迎候。　　[136]翳(yì):遮蔽。备:齐。九疑:山名。也作"九嶷",即苍梧山。这里指九疑山诸神。缤:众多的样子。　　[137]皇:皇天,天神。剡(yǎn)剡:光闪闪的样子。扬灵:显灵,显圣。吉故:吉利的事由。　　[138]曰:以下是巫咸的话。升降以上下:指上天入地,上下求索。矩矱(huò):喻指法度。矱,量长短的工具。　　[139]求合:指寻求与贤臣合作。挚:商汤的贤臣伊尹,名挚。咎繇(gāo yáo):即皋陶,禹的贤臣。调:调和,协调。　　[140]说(yuè):即傅说,殷高宗的贤臣。操:拿着。筑:筑墙的木杵。傅岩:地名。武丁:殷高宗名。相传傅说是奴隶,在傅岩操杵筑墙,后被武丁举为相,殷大治。　　[141]吕望:即太公姜尚,周朝开国贤相。鼓刀:动刀,指做屠户。遭:遇。周文:周文王。举:提拔。相传吕望曾在朝歌做屠户,后遇周文王,被举为师。[142]甯戚:春秋时卫国贤士。齐桓:齐桓公。该辅:备为辅佐之选。该,备。辅,辅佐。相传甯戚在喂牛时扣牛角而歌,被齐桓公听见,知道他是贤人,便用他为卿。　　[143]晏:晚。央:尽,完结。　　[144]鹈鴃(tí jué):鸟名,即杜鹃,春夏之交鸣,鸣时百花衰歇。一说即"鵙",又名伯劳,秋寒而鸣。[145]琼佩:玉佩,喻美德。偃蹇:众多而高贵的样子。薆(ài)然:遮蔽的样子。　　[146]谅:诚信。　　[147]缤纷:纷乱的样子。　　[148]直:径直,简直。萧艾:恶草名。　　[149]恃:依靠。无实而容长:内里空虚,徒有美貌。容长,外表美好。　　[150]委:委弃,抛弃。苟:苟且。　　[151]专:专权。佞:巧言谄媚。慢慆(tāo):傲慢。榝(shā):恶草名。似椒而无香味。

佩帏:佩囊。　　[152] 干进而务入:钻营以求进。干,求取。务,营求。祗:敬。　　[153] 流从:一作"从流",即随波逐流。　　[154] 兹佩:指琼佩,自况之辞。兹,此。历兹:遭逢这样的祸难。　　[155] 沫(mèi):消散,终止。[156] 和调度:自我调节使之和谐。　　[157] 历:通"遴",遴选,选择。[158] 羞:美味食品。精:用作动词,舂细。琼靡(mí):玉屑。靡,细末。粻(zhāng):粮。　　[159] 为余驾飞龙:飞龙为我驾车。瑶:美玉。象:指象牙。　　[160] 离心:心志不合。　　[161] 邅(zhān):转,改变方向。楚地方言。　　[162] 云霓:指旌旗。飞行于天空,故以云霓为旌旗。晻(yǎn)蔼:昏暗的样子,形容旌旗遮天蔽日。玉鸾:用玉制鸾鸟做装饰的车铃。啾(jiū)啾:车铃声。　　[163] 天津:天河的津梁,在东极箕、斗二星之间。西极:西方的尽头。　　[164] 翼其承旂:谓张开翅膀承载旌旗。旂(qí):古代指有铃铛的旗。此泛指旌旗。翼翼:整齐的样子。　　[165] 流沙:指西北沙漠。赤水:神话中水名,源出昆仑山。容与:从容不迫的样子。　　[166] 麾:指挥。梁津:在渡口上架桥。梁,用作动词,即架桥。津,渡口。诏:命令。西皇:西方的尊神。　　[167] 腾:传,传令。径待:直接等候。　　[168] 不周:神话中山名,在昆仑山西北。西海:神话中西方的海。期:会。　　[169] 玉软(dài):用玉作装饰的车轮。软,包在车毂端的金属皮。这里代指车轮。[170] 婉婉:形容龙飞腾时弯弯曲曲的样子。委蛇(wēi yí):同"逶迤",弯弯曲曲绵延不绝的样子。　　[171] 抑志:垂下旗帜。志,通"帜"。邈邈:遥远无边的样子。　　[172]《韶》:即《九韶》,传为帝舜的舞乐。假日:借此机会。假,借。媮乐:即娱乐。媮,同"愉",欢乐。　　[173] 陟(zhì):登,上升,与"升"同义。皇:指皇天。赫戏:光明的样子。临:居高临下。睨(nì):斜看。旧乡:故乡,祖国。　　[174] 仆夫:驾车的人。蜷(quán)局:弯曲着身子不肯前进。　　[175] 乱:最后总结全篇要旨的结语,也是乐曲的最后一章,即尾声。　　[176] 已矣哉:犹算了吧,绝望无奈之辞。　　[177]"吾将"句:谓将效仿彭咸,投水而死。

湘　夫　人

【题解】　选自《九歌》。《九歌》是屈原在楚国民间祭神乐歌的基础上加工再创作而成的一组体制独特的抒情诗,依旧保留了歌、舞、乐三者合一的特点。《九歌》原为古曲之名,在神话中相传是由禹的儿子启从天上偷来人间的。屈原《九歌》之题,即袭用古曲之名。"九"非实指,乃表多数,即指由多篇乐章组成的歌。屈原《九歌》实为11篇,并非作于一时一地,其最后写定应在晚年放逐江南流浪沅湘之时。

本篇是祭祀湘水女神的诗篇。湘夫人和湘君都是湘水之神,又是一对配偶神。全篇描写湘君企待湘夫人不来而产生的深切思慕和愁怨之情。

帝子降兮北渚,目眇眇兮愁予[1]。嫋嫋兮秋风,洞庭波兮木叶下[2]。登白薠兮骋望,与佳期兮夕张[3]。鸟何萃兮蘋中?罾何为兮木上[4]?

沅有茝兮澧有兰,思公子兮未敢言[5]。荒忽兮远望,观流水兮潺湲[6]。

麋何食兮庭中?蛟何为兮水裔[7]?朝驰余马兮江皋,夕济兮西澨[8]。闻佳人兮召予,将腾驾兮偕逝[9]。

筑室兮水中,葺之兮荷盖[10]。荪壁兮紫坛,播芳椒兮成堂[11]。桂栋兮兰橑,辛夷楣兮药房[12]。罔薜荔兮为帷,擗蕙櫋兮既张[13]。白玉兮为镇,疏石兰兮为芳[14]。芷葺兮荷屋,缭之兮杜衡[15]。合百草兮实庭,建芳馨兮庑门[16]。九嶷缤兮并迎,灵之来兮如云[17]。

捐余袂兮江中,遗余褋兮澧浦[18]。搴汀洲兮杜若,将以遗兮远者[19]。时不可兮骤得[20],聊逍遥兮容与。

【注释】 [1] 帝子:指帝舜的二妃娥皇、女英。传说为帝尧的女儿,故称"帝

子"。降:降临。北渚(zhǔ):北面小洲。眇眇(miǎo):极目远望的样子。愁
予:使我发愁。　　[2] 嫋嫋(niǎo):同"袅袅",风吹拂的样子。波:用作动
词,谓洞庭湖泛起微波。　　[3] 登白蘋(fán):登上长满白蘋的湖岸。原本
无"登"字,据朱熹《楚辞集注》补。白蘋,秋生水草。骋望:纵目远望。佳:即
佳人,指湘夫人。一本"佳"下有"人"字。期:约会。张:陈设,布置。　　[4] "鸟
何萃"二句:鸟应栖于树上,为何集于水草?罾应设在水中,为何挂于树上?
所处反常,喻指所求不得。何,原本无"何"字,据朱熹《楚辞集注》补。萃,栖
集。蘋,水草名。罾(zēng),一种捕鱼的网。　　[5] 沅:沅江。澧(lǐ):澧
江。茝:同"芷"。公子:犹帝子,指湘夫人。　　[6] 荒忽:同"恍惚",不真
切、不分明的样子。潺湲(chán yuán):水缓慢流动的样子。　　[7] 麋(mí):兽
名,一名驼鹿。蛟:传说中一种能发水的龙类动物。裔:边。　　[8] 江皋:江岸
澨(shì):水边。　　[9] 腾驾:驾车飞奔。偕逝:同往。　　[10] 葺(qì):用茅草
盖屋。这里指用荷叶盖屋顶。　　[11] 荪壁:用荪草编饰的墙壁。荪,香草
名。紫坛:用紫贝铺砌的中庭。紫,紫贝,水产宝物,壳圆,古用作货币。坛,
中庭,楚地方言。播:播散。成堂:满堂。　　[12] 桂栋:用桂木做正梁。兰
橑(lǎo):用木兰做屋椽。橑,屋椽。辛夷:香木名。北方叫木笔,南方叫望
春。楣(méi):门框上的横木。这里代指门。药:香草名,又叫白芷。
[13] 罔:同"网",这里用作动词,意即编结。帷:围在四周的幕布。擗(pǐ):
析,剖开。櫋(mián):一本作"檐",通"幔",即帐子顶。　　[14] 镇:指镇席,
压平坐席的用具。疏:散布,分别摆设。石兰:香草名,又叫山兰。
[15] 缭:缠绕。杜衡:香草名。　　[16] 百草:指众多香草。实庭:充满庭
院。芳馨:芳香。馨,散布很远的香气。庑(wǔ):走廊。　　[17] 九嶷:山
名。这里指九嶷山诸神。灵:神。指湘夫人及其随从之神。如云:形容众多。
[18] 捐:弃,抛弃。袂(mèi):衣袖。衣袖不可抛弃,"袂"当为"袟(zhì)"形近
之误。袟,小囊,妇女所佩。褋(dié):单衣。　　[19] 汀(tīng)洲:水中小洲。
远者:指湘夫人。　　[20] 骤:屡次。

国　殇

【题解】　选自《九歌》。国殇(shāng),指为国战死的将士。本篇礼

赞为国捐躯者之神,描写了悲壮激越的战斗场面,歌颂了楚国卫国将士的英雄气概。

操吴戈兮被犀甲,车错;毂兮短兵接[1]。旌蔽日兮敌若云,矢交坠兮士争先[2]。凌余阵兮躐余行,左骖殪兮右刃伤[3]。霾两轮兮絷四马,援玉枹兮击鸣鼓[4]。天时坠兮威灵怒,严杀尽兮弃原野[5]。

出不入兮往不反,平原忽兮路超远[6]。带长剑兮挟秦弓,首身离兮心不惩[7]。诚既勇兮又以武,终刚强兮不可凌。身既死兮神以灵,子魂魄兮为鬼雄[8]。

【注释】 [1] 操:持,手中握着。吴戈:吴地所产的戈,以锋利著名。被(pī):穿在身上。犀甲:用犀牛皮制成的坚韧铠甲。错:交错。毂(gǔ):车轮中心插轴的地方。这里代指车轮。短兵:指刀、剑类兵器。 [2] 矢交坠:指作战时双方射出的箭纷纷坠落。士:战士。 [3] 凌:侵犯。躐(liè):践踏。行(háng):行列。骖(cān):即骖马。古时驾车用马四匹,中间两匹叫"服",左右各一匹叫"骖"。殪(yì):死。 [4] 霾(mái):通"埋"。絷(zhí):绊住。因为骖马一死一伤,使得战车不能前进,车轮好像被埋在了土中,服马也不能前进,"四马"都像被绳子绊住了一样。援:拿着,抢起。玉枹(fú):用玉作装饰的鼓槌。枹,同"桴",鼓槌。 [5] 天时:指天象。坠:通"怼(duì)",怨恨。威灵:神灵。严杀:肃杀,残酷拼杀。尽:终止,即指战斗结束。 [6] 忽:辽阔渺茫的样子。超远:遥远。 [7] 秦弓:秦地所产良弓。惩(chéng):悔恨。 [8] 神以灵:意指精神不死。子:指为国牺牲的将士。

涉 江

【题解】 选自《九章》。本篇是屈原于流放途中所作。诗人抒写渡江南下的历程及感受,故名《涉江》。

　　余幼好此奇服兮[1],年既老而不衰。带长铗之陆离
兮,冠切云之崔嵬[2]。被明月兮珮宝璐[3]。世溷浊而莫
余知兮,吾方高驰而不顾[4]。驾青虬兮骖白螭,吾与重华
游兮瑶之圃[5]。登昆仑兮食玉英[6],与天地兮同寿,与日
月兮齐光。

　　哀南夷之莫吾知兮,旦余济乎江、湘[7]。乘鄂渚而反
顾兮,欸秋冬之绪风[8]。步余马兮山皋,邸余车兮方
林[9]。乘舲船余上沅兮,齐吴榜以击汰[10]。船容与而不
进兮,淹回水而凝滞[11]。朝发枉陼兮,夕宿辰阳[12]。苟
余心其端直兮,虽僻远之何伤!

　　入溆浦余儃徊兮,迷不知吾所如[13]。深林杳以冥冥
兮,猿狖之所居[14]。山峻高以蔽日兮,下幽晦以多雨。霰
雪纷其无垠兮,云霏霏而承宇[15]。哀吾生之无乐兮,幽独
处乎山中。吾不能变心而从俗兮,固将愁苦而终穷。

　　接舆髡首兮,桑扈裸行[16]。忠不必用兮,贤不必
以[17]。伍子逢殃兮,比干菹醢[18]。与前世而皆然兮[19],
吾又何怨乎今之人! 余将董道而不豫兮,固将重昏而终
身[20]。

　　乱曰:鸾鸟凤皇,日以远兮。燕雀乌鹊,巢堂坛兮。
露申辛夷,死林薄兮[21]。腥臊并御,芳不得薄兮[22]。阴
阳易位,时不当兮。怀信侘傺,忽乎吾将行兮[23]。

【注释】　[1] 奇服:奇特的服饰,喻特立独行,高洁脱俗,与众不同。
[2] 铗(jiá):剑。陆离:形容剑长长的样子。冠(guàn):帽子,用作动词。切

云:高帽之名,取高入青云之意。切,切近。崔嵬(wéi):高耸的样子。
[3] 明月:宝珠名。珮:通"佩",佩带。璐:美玉。 [4] 溷浊:犹混浊。高
驰:远走高飞。 [5] 骖:这里用作动词,与"驾"同义。螭(chī):无角龙。
重华:舜名。瑶之圃:产美玉的园圃,指以产玉闻名的昆仑山。瑶,美玉。
[6] 玉英:玉的精华。 [7] 南夷:指楚国。楚在南方,被当时中原地区统
治阶级蔑称为"蛮夷"。楚亦以"蛮夷"自称。旦:清晨。江:长江。湘:湘
水。 [8] 乘:登。鄂渚:地名,在今湖北武昌西面。欸(āi):叹。绪风:余
风。 [9] 皋:水边高地。邸:停留。方林:地名。 [10] 舲(líng)船:
有窗户的船。上:溯流而上。沅:沅水。齐:谓行动一致,同时划桨。吴榜:
大桨。吴,大。榜,桨。汰:水波。 [11] 容与:缓缓行进的样子。淹:停
留。凝滞:停止不前。 [12] 枉陼:地名,在今湖南常德南。陼:同"渚"。
辰阳:地名,在今湖南辰溪西。 [13] 溆浦:地名,在今湖南溆浦。溆水经
溆浦西流入沅水。儃(chán)佪:犹徘徊。如:往。 [14] 杳:幽暗深远。
冥冥:昏暗的样子。狖(yòu):一种黑色长尾猿。 [15] 霰(xiàn):小雪珠。
霏霏:盛多的样子。承宇:上接屋檐。宇,屋檐。 [16] 接舆:春秋时楚国
隐士,与孔丘同时,有"楚狂"之称。髡(kūn)首:古代一种剃去头发的刑罚。
相传接舆曾自髡避世。桑扈:古代隐士名。桑扈裸体而行,是愤世嫉俗的表
现。臝:同"裸"。 [17] 以:用。 [18] 伍子:即伍员,字子胥。逢殃:
遭到残害。伍子胥效忠吴国,谏吴王夫差不听,被逼自杀。比干:殷纣时贤
臣。谏纣王不听,被纣王残杀。菹醢(zū hǎi):剁成肉酱,古代一种酷刑。
[19] 与:意通"举",全,整个。 [20] 董道:正道。豫:犹豫。重昏:意谓
身处重重黑暗之中。 [21] 露申:即瑞香花。辛夷:香木名。北方叫木
笔,南方叫望春。薄:草木丛生的地方。 [22] 御:进用。薄:接近,靠近。
[23] 怀信:怀抱忠信。佗傺:失意的样子。忽:飘忽,急速。

哀　　郢

【题解】 选自《九章》。所谓"哀郢",就是哀悼郢都的沦亡、国家的
残破和人民的离散。这是一首饱含爱国激情的悲歌。诗人以满腔
悲愤,写顷襄王二十一年(前278)秦将白起攻克楚国郢都的历史

悲剧，抒发了对郢都的无限留恋和忧愁幽思。

皇天之不纯命兮，何百姓之震愆[1]？民离散而相失兮，方仲春而东迁[2]。去故乡而就远兮，遵江、夏以流亡[3]。出国门而轸怀兮，甲之朝吾以行[4]。发郢都而去闾兮，怊荒忽其焉极[5]？楫齐扬以容与兮[6]，哀见君而不再得。望长楸而太息兮，涕淫淫其若霰[7]。过夏首而西浮兮，顾龙门而不见[8]。心婵媛而伤怀兮，眇不知其所蹠[9]。顺风波以从流兮，焉洋洋而为客[10]。凌阳侯之泛滥兮，忽翱翔之焉薄[11]？心缮结而不解兮，思蹇产而不释[12]。

将运舟而下浮兮[13]，上洞庭而下江。去终古之所居兮，今逍遥而来东[14]。羌灵魂之欲归兮，何须臾而忘反[15]！背夏浦而西思兮[16]，哀故都之日远。登大坟以远望兮[17]，聊以舒吾忧心。哀州土之平乐兮，悲江介之遗风[18]。

当陵阳之焉至兮，淼南渡之焉如[19]？曾不知夏之为丘兮，孰两东门之可芜[20]？心不怡之长久兮，忧与愁其相接。惟郢路之辽远兮，江与夏之不可涉。忽若不信兮，至今九年而不复[21]。惨郁郁而不通兮，蹇侘傺而含戚[22]。

外承欢之汋约兮，谌荏弱而难持[23]。忠湛湛而愿进兮，妒被离而鄣之[24]。尧、舜之抗行兮，瞭杳杳而薄天[25]。众谗人之嫉妒兮，被以不慈之伪名[26]。憎愠惀之修美兮，好夫人之忼慨[27]。众踥蹀而日进兮，美超远而逾迈[28]。

206

乱曰：曼余目以流观兮，冀壹反之何时[29]！鸟飞反故乡兮，狐死必首丘[30]。信非吾罪而弃逐兮，何日夜而忘之？

【注释】 [1] 皇天之不纯命：意即天命无常，祸福难测。纯，常。震愆(qiān)：谓百姓心怀震惊，害怕遭罪。震，震惊。愆，罪过。 [2] 方：正当。仲春：阴历二月。东迁：指楚顷襄王在秦军破郢之后，东北保于陈城(在今河南淮阳)。 [3] 遵：沿着。夏：夏水，即从石首到汉阳一段汉水的别名。 [4] 国门：指国都(郢都)城门。轸(zhěn)怀：痛心。轸，悲痛。甲：即甲日，古代以干支纪日。鼂：同"朝"，早晨。 [5] 闾：里门。这里指家乡，故园。荒忽：同"恍惚"，心神不定的样子。焉极：哪有尽头。一说"荒忽"形容遥远而无边际，句意谓国破家亡，不知流落何方。一本"荒忽"前有"怊(chāo)"字，怊，忧愁。 [6] 齐扬：并举。 [7] 长楸(qiū)：长大的楸树。这里指郢都的长楸。凡有悠久历史的都城，必定有高大的树木作标志。淫淫：眼泪长流的样子。 [8] 夏首：即夏水口，在江陵东南，即今湖北沙市。西浮：谓船随水势的曲折转向往西而行。龙门：郢都的东城门。 [9] 婵媛：眷恋不舍的样子。眇：同"渺"，指前路渺茫辽远。蹢(zhí)：践踏，指停脚的地方。 [10] 焉：作连词，于是。洋洋：漂泊不定的样子。客：流亡他乡。 [11] 凌：乘。阳侯：指大波涛。传说陵阳国侯被水淹死，成为波涛之神，故以"阳侯"代指大波涛。翱翔：形容行船忽上忽下。焉薄：停靠在何处。薄，迫近，这里指停靠。 [12] 绲(guà)结：打了结子，起了疙瘩。蹇(jiǎn)产：委屈纠结的样子。释：解开。 [13] 运舟：驾船。下浮：顺流而下。 [14] 终古之所居：祖先世代所居住的地方，指郢都。逍遥：这里指漂泊。来东：来到东方。 [15] 须臾：片刻，一会儿。反：同"返"，指回到郢都。 [16] 背：背向。夏浦：即夏水之滨。浦，水边。西思：思念西方的郢都。 [17] 坟：水边高地。 [18] "哀州"二句：诗人目睹祖国的土地如此广大富饶，风尚如此美好，却横遭战祸，迫近危亡，不禁深感哀痛。州土，指所经过的江汉地区。平乐，和平康乐。江介，江畔，即长江两岸。遗风，古代遗留下来的良好风俗。 [19] 当：面对。陵阳：地名，在今安徽青阳南。淼(miǎo)：水大无边的样子。如：往。 [20] 曾(zēng)：竟。夏：通"厦"，指宫殿。为丘:变成丘墟。芜:荒芜。 [21] 忽若:忽然之间。不信:指不被信用。九年:多年。"九"极言其多,并非实指。不复:指不复被信用。[22] 惨:悲痛。郁郁:忧伤沉闷的样子。不通:郁闷不通。塞:发语词。侘傺:失意的样子。戚(qī):忧伤。 [23]"外承"二句:众奸佞小人表面上讨人喜欢,实际上不可依靠。外,指外表。承欢,指讨好君王,博取欢心。汋(zhuó)约,美好的样子。谌(chén),诚,确实。荏(rěn)弱,懦弱的样子。持,通"恃",依靠。 [24] 忠:指忠臣。湛湛(zhàn):忠诚厚重的样子。愿进:希望进用效力。妒:指嫉妒的众小人。被离:众多的样子。被,通"披"。鄣:同"障",指谗毁中伤,在君王面前造成阻隔。 [25]"尧舜"二句:尧、舜眼光明亮,能分辨是非善恶,所见高远。抗行,高尚的德行。抗,通"亢",高尚。瞭,眼光明亮。杳杳,遥远的样子。薄天,上达于天。 [26] 被:加上。不慈:传说尧、舜实行禅让,传位给贤人而不传给儿子,竟被攻击为"不慈"。[27] 愠怆(yùn lǔn):忠诚的样子。这里用作名词,指忠心耿耿的人。修美:美好。好:喜爱。夫(fú)人:那些人,指小人。忼慨:同"慷慨",这里指巧言佞色,夸夸其谈。 [28] 众:指众奸佞小人。蹀蹀(qiè dié):奔竞钻营的样子。日进:日益受到信用,步步高升。美:指忠直修美的人。超:义同"远"。逾迈:越来越疏远。逾,越。迈,远。 [29] 曼:长,放开。流观:四处观望。壹反:指回郢都一次。 [30] 首丘:头朝向山丘。首,这里用作动词,意即"头朝向"。据说狐死时,头朝向出生地,以示不忘本。

橘　　颂

【题解】 选自《九章》。题为《橘颂》,实为诗人的自我写照。诗人以橘自比,前段颂橘,后段述志,以"比物类志"之法,借以表达扎根故土、忠贞不渝的爱国情感和特立独行、怀德自守的人生理想。

　　后皇嘉树,橘徕服兮[1]。受命不迁[2],生南国兮。深固难徙,更壹志兮。绿叶素荣[3],纷其可喜兮。曾枝剡棘,圆果抟兮[4]。青黄杂糅,文章烂兮[5]。精色内白,类

208

可任兮[6]。纷缊宜修,姱而不丑兮[7]。

嗟尔幼志[8],有以异兮。独立不迁,岂不可喜兮!深固难徙,廓其无求兮[9]。苏世独立,横而不流兮[10]。闭心自慎,终不失过兮[11]。秉德无私,参天地兮[12]。愿岁并谢,与长友兮[13]。淑离不淫,梗其有理兮[14]。年岁虽少,可师长兮。行比伯夷,置以为像兮[15]。

以上据中华书局版《楚辞补注》

【注释】 [1]"后皇"二句:橘是生长在天地间的美好树种,它生来就习惯于当地的气候和土壤。后皇,后土皇天。这里代指天地间。嘉,美好。徕,同"来"。服,习惯。　　[2]受命:禀受天命,犹禀性。　　[3]素荣:白花。　　[4]曾枝:一层一层枝条。曾,同"层"。剡:尖利。棘:刺。抟(tuán):通"团",圆圆的。　　[5]青黄杂糅:谓将熟和已熟的橘子相间,青黄色相杂。文章:犹文采,指橘子的颜色。烂:灿烂。　　[6]精色:指橘子外皮光亮。精,明亮。类:似。　　[7]纷缊(yūn):犹氤氲,香味浓郁的样子。宜修:美好。姱:美。　　[8]尔:指橘。幼志:指生来具有的特性。[9]廓:指心胸开阔旷达。　　[10]苏世独立:谓清醒地独立于人世间。苏,醒悟。横:指特立独行。　　[11]闭心自慎:谓坚贞自守,洁身自好,不受外界干扰。终不失过:终不敢有过失。　　[12]秉:持。参:配合。[13]"愿岁"二句:岁月虽永逝,愿与橘同心共志,长为朋友。并谢:永逝。[14]淑离不淫:美丽无邪。淑,美。离,通"丽"。梗其有理:正直而有法度。梗,正直。　　[15]伯夷:殷末孤竹国君长子。周武王灭殷,伯夷耻食周粟,饿死于首阳山。置:通"植"。像:榜样。

宋　玉

宋玉,生卒年不详。从仅见的零星记载中,可知他是战国晚期楚国人,后于屈原而与唐勒、景差同时。他出身寒微,曾事襄王为"小臣",才高位低,颇不得志。王逸在《楚辞章句》中说他是"屈原

209

莽莽而无垠^[48]。无衣裳以御冬兮,恐溘死不得见乎阳春^[49]。

……

以上据中华书局版《楚辞补注》

【注释】 [1] 萧瑟:秋风吹动树木的声音。 [2] 憭栗(liáo lì):凄凉的样子。 [3] 泬(xuè)寥:空旷清朗的样子。 [4] 宗寥(jì liáo):同"寂寥",清澈平静的样子。指秋水不再泛滥,水流平静清澈。收潦:谓雨水归入河道。潦(lǎo),雨水。 [5] 憯凄:犹凄惨,悲伤。憯,同"惨"。欸:叹息。中(zhòng):伤。 [6] 怆怳(chuàng huǎng):失意的样子。圹悢(kuàng lǎng):失意怅惘。去故而就新:指离开楚都到新地方去。 [7] 坎廪(lǐn):即坎坷,指遭遇挫折,困穷不得志。贫士:诗人自称。失职:失去职位,即遭贬削职。 [8] 廓落:孤独空虚的样子。羁旅:长久寄居他乡。友生:指志同道合的朋友。 [9] 宗漠:即"寂寞",孤单冷清。 [10] 廱廱(yōng):同"雍雍",和谐的雁鸣声。鹍(kūn)鸡:鸟名,形似鹤,黄白色。啁哳(zhōu zhā):声音繁杂细碎。 [11] 申旦:通宵达旦。申,至,达。宵征:夜行。指蟋蟀夜间活动时振翅发声。 [12] 亹亹(wěi):不断流逝的样子。过中:过了中年。蹇:发语词,楚地方言。 [13] 穷戚:处境穷困。廓,孤独空虚。 [14] 有美一人:诗人自谓。绎:通"怿(yì)",喜悦。 [15] 徕远客:来远方做客。徕,同"来"。客,用作动词,做客。超:远。逍遥:飘游无依的样子。焉薄:止息何处。薄,通"泊",止息。 [16] 君:指楚王。化:改变。 [17] 烦惜(dàn):烦闷惊恐。惜,通"惮",惊恐。忘食事:谓心忧烦闷,不思饮食。 [18] 朅(qiè):去,离开。 [19] 结轸(líng):指车箱。轸,车箱栏木。古车箱前、左、右都有栏木,横直交结,其间构成方格,形似窗棂,故称结轸。潺湲(chán yuán):泪流的样子。霑:同"沾",浸湿。 [20] "忼慨"句:内心愤激不平,想和楚王断绝而不可能。忼慨,即慷慨,愤激。中:心中。瞀(mào)乱:昏迷烦乱。 [21] 极:终了,尽头。 [22] 怦怦(pēng):心急的样子。一说忠谨的样子。谅直:忠诚正直。 [23] 绳墨:喻法度。错:通"措",措施。 [24] 却:推辞,拒绝。骐骥:良马,喻贤才。策:指策马前进。驽骀(nú tái):劣马,喻小人。 [25] 驧(jú)跳:跳

212

越。　　　[26] 凫(fú)：野鸭。唼(shà)：水鸟或鱼类吞食东西的样子。粱、藻：粟米和水草。此喻指小人食禄。　　　[27] 圜：同"圆"。凿：凿孔，榫眼。枘(ruì)：榫头。钼锯(jǔ yǔ)：同"龃龉"，相抵触，不配合。　　　[28] 遑遑：匆忙不安的样子。集：栖止。　　　[29] 衔枚：指闭口不言。衔，含。枚，形如筷子的木杆，两端有带，可系于颈。古代行军时，令士兵衔枚前进，以防止喧哗。被：承受。渥洽：犹深恩厚泽。渥，深厚。洽，恩泽。　　　[30] 相者：指相马的人。举肥：举荐肥马。马的优劣，不在肥瘦，只荐肥马，则忽略了瘦马。这里喻指当今举士选才的人，只看贫富，不重才德，以致贫士不被任用。

[31] 不处：指不愿留在有德之君的朝廷中。　　　[32] 骤：急。服：驾，用。
[33] 绝端：断绝思绪。指割断对君王的眷恋。　　　[34] 冯(píng)：同"凭"，愤懑。郁郁：忧愁烦闷的样子。　　　[35]"霜露"句：喻群小对自己的陷害和打击。幸：希望。弗济：不成功。　　　[36] 雱：犹雰雰，雪下得很大的样子。霰：指霰与雪交杂而下。遭命：指自己遭遇到的恶劣命运。　　　[37] 徼幸：即"侥幸"。泊：止，停留。莽莽：草木丛生的样子。　　　[38] 壅绝：堵塞。
[39] 循道：遵顺大道。平驱：平稳而进。　　　[40] 压按：压抑，抑制。原本"按"作"桉"，据朱熹《楚辞集注》改。学诵：指学诗。　　　[41] 陋：见闻少，知识浅薄。褊(biǎn)：狭隘。　　　[42] 申包胥：春秋时楚国大夫。吴伐楚，攻占郢都。申包胥到秦国求救，在秦廷痛哭七天七夜，终于感动秦哀公，出兵救楚。时世：指当时国势。固：稳固。　　　[43] 改凿：乱改凿孔，意即胡来。
[44] 耿介：光明正大。　　　[45] 守高：保持高洁。　　　[46] 媮：同"偷"，苟且。　　　[47]"窃慕"二句：愿托志于诗人所谓"彼君子兮，不素餐兮"，以白吃俸禄而不干事为耻。诗人，指《诗经·伐檀》的作者。素餐，白吃饭。
[48] 倔：通"屈"，委屈。　　　[49] 溘(kè)：忽然，突然。阳春：和暖的春天。

213

秦 汉 诗 文

李 斯

李斯(？—前208)，战国时楚国上蔡(今属河南)人。少时做过郡小吏，后拜荀卿为师，与韩非一起学"帝王之术"。学成，西入秦。辅佐秦王，吞并六国。于公元前221年建立我国第一个中央集权的封建国家。李斯为丞相，积极主张废诸侯，行郡县，书同文，车同轨，改革一系列典章制度。始皇死，赵高谋立胡亥，李斯被迫胁从。虽一再委曲求全，但终为赵高潜害，被腰斩咸阳，夷灭三族。李斯之文，除《谏逐客书》等奏章外，还有泰山、琅玡台等处的刻石文。

谏 逐 客 书

【题解】 选自《史记·李斯列传》，标题依普通选本。这是李斯劝谏秦王政(即后来的秦始皇)取消逐客令而上的一封奏章。

全篇力陈客卿在历史上对秦国发展所起的重大作用，论述了逐客之误，指出要使国家富强，就决不能逐客。文章情文并茂，音调铿锵，既排比铺张，有战国纵横说辞之风；又修饰整齐，与汉初散体赋相近。

秦宗室大臣皆言秦王曰："诸侯人来事秦者，大抵为其主游间于秦耳[1]。请一切逐客[2]。"李斯议亦在逐中[3]。

214

斯乃上书曰："臣闻吏议逐客，窃以为过矣[4]。

"昔缪公求士，西取由余于戎[5]，东得百里奚于宛[6]，迎蹇叔于宋[7]，来丕豹、公孙支于晋[8]。此五子者，不产于秦，而缪公用之，并国二十，遂霸西戎。孝公用商鞅之法[9]，移风易俗，民以殷盛[10]，国以富强，百姓乐用，诸侯亲服，获楚、魏之师，举地千里[11]，至今治强。惠王用张仪之计，拔三川之地[12]，西并巴、蜀[13]，北收上郡[14]，南取汉中[15]，包九夷[16]，制鄢、郢[17]，东据成皋之险[18]，割膏腴之壤[19]，遂散六国之从[20]，使之西面事秦，功施到今[21]。昭王得范雎[22]，废穰侯[23]，逐华阳[24]，强公室，杜私门，蚕食诸侯[25]，使秦成帝业。此四君者，皆以客之功。由此观之，客何负于秦哉[26]！向使四君却客而不内，疏士而不用[27]，是使国无富利之实，而秦无强大之名也。

"今陛下致昆山之玉[28]，有随、和之宝[29]，垂明月之珠[30]，服太阿之剑[31]，乘纤离之马[32]，建翠凤之旗[33]，树灵鼍之鼓[34]。此数宝者，秦不生一焉，而陛下说之[35]，何也？必秦国之所生然后可，则是夜光之璧不饰朝廷[36]，犀象之器不为玩好[37]，郑、卫之女不充后宫[38]，而骏良駃騠不实外厩[39]，江南金锡不为用，西蜀丹青不为采[40]。所以饰后宫、充下陈[41]，娱心意、悦耳目者，必出于秦然后可，则是宛珠之簪、傅玑之珥、阿缟之衣、锦绣之饰，不进于前[42]，而随俗雅化、佳冶窈窕赵女不立于侧也[43]。夫击瓮叩缶、弹筝搏髀[44]，而歌呼呜呜、快耳目者，真秦之声也[45]；郑卫桑间、昭虞、武象者[46]，异国之乐也。今弃击瓮叩缶而就郑卫，退弹筝而取昭虞[47]，若是者何也？快意当前,适观而已矣[48]。今取人则不然,不问可否,不论曲直[49],非秦者去,为客者逐。然则是所重者在乎色乐珠玉,而所轻者在乎人民也。此非所以跨海内、制诸侯之术也[50]。

"臣闻地广者粟多,国大者人众,兵强则士勇。是以泰山不让土壤,故能成其大[51];河海不择细流,故能就其深[52];王者不却众庶,故能明其德。是以地无四方,民无异国,四时充美,鬼神降福,此五帝、三王之所以无敌也。今乃弃黔首以资敌国[53],却宾客以业诸侯[54],使天下之士退而不敢西向,裹足不入秦。此所谓'藉寇兵而赍盗粮'者也[55]。

"夫物不产于秦,可宝者多;士不产于秦,而愿忠者众。今逐客以资敌国,损民以益雠[56],内自虚而外树怨于诸侯,求国无危,不可得也。"

秦王乃除逐客之令,复李斯官。

据中华书局校点本《史记》

【注释】 [1] 游间:游说离间。　　[2] 客:指客卿。他国人在本国做官,称为客卿。　　[3] 议亦在逐中:也在计议驱逐之列。　　[4] 窃:表自谦之词。　　[5] 缪公:即秦穆公,春秋时五霸之一,公元前659至前621年在位。缪,通"穆"。由余:西戎人。后归降秦国,为穆公出谋划策,征服了西戎。戎:我国古代对西部民族的统称。　　[6] 百里奚:春秋时秦国大夫。原是虞国大夫,晋灭虞时成了晋国的俘虏。晋献公嫁女,把他作为陪嫁的奴仆送入秦。后来他逃到楚国,被楚人抓住。秦穆公听说他是一位贤人,就用五张公羊皮把他赎回,任为大夫。他与蹇叔、由余等共同辅佐穆公,成就霸业。宛(yuān):春秋时楚地,在今河南南阳。　　[7] 蹇叔:百里奚的朋友。由百里奚推荐,秦穆公把他从宋国请来,任为上大夫。　　[8] 来:招来。丕豹:晋

216

国大夫丕郑的儿子。丕郑被杀,丕豹从晋国逃到秦国,被秦穆公任用为将。
公孙支:即公孙子桑,先游于晋国,后到秦国,为秦大夫。　　[9] 孝公:即秦
孝公,名渠梁,秦献公之子,公元前 361 至前 338 年在位。商鞅:卫国人,姓公
孙,名鞅,入秦,劝秦孝公变法,有战功,封为商君。后称商鞅,亦称卫鞅。
[10] 以:因而。殷:富足,富裕。盛:兴旺。　　[11] 获楚、魏之师:指秦孝
公二十二年(前 340),秦封卫鞅于商,南攻楚国。同年,卫鞅攻打魏国,俘获魏
公子卬(áng),魏割西河之地于秦。举:攻占。　　[12] 惠王:即秦惠文王,
名驷,秦孝公之子,公元前 337 至前 311 年在位。张仪(?—前 310):战国时
魏国贵族后代,纵横家代表人物之一。曾任秦相,力主"连横",游说各国服从
秦国。拔:攻取。三川之地:指今河南洛阳一带。　　[13] 巴、蜀:国名,分
别在今重庆和成都一带。　　[14] 上郡:原为魏国之地,在今陕西榆林地
区。　　[15] 汉中:原为楚地,在今陕西汉中地区。　　[16] 包:囊括,并
吞。九夷:指当时属于楚国的少数民族地区。　　[17] 制:控制。鄢(yān):
原为楚地,在今湖北宜城。郢(yǐng):楚国国都,在今湖北江陵。　　[18] 成
皋(gāo):著名的军事要塞,地势险要,即今河南荥(xíng)阳虎牢关。　　[19] 膏
腴:肥沃。　　[20] 六国之从:指韩、赵、魏、齐、燕、楚六国的合纵抗秦。
[21] 西面:面向西方。事:侍奉。施(yì):延续。　　[22] 昭王:即秦昭襄
王,惠王之子,公元前 306 至前 251 年在位。范雎(jū):魏人,字叔,昭王时为
秦相,封应侯。　　[23] 穰(ráng)侯:即魏冉,秦昭王母宣太后的异父弟,封
于穰,曾作秦相。　　[24] 华阳:即华阳君芈(mǐ)戎,宣太后的同父弟,封于
华阳。　　[25] 强公室:指增强了王室的权力。杜:杜塞。私门:与"公室"
相对而言,指权豪之家。蚕食诸侯:指一步步占取各诸侯国领土。　　[26] 负:
辜负,对不起。　　[27] 向使:假使。却:拒绝。内:同"纳",接纳。疏士:指
疏远那些外来之士。　　[28] 致:取得。昆山:昆仑山省称。古时传说昆仑
山产玉。　　[29] 随、和之宝:指随侯之珠、和氏之璧。　　[30] 明月之
珠:指夜光珠。　　[31] 服:佩带。太阿(ē):利剑名。相传春秋时吴国欧冶
子、干将锻造。　　[32] 纤离:古骏马名。　　[33] 建:竖起,树立。翠凤
之旗:指用翠凤鸟的羽毛装饰的旗帜。翠凤,一种珍奇的鸟。　　[34] 树:
设置。灵鼍(tuó):即鼍龙,今称扬子鳄,产于长江下游,皮可蒙鼓。　　[35] 说
(yuè):同"悦"。　　[36]"必秦国"二句:如果一定要秦国出产的东西才行
的话,那么,这夜光璧就不可能装饰朝廷。　　[37] 犀象之器:指用犀牛角、

象牙制作的器物。　　[38] 郑、卫之女：泛指美女。当时郑、卫之地多美女。[39] 駃騠(jué tí)：骏马名。实：充满。外厩(jiù)：设在宫外的马圈。　　[40] 丹青：指颜料。采：彩饰。　　[41] 充下陈：古代统治者将财物、姬妾充实府库后宫。下陈，宾主相接陈列礼品之处，位于堂下，故称下陈。　　[42] 宛珠之簪(zān)：用宛珠作装饰的簪子。宛珠，宛地出产的珠。傅：通"附"，附着。玑(jī)：不圆的珠子。珥(ěr)：耳环。阿(ē)：齐国东阿(今属山东)。缟(gǎo)：白色丝织品。进：进献。　　[43] 随俗雅化：指随着时俗的好尚修饰打扮。佳冶：美好艳丽。窈窕：体态优美的样子。赵女：赵国美女。古代赵国以出美女著名。　　[44] 瓮(wèng)：一种乐器，形状像盛水的瓦器。缶(fǒu)：一种乐器，形状像瓦罐。搏：拍击。髀(bì)：大腿。　　[45] 呜呜：秦地乐歌之声。　　[46] 郑、卫：即郑、卫之音，指春秋末年流行于郑国、卫国的民间音乐。桑间：卫国濮水边上的一个地方，以民歌动听著称。这里泛指郑、卫一带乐曲。昭虞：相传为虞舜时乐舞。昭，一作"韶"。武象：相传为周初的乐舞。　　[47] 就：取，从。　　[48] 适观：适合观赏。　　[49] 曲直：指是非。　　[50] 跨：驾凌，统治。　　[51] 成：成就，达到。　　[52] 不择细流：指对大小水流不加选择，一律容纳。就：达到。　　[53] 黔首：秦国称百姓为黔首。资：资助，供给。　　[54] 业：用作动词，成就功业。　　[55] 藉：同"借"。赍(jī)：送给。　　[56] "今逐客"二句：如今驱逐客卿来资助敌国，减少民众而增加仇敌的人口。雠，通"仇"，仇敌。

贾　谊

　　贾谊(前201—前168年)，洛阳(今河南洛阳)人。曾师事李斯门人吴公，颇通诗书百家之语，为汉文帝召为博士。一年中擢拔太中大夫，于国家礼仪、官制、律令等多有建议。但因年少气盛，敢于直言，为权贵所嫉，文帝三年，出为长沙王太傅。居长沙，心情抑郁，作《吊屈原文》与《鵩鸟赋》。文帝七年，奉召回京，拜梁怀王太傅。数年中多次上疏建言，以《陈政事疏》(又名《治安策》)最为著名，然所言多不用。梁怀王坠马死，郁郁自伤而卒，年三十三。《汉书·艺文志》著录贾谊文章五十八篇，赋七篇，《新书》十卷。

过　秦　论　上

【题解】　本篇选自《史记·秦始皇本纪》。文章以总结秦亡的历史经验为主旨,详尽地分析了秦所以能削平六国及其所以灭亡的原因,目的是提供汉文帝作为改革政治的借鉴。全文从各个方面分析秦所犯的错误,故题曰"过秦"。文章气势豪迈,语言壮美,逻辑性强。《过秦论》旧分上、中、下三篇,本篇属上篇。

　　秦孝公据殽函之固[1],拥雍州之地[2],君臣固守,而窥周室[3];有席卷天下、包举宇内、囊括四海之意,并吞八荒之心[4]。当是时,商君佐之,内立法度,务耕织,修守战之备;外连衡而斗诸侯[5]。于是秦人拱手而取西河之外[6]。

　　孝公既没[7],惠王、武王蒙故业[8],因遗册,南兼汉中,西举巴蜀[9],东割膏腴之地,收要害之郡[10]。诸侯恐惧,会盟而谋弱秦[11],不爱珍器重宝肥美之地,以致天下之士,合从缔交,相与为一[12]。当是时,齐有孟尝,赵有平原,楚有春申,魏有信陵[13]。此四君者,皆明知而忠信,宽厚而爱人,尊贤重士,约从离衡[14],并韩、魏、燕、楚、齐、赵、宋、卫、中山之众[15]。于是六国之士,有宁越、徐尚、苏秦、杜赫之属为之谋,齐明、周最、陈轸、昭滑、楼缓、翟景、苏厉、乐毅之徒通其意,吴起、孙膑、带佗、兒良、王廖、田忌、廉颇、赵奢之朋制其兵[16]。常以十倍之地,百万之众,叩关而攻秦。秦人开关延敌,九国之师逡巡遁逃而不敢进[17]。秦无亡矢遗镞之费[18],而天下诸侯已困矣。于是从散约解,争割地而奉秦。秦有余力而制其敝,追亡逐北,伏尸百万,流血漂卤[19]。因利乘便,宰割天下,分裂河山。强国请服,弱国入朝[20]。

延及孝文王、庄襄王,享国日浅,国家无事[21]。及至秦王[22],续六世之余烈[23],振长策而御宇内[24],吞二周而亡诸侯[25],履至尊而制六合[26],执棰拊以鞭笞天下[27],威振四海。南取百越之地,以为桂林、象郡[28]。百越之君,俛首系颈,委命下吏[29]。乃使蒙恬北筑长城,而守藩篱[30],却匈奴七百余里。胡人不敢南下而牧马,士不敢弯弓而报怨[31]。

于是废先王之道,焚百家之言,以愚黔首[32]。堕名城,杀豪俊,收天下之兵聚之咸阳,销锋铸镭,以为金人十二,以弱黔首之民[33]。然后斩华为城,因河为津[34],据亿丈之城,临不测之溪以为固。良将劲弩,守要害之处,信臣精卒,陈利兵而谁何[35]! 天下以定,秦王之心,自以为关中之固,金城千里,子孙帝王万世之业也[36]。

秦王既没,余威振於殊俗[37]。(然而)陈涉,瓮牖绳枢之子[38],甿隶之人,而迁徙之徒[39],才能不及中人,非有仲尼、墨翟之贤,陶朱、猗顿之富[40];蹑足行伍之间,而倔起什伯之中[41],率罢散之卒,将数百之众,而转攻秦[42],斩木为兵,揭竿为旗,天下云集响应,赢粮而景从[43],山东豪俊遂并起而亡秦族矣[44]。

且夫天下非小弱也[45]。雍州之地,殽函之固,自若也[46]。陈涉之位,非尊於齐、楚、燕、赵、韩、魏、宋、卫、中山之君;钼櫌棘矜,非铦於句戟长铩也[47];适戍之众,非抗於九国之师[48];深谋远虑行军用兵之道,非及乡时之士也[49]。然而成败异变,功业相反也。试使山东之国与陈涉度长絜大[50],比权量力,则不可同年而语矣。然秦以区区之地,千乘之权[51],招八州而朝同列[52],百有余年矣。然后以六合为家,殽函为宫[53]。一夫作难而七庙堕[54],身死人手,为天下笑者,何也?[55]仁义不施,而攻守之势异也[56]。

据中华书局校点本《史记》

【注释】 [1] 秦孝公:秦国国君,名渠梁,公元前361至前338年在位。殽:指殽山,在今河南洛宁北。函:指函谷关,在今河南灵宝西北。固:坚固,这里指地形险要。 [2] 拥:据有。雍州:古九州之一,在今陕西中部、北部及甘肃一带。 [3] 窥(kuī):窥伺。周室:周王室,指衰微的东周王朝。[4] 席卷、包举、囊括:都有"吞并"的意思。席卷,像卷席子一样全部卷进去。包举,像打包袱一样全都裹起来。囊括,像装口袋一样全部装进去。宇内、四海、八荒:都有"天下"的意思。 [5] 连衡:即"连横",指处于西方的秦与东方的齐、楚六国个别联合以打击其他国家,使之服从于秦的一种策略。斗诸侯:使诸侯国自相争斗。 [6] 拱手:两手合抱,这里形容轻而易举的样子。西河:魏国在黄河以西一带的土地。 [7] 没:通"殁",死。 [8] 惠王、武王:《汉书》所载《过秦论》作"惠文、武、昭襄",《文选》作"惠文、武、昭"。据下文所举事例来看,应当是指惠文王、武王、昭襄王三世事。此"惠王武王",系作者约举。蒙:承受。故业:旧业。 [9] 因:遵循。遗册:此指秦孝公记载政治规划的简册。汉中:古郡名。在今陕西南部一带。巴蜀:古国名。在今四川一带。 [10] 要害之郡:地势险要的州、郡。 [11] 会盟:结盟。谋:谋划。弱秦:削弱秦国的势力。 [12] 合从:即"合纵"。缔交:缔结盟约。相与为一:联合为一个整体。 [13] 孟尝:孟尝君田文,齐国贵族。平原:平原君赵胜,赵惠文王弟。春申:春申君黄歇,楚国贵族。信陵:信陵君魏无忌,魏昭王少子。四人均以招致宾客著称。 [14] 约从离衡:相约"合纵",拆散"连横"。 [15] 并:联合起来。宋、卫、中山:战国后

221

期三个较小的诸侯国。　　　[16]"有宁越"三句:指六国拥有众多著名的人才,如宁越之类的谋士,齐明之类的外交家,吴起之类的治兵之才。之属、之徒、之朋,意皆同,即这些人。通其意:沟通意图。制其兵:训练、统率军队。
[17]叩:击,攻打。关:函谷关。延:迎进。逡(qūn)巡:欲进不进的迟疑样子。遁:逃走。　　　[18]矢:箭。镞(zú):箭头。　　　[19]制其敝:掌握并利用六国的弱点。亡:逃跑。北:败。流血漂卤:血流成河,可以漂浮盾牌。卤,通"橹",大盾牌。　　　[20]请服:接受秦国的统治。入朝:朝见秦王。
[21]延:延续。孝文王:昭襄王之子,名柱,在位仅三天。庄襄王:孝文王之子,名子楚,在位仅三年。享国:指君王在位。日浅:时间短暂。　　　[22]秦王:即后来的秦始皇。　　　[23]续:继承。一作"奋",振发。六世:指秦孝公、惠文王、武王、昭襄王、孝文王、庄襄王。余烈:遗留下来的功业。
[24]振:挥动。策:马鞭。御:驾御。　　　[25]二周:东周和西周,指战国时周王朝分裂而成的两个小国。秦昭襄王五十一年(前256)灭西周;秦庄襄王元年(前249)灭东周。亡诸侯:秦始皇二十六年(前221)消灭六国。　　　[26]履:足登其位。至尊:指皇帝。六合:天地四方。　　　[27]棰(chuí):杖。拊(fǔ):大棒。鞭笞(chī):鞭打。此指统治。　　　[28]百越:散居于浙、闽、粤、桂各地少数民族的总称,又称百粤。桂林:郡名,在今广西桂林、苍梧及柳江东部地区。象郡:郡名,在今广西西南地区。　　　[29]俛首:即低头表示顺服。俛,同"俯"。系颈:颈上系绳,表示投降。委命下吏:把生命交给下级官吏摆布。委,付与。　　　[30]蒙恬(tián):秦大将。始皇三十三年领兵三十万击匈奴,修筑长城。藩篱:用竹编的篱笆,这里指边疆。　　　[31]胡:匈奴。士:指六国人士。　　　[32]黔首:百姓。　　　[33]堕(huī):通"隳",毁坏。兵:兵器。锋:锋刃。镶(jù):钟鼓的架子。金人:金属铸造的人像。
[34]斩华:一作"践华",指据守华山以为帝都东城。河:黄河。津:渡口。此指护城河。　　　[35]信臣:忠实可靠的臣子。谁何:有盘问、呵叱过往行人的意思。　　　[36]关中:指秦地,在今陕西一带,因为东有函谷关,南有武关,西有散关,北有萧关,地处四关之中,故名关中。金城:言城之坚,如金铸成。万世:万代。　　　[37]殊俗:风俗不同的地区,即边远地区。殊,不同。　　　[38]瓮牖(yǒu)绳枢:用瓦瓮作窗,以草绳系户枢,形容房屋简陋。牖,窗。枢,门上的转轴。　　　[39]氓:同"甿",耕田的人。隶:奴隶。迁徙之徒:被征发去边地戍守的人。　　　[40]中人:一般的人。陶朱:春秋时越

222

国大夫范蠡。范蠡弃官经商于陶(今山东曹县),号陶朱公。猗顿:春秋时鲁国人,以经营畜牧及盐业致富。　　[41]蹑(niè):踩。这里有插足、参加的意思。行(háng)伍:军队。倔起:突起,这里指陈胜倡首起义。什伯:军队中的小头目,即所谓十夫长、百夫长。　　[42]罢散:疲困散乱。罢,通"疲"。转:辗转。　　[43]揭:举。赢(yíng):担着。景:同"影"。　　[44]山东:殽山以东。这里指战国后期的山东六国。亡秦族:推翻了秦王朝。　　[45]且夫(fú):句首语气词。天下:秦的一统天下。　　[46]自若:本像过去一样。自,本。若,像。　　[47]钼:同"锄"。櫌(yōu):古代碎土平地的农具。棘矜:棘树做的矛柄。铦:同"铦(xiān)",锋利。句戟:钩戟。长铩(shā):长矛。[48]适(zhé):同"谪",惩罚。戍:持戈守边。抗:匹敌。　　[49]乡(xiàng)时:从前。乡,同"向"。士:指六国谋臣。　　[50]度(duó)长絜(xié)大:比量长短大小。此言比较实力强弱。　　[51]区区:小的样子。千乘:古称可出千辆兵车的国家叫"千乘之国"。权:势力。　　[52]招:招令入朝。八州:雍州以外的八州。朝同列:使同列来朝拜。山东诸侯和秦国都是诸侯,秦却使山东诸侯来朝拜他,故称"朝同列"。　　[53]"然后"二句:秦把天地四方变为一家,把函谷关、崤山看作他的宫室。　　[54]一夫:指陈涉。七庙:天子七庙。《礼记·王制》:"天子七庙,三昭三穆,与太祖之庙七。"　　[55]身死人手:指秦二世被赵高所杀,子婴为项羽所杀。　　[56]"仁义"二句:秦始皇在兼并六国的战争中处于攻势,取得了成功;统一全国后,秦处于维护和巩固政权的守势,却仍然采用暴力对付臣民,不施仁政,所以很快就覆亡了。

晁　错

　　晁错(前200—前154),颍川(今河南禹县)人。少博学,通百家之书。其学大抵以申不害、商鞅刑名法术为主,而杂以儒术。文帝时为太子舍人,迁博士、太中大夫。景帝时为左内史,迁御史大夫。于汉家制度、政策多有建议,尤主张削夺藩王,改革政治。景帝三年,七国叛乱,错因内受权臣妒嫉,外被诸侯忌恨,蒙冤被诛。

论 贵 粟 疏

【题解】 本文选自《汉书·食货志》。疏是臣子向皇帝陈事的一种文体，又称"奏疏"或"奏议"。作者针对汉代背本趋末、仓廪空虚、赋敛不时、兼并严重的现实，提出纳粟拜爵的重农政策，以达劝农耕、实国力、备边用、轻赋敛的目的。

文章古今对照，正反映衬；言辞中肯，具体深刻。

圣王在上而民不冻饥者，非能耕而食之，织而衣之也，为开其资财之道也[1]。故尧、禹有九年之水，汤有七年之旱，而国亡捐瘠者，以畜积多而备先具也[2]。今海内为一，土地人民之众，不避汤、禹[3]，加以亡天灾数年之水旱，而畜积未及者，何也？ 地有遗利，民有余力，生谷之土未尽垦，山泽之利未尽出也，游食之民未尽归农也[4]。

民贫，则奸邪生[5]。贫，生于不足；不足，生于不农；不农，则不地著；不地著，则离乡轻家，民如鸟兽[6]。虽有高城深池，严法重刑，犹不能禁也[7]。夫寒之于衣，不待轻暖；饥之于食，不待甘旨[8]。饥寒至身，不顾廉耻。人情一日不再食则饥，终岁不制衣则寒[9]。夫腹肌不得食，肤寒不得衣，虽慈母不得保其子，君安能以有其民哉[10]？明主知其然也，故务民于农桑，薄赋敛，广蓄积，以实仓廪，备水旱，故民可得而有也[11]。

民者，在上所以牧之，趋利如水走下，四方亡择也[12]。夫珠玉金银，饥不可食，寒不可衣，然而众贵之者，以上用之故也[13]。其为物轻微易臧，在于把握，可以周海内而亡饥寒之患[14]。此令臣轻背其主，而民易去其乡，盗贼有所

224

劝，亡逃者得轻资也[15]。粟米布帛，生于地，长于时，聚于力，非可一日成也[16]；数石之重，中人弗胜，不为奸邪所利；一日弗得而饥寒至。是故明君贵五谷而贱金玉[17]。

今农夫五口之家，其服役者不下二人；其能耕者不过百亩；百亩之收，不过百石[18]。春耕夏耘，秋获冬臧，伐薪樵，治官府，给徭役[19]。春不得避风尘，夏不得避暑热，秋不得避阴雨，冬不得避寒冻，四时之间，亡日休息[20]。又私自送往迎来，吊死问疾，养孤长幼在其中[21]。勤苦如此，尚复被水旱之灾，急政暴虐[22]，赋敛不时，朝令而暮改[23]。当具[24]，有者半贾而卖[25]，亡者取倍称之息[26]，于是有卖田宅、鬻子孙以偿责者矣[27]。而商贾大者积贮倍息，小者坐列贩卖，操其奇赢[28]，日游都市，乘上之急[29]，所卖必倍。故其男不耕耘，女不蚕织，衣必文采，食必粱肉，亡农夫之苦，有仟佰之得[30]。因其富厚，交通王侯，力过吏势，以利相倾[31]。千里游敖，冠盖相望，乘坚策肥，履丝曳缟[32]。此商人所以兼并农人，农人所以流亡者也。今法律贱商人，商人已富贵矣；尊农夫，农夫已贫贱矣。故俗之所贵，主之所贱也；吏之所卑，法之所尊也。上下相反，好恶乖迕[33]，而欲国富法立，不可得也。

方今之务，莫若使民务农而已矣。欲民务农，在于贵粟。贵粟之道，在于使民以粟为赏罚。今募天下入粟县官[34]，得以拜爵，得以除罪。如此，富人有爵，农民有钱，粟有所渫[35]。夫能入粟以受爵，皆有余者也。取于有余以供上用，则贫民之赋可损，所谓损有余，补不足，令出而民利者也[36]。顺于民心，所补者三：一曰主用足，二曰民

225

赋少,三曰劝农功[37]。今令:"民有车骑马一匹者,复卒三人[38]。"车骑者,天下武备也,故为复卒。神农之教曰:"有石城十仞,汤池百步,带甲百万,而亡粟,弗能守也[39]。"以是观之,粟者,王者大用,政之本务[40]。令民入粟受爵,至五大夫以上,乃复一人耳,此其与骑马之功相去远矣[41]。爵者,上之所擅,出于口而亡穷;粟者,民之所种,生于地而不乏[42]。夫得高爵与免罪,人之所甚欲也。使天下人入粟于边,以受爵免罪,不过三岁,塞下之粟必多矣。

据中华书局校点本《汉书》

【注释】 [1] 食(sì)、衣(yì):均用作动词。为(wèi):给,替。资财:物资财富。道:方法、途径。 [2] 尧禹有九年之水:传说尧、禹时有连续九年的水灾。事见《史记·夏本纪》。汤有七年之旱:商汤时有连续七年的旱灾。事见《说苑·君道》。亡:通"无"。捐:贫乏者。瘵:瘦病者。畜积:同"蓄积"。备先具:早有准备。 [3] 不避:不让,不差于。避,让。 [4] 遗利:余利,潜力。这里指还没有充分开发的地方。 山泽:山林、沼泽。 游食之民:游手好闲,不从事农业生产的人。 [5] 奸邪:奸诈邪恶。 [6] 不农:不事农业生产。"农"用作动词。不地著(zhuó):不能长期定居于一地。著,"着"的本字,有附着的意思。民如鸟兽:人民像鸟兽一样四处觅食。 [7] 城:城墙。池:护城河。禁:禁止。 [8] 待:依靠。轻暖:轻巧暖和之衣。此指狐貉之裘,丝棉之衣。甘旨:甘甜味美之食。 [9] 再食:吃第二餐饭。再,第二次。 [10] 保:养育,保有。有:拥有。 [11] 务:使从事。薄:减轻。赋敛:赋税。 [12] 上:君主,帝王。牧:放牧,引申为统治、管理。走下:趋向低处。亡择:没有选择。 [13] 贵:珍贵,珍视。用:使用。 [14] 臧:同"藏"。在于把握:拿在手里。周海内:走遍全国。 [15] 轻背:轻易地背离。劝:鼓励,这里有引诱、助长的意思。亡逃:逃亡。轻资:轻便易于携带的财物。 [16] 长于时:成长需要较长时间。聚于力:聚积(收获)要花费很多人力。成:完成。 [17] 石:古代容量单位,十斗为一石。又,古代重量单位,一百二十斤为一石。中人:中等体力的人。

利:利用,贪图。　　[18]不下:不少于。亩:汉时一亩约合今七分土地。
[19]伐薪樵:采伐木柴。治官府:修理官舍。给徭(yáo)役:从事于官府的各种劳役。　　[20]四时:四季。亡:通"无"。　　[21]送往迎来:指亲友交际往来之事。吊死:慰问有丧事的人家。问疾:探望有疾病的亲友。养孤长幼:抚养孤儿,培育幼童。　　[22]政:通"征"。暴虐:猛烈急切地征取。一本作"暴赋"。　　[23]不时:指不按时征取赋税。　　[24]当具:应当交纳赋税的时候。具,具备,此处指交纳。　　[25]贾:通"价"。　　[26]倍称(chèn)之息:加倍的利息。　　[27]鬻(yù):出卖。责:通"债"。
[28]商贾(gǔ):泛指商人。积贮倍息:囤积物资,牟取加倍的利息。坐列贩卖:摆摊开店,从事贩卖。操其奇(jī)赢(yíng):操纵那些稀有的、能赚钱的货物。　　[29]乘上之急:趁着国君(朝廷)需用急迫的机会。　　[30]文采:指华丽的衣服。粱:精细的粮食。仟佰之得:意思是有种地一样的收获。仟佰,同"阡陌",以田间道路指代田地。　　[31]因:凭借。交通:结交。倾:倾轧,压倒。　　[32]游敖:即遨游。游行各地。敖,通"遨"。冠盖相望:指富商大贾往来途中,络绎不绝。乘坚策肥:乘坐坚固的车辆,鞭打肥壮的马匹。履丝:穿着丝鞋。曳缟(gǎo):披着白绢制成的长衣。　　[33]乖迕(wǔ):相违反。　　[34]入粟:缴纳粮食。县官:朝廷,政府。　　[35]拜爵:授予爵位。除:免。漯(xiè):分散,流通。　　[36]损:减少。　　[37]劝:鼓励,勉励。农功:农业生产。　　[38]今令:当今的法令。车骑马:用于驾车乘骑的战马。复卒三人:应当服劳役的免除三个人的劳役,不应该服劳役的免除三个人的赋税。复,免除。卒,差役。　　[39]神农之教:指《汉书·艺文志》"兵家"的《神农兵法》。神农,古代传说中原始社会的部落首领。仞:古代以七尺或八尺为一仞。汤池:比喻防卫严固、难于渡过的护城河。汤,沸水。　　[40]本务:根本要务。　　[41]五大夫:秦时爵位名称,为二十等爵位中的第九级。此其与骑马之功相去远矣:这样的入粟受爵之功,比交纳战马的功大得多。骑马之功,指交纳车骑的功劳。　　[42]擅:专有。

枚 乘

枚乘(？—前140),字叔,淮阴(今属江苏省)人。西汉文帝

227

时,为吴王刘濞郎中。刘濞谋叛,他曾上书劝阻。不听,乃离吴赴梁,为梁孝王刘武宾客。吴楚七国叛乱平息以后,被景帝召为弘农都尉,不久辞官,再次游梁。梁孝王死,他即回乡。武帝即位,遣使者接他进京,病死途中。

枚乘以赋著称。《汉书·艺文志》著录其赋九篇,流传于后世者有三篇,确可信者仅《七发》一篇。

七　发 _{节选}

【题解】　全文假设楚太子生病,吴客探问,陈说七事以启发太子,故称"七发"。文章的主旨在于通过对音乐、饮食、车马、巡游、畋猎、观涛等七事的恣意铺陈,说明奢侈享乐必然危害身心,要求统治者善于听取圣人辩士的"要言妙道",弃侈靡,绝野心,务明君臣之义。全文规模宏大,物象繁富,描写细腻,辞采华丽。后人多所仿效,以至形成了一种以"七"为名的文体。全文八段。

这里节录其中的七、八两段。

客曰:"将以八月之望[1],与诸侯远方交游兄弟并往观涛乎广陵之曲江[2]。至则未见涛之形也,徒观水力之所到,则卹然足以骇矣[3]。观其所驾轶者,所擢拔者,所扬汩者,所温汾者,所涤汔者,虽有心略辞给,固未能缕形其所由然也[4]。怳兮忽兮,聊兮栗兮,混汩汩兮[5]。忽兮慌兮,俶兮傥兮,浩沴瀁兮,慌旷旷兮[6]。秉意乎南山,通望乎东海[7]。虹洞兮苍天,极虑乎崖涘[8]。流揽无穷,归神日母[9]。汩乘流而下降兮[10],或不知其所止。或纷纭其流折兮,忽缪往而不来[11]。临朱汜而远逝兮,中虚烦而益怠[12]。莫离散而发曙兮,内存心而自持[13]。于是澡概

胸中,洒练五藏,澹澉手足,頮濯发齿[14]。揄弃恬怠,输写
㳄浊,分决狐疑,发皇耳目[15]。当是之时,虽有淹病滞疾,
犹将伸伛起躄、发聋披聩而观望之也[16]。况直眇小烦懑,
醒酲病酒之徒哉[17]!故曰,发蒙解惑,不足以言也[18]。"
太子曰:"善!然则涛何气哉[19]?"

客曰:"不记也[20]。然闻于师曰,似神而非者三[21]:
疾雷闻百里;江水逆流,海水上潮;山出内云[22],日夜不
止。衍溢漂疾[23],波涌而涛起。其始起也,洪淋淋焉[24],
若白鹭之下翔。其少进也,浩浩溰溰[25],如素车白马帷盖
之张。其波涌而云乱,扰扰焉如三军之腾装[26]。其旁作
而奔起也,飘飘焉如轻车之勒兵[27]。六驾蛟龙,附从太
白[28]。纯驰浩蜺,前后骆驿[29]。颙颙卬卬,椐椐强强,莘
莘将将[30]。壁垒重坚,沓杂似军行[31]。訇隐匈礚,轧盘
涌裔,原不可当[32]。观其两傍,则滂渤怫郁,闇漠感突,上
击下律[33]。有似勇壮之卒,突怒而无畏,蹈壁冲津,穷曲
随隈,踰岸出追[34]。遇者死,当者坏。初发乎或围之津
涯,荄轸谷分[35]。回翔青篾,衔枚檀桓[36]。弭节伍子之
山,通厉胥母之场[37]。凌赤岸,篲扶桑[38]。横奔似雷
行[39]。诚奋厥武,如振如怒[40]。沌沌浑浑[41],状如奔马。
混混庉庉[42],声如雷鼓。发怒庢沓,清升踰跇,侯波奋振,
合战于藉藉之口[43]。鸟不及飞,鱼不及回,兽不及走。纷
纷翼翼[44],波涌云乱。荡取南山,背击北岸,覆亏丘
陵[45],平夷西畔。险险戏戏,崩坏陂池,决胜乃罢[46]。汸
汩潺湲,披扬流洒[47]。横暴之极,鱼鳖失势。颠倒偃
侧[48],沈沈湲湲,蒲伏连延[49]。神物怪疑,不可胜言,直

使人踔焉[50]，洄闇悽怆焉[51]！此天下怪异诡观也[52]，太子能强起观之乎？"太子曰："仆病未能也。"

客曰："将为太子奏方术之士有资略者，若庄周、魏牟、杨朱、墨翟、便蜎、詹何之伦，使之论天下之精微[53]，理万物之是非[54]。孔老览观，孟子持筹而算之[55]，万不失一。此亦天下要言妙道也，太子岂欲闻之乎？"于是太子据几而起曰："涣乎若一听圣人辩士之言[56]。"涩然汗出，霍然病已[57]。

据中华书局影印胡刻本《文选》

【注释】 [1] 望：农历每月月满之日，一般是十五日。 [2] 广陵：今江苏扬州。曲江：指江苏扬州南长江的一段。 [3] 邮（xù）然：惊恐的样子。 [4]"观其"七句：是说江涛之变化多端，有口才的人也难以形容。驾轶，超越。擢（zhuó），拔，耸起。扬汩（yù），迅速渡过。温汾，转动结集。涤汽（qì），洗荡。心略，智谋，才能。辞给，有口才。缕，详尽，详细。 [5] 忧兮忽兮：忧忽，同"恍忽"，不可辨认的样子。聊兮栗兮：惊惧而战栗的样子。混汩汩（gǔ）：水合流而疾驰的样子。 [6]"忽兮"四句：仍写江涛变化。忽兮慌兮，与忧兮忽兮同义。慌，同"恍"。俶（tì）兮傥（tǎng）兮，洒脱不拘。沕潾（wǎng yǎng），同"汪洋"，水大无边的样子。慌，五臣本作"超"。旷旷，水势辽远的样子。 [7]"秉意"二句：意谓与南山比高，与东海比大。秉意，存心。通望，远望。 [8] 虹洞：天水相连的样子。极虑：尽心竭力，此指极目。崖涘（sì）：水的边界。 [9]"流揽"二句：意谓观涛者观览江涛无边无涯，心神随潮流延伸到日出处。流揽，即流览，周流观览。归神，即神归，凝聚精神。日母，太阳，李善注引《春秋内事》云："日者，阳德之母。" [10] 汩（yù）：迅疾。 [11]"或纷纭"二句：众多浪头杂乱曲折地奔流，忽然纠结在一起向前推进而不复返。纷纭，杂乱。缪（liǎo），纠结。 [12]"临朱汜"二句：意谓观涛者眼看着江水远逝，心烦闷而疲倦。朱汜（sì），地名，或说是南方水涯。中虚烦，内心烦闷。 [13]"莫离散"二句：意谓观看早晚两潮之后，心神安定。莫离散，指晚潮退去。莫，同"暮"。发曙，指早潮到来。

230

[14]"于是"四句:意谓观涛之时,全身舒畅,从胸中五脏到四肢,以及毛发、牙齿似乎都受到了一番洗涤。澡概、洒练、澹澉(gàn)、颒(huì)濯,都是洗涤的意思。概,同"溉"。藏,同"脏"。　　[15]"揄弃"四句:此谓观涛之后,精神焕发,耳聪目明。揄弃,抛弃。恬愉,松懈。输写,排除。写,同"泻"。澳(tiǎn)浊,污浊。分决,辨别。发皇,开朗。　　[16]"当是"四句:意谓这时即使是久病之人,也将挺身直立、舒张耳目来观赏江涛。淹病、滞疾,皆指日久难治的病症。伛(yǔ),驼背。躄(bì),跛脚。　　[17]"况直"二句:何况只是患有一点烦闷和病酒等小病的人,就更会振作精神前往观涛了。直,仅,只。眇,小。懑(mèn),闷。醒(chéng),病酒。酕(nóng),烈酒。　　[18]"发蒙"二句:意谓启发愚蒙、解除迷惑,就不消说了。　　[19]"然则"句:意谓波涛是一种什么气象。　　[20]不记:不见于记载。　　[21]似神而非:似是神力而又不是。　　[22]出内:出纳。内,同"纳"。　　[23]衍溢:平满的样子。漂疾:急流的样子。　　[24]淋淋:水倾泻而下。　　[25]澄澄(yí):洁白。　　[26]"其波涌"二句:意谓波涛奔涌如乱云飞舞,又如三军整队喧腾进发。扰扰,纷乱。腾,奔腾。　　[27]"其旁作"二句:意谓两旁奔流的涛水,迅疾前进,如将帅之乘轻车指挥部队。作,兴起。勒兵,统领士兵。[28]"六驾"二句:意谓涛水之奔腾前进,如六条蛟龙驾车,跟随着河伯。[29]纯驰:或屯或驰。纯,通"屯"。浩蜺:高大的样子。蜺,高。骆驿:亦作"络绎",连续不绝。　　[30]"颙颙"三句:形容江涛奔腾,前后相继,互相冲激。颙颙(yōng)卬卬(áng),浪涛高大的样子。椐椐强强,前后相续。莘莘将将(qiāng),互相撞击。　　[31]"壁垒"二句:意谓江涛似军营的壁垒,重叠坚固,又如行军的行列,众多纷杂。沓杂,众多纷繁。军行(háng),军队的行列。　　[32]"訇(hōng)隐"三句:意谓江涛冲激沸腾,势不可挡。訇隐、匉磕(kē),都指大声。形容涛声轰鸣。轧盘、涌裔,形容水波腾涌的样子。原,本。　　[33]"则滂渤"三句:意谓江涛腾涌翻滚,时升时落。滂渤、怫郁、闛漠、感突,都形容涛水翻腾的状态。律,当作"銉(lù)",撞击。　　[34]"有似"五句:意谓江涛之势有如无畏的勇士,奋勇冲击敌方的壁垒渡口,越过险阻,展开追击。蹈,踏平。壁,壁垒。津,渡口。曲、隈,指险阻之处。　　[35]"初发"二句:意谓江涛发于或围渡头,遇山陇而回转,经川谷而分流。或围,地名。津涯,渡口。荄(gāi),同"陔",山陇。轸,转。　　[36]"回翔"二句:意谓涛之初发,如青篾车回旋,又如战士衔枚盘桓。青篾,车名。衔枚,古时行

231

军,士兵衔枚(形如箸)以防喧哗。檀桓,犹"盘桓"。　　[37]"弭节"二句:意谓江涛到达伍子之山,乃缓行于胥母地区。弭节,缓行。伍子,伍员,字子胥。通厉,远行。胥母,山名。在今江苏省,相传因伍子胥而得名。胥,原作"骨",据李善说改。　　[38]"凌赤岸"二句:意谓江涛越过赤岸,横扫扶桑,气势极大。凌,渡。赤岸,地名(据李善注)。篲(huì),扫帚,此用作动词,扫。扶桑,神木名。传说日出其下。　　[39]似雷行:如电闪。形容速度快。[40]"诚奋"二句:意谓江涛确实发扬了它的威武之势,像发怒似的。奋,奋发。武,威武。振,同"震"。　　[41]沌沌浑浑:形容江涛深广阔大。　　[42]混混庉庉(tún):形容江涛深沉浑厚。　　[43]"发怒"四句:意谓江涛发怒,受阻而涌出,清波遇阻上升,阳侯之波振奋前进,会战于藉藉之口。窒(zhì),阻碍。沓,涌出。踰跇(yì),超越。侯波,阳侯之波,即大波。侯,阳侯,传说中大波之神。藉藉,地名。　　[44]纷纷翼翼:形容江上之涛与天上之云交错之状。　　[45]荡:冲击。覆:倾覆。亏:损。　　[46]"险险"三句:意谓江涛经过倾危之地,冲过江岸,盛极而疲。险险戏戏,倾危之状。戏,同"巇"。陂(bēi)池,即陂陁,斜坡。此指江岸。罢,同"疲"。　　[47]"洨洎"二句:意谓江涛时急时缓,浪花飞溅。洨洎(zhì gǔ),急流激荡的样子。潺湲,水流徐缓。　　[48]偃侧:倾倒。　　[49]沈沈(yóu)湲湲:形容鱼鳖颠倒的样子。蒲伏:即"匍匐",伏地爬行。连延:连续。　　[50]踣(bó):仆倒。[51]洄闇:迷惑。悽怆:悲伤。　　[52]诡:怪异。　　[53]"将为"三句:意谓我将为太子推荐得道的能人如庄周等,请他们来讲高深的道理。奏,进荐。资略,才智。精微,指高深的道理。精,原作"释",据六臣本《文选》改。[54]理:整理,分析。　　[55]筹:数码。古代一种计算用具。　　[56]涣乎:醒悟的样子。　　[57]忍(niǎn)然:汗出之状。

邹　阳

邹阳(?—前129),齐(今山东东部)人。与枚乘等仕吴,以文辩著名。曾上书吴王,谏阻谋反,吴王不纳,去而之梁。为人有智略,慷慨不苟合。梁孝王与羊胜谋,求立为太子,邹阳以为不可,为羊胜所谗而下狱。乃上书自明,终被赦免,复为上客。有文八篇,所传辞赋,后人以为伪托。

狱中上梁王书

【题解】 忠而受谤,贤而遇毁,"众口铄金,积毁销骨",邹阳乃以一腔悲慨,征引前代君臣遇合之事,既抒发冤屈之气,又从不同角度,阐明君臣相合"则胡越为兄弟",不相合"则骨肉为仇敌"的道理。其文广喻长譬,不嫌繁复;情辞俱切,颇中肯綮。

　　臣闻:忠无不报,信不见疑。臣常以为然,徒虚语耳。昔者荆轲慕燕丹之义[1],白虹贯日[2],太子畏之[3]。卫先生为秦画长平之事[4],太白食昴[5],昭王疑之。夫精诚变天地,而信不谕两主[6],岂不哀哉!今臣尽忠竭诚,毕议愿知[7],左右不明[8],卒从吏讯[9],为世所疑,是使荆轲、卫先生复起,而燕、秦不寤也[10]。愿大王熟察之[11]!

　　昔玉人献宝[12],楚王诛之[13]。李斯竭忠[14],胡亥极刑[15]。是以箕子阳狂[16],接舆避世[17],恐遭此患。愿大王察玉人、李斯之意,而后楚王、胡亥之听[18],毋使臣为箕子、接舆所笑。

　　臣闻比干剖心[19],子胥鸱夷[20],臣始不信,乃今知之[21]。愿大王熟察,少加怜焉[22]。

　　语曰:"白头如新,倾盖如故[23]。"何则[24]?知与不知也。故樊於期逃秦之燕[25],藉荆轲首以奉丹事[26];王奢去齐之魏[27],临城自刭,以却齐而存魏。夫王奢、樊於期非新于齐、秦而故于燕、魏也,所以去二国、死两君者[28],行合于志,而慕义无穷也。是以苏秦不信于天下,为燕尾

233

议[96]，独观于昭旷之道也[97]。今人主沈谄谀之辞，牵于帷墙之制[98]，使不羁之士与牛骥同皁[99]，此鲍焦所以忿于世[100]，而不留富贵之乐也。

　　臣闻盛饰入朝者，不以私污义。砥厉名号者[101]，不以利伤行。故里名胜母，曾子不入[102]；邑号朝歌[103]，墨子回车。今欲使天下恢廓之士[104]，诱于威重之权，胁于位势之贵，回面污行[105]，以事谄谀之人，而求亲近于左右，则士有伏死堀穴岩薮之中耳[106]，安有尽忠信而趋阙下者哉！

据中华书局影印胡刻本《文选》

【注释】　[1]荆轲：战国末卫人。燕丹：燕太子丹。丹曾为秦质，秦王政对他很不礼貌，于是逃回。燕丹厚养荆轲，让他去刺杀秦王。荆轲有感于燕丹的知遇之恩，慨然前往。　[2]白虹贯日：白色的长虹穿日而过。古人以为白虹是战争的预兆，日为君的象征。传说荆轲临行时，出现了白虹贯日的天象。　[3]畏之：畏其不去(依王先慎说)。据《战国策》载，荆轲临出发时，事先约好一同到秦国去的人迟迟未至，燕太子丹怀疑他是不想去秦了。　[4]卫先生：秦人。长平之事：秦将白起在长平(今山西高平西北)大败赵军，打算趁势灭赵，派卫先生说秦昭王增拨兵粮，被秦相范雎从中破坏，事未成。　[5]太白食昴(mǎo)：太白星侵蚀了昴星。传说太白星主杀伐，古代多以比喻兵戎。此言赵地将有兵事(依苏林说)。太白，金星。昴，星宿名。食，同"蚀"，此处作侵犯讲。　[6]谕：明白，了解。　[7]毕议：把计议说尽了。愿知：希望大王知道。　[8]左右：近侍之臣。明：辨察。　[9]卒从吏讯：终于听从狱吏的审讯。　[10]寤：觉悟。[11]熟察：仔细体察。　[12]玉人献宝：指楚人卞和献璞(玉在石中叫璞)给楚武王、楚文王，不被相信，反被砍断左右脚的事。　[13]诛：惩罚。　[14]竭忠：竭尽忠诚。　[15]胡亥：秦二世名。二世荒淫无道，李斯上书谏戒，胡亥反而听信赵高谗言，把李斯杀了。　[16]箕子：名胥余，纣的叔父，封于箕，故称箕子。阳狂：假装疯癫。商纣王荒淫昏乱，箕子怕

236

遭祸,于是装疯。　　　　[17] 接舆:楚国隐士。为避世假装疯狂,所以称楚狂。
[18] 后:使动用法,即把……放在后边。实际上说不要那样。　　　　[19] 比
干:纣的叔父。因极力谏纣,纣大怒,剖其心。　　　　[20] 子胥:伍子胥。因忠
谏吴王夫差,不听,被杀后用皮口袋装了尸体扔到江中。鸱夷:皮口袋。
[21] 乃今:从今。　　　　[22] 少:稍微。怜:爱惜,同情。　　　　[23] 语:俗语。
白头如新:相识多年,头发都白了,还和新交一样。倾盖如故:路上相遇,停车
交谈,以致把车盖都挤歪了,就像有多年的交情。　　　　[24] 何则:为什么这
样呢?　　　　[25] 樊於(wū)期:秦将,被谗害而逃到燕国,秦王杀其全家,并
用重金购他的脑袋。　　　　[26] "藉荆轲"句:荆轲要刺秦王,樊於期自刎,以
便让荆轲用他的头作进献之礼去接近秦王。藉,借。奉,助。丹事,太子丹所
托刺杀秦王之事。　　　　[27] "王奢"三句:齐臣王奢,由齐逃魏。后来齐伐
魏,王奢登城对齐将说:"现在你们来不过是因为我的缘故。我不愿苟且偷
生,成为魏国的拖累。"于是自杀,以此希望保全魏国。　　　　[28] 去二国、死
两君:离开秦、齐二国,为燕、魏两国国君而死。　　　　[29] "是以"二句:诸侯
都不信任苏秦,唯独燕国信任他,使他为相,苏秦乃成为燕国的"尾生"。苏
秦,战国时纵横家。尾生,古代传说中守信用的人,传说他与一女子约定在桥
下相见,女子不至,大水来了,他抱柱而死。　　　　[30] 白圭:战国时中山国之
将。因失掉六城,中山王要杀他,他逃到魏国,魏文侯待他极厚,白圭乃为魏
攻取中山。　　　　[31] "苏秦"四句:苏秦为燕相,有人在燕王面前进谗言诋毁
他,燕王手握宝剑对谗者发怒,用千里马赏赐给苏秦,以表示信任、敬重。駃
騠(jué tí),良马名。　　　　[32] "白圭"三句:白圭因取中山而显贵,有人在魏
文侯面前进谗言,魏文侯用夜光璧赏赐给白圭,以示信任。　　　　[33] 移:转
移,这里指变心。浮辞:游辞,不实之辞。　　　　[34] 司马喜:战国时人,据说
在宋受膑刑,后来三次为中山国之相。膑(bìn):古代刑法之一,割去膝盖骨。
[35] 范雎:战国时魏人。魏相魏齐怀疑他私通齐国,遭毒打,以至胁断齿脱。
范雎逃到秦国,为秦相,封为应侯。摺(zhé):断。　　　　[36] 画:计划。
[37] 捐:弃。挟:具有。孤独之交:指不与人结朋党。　　　　[38] 申徒狄:姓
申徒,名狄,商代人。相传他不容于世,投雍水而死,后尸体流入黄河。
[39] 徐衍:周末人。传说他不容于世,背石跳海而死。　　　　[40] "义不"句:
按照道义不肯为获取不该要的东西而结党于朝。比(bì)周,结党。　　　　[41] 百
里奚:姓百里,名奚,原为春秋时虞国大夫。虞亡,为楚人所获。秦穆公用五

张羊皮将他从楚赎回,委以国家政事。　　　[42]宁戚:春秋时卫人。不为世用,经商,住齐郭门之外。齐桓公夜出,宁戚唱着歌喂牛。桓公知道他是贤者,举用为大夫。饭:喂。　　　[43]素:一直。宦:做官。　　　[44]借誉于左右:凭借国君近侍之臣的称誉。　　　[45]季孙:季桓子。齐人送给季桓子女乐,季桓子因此三天不上朝,孔子于是离开了鲁国。鲁君听信季孙,就等于是放逐孔子。　　　[46]“宋信”二句:此事未详。墨翟,墨子。战国初期鲁国人,墨家学说创始人。　　　[47]铄(shuò):熔化。毁:指谗言。销:熔化。[48]由余:春秋时人,居戎地。后秦穆公用计迫他降秦,他替秦谋划攻打西戎,使秦能够称霸西方。　　　[49]子臧:人名。威、宣:齐威王、齐宣王。[50]牵:牵制。系:束缚。奇偏之辞:一面之辞。　　　[51]公听:公正地听取意见。并观:全面观察。　　　[52]胡、越:胡人、越人,当时北方、南方的少数民族。　　　[53]朱:丹朱,尧之子。丹朱顽凶不肖,所以尧禅位于舜。象:舜的后母弟。象与父母共谋,要害死舜。管、蔡:管叔、蔡叔,周武王之弟。后武王死,成王年幼,管、蔡挟纣王之子武庚反叛,周公杀死武庚和管叔,流放蔡叔。　　　[54]五霸:春秋五霸,通常指齐桓公、晋文公、秦穆公、楚庄王和宋襄公(或说越王勾践)。侔:相等。三王:夏禹、商汤、周文王。　　　[55]捐:弃。子之:战国时燕王哙之相。哙极信任子之,让位给他,燕国大乱,齐趁机而入。　　　[56]田常:春秋时齐简公的臣子,杀简公而立平公(简公弟),相平公,五年,专国政。后来齐终被田氏篡夺。贤:有才能。　　　[57]“封比干”句:据说周武王伐纣后,曾封比干之子。　　　[58]“修孕妇”句:据说周武王曾为被纣王杀死的孕妇修墓。　　　[59]覆:覆盖。　　　[60]仇:指寺人披。晋文公重耳为公子时,献公派寺人披追杀重耳,斩去重耳的袖子。后来重耳归晋为君,不予追究。晋臣吕甥等谋反,寺人披告密,使重耳得免于难。　　　[61]仇:指管仲。管仲曾事公子纠,在战斗中以箭射中公子小白(即齐桓公)的带钩。后桓公以管仲为相,遂霸天下。　　　[62]虚辞:空话。借:借用。　　　[63]车裂:古代一种酷刑。秦孝公死后,商鞅被处车裂之刑。　　　[64]种:春秋时越国大夫文种。他曾帮助越王勾践复兴越国,称霸诸侯。后来受勾践猜疑,被迫自杀。禽:同“擒”。　　　[65]孙叔敖:楚人,曾三次相楚庄王,三次去相。　　　[66]“於(wū)陵”句:据说楚王曾派使者用重金聘请於陵子仲任楚相,於陵子仲拒绝了,并带着妻子逃走,为人浇灌园地。於陵,齐国邑名,在今山东长山南。子仲,人名,齐国隐士。　　　[67]见

(xiàn):表现。情素:即情愫,真情实意。　　[68] 瘳肝胆:即肝胆涂地。
[69] "终与"句:始终与士同甘苦、共命运。穷达,逆境与顺境。　　[70] 爱:吝
啬。　　[71] 狗:同"狗"。　　[72] 跖:盗跖。由:许由,尧时隐士。　　[73] 假:
凭借。资:能力。　　[74] 湛(chén)七族:指因荆轲一人而七族被杀。湛,
同"沉",没。　　[75] 要(yāo)离:春秋时吴人。公子光(即吴王阖庐)杀吴
王僚而自立。僚的儿子庆忌在卫,公子光派要离前去刺杀。要离为接近庆
忌,取得信任,请公子光加罪于他并烧死他的妻儿。燔(fán):烧。　　[76] 暗:
偷偷地。　　[77] 眄(miǎn):邪视。　　[78] 蟠:屈曲。柢(dǐ):树根。
[79] 轮囷(qūn)离奇:盘绕屈曲状。　　[80] 万乘:指天子。器:玩物。
[81] 容:雕饰。　　[82] 只:只能。　　[83] 伊:伊尹。管:管仲。　　[84] 龙
逢(péng):关龙逢,夏代贤臣,被桀杀死。　　[85] 袭:因袭。　　[86] 资:
作用。　　[87] 御:驾御。　　[88] "独化"句:圣王独自治理天下,应像陶
工转钧一样,自有权衡。钧,制陶器所用的旋转圆轮。　　[89] 牵:牵制。
夺:改变。　　[90] 中庶子:官名,太子的属官。蒙嘉:人名。荆轲到秦国
后,赠蒙嘉重礼,蒙嘉替他在秦王政面前说好话,荆轲因而得见秦王。
[91] 匕首窃发:荆轲见秦王,进献樊於期头级与燕督亢地方的地图,地图内
藏有匕首。荆轲展开地图给秦王看,图穷匕首现,趁机刺杀秦王。　　[92] 泾
渭:二水名,都在今陕西。吕尚:姓姜,因祖先封于吕,所以称吕尚。吕尚钓于
渭水,周文王外出打猎遇见了他,知道他是贤者,和他一同乘车回去。后来吕
尚辅佐武王称王天下。　　[93] 亡:危亡。　　[94] 乌集:像乌鸦那样猝
然聚合。这里指素不相识的人,如吕尚等。　　[95] 越:超出。拘挛(luán):
固执。　　[96] 域外之议:不受任何局限的议论。　　[97] 昭:光明。
[98] 帷墙:指近臣妻妾。制:制约。　　[99] 皁:同"皂",牲口槽。
[100] 鲍焦:周时隐士,相传因不满当时政治,抱木饿死。　　[101] 砥厉名
号:指修身立名。砥、厉,都是磨刀石,砥细而厉粗。　　[102] "故里"二句:
曾子极孝,认为"胜母"之里巷名违反孝道,所以不入。里,里巷。胜母,胜过
母亲。　　[103] 朝歌:殷之故都,在今河南汤阴南。纣曾作乐叫"朝歌"。
《墨子·非乐》认为朝歌就是早晨唱歌的意思,早晨不是唱歌的时候,所以回车
不入朝歌。　　[104] 恢廓:极高极远的样子。　　[105] 回面:指改变态
度。　　[106] 堀:同"窟"。薮(sǒu):湖泽。

司马相如

司马相如（前 179？—前 118），字长卿，蜀郡成都（今四川成都）人。西汉著名辞赋家。景帝时为武骑常侍，因病免官。后游梁，为梁孝王门客。梁孝王死，相如归蜀，过临邛，与卓文君结为夫妻。所作《子虚赋》、《上林赋》为武帝所重，被任为郎。后又任中郎将，奉武帝之命，先后两次出使巴蜀。晚年任孝文园令。病卒于家。

据《汉书·艺文志》载，相如有赋二十九篇，大都失传。今存《子虚赋》、《上林赋》、《大人赋》、《长门赋》、《哀秦二世赋》等，散文有《喻巴蜀檄》、《难蜀父老》等文。明人张溥辑有《司马文园集》。

子 虚 赋

【题解】 《子虚赋》和《上林赋》在《史记》和《汉书》的《司马相如传》中本是一篇，自萧统《文选》起，始分为两篇。本篇假设子虚出使齐国，向乌有先生夸耀楚王在云梦游猎的盛况非齐王所及。乌有先生不服，加以诘难，以示讽谏之意。文章结构宏伟，铺叙细腻，想象丰富，辞采华赡。

楚使子虚使于齐[1]，王悉发车骑，与使者出畋[2]。畋罢，子虚过姹乌有先生[3]，亡是公存焉[4]。坐定，乌有先生问曰：“今日畋乐乎？”子虚曰：“乐。”“获多乎？”曰：“少。”“然则何乐？”对曰：“仆乐齐王之欲夸仆以车骑之众[5]，而仆对以云梦之事也[6]。”曰：“可得闻乎？”子虚曰：“可。王车驾千乘，选徒万骑，畋于海滨，列卒满泽，罘网弥山[7]，掩兔辚鹿，射麋脚麟[8]，骛于盐浦[9]，割鲜染轮[10]，射中获多，矜而自功[11]，顾谓仆曰：'楚亦有平原广泽游猎之地，饶乐若此者乎？楚王之猎，孰与寡人乎？'仆下车对曰：'臣，楚国之鄙人也。幸得宿卫十有余年[12]，时从出游，游于后园，览于有无[13]，然犹未能遍睹也，又焉足以言其外泽乎[14]？'齐王曰：'虽然，略以子之所闻见而言之。'仆对曰：'唯唯[15]。'

'臣闻楚有七泽，尝见其一，未睹其余也。臣之所见，盖特其小小者耳，名曰云梦。云梦者，方九百里，其中有山焉。其山则盘纡岪郁[16]，隆崇嵂崒[17]，岑崟参差[18]，日月蔽亏[19]。交错纠纷，上干青云[20]；罢池陂陀，下属江河[21]。其土则丹青赭垩[22]，雌黄白坿[23]，锡碧金银[24]，众色炫耀，照烂龙鳞[25]。其石则赤玉玫瑰[26]，琳瑉昆吾[27]，瑊玏玄厉[28]，碝石碔砆[29]。其东则有蕙圃[30]：蘅兰芷若[31]，芎䓖菖蒲[32]，江蓠蘪芜[33]，诸柘巴苴[34]。其南则有平原广泽：登降陁靡[35]，案衍坛曼[36]，缘以大江，限以巫山[37]；其高燥则生葴菥苞荔[38]，薛莎青薠[39]；其埤湿则生藏莨蒹葭[40]，东蘠雕胡[41]，莲藕觚卢[42]，庵闾轩于[43]：众物居之，不可胜图[44]。其西则有涌泉清池：激水推移，外发芙蓉菱华[45]，内隐巨石白沙[46]；其中则有神龟蛟鼍[47]，瑇瑁鳖鼋[48]。其北则有阴林：其树楩柟豫章[49]，桂椒木兰[50]，檗离朱杨[51]，樝梨梬栗[52]，橘柚芬芳[53]；其上则有鹓雏孔鸾[54]，腾远射干[55]；其下则有白虎玄豹[56]，蟃蜒貙犴[57]。

'于是乎乃使剸诸之伦[58]，手格此兽[59]。楚王乃驾驯驳之驷[60]，乘雕玉之舆[61]，靡鱼须之桡旃[62]，曳明月之珠旗[63],建干将之雄戟[64],左乌号之雕弓[65],右夏服之劲箭[66]。阳子骖乘[67],纤阿为御[68],案节未舒[69],即陵狡兽[70],蹴蛩蛩[71],辚距虚[72],轶野马[73],辀陶騊[74],乘遗风[75],射游骐[76]。……

　　'于是楚王乃登云阳之台[77],怕乎无为,憺乎自持[78],勺药之和具[79],而后御之[80]。不若大王终日驰骋,曾不下舆,脟割轮焠[81],自以为娱。臣窃观之,齐殆不如。'于是齐王无以应仆也。"

　　乌有先生曰:"是何言之过也!足下不远千里,来贶齐国[82];王悉发境内之士,备车骑之众,与使者出畋,乃欲戮力致获[83],以娱左右,何名为夸哉?问楚地之有无者,愿闻大国之风烈[84],先生之余论也。今足下不称楚王之德厚,而盛推云梦以为高,奢言淫乐,而显侈靡,窃为足下不取也。必若所言[85],固非楚国之美也[86];无而言之,是害足下之信也。彰君恶[87],伤私义[88],二者无一可,而先生行之,必且轻于齐而累于楚矣[89]!且齐东陼钜海[90],南有琅邪[91],观乎成山[92],射乎之罘[93],浮渤澥[94],游孟诸[95]。邪与肃慎为邻[96],右以汤谷为界[97];秋田乎青丘[98],徬徨乎海外,吞若云梦者八九于其胸中,曾不蒂芥[99]。若乃俶傥瑰玮[100],异方殊类,珍怪鸟兽,万端鳞崒[101],充牣其中[102],不可胜记,禹不能名,禼不能计[103]。然在诸侯之位,不敢言游戏之乐,苑囿之大;先生又见客[104],是以王辞不复,何为无以应哉?"

据中华书局影印胡刻本《文选》

【注释】　[1] 子虚:与下文"乌有先生"、"亡是公"(亡同无)都是虚拟人

242

物。　　[2]畋(tián)：打猎。　　　[3]过：过访。奼(chà)："诧"的假借字，夸耀。　　[4]存：在。　　　[5]仆：对自己的谦称　　[6]云梦：楚地泽名。在今湖北安陆南。　　[7]罘(fú)：捕兔的猎具。弥：满。　　　[8]掩：用网掩捕。轔：用车轮碾轧。麋：长角鹿。脚：此作动词，绊脚。麟：雄鹿。[9]骛(wù)：驰骋。盐浦：盐滩。　　[10]割鲜：宰割鸟兽之肉。染轮：血染车轮。　　[11]矜：自夸。　　[12]宿卫：在宫禁中值宿守卫。　　　[13]有无：偏义复词。指有一些东西。　　[14]外泽：指宫禁之外的薮泽，如云梦泽。　　[15]唯唯：应诺之辞。　　[16]盘纡弗(fú)郁：曲折回环的样子。　　[17]隆崇：高峻。崒萃(lù zú)，高峻危险。　　[18]岑崟(yín)：高峻。　　[19]蔽：全隐。亏：半缺。　　[20]干：触犯。　　[21]"罷池"二句：意谓山势倾斜，下与江河衔接。罷池(pí tuó)、陂陀(pō tuó)，山势倾斜之状。属(zhǔ)，连接。　　　[22]丹：朱砂。青：石青。赭(zhě)：赤土。垩(è)：白土。　　[23]雌黄：黄色矿石，可制颜料。白坿(fù)：即白石英。　　[24]碧：青白色的玉。　　[25]照烂龙鳞：各种色彩鲜明灿烂，恰似龙鳞。　　[26]玫瑰：美玉。　　[27]琳：美玉。瑉(mín)：一种似玉的美石。昆吾：同"琨珸"，一种次于玉的石。　　[28]瑊玏(jiān lè)：似玉的石。玄厉：黑色磨刀石。[29]碝(ruǎn)石：次于玉的石，颜色白中带赤。碔砆(wǔ fū)：赤地白纹、次于玉的石。　　[30]蕙圃：蕙草之圃。　　[31]蘅、兰、芷、若：四种香草名。蘅，杜蘅。芷，白芷。若，杜若。　　[32]芎䓖(qiōng qióng)：香草。菖蒲：一种水草。有香气，根可入药。　　[33]江蓠、蘪芜：生在水中的两种香草。　　[34]诸柘：亦作"诸蔗"，即甘蔗。巴苴(jū)：即芭蕉。　　[35]登降：指地势高低。陁(yí)靡：指地势斜长。　　[36]案衍：低下。坛曼：平广。　　[37]"缘以"二句：意谓(云梦泽)以长江为边缘，以巫山为界限。缘，边缘，此用作动词。巫山，此指云梦泽中的巫山。　　[38]葴(zhēn)：马兰。菥(xī)：似燕麦的草。苞：似茅的草。荔：似蒲的小草。　　[39]薛：蒿草。莎(suō)：蒿草的一种。青薠(fán)：似莎而大。　　[40]埤湿：低洼之地。埤，同"卑"。藏莨(zāng làng)：狗尾草。蒹：荻。葭：芦苇。　　[41]东蔷(qiāng)：似蓬的草。雕胡：菰米，俗称茭白。　　[42]觚(gū)卢：即菰芦，菰芡与芦笋。　　[43]庵闾：似蒿艾的草。轩于：莸(yóu)草，一种臭草。[44]图：画。　　[45]外：指水面。发：开放。菱华：即菱之花。华，同"花"。[46]内：此指水中。　　[47]鼍(tuó)：鳄鱼的一种。　　[48]瑇瑁(dài mèi)：

243

龟类动物。鼋(yuán)，似鳖而大。　　[49] 楩(pián)：即黄楩木。柟(nán)：即楠木。豫章：即樟木。　　[50] 桂：此指做香料的桂皮树。椒：花椒。木兰：即紫玉兰，皮似椒而香。　　[51] 檗(bò)：黄檗，皮可做染料。离：山梨、朱杨：赤茎柳。　　[52] 楂(zhā)梨：即铁梨。楟(yǐng)栗：即楟枣，形似柿而小。　　[53] 芬芳：形容橘柚的香气。　　[54] 鹓(yuān)雏：传说中似凤的鸟。孔：孔雀。鸾：凤类的鸟。　　[55] 腾远：一种猨猴。射(yè)干：一种似狐的兽，善爬树。　　[56] 其下：此指树下。玄豹：黑豹。　　[57] 蟃蜒(màn yán)：似狸而长的兽。貙(qū)：似狸而大的兽。犴(hàn)：似狐而小的野犬。　　[58] 剸诸：即专诸。春秋时吴国勇士，曾为吴公子光刺杀吴王僚。[59] 格：搏击。　　[60] 驯：驯服。驳：马毛色不纯叫驳。驷：四马驾的车。[61] 雕玉之舆：用玉雕花作帷帐的车子。　　[62] 靡：同“麾”，挥动。须：同“𩑺”。桡(náo)：弯曲。旃(zhān)：赤色曲柄旗。　　[63] 曳：拖。明月：此指明月珠。　　[64] 建：举起。干将：此指利剑。传说春秋时吴人干将善铸剑。一剑名干将，锋利无比。后以干将为利剑的代称。雄戟：即三刃戟。[65] 乌号(háo)：传说中黄帝曾用之良弓。　　[66] 夏服：相传夏后氏曾用的箭囊，其名夏服。服，箭袋。　　[67] 阳子：孙阳，字伯乐，传说中善御车者。骖乘：陪乘，乘车时居车右。　　[68] 孅(xiān)阿：传说中古之善御马者。　　[69] 案节：控制马行走的步伐节奏。舒：放开。　　[70] 陵：踏。[71] 蹴(cù)：践踏。蛩蛩(qióng)：青兽，其状如马，善于奔走。　　[72] 距虚：兽之似骡而小者。　　[73] 轶(yì)：超越。　　[74] 辖(wèi)：车轴端此作动词，指以车轴端冲杀。陶骇(tú)：北方良马。　　[75] 遗风：千里马名。　　[76] 骐：青黑色马。　　[77] 云阳：一作“阳云”，台名，又名阳台。在巫山下。一说，在云梦泽中。　　[78] “怕乎”二句：谓淡泊自处，保持宁静的心情。怕，同“泊”。憺，同“澹”。　　[79] 勺药：五味调料的总称。和：调和。具：具备。　　[80] 御：此指进食。　　[81] 脟(luán)：同“脔”，切肉成块。轮焠(cuì)：在轮旁炙肉。焠，烤炙。　　[82] 贶(kuàng)：赏赐。[83] 戮力：并力。获：获得禽兽。　　[84] 风烈：风化与功业。　　[85] 必若所言：果如所说。　　[86] 美：此指优点。　　[87] 彰：此谓暴露。[88] 私义：此指子虚个人的信义。　　[89] 轻于齐：为齐人所轻视。累于楚：指将来子虚回到楚国，也要因此获罪受累。　　[90] 东陼(zhǔ)钜海：东临大海。陼，水边。此用作动词。　　[91] 琅邪(yé)：山名。在山东诸城。

244

[92] 成山:在今山东荣成东。　　[93] 之罘:山名,在今山东福山东北。

[94] 渤澥(xiè):即渤海。　　[95] 孟诸:古代薮泽名。在今河南商丘东北。

[96] 邪:同"斜"。肃慎:古国名。在东北方。　　[97] 汤谷:即旸谷。地名,古人认为是太阳出来的地方。　　[98] 田:即"畋",打猎。青丘:国名。相传在大海之东三百里。　　[99] 蒂芥:也作"芥蒂"。细小的梗塞物。

[100] 俶傥(tì tǎng)卓越不群。瑰玮:珍奇。　　[101] 鳞崒:如鱼鳞般集合在一起。崒,同"萃",集。　　[102] 充牣:充满。牣,满。　　[103] "禹不"二句:意谓即便有禹和契的本领,也说不明,数不清。禹,为尧司空。卨,古"契"字,为尧司徒。　　[104] 见客:受到按宾客之礼的接待。

刘　彻

　　刘彻(前156—前87),沛(今江苏沛县东)人。汉景帝子。十六岁即帝位,史称汉武帝。在位五十四年,削弱割据势力,巩固国家统一,加强中央集权,尊崇儒学,发展文化,从而使汉朝进入了全盛的时期。刘彻能诗善赋,今存《悼李夫人赋》、《秋风辞》、《李夫人歌》及《瓠子歌》二首。

秋　风　辞

【题解】　本诗见于《汉武故事》。《乐府诗集》辑入《杂歌谣辞》。据载,汉武帝巡行河东汾阴(在今山西万荣西南宝鼎,汾水南岸)、祭礼后土(土神)时,泛舟汾河,与群臣宴饮,有感而作此诗。诗虽出帝王之手,首句亦仿高帝《大风歌》,但观其悲秋之意,"俨然文士之作"(费锡璜《汉诗说》)。

　　秋风起兮白云飞,草木黄落兮雁南归。兰有秀兮菊有芳[1],怀佳人兮不能忘。泛楼船兮济汾河[2],横中流兮扬素波。箫鼓鸣兮发棹歌[3]，欢乐极兮哀情多，少壮几时兮奈老何！

据中华书局校点本《乐府诗集》

【注释】 ［1］秀：草本植物开花为秀。芳：香气。　　［2］汾河：源出山西宁武，纵贯全省，至河津西北入黄河。　　［3］棹歌：船歌。棹，长桨。

东方朔

东方朔（前154—前93），平原厌次（今山东惠民东）人。武帝初即位，上书自荐，令待诏公车。后稍得亲近，待诏金马门，擢为常侍郎，官至大中大夫、给事中。性滑稽，常寓讽谏于调笑之中，然亦能直言切谏。所作《答客难》抒写怀才不遇的苦闷，《非有先生论》劝谕帝王虚心纳谏，皆为名篇。有文二十篇，大都散亡。明人辑有《东方大中集》。另有《神异经》、《十洲记》，旧题为东方朔作，鲁迅认为"当为晋以后人作"（《中国小说史略》）。

答 客 难 节选

【题解】 《汉书·东方朔传》引刘向语，说东方朔"口谐倡辩，不能持论，喜为庸人诵说"。但东方朔在武帝时曾"上书陈农战强国之计"，"其言专商鞅、韩非之语也"，可见他并非"不能持论"。只是因为武帝好儒术，固不得重用。《答客难》"用位卑以自慰谕"（《汉书·东方朔传》），这样的文章，与其说是聊以自慰，莫如说是在发牢骚，其间有深重的失望和不满。而这冷嘲与热讽，又常常借助俳谐滑稽之文表现出来。其中讽刺武帝的用人政策，"尊之则为将，卑之则为虏"，"用之则为虎，不用则为鼠"，切中专制政治弊病，尤为深刻。文章以散句为主，间用骈偶，亦兼用韵，故近乎赋体。

自《答客难》出，继之者有扬雄《解嘲》、班固《答宾戏》、崔骃《达旨》、张衡《应间》、崔寔《客讥》、蔡邕《释诲》、《客傲》等。其人其文在文学史上的地位，可想而知。

客难东方朔曰[1]："苏秦、张仪一当万乘之主[2]，而身都卿相之位[3]，泽及后世。今子大夫修先王之术[4]，慕圣人之义，讽诵《诗》、《书》、百家之言，不可胜记，著于竹帛，唇腐齿落，服膺而不可释[5]。好学乐道之效[6]，明白甚矣。自以为智能海内无双，则可谓博闻辩智矣。然悉力尽忠以事圣帝[7]，旷日持久，积数十年，官不过侍郎[8]，位不过执戟[9]，意者尚有遗行邪[10]？同胞之徒，无所容居[11]，其故何也？"

东方先生喟然长息[12]，仰而应之，曰："是故非子之所能备[13]。彼一时也，此一时也，岂可同哉？夫苏秦、张仪之时，周室大坏[14]，诸侯不朝，力政争权[15]，相擒以兵，并为十二国[16]，未有雌雄[17]，得士者强，失士者亡，故说得行焉[18]。身处尊位，珍宝充内，外有仓廪[19]，泽及后世，子孙长享。今则不然。圣帝德流[20]，天下震慑，诸侯宾服[21]。连四海之外以为带[22]，安于覆盂[23]。天下平均[24]，合为一家。动发举事[25]，犹运之掌[26]。贤与不肖何以异哉？遵天之道，顺地之理，物无不得其所。故绥之则安[27]，动之则苦[28]；尊之则为将，卑之则为虏；抗之则在青云之上[29]，抑之则在深渊之下；用之则为虎，不用则为鼠。虽欲尽节效情，安知前后[30]？夫天地之大，士民之众，竭精驰说[31]，并进辐凑者[32]，不可胜数。悉力慕之[33]，困于衣食，或失门户。使苏秦、张仪与仆并生于今之世，曾不得掌故[34]，安敢望侍郎乎？传曰[35]：'天下无害，虽有圣人，无所施才；上下和同，虽有贤者，无所立功。'故曰时异事异[36]。

"虽然[37]，安可以不务修身乎哉[38]？《诗》曰：'鼓钟于宫，声闻于外[39]。''鹤鸣九皋，声闻于天[40]。'苟能修身，何患不荣？太公体行仁义，七十有二，乃设用于文、武，得信厥说，封于齐，七百岁而不绝[41]。此士所以日夜孳孳，修学敏行而不敢怠也[42]。譬若鹡鸰，飞且鸣矣[43]。传曰[44]：'天不为人之恶寒而辍其冬，地不为人之恶险而辍其广，君子不为小人之匈匈而易其行[45]。天有常度，地有常形，君子有常行。君子道其常，小人计其功[46]'。《诗》云：'礼义之不愆，何恤人之言[47]？''水至清则无鱼，人至察则无徒[48]。冕而前旒，所以蔽明；黈纩充耳，所以塞聪[49]。'明有所不见，聪有所不闻。举大德[50]，赦小过，无求备于一人之义也。'枉而直之，使自得之；优而柔之，使自求之；揆而度之，使自索之[51]。'盖圣人之教化如此，欲其自得之。自得之，则敏且广矣[52]。"

……

据中华书局影印胡刻本《文选》

【注释】 [1] 难（nàn）：诘问。 [2] 苏秦、张仪：战国策士、纵横家，以奇计雄辩著称。当：值，遇。万乘：一万辆兵车。此指拥有万辆兵车的大国。 [3] 都：居。 [4] 子大夫：指东方朔。子、大夫为同位语。 [5] 服膺：犹言心悦诚服。膺，胸。 [6] 效：功效。 [7] 圣帝：汉武帝。 [8] 侍郎：指侍从在皇帝左右的郎官，与后世的尚书、侍郎不同。 [9] 执戟：拿着剑戟一类的武器担任侍从。 [10] 意者：推想。遗行：过失的行为。邪：同"耶"，疑问语气词。 [11] 无所容居：无容身之地。 [12] 东

248

方先生:东方朔自称。　　[13] 是:这,指示代词。故:原因。备:悉,详。
[14] 周室:周王朝。大坏:十分衰败。　　[15] 政:同"征",征伐。　　[16] 十
二国:指春秋时期的齐、楚、燕、韩、赵、魏、秦、鲁、宋、卫、郑、中山十二个诸侯
国。　　[17] 未有雌雄:势均力敌,胜负未定。　　[18] 说(shuì):游说,指
以计谋劝说人。　　[19] 仓廪(lǐn):朝廷供给的粮食。廪,粮仓。
[20] 德流:德行流布。　　[21] 宾服:诸侯入贡,宾见于王,称宾服,即顺服
之意。　　[22] "连四海"句:合并四海之外,作为衣带。意即国内与海外连
成一气。　　[23] 安于覆盂:比翻过来的盂还安稳。安于,比……还安稳。
盂,一种敞口器具,上大下小。　　[24] 天下平均:到处都一样。　　[25] 动
发:发动,举动。　　[26] 犹运之掌:如同在手掌内转动。之,指代所发动举
办的事情。　　[27] 绥(suí):安抚。　　[28] 苦:劳苦。　　[29] 抗
举:青云:高空,喻高位。　　[30] "虽欲"二句:虽然想要尽臣节、效忠诚,
哪里知道向前还是退后呢?　　[31] 竭精驰说:竭尽精力地去游说。
[32] 辐凑:形容人或物聚集到一处。辐,连结车轮轴心与轮圈的直条。凑,
聚集。　　[33] 悉力慕之:尽力思慕天子的恩德。　　[34] 曾(céng):
连……都之意,语气副词。掌故:掌管档案的小官吏。　　[35] 传曰:一般
指古书上的话。凡古书都可泛称"传"。　　[36] 时异事异:时势不同则事
情不同。　　[37] 虽然:虽然这样。　　[38] 务:致力于。　　[39] "鼓
钟"二句:语出《诗经·小雅·白华》。　　[40] 鹤鸣:《诗经·小雅·鹤鸣》。此
两处引诗,都用以论证有其内必形于外的论点。　　[41] 太公:姜尚。体
行:亲身实行。有:通"又"。设用:大用。文、武:周文王、周武王。信:同
"申"。七百岁:自太公封于齐到田和篡齐,大约七百年。　　[42] 孳孳(zī):
勤勉的样子。　　[43] 鹡鸰(jí líng):鸟名,形似燕,尾和翅修长,头黑,额白,
栖息水边,飞则必鸣,行则摇尾。此喻人须如此鸟,勤勉修身而不懈怠。
[44] "传曰"八句:引文见于《荀子·天论》。　　[45] 恶(wù):厌恶。訩訩:同
"讻讻",大吵大闹的样子。　　[46] 道其常:行其正道。计其功:计较其功
效。　　[47] 忒:差错。　　[48] 至:极。徒:侣。　　[49] 冕:礼帽。旒
(liú):礼帽前下垂的一串串小珠子。黈(tǒu):黄色。纩(kuàng):絮,丝绵。
聪:听力。以上六句与下面"枉而"六句,皆引自《大戴礼·子张问入官》。
[50] 举:用。　　[51] 枉:曲。揆(kuí):揣测。度(duó):估量。索:思考。
枉而六句中,一、三、五句中的"之"指人,二、四、六句中的"之"代学问。

广陵人召平于是为陈王徇广陵[42]，未能下[43]，闻陈王败走，秦兵又且至，乃渡江，矫陈王命[44]，拜梁为楚王上柱国[45]。曰："江东已定，急引兵西击秦。"项梁乃以八千人渡江而西。闻陈婴已下东阳[46]，使使欲与连和俱西[47]。陈婴者，故东阳令史[48]，居县中，素信谨，称为长者。东阳少年杀其令，相聚数千人，欲置长，无适用[49]，乃请陈婴。婴谢不能，遂强立婴为长，县中从者得二万人。少年欲立婴便为王，异军苍头特起[50]。陈婴母谓婴曰："自我为汝家妇，未尝闻汝先古之有贵者[51]，今暴得大名[52]，不祥。不如有所属[53]，事成，犹得封侯，事败，易以亡[54]，非世所指名也[55]。"婴乃不敢为王。谓其军吏曰："项氏世世将家，有名於楚。今欲举大事，将非其人不可。我倚名族，亡秦必矣。"于是众从其言，以兵属项梁。项梁渡淮，黥布、蒲将军亦以兵属焉[56]。凡六七万人，军下邳[57]。

……

项梁闻陈王定死[58]，召诸别将会薛计事[59]。此时，沛公亦起沛[60]，往焉。居鄛人范增[61]，年七十，素居家，好奇计。往说项梁曰："陈胜败固当[62]。夫秦灭六国，楚最无罪。自怀王入秦不反[63]，楚人怜之至今，故楚南公曰[64]：'楚虽三户，亡秦必楚也[65]。'今陈胜首事，不立楚后而自立，其势不长。今君起江东，楚蜂午之将皆争附君者[66]，以君世世楚将，为能复立楚之后也。"于是项梁然其言，乃求楚怀王孙心，民间为人牧羊，立以为楚怀王，从民所望也[67]。陈婴为楚上柱国，封五县，与怀王都盱台[68]。

项梁自号为武信君。……

项梁使沛公及项羽别攻城阳[69]，屠之[70]。西破秦军濮阳东[71]。秦兵收入濮阳。沛公、项羽乃攻定陶[72]。定陶未下，去。西略地至雍丘[73]，大破秦军，斩李由[74]。还攻外黄[75]，外黄未下。

项梁起东阿[76]，西北至定陶[77]，再破秦军，项羽等又斩李由，益轻秦，有骄色。宋义乃谏项梁曰[78]："战胜而将骄卒惰者败。今卒少惰矣[79]，秦兵日益[80]，臣为君畏之！"项梁弗听。乃使宋义使于齐。道遇齐使者高陵君显[81]。曰："公将见武信君乎？"曰："然。"曰："臣论武信君军必败。公徐行即免死，疾行则及祸。"秦果悉起兵益章邯[82]，击楚军，大破之定陶。项梁死[83]。

沛公、项羽去外黄，攻陈留[84]。陈留坚守，不能下。沛公、项羽相与谋曰："今项梁军破，士卒恐。"乃与吕臣军俱引兵而东[85]。吕臣军彭城东[86]，项羽军彭城西，沛公军砀[87]。

章邯已破项梁军，则以为楚地兵不足忧，乃渡河击赵[88]，大破之。当此时，赵歇为王，陈余为将，张耳为相，皆走入巨鹿城[89]。章邯令王离、涉间围巨鹿[90]。章邯军其南，筑甬道而输之粟[91]。陈余为将，将卒数万人而军巨鹿之北，此所谓河北之军也。

楚兵已破于定陶，怀王恐，从盱台之彭城[92]，并项羽、吕臣军自将之。以吕臣为司徒[93]；以其父吕青为令尹[94]；以沛公为砀郡长，封为武安侯，将砀郡兵。

初，宋义所遇齐使者高陵君显在楚军，见楚王曰："宋义论武信君之军必败,居数日,军果败。兵未战而先见败征,此可谓知兵矣。"王召宋义与计事而大说之[95],因置以为上将军;项羽为鲁公,为次将;范增为末将;救赵。诸别将皆属宋义,号为卿子冠军[96]。行至安阳[97],留四十六日不进。项羽曰:"吾闻秦军围赵王巨鹿,疾引兵渡河[98],楚击其外,赵应其内,破秦军必矣。"宋义曰:"不然。夫搏牛之虻不可以破虮虱[99]。今秦攻赵,战胜则兵罢[100],我承其敝;不胜,则我引兵鼓行而西[101],必举秦矣[102]。故不如先斗秦、赵。夫被坚执锐[103],义不如公;坐而运策[104],公不如义。"因下令军中曰:"猛如虎,很如羊[105],贪如狼,强不可使者[106],皆斩之!"乃遣其子宋襄相齐,身送之至无盐[107],饮酒高会[108]。天寒大雨,士卒冻饥。项羽曰:"将戮力而攻秦[109],久留不行。今岁饥民贫,士卒食芋菽[110],军无见粮[111],乃饮酒高会,不引兵渡河因赵食[112],与赵并力攻秦,乃曰'承其敝'。夫以秦之强,攻新造之赵,其势必举赵。赵举而秦强,何敝之承!且国兵新破,王坐不安席,扫境内而专属於将军[113],国家安危,在此一举。今不恤士卒而徇其私[114],非社稷之臣[115]。"项羽晨朝上将军宋义[116],即其帐中斩宋义头。出令军中曰:"宋义与齐谋反楚,楚王阴令羽诛之。"当是时,诸将皆慑服,莫敢枝梧[117]。皆曰:"首立楚者,将军家也。今将军诛乱。"乃相与共立羽为假上将军[118]。使人追宋义子,及之齐,杀之。使桓楚报命於怀王。怀王因使项羽为上将军,当阳君、蒲将军皆属项羽[119]。

项羽已杀卿子冠军,威震楚国,名闻诸侯。乃遣当阳君、蒲将军将卒二万渡河救巨鹿。战少利[120]。陈余复请兵。项羽乃悉引兵渡河,皆沈船,破釜甑[121],烧庐舍,持三日粮,以示士卒必死,无一还心。於是至则围王离。与秦军遇,九战,绝其甬道,大破之。杀苏角[122],虏王离。涉间不降楚,自烧杀。当是时,楚兵冠诸侯。诸侯军救巨鹿下者十余壁[123],莫敢纵兵。及楚击秦,诸将皆从壁上观。楚战士无不一以当十。楚兵呼声动天,诸侯军无不人人惴恐。于是已破秦军,项羽召见诸侯将。入辕门[124],无不膝行而前[125],莫敢仰视。项羽由是始为诸侯上将军,诸侯皆属焉。

……

项羽使蒲将军日夜引兵度三户,军漳南[126],与秦战,再破之。项羽悉引兵击秦军汙水上[127],大破之。章邯使人见项羽,欲约[128]。项羽召军吏谋曰:“粮少,欲听其约。”军吏皆曰:“善。”项羽乃与期洹水南殷虚上[129]。已盟,章邯见项羽而流涕,为言赵高[130]。项羽乃立章邯为雍王[131],置楚军中;使长史欣为上将军,将秦军为前行。到新安[132]。诸侯吏卒异时故徭使屯戍过秦中[133],秦中吏卒遇之多无状[134];及秦军降诸侯,诸侯吏卒乘胜多奴虏使之,轻折辱秦吏卒。秦吏卒多窃言曰:“章将军等诈吾属降诸侯[135],今能入关破秦,大善;即不能[136],诸侯虏吾属而东,秦必尽诛吾父母妻子。”诸将微闻其计,以告项羽。项羽乃召鲸布、蒲将军计曰:“秦吏卒尚众,其心不服,至关中[137],不听,事必危。不如击杀之,而独与章邯、长史欣、都尉翳入秦[138]。”于是楚军夜击坑秦卒二十余万人新安城南[139]。

行略定秦地，函谷关[140]有兵守关，不得入。又闻沛公已破咸阳[141]。项羽大怒，使当阳君等击关。项羽遂入，至于戏西[142]。

沛公军霸上[143]，未得与项羽相见。沛公左司马曹无伤使人言於项羽曰："沛公欲王关中，使子婴为相，珍宝尽有之。"项羽大怒，曰："旦日飨士卒，为击破沛公军[144]！"

当是时，项羽兵四十万，在新丰鸿门[145]；沛公兵十万，在霸上。范增说项羽曰："沛公居山东时[146]，贪于财货，好美姬。今入关，财物无所取，妇女无所幸[147]，此其志不在小。吾令人望其气[148]，皆为龙虎，成五采，此天子气也。急击勿失！"

楚左尹项伯者[149]，项羽季父也，素善留侯张良[150]。张良是时从沛公。项伯乃夜驰之沛公军，私见张良，具告以事[151]，欲呼张良与俱去，曰："毋从俱死也。"张良曰："臣为韩王送沛公[152]。沛公今事有急，亡去，不义。不可不语。"良乃入，具告沛公。沛公大惊，曰："为之奈何？"张良曰："谁为大王为此计者？"曰："鲰生说我曰[153]，'距关，毋内诸侯[154]，秦地可尽王也[155]'。故听之。"良曰："料大王士卒足以当项王乎？"沛公默然，曰："固不如也。且为之奈何？"张良曰："请往谓项伯，言沛公不敢背项王也。"沛公曰："君安与项伯有故[156]？"张良曰："秦时与臣游，项伯杀人，臣活之。今事有急，故幸来告良。"沛公曰："孰与君少长[157]？"良曰："长于臣。"沛公曰："君为我呼入，吾得兄事之。"张良出，要项伯[158]。项伯即入见沛公。沛公奉卮酒为寿[159]，约为婚姻，曰："吾入关，秋豪不敢有所近[160]，籍吏民[161]，封府库，而待将军。所以遣将守关者，备他盗之出入与非常也[162]。日夜望将军至，岂敢反乎！愿伯具言臣之不敢倍德也[163]。"项伯许诺，谓沛公曰："旦日不可不蚤自来谢项王[164]！"沛公曰："诺。"于是项伯复夜去，至军中，具以沛公言报项王。因言曰："沛公不先破关中，公岂敢入乎？今人有大功而击之，不义也。不如因善遇之。"项王许诺。

　　沛公旦日从百余骑来见项王，至鸿门，谢曰："臣与将军戮力而攻秦，将军战河北，臣战河南，然不自意能先入关破秦[165]，得复见将军于此。今者有小人之言，令将军与臣有郤[166]。"项王曰："此沛公左司马曹无伤言之，不然，籍何以至此。"项羽即日因留沛公与饮。项王、项伯东向坐；亚父南向坐[167]——亚父者，范增也；沛公北向坐；张良西向侍。范增数目项王[168]，举所佩玉玦以示之者三[169]。项王默然不应。范增起，出召项庄[170]，谓曰："君王为人不忍，若入前为寿[171]，寿毕，请以剑舞，因击沛公于坐[172]，杀之。不者[173]，若属皆且为所虏[174]。"庄则入为寿。寿毕，曰："君王与沛公饮，军中无以为乐，请以剑舞。"项王曰："诺。"项庄拔剑起舞，项伯亦拔剑起舞，常以身翼蔽沛公，庄不得击。

　　于是张良至军门，见樊哙[175]。樊哙曰："今日之事何如？"良曰："甚急！今者项庄拔剑舞，其意常在沛公也。"哙曰："此迫矣！臣请入，与之同命！"哙即带剑拥盾入军门。交戟之卫士欲止不内[176]，樊哙侧其盾以撞，卫士仆地[177]。哙遂入，披帷西向立[178]，瞋目视项王[179]，头发上指[180]，目眦尽裂[181]。项王按剑而跽曰[182]："客何为者？"张良曰："沛公之参乘樊哙者也[183]。"项王曰："壮士！赐之卮酒！"则与斗卮酒。哙拜谢，起，立而饮之。项王曰："赐之彘肩[184]！"则与一生彘肩。樊哙覆其盾於地，加彘肩上，拔剑切而啗之[185]。项王曰："壮士！能复饮乎？"樊哙曰："臣死且不避，卮酒安足辞！夫秦王有虎狼之心，杀人如不能举[186]，刑人如恐不胜[187]，天下皆叛之。怀王与诸将约曰'先破秦入咸阳者王之'。今沛公先破秦入咸阳，毫毛不敢有所近，封闭宫室，还军霸上，以待大王来。故遣将守关者，备他盗出入与非常也。劳苦而功高如此，未有封侯之赏，而听细说[188]，欲诛有功之人，此亡秦之续耳，窃为大王不取也。"项王未有以应，曰："坐！"樊哙从良坐。坐须臾，沛公起如厕，因招樊哙出。

沛公已出，项王使都尉陈平召沛公[189]。沛公曰："今者出，未辞也，为之奈何？"樊哙曰："大行不顾细谨，大礼不辞小让[190]。如今人方为刀俎[191]，我为鱼肉，何辞为？"于是遂去。乃令张良留谢。良问曰："大王来何操[192]？"曰："我持白璧一双，欲献项王；玉斗一双，欲与亚父。会其怒[193]，不敢献。公为我献之。"张良曰"谨诺。"当是时，项王军在鸿门下，沛公军在霸上，相去四十里。沛公则置车骑[194]，脱身独骑[195]，与樊哙、夏侯婴、靳强、纪信等四人持剑盾步走[196]，从郦山下[197]，道芷阳间行[198]，沛公谓张良曰："从此道至吾军，不过二十里耳。度我至军中，公乃入。"沛公已去，间至军中[199]，张良入谢，曰："沛公不胜杯杓[200]，不能辞。谨使臣良奉白璧一双，再拜献大王足下；玉斗一双，再拜奉大将军足下[201]。"项王曰："沛公安在？"良曰："闻大王有意督过之[202]，脱身独去，已至军矣。"项王则受璧，置之坐上。亚父受玉斗，置之地，拔剑撞而破之，曰："唉！竖子不足与谋[203]！夺项王天下者，必沛公也，吾属今为之虏矣！"沛公至军，立诛杀曹无伤。

居数日，项羽引兵西屠咸阳，杀秦降王子婴。烧秦宫室，火三月不灭。收其货宝妇女而东。人或说项王曰："关中阻山河四塞[204]，地肥饶，可都以霸[205]。"项王见秦宫室皆以烧残破[206]，又心怀思欲东归，曰："富贵不归故乡，如衣绣夜行，谁知之者！"说者曰："人言楚人沐猴而冠耳[207]，果然。"项王闻之，烹说者。

项王使人致命怀王[208]。怀王曰："如约[209]。"乃尊怀王为义帝[210]。项王欲自王，先王诸将相。谓曰："天下初发难时，假立诸侯后，以伐秦。然身被坚执锐首事[211]，暴露于野三年，灭秦定天下者，皆将相诸君与籍之力也。义帝虽无功，故当分其地而王之[212]。"诸将皆曰："善。"乃分天下，立诸将为侯王。

项王、范增疑沛公之有天下[213]，业已讲解[214]，又恶负约，恐诸侯叛之，乃阴谋曰："巴、蜀道险[215]，秦之迁人皆居蜀[216]。"乃曰："巴蜀亦关中地也。"故立沛公为汉王，王巴、蜀、汉中[217]，都南郑[218]。而三分关中，王秦降将以距塞汉王[219]。……项王自立为西楚霸王，王九郡，都彭城[220]。

汉之元年四月[221]，诸侯罢戏下[222]，各就国[223]。项王出之国,使人徙义帝,曰:"古人帝者地方千里,必居上游。"乃使使徙义帝长沙郴县[224],趣义帝行[225]。其群臣稍稍背叛之。乃阴令衡山、临江王击杀之江中[226]。……

是时汉还定三秦[227]。项羽闻汉王皆已并关中,且东;齐、赵叛之[228],大怒。乃以故吴令郑昌为韩王,以距汉;令萧公角等击彭越[229]。彭越败萧公角等。汉使张良徇韩,乃遗项王书曰:"汉王失职[230],欲得关中,如约即止,不敢东。"又以齐、梁反书遗项羽,曰:"齐欲与赵并灭楚。"楚以此故,无西意,而北击齐。……汉之二年冬,项羽遂北至城阳,田荣亦将兵会战。田荣不胜,走至平原[231],平原民杀之。遂北烧夷齐城郭室屋,皆坑田荣降卒,系虏其老弱妇女。徇齐至北海[232],多所残灭。齐人相聚而叛之。于是田荣弟田横收齐亡卒,得数万人,反城阳。项王因留,连战未能下。

春。汉王部五诸侯兵凡五十六万人[233],东伐楚。项王闻之,即令诸将击齐,而自以精兵三万人南从鲁出胡陵[234]。四月,汉皆已入彭城,收其货宝、美人,日置酒高会,项王乃西,从萧晨击汉军[235],而东至彭城。日中,大破汉军。汉军皆走,相随入谷、泗水[236],杀汉卒十余万人。汉卒皆南走山[237],楚又追击至灵璧东睢水上[238]。汉军却,为楚所挤,多杀,汉卒十余万人皆入睢水,睢水为之不流。围汉王三匝[239],于是大风从西北而起,折木发屋,扬沙石,窈冥昼晦[240],逢迎楚军[241]。楚军大乱,坏散,而汉王乃得与数十骑遁去。欲过沛,收家室而西。楚亦使人追之沛,取汉王家。家皆亡,不与汉王相见。汉王道逢得孝惠、鲁元[242]，乃载行。楚骑追汉王，汉王急，推堕孝惠、鲁元车下[243]，滕公常下收载之[244]。如是者三。曰："虽急，不可以驱[245]，奈何弃之！"于是遂得脱。求太公、吕后[246]，不相遇。审食其从太公、吕后间行[247]，求汉王，反遇楚军。楚军遂与归，报项王。项王常置军中。

是时，吕后兄周吕侯为汉将兵居下邑[248]。汉王间往从之，稍稍收其士卒。至荥阳[249]，诸败军皆会；萧何亦发关中老弱未傅[250]，悉诣荥阳，复大振。楚起于彭城，常乘胜逐北[251]，与汉战荥阳南京、索间[252]。汉败楚，楚以故不能过荥阳而西。……

汉军荥阳，筑甬道属之河[253]，以取敖仓粟[254]。汉之三年，项王数侵夺汉甬道。汉王食乏，恐，请和，割荥阳以西为汉。项王欲听之。历阳侯范增曰[255]："汉易与耳[256]。今释弗取，后必悔之。"项王乃与范增急围荥阳。汉王患之，乃用陈平计，间项王[257]。项王使者来，为太牢具[258]，举欲进之。见使者，详惊愕曰[259]："吾以为亚父使者，乃反项王使者！"更持去，以恶食食项王使者[260]。使者归，报项王。项王乃疑范增与汉有私，稍夺之权。范增大怒，曰："天下事大定矣，君王自为之！愿赐骸骨归卒伍[261]！"项王许之。行未至彭城，疽发背而死[262]。……

当此时[263]，彭越数反梁地，绝楚粮食。项王患之。为高俎，置太公其上，告汉王曰："今不急下[264]。吾烹太公。"汉王曰："吾与项羽俱北面受命怀王[265]，曰'约为兄弟'，吾翁即若翁。必欲烹而翁[266]，则幸分我一杯

261

身七十余战[314]，所当者破，所击者服，未尝败北，遂霸有天下。然今卒困于此。此天之亡我，非战之罪也。今日固决死[315]，愿为诸君快战[316]，必三胜之，为诸君溃围，斩将，刈旗[317]，令诸君知天亡我，非战之罪也。"乃分其骑以为四队，四向。汉军围之数重。项王谓其骑曰："吾为公取彼一将。"令四面骑驰下，期山东为三处[318]。于是项王大呼驰下，汉军皆披靡[319]，遂斩汉一将。是时赤泉侯为骑将[320]，追项王，项王瞋目而叱之，赤泉侯人马俱惊，辟易数里[321]。与其骑会为三处，汉军不知项王所在，乃分军为三，复围之。项王乃驰，复斩汉一都尉[322]，杀数十百人。复聚其骑，亡其两骑耳。乃谓其骑曰："何如？"骑皆伏曰[323]："如大王言。"

于是项王乃欲东渡乌江[324]。乌江亭长杈船待[325]。谓项王曰："江东虽小，地方千里，众数十万人，亦足王也。愿大王急渡！今独臣有船，汉军至，无以渡。"项王笑曰："天之亡我，我何渡为？且籍与江东子弟八千人渡江而西，今无一人还。纵江东父兄怜而王我，我何面目见之？纵彼不言，籍独不愧于心乎！"乃谓亭长曰："吾知公长者。吾骑此马五岁，所当无敌，尝一日行千里，不忍杀之，以赐公。"乃令骑皆下马步行，持短兵接战[326]。独籍所杀汉军数百人。项王身亦被十余创[327]。顾见汉骑司马吕马童[328]，曰："若非吾故人乎[329]？"马童面之[330]，指王翳曰[331]："此项王也。"项王乃曰："吾闻汉购我头千金，邑万户，吾为若德[332]。"乃自刎而死。王翳取其头，余骑相蹂践争项王，相杀者数十人。……

项王已死，楚地皆降汉，独鲁不下。汉乃引天下兵，欲屠之。为其守礼义，为主死节，乃持项王头视鲁[333]。鲁父兄乃降。始，楚怀王初封项籍为鲁公，及其死，鲁最后下，故以鲁公礼葬项王谷城。汉王为发哀[334]，泣之而去。……

太史公曰[335]：吾闻之周生曰[336]，舜目盖重瞳子[337]。又闻项羽亦重瞳子，羽岂其苗裔邪[338]？何兴之暴也[339]！夫秦失其政，陈涉首难[340]，豪杰蜂起，相与并争，不可胜数。然羽非有尺寸[341]，乘势起陇亩之中[342]，三年，遂将五诸侯灭秦[343]，分裂天下而封王侯，政由羽出[344]，号为霸王，位虽不终[345]，近古以来，未尝有也。及羽背关怀楚[346]，放逐义帝而自立，怨王侯叛己，难矣。自矜功伐[347]，奋其私智而不师古[348]，谓霸王之业，欲以力征[349]，经营天下，五年卒亡其国。身死东城，尚不觉寤[350]，而不自责，过矣[351]。乃引"天亡我，非用兵之罪也"，岂不谬哉！

据中华书局校点本《史记》

【注释】 [1] 下相：地名，在今江苏宿迁西。 [2] 初起时：指初起兵反秦的时候，在秦二世元年（前209）。 [3] 季父：叔父。 [4] 王翦(jiǎn)：秦始皇时名将。戮：杀死。 [5] 项：地名，今河南项城东北。[6] 姓项氏：古代姓氏不同，同姓贵族从姓中再分出氏来，有以官名为氏，有以所封地名为氏等情况。项氏即以所封地为姓氏。 [7] 书：认字和写字。 [8] 竟学：学到底。竟，完毕。 [9] 栎(yuè)阳：秦县名，在今陕西临潼东北。逮：及，牵连。此指项梁受人牵连被官吏追捕。 [10] 蕲(qí)：秦县名，在今安徽宿县南。狱掾(yuàn)：古代掌管刑狱的小官吏。曹咎：人名，后为项羽的大司马。书：写信。 [11] 抵：送到。司马欣：人名，

265

为秦长史,后随章邯降楚。　　[12]"以故"句:因此项梁受牵连的案件才得以了结。已,停止。　　[13]吴中:地名,今江苏苏州,秦代在此置吴县,是会稽郡的郡治。　　[14]出项梁下:比不上项梁。　　[15]徭役:古代统治者强制人民担负的劳役,如筑城、修路等。丧:丧事。古代统治阶级重视丧葬,常大量使用人力、物力,故这里"大徭役"与"丧"并提。　　[16]阴:暗中。部勒:组织,调度。宾客:指依附于项梁的客籍人士。子弟:指本地的青壮年男子。　　[17]以是:因此。其:指宾客子弟。　　[18]会(kuài)稽:山名,在今浙江绍兴东南。　　[19]浙江:此指钱塘江。　　[20]族:灭族,杀尽全族人,是古代最重的刑罚。　　[21]扛:举。　　[22]惮:畏惧。[23]秦二世:秦朝第二代皇帝,名胡亥,秦始皇的小儿子。公元前209至前207年在位。　　[24]陈涉:陈胜,字涉,阳城(今河南方城东)人。二世元年七月,被征遣戍守渔阳(今北京密云南)。行至大泽乡(今安徽宿县西南),举行起义,称陈王。　　[25]会稽守通:会稽郡郡守殷通。　　[26]江西:即指今皖北和淮河下游一带。长江下游入安徽后向东北流,所以两岸一带古有江东、江西之称。　　[27]即:则。　　[28]桓楚:人名,为吴中奇士。将(jiàng):统率。统兵。　　[29]亡:逃亡。泽:沼泽荒野。　　[30]诺:应允之辞,犹言是或好。　　[31]须臾:一会儿。　　[32]眴(shùn):使眼色。可行矣:可以动手了。此为双关之语。　　[33]印:官印。绶:系印纽的丝带。[34]慑(shè)伏:惧怕而伏地。　　[35]故所知豪吏:从前所了解的豪强吏士。　　[36]谕:宣告。所起大事:所以要起兵反秦。　　[37]收下县:占取会稽郡所属各县。　　[38]校尉:略次于将军的军官。候:军候,军中管理事务的官吏。司马:执行军法的官吏。　　[39]伏:通"服"。　　[40]裨(pí)将:副将。　　[41]徇(xún):占领,这里兼有巡行、安抚的意思。[42]广陵:地名,今江苏扬州。召(shào)平:人名,陈涉部属。于是:在这时。陈王:即陈涉。　　[43]下:攻克。　　[44]矫:假托。　　[45]上柱国:楚上卿一级官名,相当于相国。　　[46]东阳:地名,在今安徽天长西北。[47]使使:派遣使者。连和俱西:联合兵力,一同西进。　　[48]令史:县令手下的书吏。　　[49]置长:推举首领。无适用:没有恰当的人可以提任。　　[50]"异军"句:独自成立一支与其他各军不同的军队,以苍头作为标志,有独树一帜之意。苍头,用青色头巾裹头。　　[51]先古:上世。[52]暴:突然。　　[53]有所属:有所隶属,归附。　　[54]亡:逃亡。

266

[55] 指名:指名道姓。　　　[56] 黥(qíng)布:即英布,因受黥刑,故称。蒲将军:姓名、事迹均不详。他和黥布是当时起义军的首领。　　　[57] 下邳(pī):地名,在今江苏邳县东。　　[58] 定:确定。　　[59] 会:会集。薛:地名,今山东滕县东南。计事:商量事情。　　[60] 沛公:即刘邦,在沛县(今江苏沛县)起义,称沛公。　　[61] 居鄛:一作居巢,地名,在今安徽巢县东北。
[62] 固当:本是应该的。　　[63] 怀王:即楚怀王,被秦昭襄王诱骗入秦扣留不放,死在秦国。反:同"返"。　　[64] 楚南公:战国时楚国的阴阳家。　　[65] "楚虽"二句:言楚人怨秦最深,即使被秦摧残得只留下三户人家,灭秦的还一定是楚人。　　[66] 蜂午:如蜂群飞,纵横交错,既多且乱。午,纵横交错。　　[67] "乃求"四句:在民间求得楚怀王孙儿名叫心的,这时心为人牧羊。立他为君,仍称怀王,遵从楚人怜念怀王的心理。　　[68] 盱台(xū yí):地名,今江苏盱眙。　　[69] 城阳:地名,今山东鄄城境内。
[70] 屠:屠城。　　[71] 濮阳:地名,今河南濮阳南。　　[72] 定陶:地名,今山东定陶西北。　　[73] 略地:攻占土地。雍丘:地名,今河南杞县。
[74] 李由:秦丞相李斯的儿子,当时为三川郡守。　　[75] 外黄:地名,今河南杞县东北。　　[76] 起东阿:从东阿(今山东寿张境内)出发。
[77] 西北:西字恐是衍文,北字《汉书》作"比",比是及的意思。《汉书》是。因为定陶在东阿西南,不在北面。　　[78] 宋义:项梁部属,原是楚的令尹。
[79] 少:稍稍。　　[80] 日益:天天在增加。　　[81] 高陵君显:高陵君是封号,显是高陵君的名。　　[82] 益:增援。章邯:秦大将,任少府,前来镇压起义的主帅。　　[83] 死:战死。　　[84] 陈留:地名,今河南开封境内。　　[85] 吕臣:楚将,后归顺刘邦。　　[86] 彭城:地名,今江苏徐州。
[87] 砀(dàng):地名,今安徽砀山南。　　[88] 赵:旧赵国地区,今河北西南部、山西中部一带。　　[89] 赵歇:赵国后代,被陈余、张耳拥立为赵王。陈余:魏大梁人,曾为赵王武臣的校尉,武臣死,拥立赵歇为王,后为韩信所杀。张耳:魏大梁人,与陈余同为武臣校尉,并拥立赵歇,后从项羽,最后归刘邦,封为赵王。走入:逃入。巨鹿:地名,在今河北平乡西南。　　[90] 王离、涉间(jiàn):均为秦将。　　[91] 甬道:两旁筑墙,以防敌人劫夺的通道。输:输送。之:代词,指王离、涉间的军队。　　[92] 之:往。　　[93] 司徒:主管土地、户口的官,这里可能是指管后勤给养的军需官。　　[94] 令尹:楚国掌军政大权的最高官职,相当于首相。　　[95] 说:通"悦"。

[96] 卿子:尊称。冠军:上将军。　　　[97] 安阳:地名,今山东曹县东南。
[98] 河:黄河。　　　[99] "夫搏"句:虻所要搏的是牛而不是要消灭虮子。
比喻志在大不在小,说明楚军志在破秦而不在救赵。搏,击,斗。虻(méng),
牛虻。虮虱,虱子的统称。　　　[100] 罢:通"疲"。　　　[101] 鼓行:击鼓前
进。　　　[102] 举:攻克,攻占。　　　[103] 被:通"披"。坚:坚甲。锐:锋利
的兵器。　　　[104] 运策:运用谋略。　　　[105] 很:通"狠",凶狠。
[106] "强不可"句:倔强不听命令的人。　　　[107] 相齐:为齐国的国相。
身:亲身。无盐:地名,今山东东平东。　　　[108] 高会:盛会,大宴宾客。
[109] 戮力:合力,协力。　　　[110] 芋菽:薯类和豆类。　　　[111] 见粮:
现存的粮食。见,同"现"。　　　[112] 因:利用。赵食:赵地的粮食。
[113] "扫境"句:把楚国的力量(兵马粮钱等)都交托给你宋义。扫,尽括的
意思。　　　[114] 徇:营,图谋。　　　[115] 社稷之臣:即指与国家同甘苦、
共存亡的臣子。古代以社稷指国家。社,土神。稷,谷神。　　　[116] 晨朝:
清晨谒见。　　　[117] 枝梧:抗拒。　　　[118] 假:摄,代理。　　　[119] 当
阳君:英布的封号。　　　[120] 战少利:战争稍微得手。　　　[121] 釜(fǔ):
饭锅。甑(zèng):蒸饭的瓦器。　　　[122] 苏角:秦将。　　　[123] 壁:军队
的营垒。　　　[124] 辕门:军行所止,以车为阵,以辕对立为门,称辕门。
[125] 膝行:跪着行进。古人席地而坐,膝行则指屁股离开脚跟,以膝着地往
前移。　　　[126] 三户:三户津,漳河的一个渡口,在今河南磁县西南古漳水
上。漳南:地名,在今河北临漳附近。　　　[127] 汙水:源出河北太行山,东
南流入漳河,今已涸绝。　　　[128] 欲约:要求定约投降。　　　[129] 洹
(huán)水:即安阳河,在今河南安阳北。殷虚:即殷墟,殷朝的故都,在今安阳
北的小屯村。　　　[130] 为言赵高:章邯向项羽诉说赵高诬陷自己。赵高,
秦宦官,二世时为丞相,专权。　　　[131] 雍:地名,今陕西凤翔一带。
[132] 新安:地名,今河南渑池东。　　　[133] 徭使:服徭役。屯戍:派往边
疆驻守。秦中:即关中秦地,约今陕西一带。　　　[134] 遇:对待。无状:不
像样子,意即虐待。　　　[135] 吾属:我们这些人。　　　[136] 即:假如。
[137] 关中:函谷关内,即秦国境内。　　　[138] 长史欣、都尉翳:即长史
司马欣,都尉董翳,均为秦降将,原是章邯部下。　　　[139] 坑:埋。
[140] 行:将要。函谷关:地名,在今河南灵宝西南。　　　[141] 咸阳:地名,
为秦京都,在今陕西咸阳东。　　　[142] 戏西:戏水之西。戏水源出骊山,流

268

入渭水,在今陕西临潼东。　　[143] 霸上:地名,即灞水以西的白鹿原,在今陕西西安东。　　[144] 旦日:明天。飨(xiǎng):犒赏酒食。为(wéi):使,让。　　[145] 新丰:地名,秦时称骊邑,在今陕西临潼东。鸿门:山坡名,在临潼东十七里,今名项王营。　　[146] 山东:战国时泛称六国之地为山东,因其在崤山(在今河南洛宁西北)以东,故名。　　[147] 幸:为帝王所宠爱、亲近。　　[148] 望其气:古人认为通过观察某人头上的云气可以知道人事的祸福吉凶,称为“望气”。　　[149] 左尹:楚官名,令尹之佐。项伯:名缠,项羽的族叔,后汉高祖封他为射阳侯。　　[150] 善:交好。张良:字子房,为刘邦的主要谋士,后封留侯。　　[151] 具告:详细告诉。事:指项羽欲击沛公之事。　　[152] “臣为”句:张良曾劝说项梁立韩公子为韩王,自己做韩相。后来刘邦使韩王成留守阳翟,张良奉韩王命随刘邦一起进军武关,所以这样说。　　[153] 鲰(zōu)生:浅陋无知的小人。鲰,小鱼。　　[154] 距:通“拒”,这里指把守。关:函谷关。内:通“纳”,放进。　　[155] 王(wàng):作动词用,称王、据有的意思。　　[156] 故:老交情。　　[157] 孰与君少长:和你相比谁大谁小。　　[158] 要:通“邀”。　　[159] 卮(zhī):盛酒的器皿。为寿:祝颂健康长寿。　　[160] 秋豪:兽类秋天新生的绒毛,比喻非常细小的事物。豪,通“毫”。　　[161] 籍:记录,登记。　　[162] 非常:意外的事情。　　[163] 倍:通“背”,背叛、忘记。德:恩德。　　[164] 旦日:明天。蚤:通“早”。谢:道歉,谢罪。　　[165] 不自意:自己没有料到。[166] 郤(xì):通“隙”,嫌隙,隔阂。　　[167] 亚父:次于父,是一种尊称。亚,次。　　[168] 数(shuò):屡次,多次。目:作动词,即以目示意。[169] 玦(jué):玉器名,状如玉环而缺,表示决断。　　[170] 项庄:项羽的堂弟。　　[171] 若:你。　　[172] 坐:同“座”,座位。　　[173] 不者:否则。　　[174] 若属:你们。　　[175] 樊哙(kuài):沛人,原以屠狗为业,随刘邦起义,屡立战功,是刘邦的亲信。后曾任汉左丞相,封舞阳侯。[176] 交戟(jǐ):持戟(长柄武器)交叉,禁止出入。内:通“纳”。　　[177] 仆(pū):跌倒。　　[178] 披帷:掀开帷帐。　　[179] 瞋(chēn)目:睁大眼睛,怒目而视。　　[180] 上指:向上竖直。　　[181] 眦(zì):眼眶。　　[182] 跽(jì):古人席地而坐,两膝着地,两股贴着脚跟。股不着脚跟为跪,跪而挺腰耸身叫跽,这种姿势便于随时站起来。　　[183] 参乘:骖乘,古代在车右陪乘或指陪乘的人。　　[184] 彘(zhì)肩:猪前腿根部,即蹄膀。　　[185] 啗

269

(dàn):同"啖",大口地吃。　　　[186] 举:尽。　　　[187] 胜:尽,极。
[188] 细说:小人的谗言。　　　[189] 都尉:武官名。陈平:阳武(今河南兰
考)人。当时在项羽手下做都尉,第二年归附刘邦,屡立大功,汉建国后封曲
逆侯,曾任丞相。　　　[190] 大行:大礼,大作为。细谨:细微末节。辞:避
忌。让:责备。　　　[191] 俎(zǔ):切肉用的砧板。　　　[192] 何操:携带了
些什么物件。　　　[193] 会:适逢,刚巧碰上。　　　[194] 置:弃置,留下。
[195] "脱身"句:刘邦脱险而出,留下车马,单身独骑。　　　[196] "与樊
哙"句:是说刘邦部下樊哙等人拿着剑、盾,步行随护。夏侯婴、靳(jìn)强、纪
信:均为刘邦部属,夏侯婴、靳强二人后因功封侯;纪信为将军,荥阳之战被项
羽活捉烧死。　　　[197] 郦山:即骊山,在鸿门西。　　　[198] 芷阳:地名,
在今西安东。间(jiàn)行:抄小路走。　　　[199] 间至句:由间道(小道)回到
军中。这是张良的揣度。　　　[200] 杯杓(sháo):杯和杓都是盛酒器,这里
是酒的代称。　　　[201] 大将军:指范增。　　　[202] 督过:责备。
[203] 竖子:小子。指项庄。　　　[204] 四塞(sài):指四面皆有险阻。
[205] 可都以霸:可以建都关中以成霸业。　　　[206] 以:同"已"。
[207] 沐猴而冠:猴子戴帽学人样,虚有仪表。这是讥笑项羽表面轰轰烈烈,
其实成不了什么大事。沐猴,猕猴。　　　[208] 致命:报命。　　　[209] 如
约:照原来的约定"先入关中者王之"办事。当时刘邦先入关中。照约定应把
关中封给刘邦为王。　　　[210] 义帝:即假帝,仅有名义的帝王。　　　[211] 首
事:首先起事。　　　[212] 故当:本来应该。故,通"固"。　　　[213] 疑沛公
之有天下:疑心刘邦在关中做王,会扩张势力,统一天下。　　　[214] 讲解:
和解。　　　[215] 巴:地名,四川东部。蜀:地名,今四川西部。　　　[216] 迁
人:流放的罪人。　　　[217] 汉中:郡名,辖今陕西南部及湖北西北部。
[218] 南郑:地名,今陕西南郑。　　　[219] "而三分"二句:项羽分关中为
雍、塞、翟三国,以秦降将章邯为雍王,司马欣为塞王,董翳为翟王。距塞,阻
遏。距,通"拒"。　　　[220] "项王"三句:当时彭城一带称西楚,吴地为东
楚。项羽定都彭城,有九郡之地,自称西楚霸王。霸王,诸侯盟主。
[221] 汉之元年:公元前 206 年。这年刘邦称汉王。《史记》从这年起,就按
汉的年代纪年。　　　[222] 戏(huī)下:即麾下,帅旗下。一说指戏(xì)水之
下。　　　[223] 就国:到所封之国去。　　　[224] 长沙郴(chēn)县:当时长沙
郡郴县,即今湖南郴县。　　　[225] 趣(cù):通"促",催促。　　　[226] "阴

270

令"句:密令衡山王吴芮、临江王共敖在半路上杀死义帝。因为义帝往郴县去要经过这两国。但这两人没有照办。项羽又密令九江王黥布追义帝到郴县把他杀死。　　[227] 还:指刘邦从汉中还至秦。三秦:即雍、塞、翟三国,原为秦地。汉元年八月,刘邦用韩信计攻入秦地,次年统一三秦。　　[228] 齐、赵叛之:项羽把齐国地分为齐、胶东、济北三国,分封齐王田都、胶东王田市、济北王田安。田荣击杀田都、田市、田安,统一三齐,自立为齐王。项羽徙封赵王歇为代王,把赵地另封张耳为常山王。陈余击破常山王,迎接代王歇再为赵王。所以说齐、赵反叛项羽。　　[229] 萧公角:萧县(今安徽萧县西北)的县令,名角。楚制,县令皆称公。彭越:原是当时一支起义部队的首领,此时受田荣指使在梁地(约今河南境)反抗项羽。　　[230] 失职:本来义帝约定"先入关者王之",刘邦先入关,应在秦地称王,后却封在巴、蜀、汉中,所以说失职。　　[231] 平原:地名,今山东平原南。　　[232] 北海:地名,今山东淄博以东、掖县以西一带地方。　　[233] 部:部勒,统率。五诸侯:其说很多,一般指常山王张耳、河南王申阳、韩王郑昌、魏王豹、殷王司马卬五人,此时已先后投降刘邦。　　[234] 鲁:地名,今山东曲阜。胡陵:地名,在今山东鱼台东南。　　[235] "从萧"句:清晨从萧县出发攻击汉军。[236] 谷、泗:皆水名,都在徐州东北。　　[237] 南走山:向南避入山地。[238] 灵璧:地名,今安徽宿县西北。睢(suī)水:水名,流经灵璧东面。[239] 匝(zā):环绕一周叫匝。　　[240] 发屋:吹掉屋顶。窈冥:幽深昏黑的样子。昼晦:白天变得黑暗。　　[241] 逢迎:指大风迎头吹来。[242] 孝惠:刘邦之子刘盈,后为帝,死谥孝惠。鲁元:刘邦之女,后嫁张耳之子张敖,生子张偃,封鲁王,遂为鲁太后,死谥元。　　[243] "推堕"句:刘邦推他的子女下车,减轻重量,以求疾行逃身。　　[244] 滕公:即夏侯婴,当时为刘邦驾车。曾为滕县令,故称滕公。　　[245] 不可以驱:不能把车子赶得更快些。　　[246] 太公:刘邦的父亲,其名不详。吕后:刘邦的妻子吕雉。　　[247] 审食(yì)其(jī):沛人,后封为辟阳侯。　　[248] 周吕侯:刘邦妻兄吕泽,后封周吕侯。下邑:地名,今安徽砀山东。　　[249] 荥阳:地名,今河南荥泽西南。　　[250] 萧何:刘邦的功臣,这时镇守关中,调发兵饷给刘邦。老弱未傅:老弱不符合服役年龄的人。傅,符合。　　[251] 逐北:追逐败逃的敌人。北,败走。　　[252] 京、索:京邑(今河南荥阳东南)与索亭(今荥阳县城)。　　[253] 属(zhǔ)之河:从荥阳联接到黄河南岸。

271

属,连缀。　　[254]敖仓:秦的仓库,筑在旧荥阳西北敖山上。　　[255]历阳侯:即范增。其封地为历阳(今安徽和县),故称历阳侯。　　[256]易与:容易对付。　　[257]间项王:离间项羽和范增的关系。　　[258]太牢:古代宴会用牛羊猪三牲的叫太牢,是最隆重的筵席。具:设备。[259]详:同"佯",假装。　　[260]食:本句第二个食字用作动词,同"饲"。[261]赐骸骨:辞官。骸骨指身体,做官时以一身奉献给朝廷,故辞官叫赐骸骨。归卒伍:回去当一个有军籍的平民。　　[262]疽(jū):毒疮。[263]当此时:指汉之四年,这时项羽已攻下荥阳,刘邦退守成皋(在今河南荥阳境内)。　　[264]急下:赶快投降。　　[265]北面:古时君南面,臣北面听命。刘邦、项羽都做过楚怀王的臣下。　　[266]而翁:你的父亲,与"若翁"同义。　　[267]幸:希望。羹:汤汁。　　[268]只:恰巧。[269]罢:同"疲"。转:陆路运输。漕:水路运输。　　[270]匈匈:同"汹汹",指局势动荡不安。　　[271]楼烦:北方部族名,当时楚、汉双方都有楼烦族参加。此处指汉军中的楼烦士兵。　　[272]三合:三回。　　[273]叱(chì):大声呵斥。　　[274]间问:探问。　　[275]乃即汉王所在之地。　　[276]广武:山名,在河南荥阳东北。山上筑有东西两城,西城为汉筑,东城是楚筑。间:应作"涧",东西广武两城中有涧,名广武涧。[277]数之:一件件指斥项羽的罪状。　　[278]伏弩:隐藏的弩箭。弩,装有机关的弓。　　[279]陆贾:刘邦部下的辩士。　　[280]侯公:侯姓,其名不详。　　[281]鸿沟:古运河名,自今河南荥阳北引黄河水,曲折东流,至淮阳南入颍水。东汉以后,逐渐淤塞。　　[282]军:谓汉军。　　[283]因其机:趁着这个机会。　　[284]阳夏:地名,今河南太康。　　[285]淮阴侯:即韩信,当时他率军已破齐、赵,自立为齐王。淮阴侯是后来的封号。建成侯:指彭越,当时彭越为魏相。查《史记》各有关篇章,均不载彭越有此封号,大约是所赐名号。　　[286]固陵:地名,在今河南太康西。　　[287]深:作动词用,深掘。堑:濠沟。　　[288]分地:分封的土地。　　[289]立致:立即招他们来。　　[290]即不能:如其不能这样办。　　[291]陈:地名,今河南淮阳。傅:到达。　　[292]睢阳:地名,在今河南商丘南。谷城:地名,在今山东东阿境内。　　[293]刘贾:刘邦从兄,曾率军与彭越共击楚军。这时和彭越一起进发,故称并行。寿春:地名,今安徽寿县。城父:地名,今安徽亳县东南。垓(gāi)下:今安徽灵璧东南。当时项羽向垓下撤退。

272

[294]"大司马"二句:周殷是项羽的大司马,时叛楚,用舒地的部队屠杀六地的平民,再进军到垓下。大司马,官名,主管军事。舒,地名,今安徽舒城。六,地名,今安徽六安。　　[295]举九江兵:发动黥布出兵。项羽封黥布为九江王,这时黥布已背叛项羽。九江,为秦故郡,在今江西及安徽淮水以南地区。　　[296]诣:向,有进兵的意思。　　[297]壁:作动词用,安营扎寨。[298]楚歌:唱着楚声的歌曲。　　[299]骓(zhuī):毛色青白相间的马。[300]逝:向前跑。　　[301]奈若何:奈你何,把你怎么办。　　[302]阕(què):曲终一遍为一阕。　　[303]和(hè)之:唱和这首歌。　　[304]直夜:当夜。直,通"值"。　　[305]平明:天刚亮。　　[306]灌婴:汉军将领,少以贩卖丝帛为业,后从刘邦定天下,封颍阴侯。　　[307]属:跟随。　　[308]阴陵:地名,今安徽定远西北。　　[309]田父:农夫。绐(dài):欺骗。　　[310]左:向左边走。　　[311]左:指项羽向左行。[312]大泽:低洼多水的地方。今安徽全椒东南三十里有地名迷沟(离阴陵五里),相传就是项羽所陷入的大泽。　　[313]东城:地名,今安徽定远东南。　　[314]身:亲身经历。　　[315]决死:必死。　　[316]快战:痛痛快快地打一仗。　　[317]刈(yì)旗:砍倒敌方军旗。　　[318]"期山"句:预约在山的东面分三处集合。　　[319]披靡:草木随风倒伏散乱的样子,这里形容汉军的溃败惊逃。　　[320]赤泉侯:杨喜。当是为骑将,后因破项羽有功,封赤泉侯。　　[321]辟易:倒退。　　[322]都尉:武官,级位比将军低。　　[323]伏:通"服",信服。　　[324]乌江,今安徽和县东北长江岸边的乌江浦。　　[325]亭长:秦汉时,十里一亭,设亭长一人,管理乡里事务。舣(yǐ):同"𦩘",使船靠岸。　　[326]短兵:短武器,如刀、剑等。　　[327]被:受。创:伤。　　[328]骑司马:官名,骑兵将领。吕马童:人名,后以战功封中水侯。　　[329]故人:旧相识,老友。　　[330]面:背对着。　　[331]指王翳:指示王翳看。王翳,汉将,后封杜衍侯。[332]吾为若德:我替你做件好事。　　[333]视鲁:给鲁地的人看。[334]发哀:举丧。　　[335]太史公:即太史令,司马迁自称。　　[336]周生:和司马迁同时代的儒生,名不详。　　[337]盖:大约,大概。重瞳子:一只眼睛有两个眸子。　　[338]苗裔:后代子孙。　　[339]暴:突然,急速。　　[340]首难:首先发难,首先起事。　　[341]尺寸:一点点凭借,指土地或权力。　　[342]陇亩:指田间,民间。　　[343]将:率领。五诸

273

侯：指齐、赵、韩、魏、燕五国的起义军。　　［344］政：政令。　　［345］位：指西楚霸王的权势地位。　　［346］背关怀楚：背弃关中，怀念楚地。指项羽放弃秦地，定都彭城。　　［347］矜：夸耀。功伐：战功。伐，与功同义。［348］奋：逞。不师古：不师法古帝王的行为事业。　　［349］力征：以武力征伐。　　［350］寤：通"悟"。　　［351］过：错。

伯 夷 列 传

【题解】　孤竹国是西周的小国。孤竹君二子不肯继承王位，相继逃离。西周灭商，二子不满其"以暴易暴"，不食周粟，至于饿死。有关两位人物传说的记载，作者只用了很小的篇幅，却又说到颜回的"好学"而"屡空""早死"，盗跖的"日杀不辜"而"竟以寿终"。可见伯夷叔齐的悲剧，并不孤立；作者由此对"天道"的公正与否，提出质疑。文中的人物形象，对比鲜明。作者在此基础上议论抒情，无不贯注以情感，故笔势纵横，酣畅淋漓。

　　夫学者载籍极博[1]，犹考信于六艺[2]。《诗》、《书》虽缺[3]，然虞、夏之文可知也[4]。尧将逊位[5]，让于虞舜。舜、禹之间，[6]，岳牧咸荐[7]，乃试之于位[8]。典职数十年[9]，功用既兴，然后授政[10]。示天下重器[11]，王者大统[12]，传天下若斯之难也[13]。而说者曰[14]："尧让天下于许由[15]，许由不受，耻之，逃隐[16]。及夏之时，有卞随、务光者[17]。"此何以称焉[18]？太史公曰：余登箕山[19]，其上盖有许由冢云[20]。孔子序列古之仁圣贤人，如吴太伯、伯夷之伦详矣[21]。余以所闻由、光义至高[22]，其文辞不少概见[23]，何哉？

　　孔子曰："伯夷、叔齐，不念旧恶，怨是用希[24]。""求仁

274

得仁，又何怨乎[25]?"余悲伯夷之意，睹轶诗可异焉[26]。其传曰：

伯夷、叔齐，孤竹君之二子也[27]。父欲立叔齐。及父卒，叔齐让伯夷。伯夷曰："父命也。"遂逃去。叔齐亦不肯立而逃之。国人立其中子[28]。于是伯夷、叔齐闻西伯昌善养老[29]，盍往归焉[30]。及至，西伯卒，武王载木主[31]，号为文王，东伐纣。伯夷、叔齐叩马而谏曰："父死不葬，爰及干戈[32]，可谓孝乎？以臣弑君，可谓仁乎?"左右欲兵之[33]。太公曰[34]："此义人也。"扶而去之。武王已平殷乱，天下宗周[35]，而伯夷、叔齐耻之，义不食周粟，隐于首阳山[36]，采薇而食之[37]。及饿且死，作歌。其辞曰："登彼西山兮[38]，采其薇矣。以暴易暴兮[39]，不知其非矣。神农、虞、夏[40]，忽焉没兮[41]，我安适归矣[42]？于嗟徂兮[43]，命之衰矣![44]"遂饿死于首阳山。由此观之，怨邪？非邪[45]？

或曰："天道无亲，常与善人[46]。"若伯夷、叔齐，可谓善人者非邪[47]？积仁絜行如此而饿死[48]！且七十子之徒[49]，仲尼独荐颜渊为好学[50]。然回也屡空，糟糠不厌[51]，而卒蚤夭[52]。天之报施善人，其何如哉？盗跖日杀不辜[53]，肝人之肉[54]，暴戾恣睢[55]，聚党数千人，横行天下，竟以寿终。是遵何德哉[56]？此其尤大彰明较著者也[57]。若至近世，操行不轨[58]，专犯忌讳[59]，而终身逸乐富厚，累世不绝[60]；或择地而蹈之[61]，时然后出言[62]，行不由径[63]，非公正不发愤[64]，而遇祸灾者，不可胜数也。余甚惑焉[65]，傥所谓天道，是邪？非邪[66]？

子曰："道不同，不相为谋[67]。"亦各从其志也。故曰："富贵如可求，虽执鞭之士，吾亦为之；如不可求，从吾所好[68]。""岁寒，然后知松柏之后凋[69]。"举世混浊，清士乃见[70]。岂以其重若彼，其轻若此哉[71]！

"君子疾没世而名不称焉[72]。"贾子曰[73]："贪夫徇财，烈士徇名，夸者死权，众庶冯生[74]。""同明相照，同类相求；云从龙，风从虎，圣人作而万物睹[75]。"伯夷、叔齐虽贤，得夫子而名益彰；颜渊虽笃学[76]，附骥尾而行益显[77]。岩穴之士[78]，趋舍有时若此[79]，类名堙灭而不称[80]，悲夫！闾巷之人，欲砥行立名者，非附青云之士，恶能施于后世哉！[81]

据中华书局校点本《史记》

【注释】 [1] 载籍：典籍。 [2] 考信：经考证而确信。六艺：指儒家经典《诗》、《书》、《礼》、《乐》、《易》、《春秋》。 [3]《诗》、《书》虽缺：据传古诗三千余篇，孔子删为三百零五篇，今有五篇，有目无文。又传《书》亦有三千余篇，秦焚书后，仅余二十八篇，皆汉儒记诵所得，谓之《今文尚书》。后又从孔壁得以古字书写的《尚书》数十篇，谓之《古文尚书》。两者文字互有差异。[4]"虞夏"句：《今文尚书》有《尧典》，《古文尚书》有《尧典》、《舜典》、《大禹谟》，记载了尧禅舜、舜禅禹的事迹。虞，指虞舜。夏，指夏禹。 [5] 逊：退让。 [6] 舜禹之间：指舜、禹之间的禅让。 [7] 岳：四岳，分掌四方诸侯的方伯。牧：州牧，各州行政长官。传说当时中国分为九州，州各有牧。咸：共同。 [8] 试：试用。 [9] 典职：任职。 [10] 授政：正式授予帝位。 [11] 示：表示。重器：大器，神器，此指国家权柄。[12] 大统：帝位。 [13] 若斯：如此，像这样。 [14] 说者：指庄周。以下引文，出自《庄子·让王》。 [15] 许由：尧时隐者。见前《逍遥游》注。[16] 逃隐：逃而归隐。 [17] 卞随、务光：夏、商之际隐者。传说汤将伐桀，向二人请教，二人不答。汤灭桀，欲让天下与二人，二人愤而投河死。

276

[18]此:指许由等三人的行事。称:称赞。　　[19]箕山:在今河南登封东南,许由耕隐处。　　[20]冢:墓。　　[21]序:同"叙",论述。吴太伯:周太王长子,后顺父愿让位于弟季历而出走奔吴,故称吴太伯。　　[22]义:道义。　　[23]"其文辞"句:谓儒家典籍与圣人言辞却很少提到他们。少,同"稍"。概,大略。　　[24]旧恶:旧仇,一说指伯夷叩马谏武王伐纣事。怨是用希:怨恨因此就少。　　[25]求仁得仁:谓伯夷以让国、谏兵、采薇,成就其道德的自我完善。　　[26]"余悲"二句:作者认为,孔子说伯夷无怨,并不全面。观其遗诗所表达的思想情感,其实是很使人感到悲哀的。伯夷之意,指伯夷的思想感情。轶(yì)诗,散失的诗篇,此指下文所录的《采薇歌》。异,不同。此指异于孔子所论。　　[27]孤竹:商代古国名,在今河北卢龙一带。君:国君。　　[28]中子:即第二个儿子。中,同"仲"。
[29]西伯昌:即周文王姬昌,商末为西方诸侯之长。养老:尊养老人,实有招贤纳士意。　　[30]盍:同"盖",于是。　　[31]载木主:车载文王牌位,以示奉父命行事。　　[32]爰:就。及:到。干戈:指代征战之事。
[33]左右:武王左右之人。兵:兵器。此作动词用,指用兵器阻挡他。
[34]太公:即姜尚,佐武王伐纣,为西周开国元勋。　　[35]宗周:以周天子为天下宗主,承认其统治地位。　　[36]首阳山:其说不一。或以为在今山西永济附近雷首山,或以为在今河南偃师西北首阳山,或以为在今甘肃陇西县。　　[37]薇:野菜名。　　[38]西山:即首阳山。　　[39]以暴易暴:以暴力取代暴力。此指武王伐纣事。　　[40]神农:古传说中的"三皇"之一,即神农氏。　　[41]"忽焉"句:谓上古圣明之世,很快地就过去了。忽焉,迅速貌。没,尽,无。　　[42]"我安"句:我到哪里去呢? 适,归同义。
[43]于嗟:感叹词。徂(cú):通"殂",死。　　[44]命:命运。　　[45]"怨邪"二句:是有怨,还是无怨?　　[46]"天道"二句:谓天道并无偏心,常常帮助好人。语出《老子》第七十九章。　　[47]非邪:难道不是吗?
[48]絜:同"洁"。　　[49]七十子:此指孔子的七十多个弟子,"七十"乃取其成数。之徒:之辈。　　[50]仲尼:即孔子。荐:推举。颜渊:孔门弟子,名回,字子渊,鲁国人。安贫好学,以德行著称,后世称为"复圣"。　　[51]空:贫穷。糟:酒渣。糠:米皮。厌:饱。　　[52]卒:终于。蚤:同"早"。夭:夭折。颜渊年三十二而卒。　　[53]盗跖(zhí):古代传说中的大盗,名跖。故称"盗跖"。不辜:无罪之人。　　[54]肝:日本泷川资言《史记会注考证》认

277

为当作"脍(kuài)"。即切肉成丝。　　[55] 暴戾(lì):残暴凶恶。恣睢(suī):放纵骄横。　　[56]"是遵"句:他是遵行哪种道德才这样的呢。此正言天道不公。　　[57] 著:显著。　　[58] 不轨:不循正道行事。　　[59] 忌讳:法禁。　　[60] 累世:世世代代。　　[61]"或择地"句:看好了地方才下脚落步。形容极为谨慎。　　[62] 时:时机恰当。　　[63] 径:小路。[64]"非公正"句:不到该主持公道的时候,决不因愤激而有所行动。[65] 惑:迷惑。　　[66] 傥:同"倘",假如。　　[67]"道不同"二句:谓主张不同的人,不必互相出主意。语出《论语·卫灵公》。　　[68]"富贵"五句:谓富贵如果能凭正当的手段得到,哪怕执鞭驾车,我也愿意去干;如果凭正当的手段得不到,我还是按照我自己的志趣去生活。语出《论语·述而》。[69]"岁寒"二句:谓岁末严寒,才知道松柏树叶是最后凋落的。语出《论语·子罕》。　　[70] 清士:志行高洁之士。　　[71]"岂以"二句:意为难道他们(指伯夷、颜回一类的"清士")不是因为看重道德操行,才把世俗富贵看得很轻的吗?　　[72] 疾:担心。　　[73] 贾子:即西汉贾谊。　　[74] 徇:同"殉",殉身。烈士:有事业心、有节操的人。夸者:好矜夸权势的人。冯生:贪生,以生为目的。冯,同"凭"。　　[75] 作:出现,兴起。睹:显现。[76] 笃学:好学不懈。笃,深厚。　　[77] 附骥尾:附于千里马尾。此指颜回得孔子推举。　　[78] 岩穴之士:指隐居山林之人。　　[79] 趋舍有时:谓出仕和归隐的时机把握得当。趋舍,取舍。若此:像伯夷一样。[80] 类名:美名。类,善。　　[81] 砥行:磨励操行。青云之士:指立德立言高尚之人。恶(wū):怎么。施(yì):延,流传。

季布栾布列传

【题解】　本文着力叙写了季布栾布一类具有任侠性格人物的典型事迹及其在社会历史中的作用,歌颂了他们任事时能效忠主人、为将有勇,失势时可推刚为柔、忍辱负重的可贵品质。

　　季布者,楚人也。为气任侠[1],有名于楚。项籍使将兵,数窘汉王[2]。及项羽灭,高祖购求布千金,敢有舍匿,

278

罪及三族。季布匿濮阳周氏。周氏曰:"汉购将军急,迹且至臣家[3],将军能听臣,臣敢献计;即不能,愿先自刭。"季布许之。乃髡钳季布[4],衣褐衣,置广柳车中[5],并与其家僮数十人,之鲁朱家所卖之。朱家心知是季布,乃买而置之田。诚其子曰:"田事听此奴,必与同食。"朱家乃乘轺车之洛阳[6],见汝阴侯滕公[7]。滕公留朱家饮数日。因谓滕公曰:"季布何大罪,而上求之急也?"滕公曰:"布数为项羽窘上,上怨之,故必欲得之。"朱家曰:"君视季布何如人也?"曰:"贤者也。"朱家曰:"臣各为其主用,季布为项籍用,职耳。项氏臣可尽诛邪?今上始得天下,独以己之私怨求一人,何示天下之不广也!且以季布之贤而汉求之急如此,此不北走胡即南走越耳。夫忌壮士以资敌国[8],此伍子胥所以鞭荆平王之墓也[9]。君何不从容为上言邪?"汝阴侯滕公心知朱家大侠,意季布匿其所,乃许曰:"诺。"待间[10],果言如朱家指[11]。上乃赦季布。当是时,诸公皆多季布能摧刚为柔,朱家亦以此名闻当世。季布召见,谢[12],上拜为郎中[13]。

孝惠时,为中郎将。单于尝为书嫚吕后[14],不逊。吕后大怒,召诸将议之。上将军樊哙曰[15]:"臣愿得十万众,横行匈奴中。"诸将皆阿吕后意[16],曰:"然。"季布曰:"樊哙可斩也!夫高帝将兵四十余万众,困于平城[17],今哙奈何以十万众横行匈奴中,面欺[18]!且秦以事于胡,陈胜等起[19]。于今创痍未瘳,哙又面谀[20],欲摇动天下。"是时殿上皆恐,太后罢朝,遂不复议击匈奴事。

季布为河东守[21],孝文时,人有言其贤者,孝文召,欲以为御史大夫。复有言其勇，使酒难近[22]。至，留邸一月[23]，见罢。季布因进曰：“臣无功窃宠，待罪河东[24]。陛下无故召臣，此人必有以臣欺陛下者；今臣至，无所受事，罢去，此人必有以毁臣者。夫陛下以一人之誉而召臣，一人之毁而去臣，臣恐天下有识闻之，有以窥陛下也[25]。”上默然惭，良久曰：“河东，吾股肱郡[26]，故特召君耳。”布辞之官[27]。

楚人曹丘生，辩士，数招权顾金钱[28]。事贵人赵同等，与窦长君善。季布闻之，寄书谏窦长君曰：“吾闻曹丘生非长者，勿与通。”及曹丘生归，欲得书请季布[29]。窦长君曰：“季将军不说足下，足下无往[30]。”固请书，遂行。使人先发书，季布果大怒，待曹丘。曹丘至，即揖季布曰：“楚人谚曰：‘得黄金百（斤），不如得季布一诺。’足下何以得此声于梁楚间哉？且仆楚人，足下亦楚人也。仆游扬足下之名于天下，顾不重邪[31]？何足下距仆之深也！”季布乃大说，引入，留数月，为上客，厚送之。季布名所以益闻者，曹丘扬之也。

季布弟季心，气盖关中，遇人恭谨，为任侠，方数千里，士皆争为之死。尝杀人，亡之吴，从袁丝匿[32]。长事袁丝，弟畜灌夫、籍福之属[33]。尝为中司马[34]，中尉郅都不敢不加礼[35]。少年多时时窃籍其名以行[36]。当是时，季心以勇，布以诺，著闻关中。

季布母弟丁公[37]，为楚将。丁公为项羽逐窘高祖彭城西，短兵接，高祖急，顾丁公曰：“两贤岂相厄[38]哉？”于是丁公引兵而还。汉王遂解去。及项王灭，丁公谒见高祖。高祖以丁公徇军中[39]，曰："丁公为项王臣不忠，使项王失天下者，乃丁公也。"遂斩丁公，曰："使后世为人臣者无效丁公！"

栾布者，梁人也。始梁王彭越为家人时[40]，尝与布游。穷困，赁佣于齐，为酒人保[41]。数岁，彭越去之巨野中为盗，而布为人所略卖[42]，为奴于燕。为其家主报仇，燕将臧荼举以为都尉[43]。臧荼后为燕王，以布为将。及臧荼反，汉击燕，虏布。梁王彭越闻之，乃言上，请赎布以为梁大夫。

使于齐，未还。汉召彭越，责以谋反，夷三族。已而枭彭越头于雒阳下[44]，诏曰："有敢收视者，辄捕之。"布从齐还，奏事彭越头下，祠而哭之。吏捕布以闻。上召布，骂曰："若与彭越反邪？吾禁人勿收，若独祠而哭之，与越反明矣！趣烹之[45]。"方提趣汤[46]，布顾曰："愿一言而死。"上曰："何言？"布曰："方上之困于彭城，败荥阳、成皋间，项王所以遂不能西，徒以彭王居梁地，与汉合纵苦楚也[47]。当是之时，彭王一顾[48]，与楚则汉破，与汉而楚破。且垓下之会，微彭王[49]，项氏不亡。天下已定，彭王剖符受封，亦欲传之万世。今陛下一征兵于梁，彭王病不行，而陛下疑以为反，反形未见，以苛小案诛灭之[50]，臣恐功臣人人自危也。今彭王已死，臣生不如死，请就烹！"于是上乃释布罪，拜为都尉。

孝文时，为燕相，至将军。布乃称曰："穷困不能辱身下志，非人也；富贵不能快意，非贤也。"于是尝有德者厚报之，有怨者必以法灭之。吴军反时，以军功封俞侯[51]，

辱居室[102]。此人皆身至王侯将相，声闻邻国，及罪至罔加，不能引决自财，在尘埃之中[103]。古今一体，安在其不辱也！由此言之，勇怯，势也；强弱，形也。审矣[104]！曷足怪乎？且人不能蚤自财绳墨之外，已稍陵夷；至于鞭箠之间，乃欲引节，斯不亦远乎[105]！古人所以重施刑于大夫者，殆为此也[106]。

夫人情莫不贪生恶死，念亲戚，顾妻子。至激于义理者不然，乃有不得已也[107]。今仆不幸，蚤失二亲，无兄弟之亲，独身孤立。少卿视仆于妻子何如哉[108]？且勇者不必死节，怯夫慕义，何处不勉焉[109]！仆虽怯懦欲苟活，亦颇识去就之分矣，何至自湛溺累绁之辱哉[110]！且夫臧获婢妾[111]，犹能引决，况若仆之不得已乎？所以隐忍苟活，函粪土之中而不辞者，恨私心有所不尽，鄙没世而文采不表于后也[112]。

古者富贵而名摩灭，不可胜记，唯倜傥非常之人称焉[113]。盖西伯拘，而演《周易》[114]；仲尼厄，而作《春秋》[115]；屈原放逐，乃赋《离骚》[116]；左丘失明，厥有《国语》[117]；孙子膑脚，《兵法》修列[118]；不韦迁蜀，世传《吕览》[119]；韩非囚秦，《说难》、《孤愤》[120]。《诗》三百篇，大氐贤圣发愤之所为作也[121]。此人皆意有所郁结，不得通其道，故述往事，思来者[122]。及如左丘明无目，孙子断足，终不可用，退论书策[123]，以舒其愤，思垂空文以自见[124]。

仆窃不逊，近自托于无能之辞，网罗天下放失旧闻，考之行事，稽其成败兴坏之理[125]。凡百三十篇[126]，亦欲以究天人之际^[127]，通古今之变，成一家之言。草创未就，适会此祸，惜其不成，是以就极刑而无愠色^[128]。仆诚已著此书，藏之名山，传之其人，通邑大都^[129]。则仆偿前辱之责，虽万被戮，岂有悔哉！然此可为智者道，难为俗人言也。^[130]

　　且负下未易居，下流多谤议^[131]。仆以口语遇遭此祸，重为乡党戮笑，污辱先人，亦何面目复上父母之丘墓乎？虽累百世，垢弥甚耳^[132]！是以肠一日而九回，居则忽忽若有所亡，出则不知所如往^[133]。每念斯耻，汗未尝不发背沾衣也。身直为闺阁之臣，宁得自引深藏于岩穴邪^[134]？故且从俗浮湛，与时俯仰，以通其狂惑^[135]。今少卿乃教以推贤进士，无乃与仆之私指谬乎^[136]？今虽欲自雕琢，曼辞以自解，无益于俗，不信，只取辱耳^[137]。要之死日，然后是非乃定^[138]。书不能尽意，故略陈固陋。

据中华书局校点本《汉书》

【注释】　［1］"太史公"句：古人书信格式，开头先具列职官姓名。汉代以后仍沿用这种形式。太史公，司马迁的任职。牛马走，像牛马一样供人驱使的仆人。走，走卒，仆人。再拜言，即再拜陈言。这是礼貌的说法。　　［2］足下：古代对人敬称。　　［3］曩（nǎng）：从前。辱赐书：承您不以给我这样的人写信为羞辱。这是古人写信的套话。慎于接物：待人接物要慎重。推贤进士：推举进用士子。为务：作为应做的事。　　［4］意气：这里指情意。勤勤恳恳：殷切诚恳的样子。　　［5］若：好像。望：埋怨。师用：效法别人，并能实行他的意见。流：迁移、改变的意思。　　［6］罢（pí）驽：疲弱的劣马，喻自己才德低下。侧闻：从旁听说。　　［7］顾：只是。身残处秽：身遭宫刑而处于污秽耻辱的境地。尤：过错，这里有指责、责难的意思。欲益反损：想做有益的事,反而遭致损害。　　[8] 无谁语:没有知己可诉说情怀。　　[9]"谁为"二句:为谁去做,教谁来听。司马迁用这句谚语说明虽想有所作为,但没人了解。　　[10] 钟子期、伯牙:春秋时楚国人。伯牙善弹琴,钟子期最能欣赏、理解。钟子期死,伯牙终身不再弹琴。　　[11] 说:通"悦"。容:用作动词,有修饰的意思。　　[12] 大质:即大本,这里指身体。质,本。亏缺:指受了宫刑。　　[13] 随和:随侯珠、和氏璧,均为稀世之宝。此用来比喻人的宝贵的才能。由夷:指许由、伯夷,古代品行高洁的隐士。　　[14] 适:恰好。自点:自取污辱。点,污辱。　　[15] 书辞宜答:信件应该回复。会:适逢。上:指汉武帝。迫贱事:忙于烦琐的事务。迫,急。浅:少。　　[16] 卒卒(cù):通"猝猝",匆忙的样子。竭指意:彻底表明自己的心意。指,同"旨"。　　[17] 不测之罪:不可揣度的罪行,即死罪。涉:经过。旬月:意为十天半月。迫:靠近。季冬:冬天的第三个月,即十二月。汉朝在十二月处决犯人。薄从上上雍:迫近随从皇上往雍的日期。薄,迫近。雍,地名,在今陕西凤翔南。汉在此有五畤,武帝常前往祠神。　　[18] 不可讳:死的婉称。[19] 终已:终究。晓:告知。左右:与"足下"意同,指任安。　　[20] 长逝者:指任安。　　[21] 阙然:间隔很长一段时间。阙,同"缺"。过:责怪。　　[22] 府:财物所聚之处。端:首。取予:指取或予。符:信,凭信。耻辱:以被辱为可耻。耻,作动词用,以……为耻。决:先决条件。立名:建立名声。极:准则。　　[23] 托:托身。　　[24] 欲利:贪爱私利。　　[25] 诟:耻辱。[26] 刑余之人:受刑后的幸存者。无所:无法。比数(shǔ):比较。从来:由来。　　[27]"昔卫灵公"二句:从前卫灵公与太监雍渠乘车出游,孔子坐在车后,感到非常耻辱,就离开卫国前往陈国去了。卫灵公,春秋时卫国君主,名元。雍渠,卫国的宦者。载,乘车。适陈,到陈国去。　　[28]"商鞅"二句:商鞅靠太监景监引见,得宠于秦孝公,赵良因此感到商鞅前途可虑。景监,秦孝公宠信的太监。赵良,秦臣。　　[29]"同子"二句:汉文帝让太监赵谈坐在车右,袁盎看见脸色都变了。同子,赵谈,汉文帝的太监。司马迁的父亲叫司马谈,故避讳而改称同子。参乘,陪坐车上。爰丝,即袁盎,汉文帝的臣子。　　[30] 中材之人:才干一般的人。宦竖:宦官。竖,宫中供役使的人。伤气:伤害志气。忼慨:慷慨。　　[31] 刀锯之余:即"刑余之人",司马迁自指。　　[32] 绪业:余业。指继承父职为太史令。待罪:担任职责的谦称。辇(niǎn)毂:皇帝乘坐的车,这里指代京城。　　[33] 自惟:自

290

思。　　[34]拾遗补阙:拾取遗漏,补足欠缺,指向皇帝进谏。阙,同"缺"。岩穴之士:指隐居在山岩洞穴中的有用人才。　　[35]外之:另外。备行(háng)伍:备数于行伍之中,指从军打仗。古代军队编制,二十五人为行,五人为伍。搴(qiān)旗:拔取旗帜。搴,拔取。　　[36]下之:最后。遂:成,成就。苟合:苟且求合。取容:讨好。无所短长:此偏言无所长,无所建树。[37]乡者:从前。厕(cì):参与。下大夫:官名。古代大夫分上、中、下三等,汉时官秩分别为千石、八百石、六百石,太史令秩为六百石,和下大夫相等。处廷:即"外朝",指丞相以下至奉禄六百石的官员。末议:微不足道的意见。　　[38]引:援引。维纲:国家的政策、法令。　　[39]亏形:肉体受到亏损。扫除之隶:扫除尘秽的仆人。阘茸(tà róng):阘为小户,茸为小草,连用表示卑微下贱的意思。乃欲:才想。卬:通"昂"。信:通"伸"。　　[40]本末:始末,前因后果。　　[41]负:恃。一说作"无"讲。不羁:不受拘束,不平庸。乡曲:乡里。誉:称美。　　[42]周卫:宫禁,宫禁防卫周密,故云。[43]戴盆何以望天:头上戴盆就不能望天。这是当时的谚语,司马迁用以比喻自己专心官务,无暇顾及私事。　　[44]绝:断绝。知:了解。亲媚:接近,讨好。大谬:大错。　　[45]李陵:字少卿,李广的孙子。年轻时为侍中、建章监,善骑射。天汉二年(前99年),击匈奴,兵败投降。单于以其女为李陵妻,立为右校王,在匈奴二十余年,病死。俱居门下:李陵少为侍中,司马迁初官郎中,同属宫廷近卫侍从之职,故称。　　[46]趣舍异路:志向兴趣不同。趣,同趋。舍,止,舍弃。接:交。　　[47]分别有让:能分别尊卑长幼,谦让有礼。恭俭下人:指谦恭待人。　　[48]徇:殉,舍身而从。一说指从事。　　[49]国士:举国推崇的杰出人才。　　[50]媒蘖(niè):即曲蘖,用来酿酒的酵母。这里作构陷、酿成讲。意为将他的短处夸大成罪。[51]王庭:匈奴君主所居之地。　　[52]横挑:毫无顾忌地挑战。　　[53]卬:通"仰"。汉军北向,匈奴南向,北方地高,故称汉军迎敌为"卬"。一说作面临讲。所杀过当:所杀之敌超过汉军数目的一半。当,相当。不给:供应不上。此指匈奴对于死伤的兵士来不及担运。给,供给。　　[54]旃(zhān)裘:指匈奴。匈奴地处寒冷的北方,多以毛毡皮裘搭帐制衣,因用此代称。[55]左右贤王:左贤王、右贤王,匈奴贵族封号。举:全部调动。引弓之民:能开弓射箭的人。一:全。　　[56]劳军:慰劳军队。沫(huì)血:以血洗面。沫,同"颒",以手掬水洗脸。空弮(quān):无箭的空弓。北首:北向。死敌:与敌人决一死战。　　[57] 没:军队覆没。使:李陵从前线派回的使者。奉觞:举杯。上寿:敬酒祝贺。　　[58] 不知所出:不知所措。惨凄怛(dá)悼:悲伤痛苦的意思。款款:忠实的样子。　　[59] 绝甘:指遇到好吃的东西,尽推让给别人。分少:指分取财物时,自己取用最少的部分。　　[60] 彼:指李陵。且:将。当(dàng):恰当的机会。　　[61] 其所摧败:指被他摧毁打败的匈奴军队。暴(pù):显露。　　[62] 怀:心中的想法。未有路:没有机会。会:适逢。指:即"旨",意旨,想法。推言:推论,陈述。　　[63] "欲以"二句:是想宽慰皇上的心意,堵塞怨家的流言。广,使动用法,使……宽怀、开心。睚眦(yá zì),怒目相视的样子。　　[64] 沮(jǔ):毁坏,中伤。贰师:贰师将军李广利,汉武帝李夫人的哥哥。贰师本是当时大宛国的地名,产骏马。汉武帝曾派李广利至该地夺得良马,特封李广利为贰师将军。天汉二年(前99)李陵与李广利一起出征匈奴,李广利是主力,李陵是偏师。李陵被围时,李广利按兵不救,李陵因此兵败被俘。汉武帝认为司马迁肯定李陵,就是诋毁贰师将军李广利。　　[65] 下于理:交给法庭审判。理,大理,亦称廷尉,掌诉讼刑狱之官。　　[66] 列:陈述。因为:因此就成为。诬:欺骗。吏议:法庭官吏所判决的罪名。　　[67] 财赂:财货。汉律可用钱赎罪。左右亲近:指在皇帝左右的近臣。　　[68] 图圄(líng yǔ):监狱。愬(sù):同"诉",告诉。　　[69] 陨(tuí):倒塌,败坏。家声:李家自名将李广以来的名声。[70] 茸:推置其中。蚕室:受完宫刑后所处的温密之室。重:又。　　[71] 事未句:事理不易逐一地对世俗之人讲清楚。一二,即罗列情状。　　[72] 剖符:分剖的符。古代帝王对有功的大臣赏给符。符是用竹做的契约。分剖为二,一半存于朝廷,一半交给功臣,以作凭信。丹书:又称丹书铁券,在铁券上用硃砂写上誓词,也由皇帝赏给功臣。持有剖符丹书的人,子孙有罪可以减免。　　[73] 文史星历:太史令所职掌的事。星,天文。历,历法。卜:掌占卜的官。祝:掌祭祀的官。　　[74] 倡优畜之:像畜养乐工戏子一样养着。倡,乐工。优,戏子。在封建社会里,倡优被视为下等人。　　[75] "而世"句:世俗又不把我的死与守节而死的人相提并论。死节,守节而死。比,并列。　　[76] 特:只。就死:去死。　　[77] "素所"句:因为我平时所处的地位使得这样(指死得无意义和受世俗人的轻视)啊!　　[78] 用:因。之:代词。指代人。所趋:所追求的。异:不同。　　[79] 太上:最上,最好。不辱先:不让祖先受辱。　　[80] 身:自身。　　[81] 理色:道理和颜面。

〔82〕诎（qū）体：身体受捆绑。　　〔83〕易服：换上囚犯的衣服。　　〔84〕关：通"贯"，戴上。木索：木枷、绳索一类刑具。被：受。箠：杖。楚：荆条。　　〔85〕婴：缠绕。金铁：铁圈，铁链。古代，剃光头发去做苦工，称髡刑。颈上带着铁链子去做苦工，称钳刑。　　〔86〕毁肌肤：毁坏肌肤，如在脸上刺字叫黥面或墨刑等。断支体：断肢体，砍断四肢，如砍脚称刖刑。　　〔87〕最下：最耻辱的。腐刑：即宫刑，一种用阉割以破坏人的生殖机能的酷刑。极矣：坏到顶点了！　　〔88〕传：指《礼记·曲礼上》。刑不上大夫：刑罚用不到大夫身上。　　〔89〕士节：士大夫的节操、气节。厉：磨砺劝勉。　　〔90〕穽（jǐng）：同"阱"，捕兽的陷阱。槛：关禁野兽的木笼。威约：威势受到约束。渐：久。　　〔91〕"故士"五句：所以在地上划个圈作牢房，从牢房的威势上说也不能进去；刻个木人做狱吏，也不能同他相对质受审：那是因为明确地决定在未受刑之前就自杀啊。定计，决定自杀。鲜，鲜明。〔92〕圜墙：圆墙，即监狱。　　〔93〕枪地：叩头。枪，同"抢"。徒隶：狱卒。惕息：恐惧而不敢大声出气。　　〔94〕强（qiǎng）颜：厚着脸皮。　　〔95〕西伯：即周文王姬昌。伯，古代领导一方的长官称伯，周文王为西方诸侯之长，故称西伯。羑（yǒu）里：古地名，姬昌曾被商纣王囚禁于此，在今河南汤阴境内。　　〔96〕李斯：秦相。后被秦二世斩于咸阳。具五刑：五刑具备，都受遍了。五刑，指割鼻、斩左右趾、打死、斩首、剁成肉酱。　　〔97〕淮阴：淮阴侯韩信。在楚汉相争中，韩信有大功，被刘邦封为齐王，后又改为楚王。后来有人告他谋反，刘邦假托游云梦在陈地将其逮捕，解赴洛阳，降爵为淮阴侯。受械：受刑。械，拘束手足的刑具。　　〔98〕彭越：字仲，昌邑（今山东金乡西北）人。初事项羽，不久降刘邦，有功，封为梁王。张敖：张耳的儿子，曾继承张耳的爵位为赵王。彭、张二人后来均被人诬告谋反而下狱定罪。称孤：即称王。　　〔99〕绛侯：周勃，助刘邦反秦灭楚，屡立大功，封为绛侯。诛诸吕：刘邦死后，吕后娘家的吕禄、吕产等把持朝政，欲危刘氏，于是太尉周勃、丞相陈平等联合起来诛灭吕禄、吕产等，立汉文帝。诸吕，即指吕禄、吕产等吕氏集团。倾：超过。五伯：即春秋时的五霸。请室：大臣待罪之室。周勃后来也因人诬告谋反，被汉文帝囚于请室，后被赦免。　　〔100〕魏其：魏其侯窦婴，汉景帝时被任命为大将军，封魏其侯。汉武帝时，因与丞相田蚡不和，为救灌夫事下狱，判死刑。衣（yì）：穿。赭：囚衣。三木：指加在颈、手、足三处的刑具。　　〔101〕季布：楚人，为项羽将领，曾多次打败刘邦。项羽死

293

后,刘邦悬赏捉拿他,他不得已剃光头发,颈上套了铁索,变换姓名卖身给朱家做奴隶。朱家:当时著名的侠客。钳:以铁束颈。　　[102]灌夫:景帝时为中郎将,武帝时官太仆等职,为窦婴的好友,因使酒骂座得罪丞相田蚡,被弹劾,囚于居室,后灭族。居室:少府所领属的官署之一。为汉代的监狱,后改名保宫。　　[103]此:这些。罔:同"网",法网。引决自财:引决和自财都指自杀。财,同"裁"。尘埃:尘土。　　[104]势:权力地位。形:具体表现。审:明白。　　[105]蚤:同"早"。绳墨:法律,刑法。此指施用刑法。稍:逐渐。陵夷:即陵迟,走下坡路,比喻人的威势气节逐渐消损。引节:死节。引,自杀。　　[106]重:慎重。殆:恐怕,大概。　　[107]激于义理者:被道义、道理所激励的人。不然:不是这样。不得已:即是说受义理信念的激励,能挺身就义。　　[108]"少卿"句:你看我对于妻儿是怎么样呢?也即是说,为了义理我也能抛弃去死。　　[109]何处不勉:何时何地不能自我勉励而去自杀?　　[110]去就之分(fèn):舍生就义的职责。去,舍,指舍生。就,追求,指就义。分,职分,职责。湛溺:即沉溺,陷于。累绁(léi xiè):绑犯人的绳索,引申为囚禁。　　[111]臧获:古代对奴婢的贱称。婢:婢女。妾:侍女,女奴。　　[112]隐忍:勉强忍受,不露真情。函:包围其中。粪土之中:指污秽的环境,即监狱里。恨:遗憾。私心:没有公开的想法。鄙:耻。没世:没身,人死之后。表:公开,显露。　　[113]摩灭:磨损,消灭。摩,同"磨"。胜(shēng)记:尽记,全部计算出来。倜傥(tì tǎng):卓越,不平凡。称:扬名。　　[114]演:推算,推演。《周易》:书名,相传书中的八卦为伏羲所画,周文王被纣王囚禁时又将八卦推演为六十四卦,故曰"演《周易》"。　　[115]仲尼:孔子的字。厄:穷困。作《春秋》:孔子周游列国,政治主张无法实现,遭受了围攻和绝粮的困厄,回到鲁国着手编写《春秋》。[116]"屈原"二句:屈原被楚怀王流放以后,才写出伟大的诗篇《离骚》。这与《史记·屈原列传》所载略有出入。赋,写作。　　[117]左丘:左丘明,相传为春秋时鲁国人,年龄可能比孔子大。厥:句首语气词。左丘明眼睛失明后著《国语》之事,《史记》记载最早。　　[118]孙子:即孙膑,战国时齐人,著名的军事家孙武的后代子孙。他曾经与庞涓一道学习过兵法。后来庞涓到魏国去做了将军,妒忌孙膑的才能,把他骗到魏国,处以膑刑。后来孙膑逃回齐国,齐宣公尊以为师,率军在马陵道大败庞涓,庞涓自杀。膑:截去膝盖骨。《兵法》:即《孙膑兵法》。修列:编撰。　　[119]不韦:吕不韦。初为大

294

商人,后为秦相。秦始皇十年(前237)因罪被迁到蜀地,后自杀。《吕览》:即《吕氏春秋》,吕不韦任相时组织门客编撰的一部学术著作,在诸子中属杂家。[120]韩非:战国末韩国的公子,著名的法家。在韩国时,便写了《孤愤》、《说难》等作品,传入秦国后,大受秦王赞赏,于是派兵攻打韩国,迫使韩非至秦。后来韩非受到李斯等人谗害,入狱而死。此处的说法与《史记·老庄申韩列传》所载有所不同。 [121]大氐:即大抵,大概。所为作:所作,所写。[122]通其道:实现他们的理想、志向。思来者:希望将来的人知道自己的心志。 [123]及如:至于。论:编撰。书策:即书册,这里是指有关史书和论著。 [124]垂:留下,流传。空文:文章,与实际的功业相对而言。自见(xiàn):自现己情。 [125]不逊:不谦让。放失:散失。考:考订,考察。稽:考察。理:道理,规律。 [126]凡:总计。 [127]究:探求。天人:天意和人事。之际:之间(的关系)。 [128]极刑:指宫刑。愠色:怨恨之色。 [129]诚:果真。其人:指与自己志同道合的人。通:流布。[130]偿:偿还。责(zhài):同"债"。戮:辱。 [131]"且负"二句:指负罪受辱的人应衡量自己的卑贱,如做推贤进士的事,将更易招致谤辱。负下,负罪之下。未易居,难于生活。 [132]乡党:乡里。古代以五百家为党,二十五党为乡。污辱:玷污、羞辱。垢:耻辱。 [133]忽忽:恍惚。亡:失。如往:所至所往。 [134]直:仅,只。闺阁之臣:即宦官。宁得:岂能。自引:引身而退。深藏于岩穴:指做隐士。 [135]浮湛:浮沉。通:舒发。狂惑:指内心的极度悲愤。 [136]无乃:岂非,莫非。私指:私旨,私心。谬:违背。 [137]雕琢:雕刻玉石。引申为修饰加工。曼辞:美好的言辞。自解:自饰。 [138]要之:总之。

杨恽

　　杨恽(? —前56),字子幼,华阴(今陕西华阴)人。司马迁外孙。以才能称,好结交。因告发霍氏谋反,封平通侯,迁中郎将。居官清廉,擢为诸吏光禄勋。性刻急,好发人阴私。因同僚间互相攻讦,被免为庶人。后作《报孙会宗书》,被宣帝腰斩。

报孙会宗书

【题解】 报即回答。孙会宗，西河(今山西汾州)人，曾任安定(今甘肃固原)太守，杨恽的朋友。杨恽因卷入官场斗争，被免为庶人，愤而大治产业，广交宾客。孙会宗乃作书谏戒之。本文即为杨恽对孙会宗书的答复。他在信中以不堪重任为由，拒绝对方以卿大夫的规制来要求他的劝谏。全文意气用事，肆无忌惮，是西汉少见的玩世之作。

恽材朽行秽[1]，文质无所底，幸赖先人余业，得备宿卫[2]。遭遇时变，以获爵位[3]，终非其任，卒与祸会。足下哀其愚朦[4]，赐书教督以所不及[5]，殷勤甚厚[6]。然窃恨足下不深惟其终始[7]，而猥随俗之毁誉也[8]。言鄙陋之愚心，则若逆指而文过[9]，默而自守，恐违孔氏各言尔志之义[10]。故敢略陈其愚，惟君子察焉[11]。

恽家方隆盛时，乘朱轮者十人[12]，位在列卿，爵为通侯[13]，总领从官，与闻政事[14]。曾不能以此时有所建明[15]，以宣德化[16]，又不能与群僚并力，陪辅朝廷之遗忘[17]，已负窃位素餐之责久矣[18]。怀禄贪势，不能自退，遂遭变故，横被口语，身幽北阙，妻子满狱[19]。当此之时，自以夷灭不足以塞责，岂得全其首领[20]，复奉先人之丘墓乎？伏惟圣主之恩，不可胜量[21]。君子游道[22]，乐以忘忧；小人全躯，说以忘罪[23]。窃自念过已大矣，行已亏矣[24]，长为农夫以没世矣[25]。是故身率妻子，戮力耕桑[26]，灌园治产，以给公上[27]，不意当复用此为讥议也[28]。

夫人情所不能止者,圣人弗禁。故君父至尊亲[29],送其终也[30],有时而既[31]。臣之得罪已三年矣[32]。田家作苦,岁时伏腊[33],烹羊炮羔[34],斗酒自劳[35]。家本秦也[36],能为秦声。妇赵女也,雅善鼓琴[37]。奴婢歌者数人,酒后耳热,仰天抚缶而呼呜呜[38]。其诗曰:"田彼南山,芜秽不治,种一顷豆,落而为萁[39]。人生行乐耳,须富贵何时[40]?"是日也,拂衣而喜,奋袖低昂[41],顿足起舞,诚淫荒无度,不知其不可也[42]。恽幸有余禄,方籴贱贩贵[43],逐什一之利[44]。此贾竖之事[45],污辱之处,恽亲行之。下流之人,众毁所归[46],不寒而栗。虽雅知恽者,犹随风而靡[47],尚何称誉之有?董生不云乎:"明明求仁义,常恐不能化民者,卿大夫之意也;明明求财利,常恐困乏者,庶人之事也[48]。"故道不同不相为谋[49],今子尚安得以卿大夫之制而责仆哉[50]?

夫西河魏土[51],文侯所兴[52],有段干木、田子方[53]之遗风,凛然皆有节概[54],知去就之分[55]。顷者足下离旧土[56],临安定[57]。安定山谷之间,昆夷旧壤[58],子弟贪鄙[59],岂习俗之移人哉[60]?于今乃睹子之志矣[61]!方当盛汉之隆,愿勉旃[62],无多谈。

据中华书局影印胡刻本《文选》

【注释】 [1] 材朽行秽:这是杨恽的自谦之辞。 [2] 文质:指举止风度。文,文采。质,质地。无所底:即没有成就。底,至。先人:指其父杨敞,官至丞相。备:充数。 [3] "遭遇"二句:指密奏霍氏(霍山、霍云)谋反而封侯之事。 [4] 足下:敬称辞。哀:怜悯。 [5] 督:正。所不及:指认识不到的问题。 [6] 殷勤:委曲周到。 [7] 惟:思,考虑。 [8] 猥

(wěi):随便。毁誉:偏义复词,指诽谤。　　[9]逆指而文过:指违背来信之意,掩饰自己的过错。指,同"旨"。文,掩饰。　　[10]"默而"二句:沉默不说吧,恐怕违背孔子各述己志的精神。《论语·公冶长》:"盍各言尔志?"

[11]惟:句首语气词,表希望。君子:指孙会宗。察:考察。　　[12]朱轮:显贵者所乘之车。汉制二千石以上官员可乘朱轮。　　[13]通侯:即列侯。汉制刘姓子孙封侯者称诸侯,异姓功臣封侯者称彻侯。后因避武帝刘彻讳,改为通侯,其意在功德通于王室,后又改为列侯。　　[14]"总领"二句:谓以侍从官之长的身份,参与国家政事。　　[15]建明:建白,对国家政事有所陈述建议。　　[16]德化:德行教化。　　[17]"陪辅"句:帮助皇帝弥补遗忘缺失的事情。　　[18]窃位素餐之责:居官而不尽职的罪责。素餐,白吃,即无功受禄之意。　　[19]"遂遭"四句:指受戴长乐之毁而下狱事。横,意外地。口语,指戴揭发自己的语言,即诽谤。幽,囚禁。北阙,古时宫殿北面的观阙。妻子,妻子儿女。　　[20]首领:此指性命。首,脑袋。领,脖子。

[21]伏惟:古时臣子对皇帝陈述己见时的敬词。不可胜(shēng)量:无法度量。　　[22]游道:优游于大道。　　[23]说:同"悦"。　　[24]行:德行。亏:欠缺。　　[25]没世:了此一生。　　[26]戮力:并力,合力。

[27]给(jǐ):供给。公上:公家,主上。　　[28]用:以。　　[29]至:最,极。　　[30]送其终:指为君父服丧。　　[31]既:尽。古制,臣子要为君父服丧三年。　　[32]得罪:获罪。　　[33]伏腊:夏伏冬腊,古代两种祭祀名称,这里泛称节日。　　[34]炮:裹起来烤。　　[35]斗:古代盛酒器。劳:慰劳。　　[36]家本秦:我本是秦国人。杨恽是华阴人,华阴原属秦地。　　[37]雅:甚。　　[38]缶(fǒu):瓦器,秦人以之为乐器,唱歌时合拍敲击。呜呜:唱歌的声音。　　[39]"田彼"四句:以田地荒芜、种豆剩其隐射朝廷之荒乱、贤人之被弃、国政之无道。田,种植庄稼,用作动词。萁(qí),豆茎。　　[40]须:待。　　[41]奋:举。低昂:高下。　　[42]诚:确实。　　[43]籴(dí):买进(粮食)。　　[44]什一:十分之一。

[45]贾(gǔ)竖:旧时对商人的贱称。贾,商人。竖,僮仆。　　[46]归:集。　　[47]随风而靡:随风倒下,谓随众人诋毁自己。　　[48]董生:董仲舒,武帝时大儒。明明:作皇皇讲,急急忙忙的样子。庶人:老百姓。　　[49]谋:谋划,商量。　　[50]制:规矩。仆:我,自谦词。　　[51]西河:战国时属魏国,在今陕西郃阳一带,与汉代孙会宗所居之西河郡已不相同。　　[52]文

侯所兴:谓西河是魏文侯发迹的地方。文侯,魏文侯,名都。　　[53] 段干木:魏文侯时人,守道不仕,文侯以之为师。田子方:魏之贤人、文侯之师。[54] 禀然:可敬可畏貌。　　[55] 分(fèn):分际,界限。　　[56] 顷者:近来。旧土:指家乡。　　[57] 安定:汉郡名,在今甘肃固原。　　[58] 昆夷:指西戎,西周时代的少数民族。　　[59] 贪鄙:贪婪卑陋。　　[60] 移:改变。　　[61]"于今"句:言孙会宗已随安定贪鄙之俗而易其操。　　[62] 旃(zhān):"之焉"的合音。"之"是代词,"焉"是语气词。

冯　衍

　　冯衍(生卒年不详),字敬通,京兆杜陵(今陕西西安东南)人。博通群书。不肯出仕王莽新朝。为更始将军廉丹属官,劝廉丹背离王莽,拥兵待变,不从。廉丹死,亡命河东。更始二年(24),投刘玄,为立汉将军。玄死,降光武帝刘秀。出为阳曲令,迁司隶从事。后因与外戚交往,免官归里,闭门自保。明帝即位,又遭谗毁,终不见用,潦倒而死。有文五十余篇,今存十余篇。

显 志 赋 序

【题解】　本文选自《后汉书·冯衍传》。冯衍不为刘秀重用,作《显志赋》。本文为《显志赋》序。

　　武帝以来,儒学尊显,老庄影响甚微。冯衍经历了两汉易代之际,目睹在先祖的"盛德"、"鸿烈"之后,不过是芜秽的坟茔。更兼他切身领受了世事的变易和人生的沉浮,故说君子要与时俱变,不守一节;又说自己"阔略朳小之礼,荡佚人间之事",这在刘秀已登帝位、天下复归一统的时候,不免有些胆大妄为。其后所云"观览乎孔老之论","游精宇宙,流目八纮",更可见老庄之学对东汉文人的立身行事,已产生着实际的影响。文章貌似通脱、冷静,实深藏有作者的愤激与迷惘。陆机说"(冯)衍抑扬顿挫,怨之徒也"(《遂志赋序》),这样的文章,与汉末魏晋的文风是有内在联系的。

　　冯子以为夫人之德[1],不碌碌如玉[2],落落如石[3]。风兴云蒸[4],一龙一蛇,与道翱翔,与时变化,夫岂守一节哉[5]?用之则行,舍之则臧[6],进退无主[7],屈申无常。故曰:"有法无法,因时为业,有度无度,与物趣舍[8]。"常务道德之实[9],而不求当世之名,阔略杪小之礼[10],荡佚人间之事[11]。正身直行,恬然肆志[12]。顾尝好儌傥之策[13],时莫能听用其谋[14],喟然长叹,自伤不遭[15]。久栖迟于小官[16],不得舒其所怀。抑心折节[17],意凄情悲。夫伐冰之家,不利鸡豚之息;委积之臣,不操市井之利[18]。况历位食禄二十余年,而财产益狭,居处益贫。惟夫君子之仕,行其道也。虑时务者不能兴其德,为身求者不能成其功[19]。去而归家,复羁旅于州郡[20],身愈据职[21],家弥穷困,卒离饥寒之灾[22],有丧元子之祸[23]。

　　先将军葬渭陵[24],哀帝之崩也,营之以为园[25]。于是以新丰之东[26],鸿门之上[27],寿安之中[28],地埶高敞,四通广大,南望郦山,北属泾渭[29],东瞰河华[30],龙门之阳,三晋之路[31],西顾酆鄠,周秦之丘[32],宫观之墟,通视千里,览见旧都[33],遂定茔焉[34]。退而幽居[35]。盖忠臣过故墟而歔欷[36],孝子入旧室而哀叹[37]。每念祖考[38],著盛德于前,垂鸿烈于后,遭时之祸,坟墓芜秽[39],春秋蒸尝,昭穆无列[40]。年衰岁暮,悼无成功,将西田牧肥饶之野[41],殖生产,修孝道,营宗庙,广祭祀。然后阖门讲习道德[42],观览乎孔老之论,庶几乎松乔之福[43]。上陇阪[44],

陟高冈[45]，游精宇宙，流目八纮[46]。历观九州山川之体[47]，追览上古得失之风，愍道陵迟[48]，伤德分崩[49]。夫睹其终必原其始[50]，故存其人而咏其道[51]。疆理九野，经营五山[52]，眇然有思陵云之意[53]。乃作赋自厉，命其篇曰《显志》。显志者，言光明风化之情，昭章玄妙之思也[54]。

【注释】 [1] 冯子：作者自谓。 [2] 碌碌：玉貌。 [3] 落落：石貌。 [4] 风兴云蒸：喻世事变化无常。 [5] "一龙"四句：谓人的进退出处，当随形势变化，而不必拘守一节。龙、蛇，喻人的入世与出世，有为与无为。节，节操。 [6] 用：为世所用。舍：为世所弃。臧：同"藏"。 [7] 无主：谓不偏执一端，固守一节。 [8] "有法"四句：谓法度无定式，当以情势物理取舍之。语出司马谈《论六家要指》。时，时势。趣(qū)，同"趋"。 [9] 道德之实：道德的本质。道，指老庄所论之道。 [10] 阔略：疏阔忽略，不拘泥。秒(miǎo)小之礼：指人世礼法。秒，细小。 [11] 荡佚：放荡纵逸，不拘常俗。 [12] 恬然：心神安适貌。肆志：率意而行。 [13] 顾：有轻微转折之意，犹言而。尝：曾经。俶傥(tì tǎng)：卓越的。 [14] 时：当时之人。 [15] 遭：遇。 [16] 栖迟：犹言滞留。 [17] 抑心折节：谓违背心意。 [18] "夫伐冰"四句：谓权势之家，不与民争利。伐冰，古代卿大夫以上，丧祭得以赐冰，故云。豚(tún)，猪。息，养息，蕃息。委积之臣，指掌管积储的官吏。委积，积聚，储备。 [19] "虑时务"二句：谓无论以德用世，还是以财养身，皆不成功。虑时务，操心世务。为身求，指为身求财。 [20] 复：又。羁旅：谓离乡漂泊。 [21] 据职：即居官。 [22] 离：同"罹"，遭。 [23] 元子：长子。 [24] 先将军：指冯衍的曾祖冯奉世，哀帝时任右将军。渭陵：元帝陵，在长安北五十里。 [25] 园：陵园。哀帝陵曰义陵，在长安北四十六里，与渭陵毗邻，故云。 [26] 新丰：地名。刘邦称帝后，其父思念故乡，乃迁丰邑人居临潼东北骊邑，故称新丰。 [27] 鸿门：阪名，在新丰东十七里。 [28] 寿安：汉代县名。故城在今河南宜阳东南。 [29]属:连接。泾渭:泾水和渭水。 [30]瞰:俯视。华:华山。 [31]龙门:黄河所经之地,在山西绛州。三晋:三晋之地,即战国韩、赵、魏故地。三家原属晋,故云。 [32]酆、鄗(hào):均古地名。周文王都酆,武王都鄗。周秦之丘:秦本封在陇西秦县。平王东迁后,秦始有岐周之地。故此总言周秦之地。丘墟,犹言故址。 [33]旧都:指长安,西汉国都。 [34]茔:墓地。 [35]幽居:即隐居。 [36]"盖忠臣"句:此用"麦秀"典,以喻指亡国之痛。《史记·宋微子世家》载,箕子朝周,过殷商故都,感于宫室毁坏,遍生禾黍,因作《麦秀》之歌以伤之。歔欷,叹息貌。 [37]"孝子"句:谓孝子入旧室思亲,亲人已不在,更增添了孝子的悲痛。 [38]祖考:祖先,此指冯奉世。 [39]"遭时"二句:谓历经两汉易代的战乱,墓园一片荒芜。 [40]"春秋"二句:谓春秋祭享祖先,却没有子孙陪祀。以见祖庙遭破坏之严重。蒸,祭祀。尝,秋祭。昭、穆,祖庙以子、孙为陪祀。左为子,曰昭;右为孙,曰穆。 [41]田牧:耕田放牧。 [42]阖:闭。 [43]松、乔:古传说中得道成仙的赤松子、王子乔。 [44]陇:土冈,泛指山。阪:山坡。 [45]陟(zhì):登。 [46]"游精"二句:谓精神游于宇宙,目力极于八极。八纮(hóng),八极。纮,地之极限。 [47]九州:古代中国划为九州。 [48]愍(mǐn):哀怜。陵迟:衰落。 [49]分崩:分崩离析。 [50]终:结果。原:推本求源。 [51]人:指先贤圣哲。 [52]疆:疆界。理:治。九野:九州之野。五山:所指不一。或指岱舆、员峤、方壶、瀛洲、蓬莱五仙山,皆在渤海之东,见《列子·汤问》。或指五岳。按本文折衷儒道,五山似指前者。 [53]眇然:高远貌。陵云之意:谓游仙之意。陵,乘,凌驾。 [54]章:同"彰",显著。玄妙:幽深微妙。

班 固

班固(32—92),字孟坚,扶风安陵(今陕西咸阳东北)人。幼承家教,博学好文。以著作为郎,数上赋颂。章帝诏诸儒讲论五经于白虎观,班固受命撰集其事,作《白虎通义》。和帝时,随窦宪出击匈奴。后窦宪被逼令自杀,班固亦免官。永元四年,因教诸子、家奴不严,入狱死。其时《汉书》尚未全部写完,复由其妹班昭及马续奉诏相继完成。《汉书》记事,起于汉高祖,止于王莽末年,分纪、表、志、列传共一百卷,是我国第一部纪传体断代史。《汉书》之文,疏荡不如《史记》,但叙事详密严谨,语言整饬赡丽,亦自有特点。班固又有《西都赋》、《咏史》诗,在诗赋发展史上,皆有重要地位。

苏 武 传 节选

【题解】 本文节选自《汉书·李广苏建传》。文章详记苏武出使的背景、被囚的原因和宁死不降的节操,以及卫律、李陵的劝降和北海牧羊的苦寒之状,同时借李陵之口,对汉廷刻薄寡恩作了冷峻的批评。全文叙事有序波澜迭起。赵翼说此文"叙次精彩……合之《李陵传》,慷慨悲凉,使迁为之,恐亦不能过"(《廿二史札记》)。

武,字子卿。少以父任,兄弟并为郎[1]。稍迁至栘中厩监[2]。时汉连伐胡,数通使相窥观[3]。匈奴留汉使郭吉、路充国等,前后十余辈[4]。匈奴使来,汉亦留之,以相当[5]。

天汉元年[6],且鞮侯单于初立[7],恐汉袭之,乃曰:"汉天子,我丈人行也[8]。"尽归汉使路充国等[9]。武帝嘉其义,乃遣武以中郎将使持节送匈奴使留在汉者[10],因厚赂单于[11],答其善意。武与副中郎将张胜及假吏常惠等[12],募士斥候百余人俱[13]。既至匈奴,置币遗单于[14],单于益骄,非汉所望也。方欲发使送武等,会缑王与长水虞常等谋反匈奴中[15]。

缑王者,昆邪王姊子也[16]。与昆邪王俱降汉,后随浞野侯没胡中[17]。及卫律所将降者[18],阴相与谋劫单于母阏氏归汉[19]。会武等至匈奴。虞常在汉时，素与副张胜相知，私候胜曰[20]："闻汉天子甚怨卫律，常能为汉伏弩射杀之[21]。吾母与弟在汉，幸蒙其赏赐[22]。"张胜许之，以货物与常。后月余，单于出猎，独阏氏子弟在[23]。虞常等七十余人欲发[24]，其一人夜亡[25]，告之[26]。单于子弟发兵与战，缑王等皆死，虞常生得[27]。

单于使卫律治其事[28]。张胜闻之，恐前语发[29]，以状语武[30]。武曰："事如此，此必及我[31]。见犯乃死，重负国[32]。"欲自杀。胜、惠共止之。虞常果引张胜[33]。单于怒，召诸贵人议[34]。欲杀汉使者。左伊秩訾曰[35]："即谋单于，何以复加[36]？宜皆降之[37]。"

单于使卫律召武受辞[38]。武谓惠等："屈节辱命，虽生，何面目以归汉？"引佩刀自刺。卫律惊。自抱持武，驰召毉[39]。凿地为坎[40]，置煴火[41]，覆武其上，蹈其背以出血[42]。武气绝，半日复息[43]。惠等哭，舆归营[44]。单于壮其节，朝夕遣人候问武，而收系张胜[45]。

武益愈。单于使使晓武，会论虞常[46]，欲因此时降武。剑斩虞常已[47]。律曰："汉使张胜谋杀单于近臣[48]，当死，单于募降者赦罪[49]。"举剑欲击之，胜请降。律谓武曰："副有罪，当相坐。"[50]武曰："本无谋，又非亲属，何谓相坐？"复举剑拟之[51]，武不动[52]。律曰："苏君，律前负汉归匈奴，幸蒙大恩，赐号称王，拥众数万，马畜弥山[53]，富贵如此。苏君今日降，明日复然[54]。空以身膏草野[55]，谁复知之？"武不应。律曰："君因我降[56]，与君为兄弟。今不听吾计，后虽欲复见我，尚可得乎？"武骂律曰:"女为人臣子[57],不顾恩义,畔主背亲[58],为降虏於蛮夷,何以女为见[59]?且单于信女,使决人死生,不平心持正,反欲斗两主[60],观祸败[61]。南越杀汉使者,屠为九郡[62];宛王杀汉使者,头县北阙[63];朝鲜杀汉使者,即时诛灭[64]。独匈奴未耳。若知我不降明[65],欲令两国相攻,匈奴之祸,从我始矣。"律知武终不可胁,白单于,单于愈益欲降之,乃幽武置大窖中[66],绝不饮食[67]。天雨雪,武卧啮雪[68],与旃毛并咽之[69],数日不死,匈奴以为神。乃徙武北海上无人处[70],使牧羝[71],羝乳乃得归[72]。别其官属常惠等[73],各置他所。

武既至海上,廪食不至[74],掘野鼠去屮实而食之[75]。杖汉节牧羊[76],卧起操持,节旄尽落。积五、六年,单于弟於靬王弋射海上[77]。武能网纺缴[78],檠弓弩[79],於靬王爱之,给其衣食。三岁余,王病,赐武马畜、服匿、穹庐[80]。王死后,人众徙去。其冬,丁令盗武牛羊[81],武复穷厄[82]。

初,武与李陵俱为侍中[83]。武使匈奴明年,陵降,不敢求武[84]。久之,单于使陵至海上,为武置酒设乐。因谓武曰:"单于闻陵与子卿素厚[85],故使陵来说足下,虚心欲相待。终不得归汉,空自苦亡人之地,信义安所见乎[86]?前长君为奉车[87],从至雍棫阳宫[88],扶辇下除[89],触柱折辕[90],劾大不敬[91],伏剑自刎[92]。赐钱二百万以葬。孺卿从祠河东后土[93],宦骑与黄门驸马争船[94],推堕驸马河中溺死。宦骑亡,诏使孺卿逐捕,不得,惶恐饮药而死[95]。来时大夫人已不幸[96],陵送葬至阳陵[97],子卿妇年少,闻已更嫁矣[98]。独有女弟二人[99],两女一男[100],今复十余年,存亡不可知。人生如朝露[101],何久自苦如此? 陵始降时,忽忽如狂[102],自痛负汉,加以老母系保宫[103]。子卿不欲降,何以过陵[104]? 且陛下春秋高[105],法令亡常[106],大臣亡罪夷灭者数十家[107],安危不可知,子卿尚复谁为乎? 愿听陵计,勿复有云[108]。"武曰:"武父子亡功德,皆为陛下所成就[109],位列将[110],爵通侯[111];兄弟亲近[112],常愿肝脑涂地[113]。今得杀身自效[114]。虽蒙斧钺汤镬[115],诚甘乐之[116]。臣事君,犹子事父也。子为父死,无所恨,愿勿复再言。"

陵与武饮数日,复曰:"子卿壹听陵言[117]。"武曰:"自分已死久矣[118]。王必欲降武[119],请毕今日之欢,效死于前[120]。"陵见其至诚,喟然叹曰:"嗟乎! 义士! 陵与卫律之罪,上通于天!"因泣下沾衿,与武决去[121]。陵恶自赐武[122],使其妻赐武牛羊数十头。

后陵复至北海上,语武:"区脱捕得云中生口[123],言太守以下吏民皆白服[124],曰上崩[125]。"武闻之,南乡号哭[126],欧血[127],旦夕临[128],数月[129]。

昭帝即位[130],数年。匈奴与汉和亲[131]。汉求武等,匈奴诡言武死。后汉使复至匈奴,常惠请其守者与俱[132],得夜见汉使,具自陈道[133]。教使者谓单于,言天子射上林中[134],得雁,足有系帛书,言武等在某泽中。使者大喜,如惠语以让单于[135]。单于视左右而惊,谢汉使曰[136]:"武等实在"。

於是李陵置酒贺武曰:"今足下还归,扬名於匈奴,功

306

显於汉室。虽古竹帛所载[137]，丹青所画[138]，何以过子卿！陵虽驽怯[139]，令汉且贳陵罪[140]，全其老母[141]，使得奋大辱之积志[142]，庶几乎曹柯之盟[143]，此陵宿昔之所不忘也[144]。收族陵家[145]，为世大戮[146]，陵尚复何顾乎[147]？已矣[148]，令子卿知吾心耳，异域之人，壹别长绝[149]！"陵起舞，歌曰："径万里兮度沙幕[150]，为君将兮奋匈奴[151]。路穷绝兮矢刃摧[152]，士众灭兮名已陨[153]。老母已死，虽欲报恩将安归？"陵泣下数行，因与武决。单于召会武官属[154]，前以降及物故[155]，凡随武还者九人。

　　武以始元六年春至京师[156]，诏武奉一太牢谒武帝园庙[157]。拜为典属国[158]，秩中二千石[159]。赐钱二百万，公田二顷，宅一区[160]。常惠、徐圣、赵终根皆拜为中郎[161]，赐帛各二百匹。其余六人老，归家，赐钱人十万，复终身[162]。常惠后至右将军，封列侯，自有传。武留匈奴凡十九岁，始以彊壮出[163]，及还，须发尽白[164]。……武年八十余，神爵二年病卒。……

　　赞曰[165]：……孔子称：志士仁人，有杀身以成仁，无求生以害仁。使於四方，不辱君命。苏武有之矣。

据中华书局校点本《汉书》

【注释】　[1] 以父任：因为父亲职位的关系而任官。汉制，年俸二千石以上，任职三年的官史可保举一个(或多个)子弟为郎。苏武父亲苏建曾为代郡太守，苏武和兄苏嘉、弟苏贤，皆因此得官。并：共同。郎：官名，皇帝近侍。　[2] 稍迁：逐渐升迁。栘(yí)中厩监：即栘园中掌管鞍马鹰犬等射猎工具的官。栘，指汉宫廷中的栘园。厩，马棚。监，管事的官员。　[3] 数(shuò)通使：屡次派遣使者。窥观：暗中观察。　[4] 留：扣留。十余辈：十几批人。　[5] 以相当：用来相互抵偿。当，抵。　[6] 天汉元年：公元前100年。天汉,汉武帝年号。　　[7]且(jū)鞮(dī)侯:单于的名号。一说单于嗣位以前封号。单(chán)于:匈奴称其君主为单于。　　[8]丈人:家长。行(háng):行辈。　　[9]归:送还。　　[10]中郎将:官名。节:旄节,使臣所持的信物,以竹为杆,柄长八尺,其上缀牦牛尾,共三层。　　[11]赂:赠送。　　[12]假吏:临时充任属吏。常惠:太原人,随苏武出使匈奴并与之同时归国,拜光禄大夫。后因功封长罗侯,并代苏武为典属国,行右将军。汉元帝时卒。　　[13]斥候:军中侦察人员。俱:同往。[14]置币:准备财物。遗(wèi):赠与。　　[15]会:适逢。缑(gōu)王:匈奴的一个亲王,后降汉,曾随汉将赵破奴击匈奴,兵败被俘。长水:水名,在今陕西蓝田西北。虞常:人名,投降匈奴的长水校尉。　　[16]昆(hún)邪王:匈奴贵族,统率所部居于匈奴西方(今甘肃西北部),于武帝元狩二年(前121)降汉。　　[17]浞(zhuó)野侯:汉将赵破奴的封号。赵出兵匈奴,为匈奴包围俘获,全军皆没入匈奴。缑王当时隶属于破奴军,亦投降匈奴。　　[18]卫律:其父是长水胡人,律生长于汉,任汉使,后投降匈奴,封为丁零王,统领投降匈奴的人。虞常当时属于卫律统辖。　　[19]阏氏(yān zhī):匈奴王后的称号。　　[20]私:私下。候:访问。　　[21]伏:埋伏。弩:装有机关的弓。　　[22]幸蒙:希望受到。其:指汉朝廷。　　[23]阏氏子弟:阏氏和单于的子弟。　　[24]发:起事。指发动劫夺阏氏。　　[25]亡:逃跑。[26]告之:告发此事。　　[27]生得:活捉。　　[28]治其事:审理这个案件。　　[29]发:泄露。　　[30]状:情况。语:告诉。　　[31]及:牵连到。　　[32]"见犯"二句:自己奉命出使,不能申明约束,致副使张胜有此错误,已经辜负了国家;若不趁此时自杀,以致日后受到匈奴凌辱才去死,那就更对不起国家了。见犯,受凌辱。乃,才。重,更加。负,辜负。[33]引:攀引,供出。　　[34]贵人:指匈奴的贵族。　　[35]左伊秩訾(zǐ):匈奴王号。匈奴王号有左、右之分。　　[36]即:即使。谋:谋害。何以复加:还能用什么更重的刑法来处分呢? 意即处分过重。　　[37]宜皆降之:宜令其全部归降。[38]受辞:受审。辞,指口供。　　[39]毉:古"医"字。　　[40]坎:坑。　　[41]煴(yūn)火:微火,无焰的火。[42]蹈:通"搯",轻轻拍打。　　[43]息:气息。　　[44]舆:车,轿。这里作动词用,载送的意思。营:营幕。　　[45]收系:逮捕囚禁。　　[46]使使:派遣使者。晓:通知。会:共同。论:判决罪犯。　　[47]已:完毕。

308

[48] 单于近臣:卫律自称。　　[49] 募:招求。　　[50] 相坐:相连坐。古代法律:凡犯谋反等大罪者,其亲属等因此连同治罪。　　[51] 拟之:做出要砍的样子。　　[52] 不动:指内心不动摇。　　[53] 弥山:满山。弥,满。　　[54] 复然:也是这样。　　[55] 空:白白地。膏:肥沃。这里用作动词。　　[56] 因:依靠,凭借。　　[57] 女:通"汝",你。　　[58] 畔:通"叛"。背:背弃。　　[59] 何以女为见:见你干什么!　　[60] 斗两主:使单于和汉天子相争斗,谓通过此次事件使两国关系恶化,发生战争。

[61] 观祸败:坐看战争引起的灾祸和破坏。　　[62] "南越"二句:汉武帝元鼎五年(前112),南越王相吕嘉杀死南越王、王太后及汉使者,武帝遣将讨之。六年,南越降,吕嘉被获。以南越之地,设置儋耳、南海、苍梧等九郡。屠,夷,平定。　　[63] "宛王"二句:太初元年(前104),汉武帝遣使往大宛求良马,大宛不与,且杀汉使。武帝大怒,遣李广利率兵征大宛。太初三年,大宛贵人杀国王毋寡,献马出降,汉立其贵人亲汉者昧蔡为王。宛王,大宛国王(大宛,西域国名,在今吉尔斯坦境内)。县,同"悬"。北阙,汉宫的北阙。

[64] "朝鲜"二句:元封二年(前109),武帝遣涉何出使朝鲜。涉何派人刺死伴送自己的朝鲜人,伪称为杀死朝鲜将领,武帝封之为辽东东部都尉。朝鲜发兵袭涉何,杀之。汉武帝遣杨仆等人攻朝鲜。第二年,朝鲜王右渠被内部所杀,朝鲜降汉。　　[65] 若:你。知我不降明:明知我不会投降。

[66] 幽:幽囚。窖(jiào):地下藏物室。　　[67] 绝不饮食:断绝供给饮食。　　[68] 啮(niè):咬。　　[69] 旃(zhān)毛:即毡毛,羊毛织物。　　[70] 北海:当时匈奴的北界,即今俄罗斯贝加尔湖。　　[71] 羝(dī):公羊。　　[72] 乳:生育。　　[73] 别:分别,隔离。　　[74] 廪(lǐn)食:官家(指匈奴)供给的粮食。　　[75] 去:同"弆",藏。屮(cǎo):"艸"的古字。今作"草"。实:果实、草籽之类。　　[76] 杖:挂。汉节:代表汉廷的旌节。

[77] 於靬(wū qián)王:且鞮侯单于的弟弟。弋(yì)射:射猎。　　[78] 网:结网,编结狩猎所用的网。缴(zhuó):箭的尾部所系的丝绳。　　[79] 檠(qíng):矫正弓弩的工具。这里有矫正的意思。　　[80] 服匿:盛酒酪的陶器。穹庐:圆顶大帐篷。　　[81] 丁令:丁零,匈奴族的别支。当时卫律为丁零王,丁零人盗苏武牛羊,应是卫律主使。　　[82] 厄(è):穷困。

[83] 李陵:李广孙,字少卿。武帝天汉二年(前99)以骑都尉统兵五千出击匈奴,战败投降。侍中:官名,侍从皇帝左右。掌管乘舆服物。　　[84] 求:访

求。　　　[85] 素厚:指交谊一向深厚。　　　[86] 亡:通"无"。　　　[87] 长君:指苏武兄苏嘉。奉车:奉车都尉,官名,掌管皇帝的车舆,并随侍皇帝出行。[88] 雍:地名,今陕西凤翔南。棫(yù)阳宫:宫名。　　　[89] 辇:皇帝乘坐的车。除:台阶。　　　[90] 辕:驾马的车杠。　　　[91] 劾:弹劾。大不敬:对皇上不恭敬。　　　[92] 刎:用刀割颈自杀。　　　[93] 孺卿:苏武弟苏贤的字。祠:用作动词,祭祀的意思。河东:地名,今山西夏县一带。后土:地神。[94] 宦骑:充当骑从的宦官。黄门驸马:皇帝的骑从,为驸马都尉属下的官。[95] 饮药:服毒。　　　[96] 来时:指李陵自己带兵离开长安时。大:通"太",太夫人,指苏武母亲。不幸:指死亡。　　　[97] 阳陵:地名,在今陕西咸阳东。　　　[98] 更:改。　　　[99] 女弟:妹妹。　　　[100] 两女一男:指苏武的两个女儿,一个儿子。　　　[101] 朝露:早晨的露水。　　　[102] 忽忽:精神恍惚。狂:神经错乱。　　　[103] 保宫:狱名,囚禁罪臣及其眷属的地方。　　　[104]"子卿"二句:你苏武不投降的心情是不会超过我李陵的,(我尚且投降)你又何必一定要坚持呢!　　　[105] 春秋高:年老。　　　[106] 亡常:没有准则。亡,通"无"。　　　[107] 夷:杀死。　　　[108] 勿复有云:不要再说什么。　　　[109] 成就:提拔,栽培。　　　[110] 位:职位。列将:将军的总称。苏武父亲苏建曾为右将军,武为中郎将,兄苏嘉为奉车都尉,弟苏贤为骑都尉。　　　[111] 爵通侯:封爵至侯。苏建封平陵侯。　　　[112] 亲近:皇帝亲近的臣僚。　　　[113] 肝脑涂地:粉身碎骨的意思。　　　[114] 效:尽力。　　　[115] 蒙斧钺(yuè)汤镬(huò):指被处以极刑。蒙,受。钺,大斧镬,大锅。　　　[116] 诚甘乐之:的确甘心乐意接受它。　　　[117] 壹:一定。　　　[118] 分(fèn):料定。　　　[119] 王:指李陵,匈奴封李陵为右校王。　　　[120] 毕:尽。　　　[121] 决:诀别。　　　[122] 恶(wù):羞愧。[123] 区(ōu)脱:边地。此处匈奴与汉交界地区。云中:地名,在今山西北部和内蒙古西南部一带。生口:俘虏。　　　[124] 白服:指为汉武帝穿孝。[125] 上:指汉武帝。　　　[126] 南乡:向着南方。乡,通"向"。　　　[127] 欧:通"呕"。　　　[128] 临:哭,专用于哭奠死者。　　　[129] 数月:即几个月才停止。　　　[130] 昭帝:汉武帝的儿子弗陵,于公元前 87 年即位。　　　[131] 和亲:本指与外族联姻,这里指和好。　　　[132] 俱:一起。　　　[133] 具:完全。陈道:陈述。　　　[134] 上林:苑名。本秦时旧苑,汉武帝扩建,周围三百里,内有离宫七十所。故址在今陕西长安西。　　　[135] 让:责备。

[136] 谢:谢罪,道歉。　　[137] 竹帛:指史籍。　　[138] 丹青:绘画用的颜料,这里指图画。　　[139] 驽怯:无能怯弱。　　[140] 令:假使。贳(shì):宽恕。　　[141] 全:保全。　　[142] 奋大辱之积志:奋起实现我在此奇耻大辱的处境中积压心中的志向。奋,奋起,奋发。积志,积压已久的志向。　　[143] 曹柯之盟:春秋时,曹沫为鲁将,同齐作战,连败三次。鲁庄公割地求和,但仍用曹沫为将。后来鲁、齐在柯邑订和约时,曹沫用匕首迫胁齐桓公将过去所侵夺的鲁地归还。李陵借此典意在表示自己希望做出曹沫劫齐桓公一类折服敌国的事。　　[144] 宿昔:以前。李陵投降之初,汉并未诛杀其家属。后因讹传李陵为匈奴训练军队,与汉为敌,武帝遂将李陵亲属全都处死。这里的"宿昔",指李陵已降,其家属尚未被杀之时。　　[145] 收:收捕。族:族灭。　　[146] 戮:耻辱。　　[147] 顾:留恋。　　[148] 已矣:算了吧。　　[149] 壹别长绝:这次分别就要永久隔绝了。　　[150] 径:行经。度:同"渡"。幕:通"漠"。　　[151] 奋:奋击。　　[152] 穷:尽。矢刃摧:刀、箭都被损坏。　　[153] 陨(tuí):败坏。　　[154] 召会:召集。会,集聚。　　[155] 物故:死亡。物,通"殁"。　　[156] 始元:汉昭帝年号。始元六年,即公元前81年。　　[157] 奉:呈献。大牢:即太牢,太牢,以一牛一猪一羊为祭品。大,同"太"。园:陵寝,帝后的葬所。　　[158] 典属国:官名,掌管少数民族事务。　　[159] 秩:官俸。汉代官吏二千石的官俸分为中二千石、真二千石、二千石、比二千石等不同等级。　　[160] 区:所。[161] 徐圣、赵终根:是随苏武出使的官吏。中郎:官名,属郎中令,掌管守卫宫殿门户、充任侍从等职。　　[162] 复:免除徭役。　　[163] 彊:同"强"。[164] 须:胡须。　　[165] 赞:略同于评论。在本文中的"赞"中,尚有对李广、李陵的论述,因与苏武无关,今删去。

杨 王 孙 传 　节选

【题解】　本文节选自《汉书·杨胡朱梅云传》。杨王孙,平生事迹不详。此传主要内容是两封书信,讨论人死后如何安葬的问题。他反对厚葬,主张裸葬,使人回归自然。文章逻辑层次分明,在汉文中属富于思辨色彩一类。

311

杨王孙者,孝武时人也[1]。学黄老之术[2]。家业千金,厚自奉[3],养生亡所不致[4]。及病且终,先令其子,曰:"吾欲裸葬[5],以反吾真[6],必亡易吾意[7]!死则为布囊盛尸,入地七尺[8]。既下,从足引脱其囊,以身亲土[9]。"其子欲默而不从,重废父命[10];欲从之,心又不忍。乃往见王孙友人祁侯[11]。

祁侯与王孙书曰:"王孙苦疾[12],仆迫从上祠雍[13],未得诣前[14]。愿存精神,省思虑,进医药,厚自持[15]。窃闻王孙先令裸葬,令死者亡知则已,若其有知,是戮尸地下[16],将裸见先人[17],窃为王孙不取也。且《孝经》曰:'为之棺椁衣衾[18]。'是亦圣人之遗制,何必区区独守所闻[19],愿王孙察焉。"

王孙报曰[20]:"盖闻古之圣王,缘人情不忍其亲[21],故为制礼[22]。今则越之[23],吾是以裸葬,将以矫世也[24]。夫厚葬诚亡益于死者,而俗人竞以相高[25],靡财单币[26],腐之地下。或乃今日入而明日发[27],此真与暴骸于中野何异[28]?且夫死者,终生之化[29],而物之归者也[30]。归者得至,化者得变,是物各反其真也。反真冥冥[31],亡形亡声,乃合道情[32]。夫饰外以华众[33],厚葬以鬲真[34],使归者不得至,化者不得变,是使物各失其所也。且吾闻之:精神者,天之有也;形骸者,地之有也[35]。精神离形,各归其真,故谓之鬼。鬼之为言归也。其尸块然独处[36],岂有知哉!裹以币帛,鬲以棺椁,支体络束[37],口含玉石[38],欲化不得,郁为枯腊[39]。千载之后,棺椁朽腐,乃得归土，就其真宅[40]。繇是言之[41]，焉用久客[42]！昔帝尧之葬也，窾木为椟[43]，葛蔂为缄[44]。其穿下不乱泉[45]。上不泄殠[46]。故圣王生易尚[47]，死易葬也。不加功于亡用[48]，不损财于亡谓[49]。今费财厚葬，留归鬲至，死者不知，生者不知，生者不得，是谓重惑[50]。於戏[51]！吾不为也。"

祁侯曰："善！"遂裸葬。……

赞曰：昔仲尼称不得中行，则思狂狷[52]。观杨王孙之志，贤于秦始皇远矣。

据中华书局校点本《汉书》

【注释】 [1] 孝武：汉武帝刘彻。　　[2] 黄老之术：黄帝、老子的学术，即道家的学问。黄帝、老子被尊为道家之祖。　　[3] 厚：用作动词，看重、讲究的意思。自奉：自己在生活方面的供养。　　[4] 养生：保健。亡：通"无"。致：至。　　[5] 裸葬：埋葬时不用衣衾棺椁。　　[6] 反：同"返"。真：自然状态。　　[7] 亡：通"无"。易：改变。　　[8] 七尺：指墓穴深度。　　[9] 亲：接触。　　[10] 重(zhòng)：难。　　[11] 祁侯：缯贺之孙，名它。　　[12] 苦疾：为疾病所苦。苦，用作动词。　　[13] 仆：第一人称的谦称。迫：近日。上：当今皇上，指武帝。祠：祭祀。雍：地名，即今陕西凤翔，为秦、汉君主祭天地五帝的地方。　　[14] 诣前：前往相会。诣，往，至。　　[15] 自持：自己保重。　　[16] 戮：羞辱。　　[17] 先人：祖先。　　[18] 椁(guǒ)：棺材外套的大棺材。　　[19] 区区：微小。此指见识短浅。独守：独自坚持。　　[20] 报：答复，复信。　　[21] 缘：因为。不忍其亲：对他的亲人不忍心。　　[22] 制礼：制定礼法。　　[23] 越：逾越。　　[24] 矫：改变。世：世俗风气。　　[25] 竞：竞相，争逐。高：崇尚。　　[26] 靡：耗费。单：通"殚"，尽。　　[27] 入：指葬入。发：发掘，指被人贪财而盗墓。　　[28] 暴(pù)：暴露。中野：野外。　　[29] 终生之化：一切生物由生到死的变化。或谓终通"众"。众生，包括人在内的一切生物。　　[30] 物之归：万物的归宿。　　[31] 冥冥：无知无识的样子。 　　[32] 乃合道情:才符合道的本质。　　[33] 华:同"哗",夸耀。
[34] 鬲真:指死者不能回到自然状态。鬲,同"隔"。　　[35] 精神:指魂魄。
[36] 块然:孤身独处的样子。　　[37] 支:同"肢"。络束:包裹束缚。
[38] 口含玉石:古时入殓,将玉或珠放在死者口中叫"含玉"。　　[39] 郁:
积久。腊(xī):干肉。　　[40] 就其真宅:到达自然赋予的住宅,指化为泥
土。就,到,达。　　[41] 繇:同"由"。　　[42] 久客:指死者因厚葬而长
久不能直接归土返回真宅。　　[43] 窾(kuǎn):挖空。椟:棺材。　　[44] 葛、
蔂(lěi):均为豆科植物,有长茎如藤。缄:缚扎。　　[45] 穿:墓穴。乱:横
过水流叫"乱"。　　[46] 殠(xiù):腐尸气味。　　[47] 易:简单,容易。
尚:奉养。　　[48] 功:工夫,劳作。　　[49] 亡谓:指无意义的事情。
[50] 重:多。　　[51] 於戏(wū hū):即"呜呼",叹词。　　[52] 中行:中
庸,即行为不偏不倚。狂:狂发,进取。狷:清介自守,不与人同流合污。

张　衡

　　张衡(78—139),字平子,南阳(今河南南阳市)人。东汉著名
的科学家、文学家。博通五经六艺,才能出众,不慕名利,数征不
就。安帝时拜郎中,迁太史令。为宦者所谮,出为河间相。乞归田
里。后征拜尚书,病卒。科学著作有《灵宪论》、《浑天仪图注》,并
创造世界第一台浑天仪和地动仪。郭沫若说:"如此全面发展之人
物,在世界史上亦所罕见。"(《张衡碑记》)事见《后汉书·张衡传》。
明人辑有《张河间集》。

四　愁　诗

【题解】　本诗见于《文选》。泰山在东,桂林在南,汉阳在西,雁门
在北。诗人求索四方。四方美人皆有所赠。诗人欲有所回报,无
奈路远途艰,难以送达。诗分四段,每段结构句式,完全相同,有反
复咏叹之妙。句中缀以虚字,抑扬有致,故诗虽七言,实为楚调。

314

我所思兮在太山[1]，欲往从之梁父艰[2]。侧身东望涕沾翰[3]。美人赠我金错刀[4]，何以报之英琼瑶[5]。路远莫致倚逍遥[6]，何为怀忧心烦劳[7]？

　　我所思兮在桂林[8]，欲往从之湘水深[9]。侧身南望涕沾襟。美人赠我琴琅玕[10]，何以报之双玉盘。路远莫致倚惆怅，何为怀忧心烦伤？

　　我所思兮在汉阳[11]，欲往从之陇阪长[12]。侧身西望涕沾裳。美人赠我貂襜褕[13]，何以报之明月珠。路远莫致倚踟蹰[14]，何为怀忧心烦纡[15]？

　　我所思兮在雁门[16]，欲往从之雪雰雰[17]。侧身北望涕沾巾。美人赠我锦绣段[18]，何以报之青玉案。路远莫致倚增叹，何为怀忧心烦惋[19]？

【注释】 [1]所思：指所爱者。太山：即今山东泰山。　[2]梁父：泰山下的小山名。　[3]翰：衣襟。　[4]金错刀：镀金刀。　[5]英：通"瑛"，似玉的美石。琼、瑶：美玉名。　[6]致：送达。倚：通"猗"，语助词。逍遥：徘徊不安貌。　[7]劳：忧伤。　[8]桂林：汉郡名，在今广西桂林。　[9]湘水：湘江，源出广西，入湖南洞庭湖。　[10]琴琅玕：美玉装饰之琴。琅玕，美玉。　[11]汉阳：东汉郡名，在今甘肃谷县南。　[12]陇阪：即陇山，在今陕西陇县西北。　[13]襜褕(chān yú)：直襟单衣。　[14]踟蹰：徘徊不前貌。　[15]烦纡：忧思缠结貌。　[16]雁门：汉郡名，在今山西代县西北。　[17]雰雰(fēn)：纷纷。　[18]段：通"缎"，指成段的锦绣。　[19]惋：怨。

归　田　赋

【题解】 本文选自《文选》。作者以归田为宗旨，写仲春时从与自然亲切交往中得到的快乐,并对当时社会的黑暗现状加以否定。文章借景言情,词句清丽,兼用骈偶,是东汉抒情小赋的代表作。

游都邑以永久[1],无明略以佐时[2];徒临川以羡鱼[3],俟河清乎未期[4]。感蔡子之慷慨,从唐生以决疑[5];谅天道之微昧[6],追渔父以同嬉[7]。超埃尘以遐逝[8],与世事乎长辞[9]。

于是仲春令月[10],时和气清,原隰郁茂[11],百草滋荣。王雎鼓翼[12],鸧鹒哀鸣[13],交颈颉颃[14],关关嘤嘤[15]。于焉逍遥[16],聊以娱情。

尔乃龙吟方泽,虎啸山丘[17]。仰飞纤缴[18],俯钓长流。触矢而毙,贪饵吞钩。落云间之逸禽[19],悬渊沈之魦鲕[20]。

于时曜灵俄景[21],系以望舒[22],极般游之至乐[23],虽日夕而忘劬[24]。感老氏之遗诫[25],将回驾乎蓬庐[26]。弹五弦之妙指[27],咏周、孔之图书[28]。挥翰墨以奋藻[29],陈三皇之轨模[30]。苟纵心于物外,安知荣辱之所如[31]!

以上据中华书局影印胡刻本《文选》

【注释】 [1]都邑:指东汉京都洛阳。 [2]明略:明智的谋略。佐时:辅佐当时的君主。 [3]徒:空,白白地。 [4]俟:等待。河清:相传黄河一千年清一次,古人认为河清是政治清明的标志。未期:不可预期。[5]蔡子:蔡泽。唐生:唐举。二人均为战国时人。蔡泽未发迹时,曾请唐举看相,事见《史记·范雎蔡泽列传》。 [6]谅:信。微昧:幽隐。 [7]渔父:此特指隐士。王逸《楚辞·渔父章句序》:"屈原放逐,在江湘之间,忧愁叹吟,仪容变易。而渔父避世隐身,钓鱼江滨,欣然自乐,时遇屈原川泽之域,怪而问之,遂相应答。"嬉:乐。 [8]埃尘:混浊的世俗。遐:远。 [9]世

316

事:指尘世。辞:告别。　　[10]令月:即美好的月份。令,善。　　[11]原:平地。隰:低湿之地。郁茂:草木繁盛的样子。　　[12]王雎:鸟名,即雎鸠。鼓:振。　　[13]鸧鹒(cāng gēng):鸟名,即黄莺。　　[14]颉颃(xié háng):飞翔而上叫颉,飞翔而下叫颃。为上下翻翔、比翼双飞的意思。[15]关关嘤嘤:均为鸟和鸣的声音。关关,指王雎叫声。嘤嘤,指鸧鹒叫声。[16]于焉:于此,在这里。　　[17]"尔乃"二句:自己在山泽间从容吟啸,类似龙虎。尔乃,于是。方泽,大泽。　　[18]纤:细。缴(zhuó):系绳,系在箭的尾部,用以弋射禽鸟。　　[19]落:射落。逸禽:高飞的鸟。一说指鸿雁。　　[20]悬:钓起。鲨鰡(shā liú):皆鱼名。　　[21]曜(yào)灵:太阳。俄:斜。景:同"影",日光。　　[22]望舒:神话中月亮的御者,代指月亮。　　[23]般(pán)游:游乐。　　[24]劬(qú):劳苦。　　[25]老氏:老子,即老聃。遗诫:指老子《道德经》第十二章"驰骋畋猎,令人心发狂"语。[26]回:返。驾:车驾。蓬庐:茅屋。　　[27]五弦:五弦琴,相传为舜所作。指:同"旨",意趣。　　[28]周、孔之图书:周公、孔子修撰的典籍。[29]翰:笔。奋:发。藻:词藻。　　[30]陈:陈述。三皇:上古圣皇。轨模:法则。　　[31]如:往,归。

李　固

　　李固(94—147),字子坚,东汉汉中南郑(今陕西郑县)人。少好学,博古通今。州郡多次举孝廉、秀才,司空府召为属官,皆不就。顺帝阳嘉二年(133),有地动、山崩、火灾之异。李固对策,直陈外戚、宦官擅政之弊,任为议郎。历任荆州刺史、大司农。冲帝时官至太尉,与大将军梁冀参录尚书事。质帝卒,因谋立清河王刘蒜,被梁冀构陷,下狱处死。有文十一篇,大都散亡。

遗 黄 琼 书

【题解】　本文选自范晔《后汉书》六十一卷《左(雄)周(举)黄(琼)

317

列传》。信的首尾文字已被删去,仅存正文。黄琼,字世英,东汉江夏安陆(今湖北安陆)人。其父黄香曾任魏郡太守。顺帝永建年间,经公卿推荐,朝廷征召黄琼进京(今河南洛阳)做官。他到了洛阳附近的登封县,就托病不进。李固当时在京读书,写了这封信。黄琼阅信后进京,拜为议郎,升尚书仆射,后官至司空、太尉。七十九岁卒。李固原意,是激励黄琼迅速进京,"辅政济民",改变"处士纯盗虚声"的社会风气。这种主张积极用世的思想态度,对反对当时的外戚、宦官专政,有可取之处。

文章既辗转设辞,韵味隽永,又语短意直,自有清拔之气,实已开魏晋书简一体先声。

闻已度伊、洛[1],近在万岁亭[2],岂即事有渐[3],将顺王命乎[4]?

盖君子谓"伯夷隘、柳下惠不恭[5]。"故传曰:"不夷不惠,可否之间[6]",盖圣贤居身之所珍也[7]。诚遂欲枕山栖谷[8],拟迹巢、由[9],斯则可矣。若当辅政济民,今其时也。自生民以来,善政少而乱俗多;必待尧舜之君,此为志士终无时矣[10]。

尝闻语曰:"峣峣者易缺,皦皦者易污[11]。"阳春之曲,和者必寡[12];盛名之下,其实难副[13]。近鲁阳樊君被征初至,朝廷设坛席,犹待神明[14]。虽无大异,而言行所守无缺;而毁谤布流,应时折减者[15],岂非观听望深[16],声名太盛乎? 自顷征聘之士,胡元安、薛孟尝、朱仲昭、顾季鸿等[17],其功业皆无所采[18]。是故俗论皆言"处士纯盗虚声[19]"。愿先生弘此远谟[20],令众人叹服,一雪此言耳[21]。

据中华书局校点本《后汉书》

318

【注释】 [1]闻:听说。度:同"渡"。伊、洛:指伊水和洛水。二水都在今河南西北部,今洛阳之南。 [2]近:指离京城洛阳很近。万岁亭:亭名,在今河南登封西北。传说汉武帝登嵩山太室山,山上竟三次发出"万岁"的呼声,于此建亭,故名万岁亭。 [3]即事有渐:就聘的事有所进展。即,就。渐,进展。 [4]顺:接受。王命:朝廷的诏令。 [5]伯夷隘:指伯夷、叔齐二人在武王伐纣时叩马而谏;殷灭,二人不食周粟,饿死于首阳山的事。隘,狭隘,固执。柳下惠不恭:指柳下惠作鲁国典狱官时,三次被贬职,降志辱身,仍不离开鲁君的事。不恭,不严肃。 [6]传:此指扬雄《法言·渊骞篇》。不夷:不像伯夷那样狭隘。不惠:不像柳下惠那样不严肃、无原则。可否之间:即取法乎中,不要走极端的意思。 [7]居身之所珍:意为立身处世最可宝贵的态度。这是劝黄琼当进则进,不要以清高自居。 [8]诚:确实。枕山:以山为枕。栖谷:躺在河谷里。 [9]拟迹巢、由:摹仿巢父、许由的行为。拟,摹拟,摹仿。迹,行迹。巢、由:即巢父和许由,尧时的两个隐士。 [10]"此为"句:这样作为一个有志之士就始终没有施展才能的机会了。 [11]峣峣(yáo):高峻的样子。缺:折损。皦皦(jiǎo):洁白明亮的样子。污:污染。 [12]阳春之曲:乐曲名,公元前三世纪楚国的高雅乐曲。据《文选·对楚王问》载,有人在楚国郢都唱《阳春白雪》,跟唱的不过数十人;但唱《下里巴人》时,随着唱的就达数千人。和(hè):和唱,跟着唱。 [13]盛名:大名。实:实际。副:相称。 [14]鲁阳樊君:鲁阳(今河南鲁山)人樊英,习《易》,通《五经》,识灾异,隐居于壶山。汉朝廷多次聘他做官,他都不去。顺帝令用车载他入京,又专为他设立高坛,以师礼待之,授五官中郎将之职。但他只知空谈,并无特别的才能,人们颇为失望。神明:神灵。 [15]布流:即流布,广为流传的意思。应时折减者:声望随着时间不断降低的人。折,打折扣。减,退。 [16]观听望深:意为人们所见所闻超出他的实际,对他期望过高。望,期望。深,高。 [17]胡元安:名定,字元安,颍川颍阴(今河南许昌)人。居丧饥饿,县官送他干粮,只收一半,以此得名,被朝廷征聘为官。薛孟尝:名包,字孟常,汝南(今河南汝南)人。受后母虐待,号泣不去;与兄弟子侄分家,推让家财奴婢。以此得名,被朝廷征为郎中。朱仲昭:未详。顾季鸿:名奉,字季鸿,吴郡吴(今江苏苏州)人,官至颍川太守。 [18]采:取,观。 [19]俗论:世俗舆论。处士:有才有德而未居官职之人,即隐士。盗:窃取。虚声:虚名。 [20]弘此远谟(mó):发扬光大朝廷征聘处士这一意义深远的策略。弘,光大。谟,策略。

朱　穆

朱穆(100—163),字公叔,南阳(今河南南阳)人。少笃志好学,锐意精专。大将军梁冀使主兵事。桓帝初,任侍御史。梁冀不法,多所谏诤。出任冀州刺史,贪官闻风而逃。因得罪宦官,捕送京师,太学生数千人上书辨冤,始释归乡里。后拜尚书,上疏请除宦官,未被采纳,愤懑而卒。

与刘伯宗绝交诗

【题解】　本诗见于《后汉书·朱穆传》李贤注。朱穆与刘伯宗曾为好友,亦曾有恩于刘。后刘伯宗官至二千石,自以为官高位显,傲视朱穆。朱穆乃作此诗,与之绝交。诗以鸱鸟和凤凰为喻,对刘伯宗一类人的不讲操守、不知廉耻作了尖锐的讽刺。

北山有鸱[1],不洁其翼。飞不正向,寝不定息[2]。饥则木览[3],饱则泥伏。饕餮贪污[4],臭腐是食。填肠满嗉[5],嗜欲无极。长鸣呼凤,谓凤无德。凤之所趋,与子异域。永从此诀,各自努力。

【注释】　[1] 鸱(chī):猫头鹰。　　[2] 不定息:息无定所。　　[3] 木览:登树捕幼鸟为食。览,通“揽”。　　[4] 饕餮(tāo tiè):传说中一种贪食的恶兽。　　[5] 嗉:同“嗉”。鸟类食管后段贮藏食物的膨大部分。

崇　厚　论

【题解】　本文选自《后汉书·朱穆传》。传云:“(朱穆)常感时浇薄,慕尚敦笃，乃作《崇厚论》。""崇"即推崇，"厚"就是纯朴敦厚。

本文所言之道，"以天下为一"，在彼在己，实为老庄讲论之道，而非儒者讲论之道。文章从正面落笔，引古证今，褒贬鲜明。

夫俗之薄也[1]，有自来矣[2]。故仲尼叹曰"大道之行也，而丘不与焉[3]。"盖伤之也。夫道者，以天下为一，在彼犹在己也[4]。故行违于道则愧生于心，非畏义也；事违于理则负结于意，非惮礼也[5]。故率性而行谓之道，得其天性谓之德[6]。德性失然后贵仁义，是以仁义起而道德迁，礼法兴而淳朴散[7]。故道德以仁义为薄，淳朴以礼法为贼也[8]。夫中世之所敦，已为上世之所薄，况又薄于此乎[9]！

故夫天不崇大则覆帱不广，地不深厚则载物不博，人不敦厖则道数不远[10]。昔在仲尼不失旧于原壤[11]，楚严不忍章于绝缨[12]。由此观之，圣贤之德敦矣[13]。老氏之经曰[14]："大丈夫处其厚不处其薄，居其实不居其华[15]，故去彼取此[16]。"夫时有薄而厚施，行有失而惠用[17]。故覆人之过者[18]，敦之道也；救人之失者，厚之行也。往者，马援深昭此道[19]，可以为德[20]，诫其兄子曰[21]："吾欲汝曹闻人之过如闻父母之名[22]。耳可得闻，口不得言[23]。"斯言要矣。远则圣贤履之上世[24]，近则丙吉、张子孺行之汉廷[25]。故能振英声于百世，播不灭之遗风，不亦美哉！

然而时俗或异，风化不敦，而尚相诽谤，谓之臧否[26]。记短则兼折其长，贬恶则并伐其善[27]。悠悠者皆是[28]，其可称乎[29]！凡此之类，岂徒乖为君子之道哉[30]，将有危身累家之祸焉。悲夫！行之者不知忧其然，故害兴而莫之及也[31]。斯既然矣，又有异焉[32]。人皆见之而不能自迁[33]。何则？务进者趋前而不顾后[34]，荣贵者矜己而不待人[35]，智不接愚，富不赈贫[36]，贞士孤而不恤[37]，贤者厄而不存[38]。故田蚡以尊显致安国之金[39]，淳于以贵执引方进之言[40]。夫以韩、翟之操[41]，为汉之名宰[42]，然犹不能振一贫贤，荐一孤士，又况其下者乎[43]！此禽息、史鱼所以专名于前[44]，而莫继于后者也。故时敦俗美，则小人守正，利不能诱也；时否俗薄，虽君子为邪，义不能止也。何则？先进者既往而不反[45]，后来者复习俗而追之，是以虚华盛而忠信微，刻薄稠而纯笃稀。斯盖谷风有"弃予"之叹[46]，伐木有"鸟鸣"之悲矣[47]！

嗟乎！世士诚躬师孔圣之崇则[48]，嘉楚严之美行，希李老之雅诲[49]，思马援之所尚，鄙二宰之失度[50]，美韩棱之抗正[51]，贵丙、张之弘裕[52]，贱时俗之诽谤，则道丰绩盛，名显身荣，载不刊之德[53]，播不灭之声。然〔后〕知薄者之不足，厚者之有余也。彼与草木俱朽[54]，此与金石相倾[55]，岂得同年而语，并日而谈哉？

以上据中华书局校点本《后汉书》

【注释】　[1] 俗：时俗。　　[2] 有自来：自来已久。　　[3] "大道"二句：谓当大道盛行天下的时候，我未有幸躬逢。语出《礼记》。与(yù)，参与。[4] "夫道"三句：老庄学派认为，道生万物，与万物合而为一，故道既在彼，亦在我，我与外物，本无分别。　　[5] "故行"四句：己既与道合而为一，行事倘违大道之理，自然有愧于心，而并非畏惧义礼。此云对自己而言，道是内在的，义礼是外在的。　　[6] "故率性"二句：故循其本性行事，谓之合于道；一切得之本心，谓之合于道之德。率，循。　　[7] "德性"三句：意谓人丧失道之德性后，才看重并借助仁义规范行为。所以仁义的兴起，意味着道德的迁移;礼法的兴起,意味着人淳朴本性的消失。 [8] 薄:减损。贼:败坏,伤害。 [9] 中世:即中古之世。敦:笃厚。 [10] 崇:高。帱(dào):覆盖。厖(páng):同"庞",庞大。道数:道之精微。 [11] 原壤:春秋鲁人,孔子旧交。原壤之母死,孔子助其敛葬,称"故者无失其为故(让朋友不要不成其为朋友)"。事见《礼记》。 [12] "楚严"句:此用"绝缨"典,以喻楚庄王宽宏大量。相传楚庄王宴群臣,日暮酒酣,灯烛灭,有人引美人之衣者,美人援绝其冠缨,以告王,命促上火,欲得绝缨之人。王不从,命左右曰:"今日与寡人饮,不绝冠缨者不欢。"人人皆绝缨而后上火,尽欢而罢。后二年,晋与楚战,有楚将奋死赴敌,卒胜晋国。王问其人,对曰:"臣当死,往者醉失礼,王隐忍不加诛也。……臣乃夜绝缨者也。"楚严,楚庄王。章,同"彰",显示,此犹言暴露。绝缨,指冠上无缨者。 [13] "圣贤"句:谓虽在下世,圣人贤君,犹有厚德。 [14] 经:指《老子》,又称《道德经》。以下引文,见第三十八章。 [15] 居:处。实:指循道而行。华:指表面的华饰,如仁义、礼法之类。 [16] 去彼取此:指去薄华而取厚实。 [17] "夫时"二句:谓时俗虽薄,犹可行以厚道;人有过失,犹可施以诚惠。 [18] 覆:掩。 [19] 马援:字文渊,扶风茂陵人。东汉光武帝时官至陇西太守、伏波将军。 [20] 可以为德:谓马援深明圣人贤君之道,认为虽身处下世,仍可以循道德而行敦厚。 [21] 诫其兄子:此即马援告诫严敦所写的《戒兄子严敦书》,见《后汉书·马援传》。 [22] 汝曹:你们。曹,辈。 [23] 口不得言:古人以父母之名为讳,故不能呼其名。 [24] 圣贤:指上文的孔子、楚庄王一类人。履:实践。 [25] 丙吉:亦作邴吉,字少卿,鲁人。汉宣帝时封博阳侯,任丞相。以识大体见称。张子孺:张安世,字子孺,杜陵人。张汤之子。昭帝时为富平侯。与大将军霍光共立宣帝,以功拜大司马,领尚书事。为官能荐贤能。 [26] 臧:美,此犹言褒美。否(pǐ):恶,此犹言贬责。两词皆用作动词。 [27] 短:短处,过失。折:损。 [28] 悠悠:多貌。 [29] 称:称举,例举。 [30] 乖:背离。 [31] 莫之及:谓后悔也来不及了。 [32] 异:奇怪。 [33] 迁:改正。 [34] 务进者:指奔竞仕途的人。务,同"骛"。 [35] 矜:夸耀。不待人:指不能平等地对待地位比自己低下的人。待,对待,结交。 [36] 赈:救济。 [37] 贞士:正直之士。恤:怜悯。 [38] 厄(è):同"厄",穷困,灾难。存:问候。 [39] "故田蚡"句:韩安国为梁王太傅,坐法失官。乃以五百金贿赂田蚡，田蚡言于太后，召安国为北地都尉。事见《汉书·韩安国传》。致，招致，引来。此引申为得到。　　[40] 淳于：淳于长，汉元后外侄，封定陵侯，位致九卿。引：取。此引申为召引。方进：翟方进，字子威，汝南上蔡人，成帝时为丞相，"独与(淳于)长交，称荐之"，见《汉书·翟方进传》。言：指翟方进对淳于长的称誉推荐。　　[41] 操：节操。　　[42] 名宰：有较高的政治地位，为国家所器重的人。　　[43] 下者：指不如韩安国、翟方进的人。　　[44] 禽息：春秋时秦国大夫，向秦缪公荐百里奚，不见纳，以头击门槛，曰："臣生无补于国，不如死也。"缪公乃用百里奚。见《韩诗外传》。史鱼：春秋卫国大夫。正直敢谏。相传死前，遗命谏卫灵公退弥子瑕，用蘧伯玉。见《论语·卫灵公》。专名：指独有荐贤之名。　　[45] "先进者"二句：谓先登仕途者继续奔竞，决不回头提携来者，而后进者则因循习俗，拼命追赶。[46] 谷风有"弃予"之叹：见《诗经·小雅》。诗云："习习谷风，维风及雨。将恐将惧，维予与女。将安将乐，女转弃予。"此以弃妇喻弃友。　　[47] 伐木有鸟鸣之悲：见《诗经·小雅》。诗云："伐木丁丁，鸟鸣嘤嘤。出自幽谷，迁于乔木。嘤其鸣矣，求其友声。"　　[48] 躬：躬行，亲身实行。崇则：崇高的原则。　　[49] 希：希求。李老：老子姓李名耳，故云。雅：正。诲：教诲。[50] 二宰：指韩安国、翟方进。　　[51] 韩稜之抗正：韩稜，又作韩棱，字伯师，颍川人。东汉章、和帝时为尚书令，敢于揭举外戚、大将军窦宪劣迹。事见《后汉书·韩稜传》。抗，违抗，引申为刚正。　　[52] 弘裕：大度宽容。[53] "载不刊"句：谓名载青史，德声不朽。刊，削。　　[54] 彼：指浇薄之人。　　[55] 此：指淳厚之人。倾：倒塌。

秦　嘉

秦嘉(生卒年不详)，字士会，陇西(今甘肃临洮东北)人。桓帝时为郡上计吏，尝奉使洛阳。后在京任黄门侍郎。数年后，卒于津乡亭。与妻徐淑两情甚笃，多有诗书相赠。今存《与妻徐淑书》、《重报妻书》、《述婚诗》、《赠妇诗》、《留郡赠妇诗》等。

留郡赠妇诗　三首选一

【题解】　秦嘉为上计吏,妻徐淑因病居母家,行前不得辞别,乃以诗为赠。《留郡赠妇诗》共三首,此为第三首。诗写清晨出门即因离别而生相思之意,故留赠宝物以表深情。

　　肃肃仆夫征[1],锵锵扬和铃[2]。清晨当引迈[3],束带待鸡鸣。顾看空室中[4],髣髴想姿形[5]。一别怀万恨,起坐为不宁。何用叙我心? 遗思致款诚[6]:宝钗可耀首,明镜可鉴形。芳香去垢秽,素琴有清声[7]。诗人感木瓜,乃欲答瑶琼[8]。愧彼赠我厚,惭此往物轻。虽知未足报,贵用叙我情。

据《四部备要》本《玉台新咏》

【注释】　[1]肃肃:疾速貌。仆夫:车夫。　　[2]和铃:车铃系于轼者谓之和,系于衡者谓之鸾。　　[3]引迈:起程。　　[4]顾看:回头看。[5]髣髴:同"仿佛"。　　[6]遗(wèi)思:赠物与所思之人。遗,送,给予。款:诚恳。　　[7]"宝钗"四句:写所留赠之物。诗人《重报妻书》:"间得此镜,既明且好,形观文彩,世所希有,意甚爱之,故以相与。并致宝钗一双,价值千金。龙虎组履一纳(双),好香四种各一斤。素琴一张,常所自弹也。明镜可以鉴形,宝钗可以耀首,芳香可以馥身去秽,麝香可以辟恶气,素琴可以娱耳。"鉴:照。　　[8]"诗人"二句:语本《诗经·卫风·木瓜》"投我以木瓜,报之以琼琚"。此谓对方有所赠,自己应以更好的东西回报对方。

赵　壹

　　赵壹(生卒年不详),字元叔,汉阳西县(今甘肃天水西南)人。他生活在东汉末年,为人耿直倨傲,遭乡党世俗排斥,屡陷于罪。

后为计吏入京，为司徒袁逢、河南尹羊涉等所器重，名动京师。屡被官府辟命，皆不就。原有集，已失传。《后汉书》本传录有《穷鸟赋》和《刺世嫉邪赋》。

刺世嫉邪赋

【题解】　汉末党祸四起，正直之士不免动辄得咎。赵壹屡触禁网，几乎被杀，为友人所救，作《穷鸟赋》而谢之。脱祸之后，又作《刺世嫉邪赋》舒其怨愤。赵壹在赋中对历代统治者以天下为私、不顾国计民生而争斗杀伐作了愤怒的控诉，对汉末人妖颠倒、是非混淆的黑暗现实作了辛辣的嘲讽，并表示要与这个腐败的现实彻底决裂。

　　伊五帝之不同礼，三王亦又不同乐[1]。数极自然变化，非是故相反驳[2]。德政不能救世溷乱[3]，赏罚岂足惩时清浊[4]？春秋时祸败之始，战国愈复增其荼毒[5]。秦汉无以相逾越，乃更加其怨酷。宁计生民之命？唯利己而自足[6]！

　　于兹迄今，情伪万方[7]。佞谄日炽，刚克消亡[8]。舐痔结驷，正色徒行[9]。妪媚名埶，抚拍豪强[10]。偃蹇反俗[11]，立致咎殃。捷慑逐物[12]，日富月昌。浑然同惑，孰温孰凉[13]？邪夫显进，直士幽藏[14]！

　　原斯瘼之攸兴，实执政之匪贤[15]。女谒掩其视听兮，近习秉其威权[16]。所好则钻皮出其毛羽，所恶则洗垢求其瘢痕[17]。虽欲竭诚而尽忠，路绝险而靡缘[18]。九重既不可启，又群吠之狺狺[19]。安危亡于旦夕，肆嗜欲于目前[20]。奚异涉海之失柂，积薪而待燃[21]？荣纳由于闪揄，孰知辨其蚩妍[22]？故法禁屈挠于埶族，恩泽不逮于单门[23]。宁饥寒于尧舜之荒岁兮，不饱暖于当今之丰年[24]。乘理虽死而非亡，违义虽生而匪存[25]。

有秦客者[26]，乃为诗曰：河清不可俟，人命不可延[27]。顺风激靡草，富贵者称贤[28]。文籍虽满腹，不如一囊钱[29]。伊优北堂上，抗脏倚门边[30]。

鲁生闻此辞，系而作歌曰[31]：势家多所宜，咳唾自成珠；被褐怀金玉，兰蕙化为刍[32]。贤者虽独悟，所困在群愚。且各守尔分，勿复空驰驱。哀哉复哀哉，此是命矣夫！

据中华书局校点本《后汉书》

【注释】　[1] 伊：发语词。五帝：黄帝、颛顼、帝喾、唐尧、虞舜。三王：夏禹、商汤、周文王和周武王。礼、乐：这里泛指典章制度。　[2] 数：定数。极：极限。非是：是非。反驳：排斥。　[3] 溷：同"混"。　[4] "赏罚"句：刑罚不足以惩戒当时的混乱。赏罚、清浊，皆偏义复词，取罚、浊义。　[5] 时：通"是"。荼(tú)毒：比喻人的苦难。荼，苦菜。毒，毒物。　[6] 计：考虑。自足：满足自己的欲望。　[7] 于兹、迄今：两词同义，到现在。情：真。伪：假。万方：形形色色。　[8] 佞谄(nìng chǎn)：巧言逢迎、溜须拍马的人。炽：盛。刚克：刚强正直的人。　[9] 舐(shì)痔：舐痔疮，这里指代佞谄小人。语出《庄子》。结驷：驷车相连。古时富贵者乘四匹马拉的车子。正色：正直的人。徒行：徒步行走。　[10] 妪嫗(yǔ qū)：卑恭的样子。名埶：有名有势的人。埶，通"势"。抚拍：亲昵献媚的样子。　[11] 偃蹇：高傲。反俗：不同世俗。　[12] 捷：急，疾。慑：惧怕。逐物：追逐名利权势。　[13] 同惑：是非混淆。孰温孰凉：谁温谁凉，表示分不出好坏。　[14] 显进：显耀，晋升。幽藏：隐退，埋没。　[15] 原：考究，追寻根源。瘼：病。攸(yōu)：所。执政：当权者。匪：同"非"。　[16] 女谒：宫中妇女和宦官。近习：皇帝所亲昵的人。秉：把持，掌握。　[17] "所好"二句：大意是说,统治者所宠信的,便能飞黄腾达;统治者所憎恶的,便被吹毛求疵。瘢(bān),疤痕。　　[18] 靡缘:没有机会。　　[19] 九重:指宫门。狺狺(yín):狗叫声,喻小人的诽谤。　　[20] 安危亡于旦夕:危亡就在旦夕之间,还认为平安。肆:放纵。嗜欲:贪欲。　　[21] 柂:同"舵"。薪:柴草。[22] 闪揄:邪佞的样子。蚩:通"媸",丑陋。　　[23] 屈挠:被阻挠。逮:及。单门:无权势的寒门。　　[24] 宁:宁可。　　[25] 乘理:依理而行。[26] 秦客:作者假托的人物。下文"鲁生"同。　　[27] 河清:比喻太平盛世。河,黄河。俟:等待。　　[28] 激:疾吹。靡草:细弱的草。　　[29] 文籍:文章书籍,指代学问。囊:小口袋。　　[30] 伊优:卑躬屈节的样子。北堂:北边的堂屋,富贵者所居。抗脏:高大刚直的样子。　　[31] 系:接着。[32] 金玉:喻才德。刍:喂牲畜的干草。

仲长统

仲长统(179—219),字公理,山阳高平(今山东邹县西南)人。博涉群书,擅文辞。性倜傥,敢直言,时人谓之"狂生"。州郡召,不就。献帝时举为尚书郎。曾参曹操军事。每论说古今及时俗行事,常发愤叹息,因著论名曰《昌言》。

见 志 诗

【题解】　本诗见于《后汉书·仲长统列传》。原二首,此为第一首。汉末中央集权崩溃,经学地位动摇,老庄思想抬头。本诗可视为对老庄思想的形象演绎。全诗物象联翩,语言清丽;虽为四言,实已脱出"诗三百"窠臼,而"开魏晋旷达之志,玄虚之风"(吴师道《吴礼部诗话》)。

飞鸟遗迹[1],蝉蜕亡壳[2]。腾蛇弃鳞[3],神龙丧角[4]。至人能变[5],达士拔俗[6]。乘云无辔[7],骋风无足[8]。垂露成帏,张霄成幄[9]。沆瀣当餐[10],九阳代烛[11]。恒星艳珠[12],朝霞润玉[13]。六合之内[14],恣心所欲[15]。人事可遗,何为局促?

据中华书局校点本《后汉书》

【注释】 [1] 遗:舍弃。 [2] 蝉蜕(tuì):蝉科动物蚱蝉的壳。可作中药。 [3] 腾蛇:传说中一种能飞的蛇。 [4] 丧:解。 [5] 至人:与天地合而为一的至德之人。变:与大化俱变。 [6] 达士:达道之人。拔:超拔。 [7] 辔:驭牲口的缰绳。 [8] 骋风:御风。 [9] 霄:云气。幄:帐幕。 [10] 沆瀣(hàng xiè):清露。 [11] 九阳:太阳。 [12] 艳珠:艳于珠。 [13] 润玉:润似玉。 [14] 六合:古人以天地的东南西北和上下为六合。 [15] 恣心:纵心。

辛延年

辛延年,东汉人。生平事迹不详。

羽 林 郎

【题解】 本诗见于《玉台新咏》。羽林是皇家的禁卫军;羽林郎是禁卫军的高级军官。诗中的冯子都是霍光的家奴,与羽林无关。诗人借西汉的故事,揭露的是东汉和帝时大将军窦宪兄弟及家奴抢掠财物、妇女的现实。本诗在情节和结构上,都模仿《陌上桑》,但人物性格刚烈,冲突激烈,使读者对事件的结局有更多的忧虑。

昔有霍家奴[1],姓冯名子都[2]。依倚将军势,调笑酒家胡[3]。胡姬年十五,春日独当垆[4]。长裾连理带[5],广袖合欢襦[6]。头上蓝田玉[7],耳后大秦珠[8]。两鬟何窈宛[9]，一世良所无。一鬟五百万[10]，两鬟千万余。"不意金吾子[11]，娉婷过我庐[12]。银鞍何煜爚[13]，翠盖空踟蹰[14]。就我求清酒，丝绳提玉壶。就我求珍肴，金盘脍鲤鱼[15]。贻我青铜镜[16]，结我红罗裾[17]。不惜红罗裂，何论轻贱躯！男儿爱后妇，女子重前夫。人生有新故，贵贱不相踰[18]。多谢金吾子[19]，私爱徒区区。"

据中华书局版《乐府诗集》

【注释】 [1] 霍家：霍光家。霍光是西汉昭帝时的大司马、大将军。[2] 冯子都：名殷，是霍光家的奴才总管，颇受宠幸。 [3] 酒家胡：当垆卖酒的胡人之女。 [4] 当：值。垆：垒土而置酒坛，类今之柜台。[5] 裾：衣服前襟。连理带：系衣襟的带子。 [6] 合欢襦：绣有合欢图案的短袄。 [7] 蓝田：山名，在陕西蓝田东，产美玉。 [8] 大秦：我国古代称罗马帝国为大秦国。 [9] 鬟：环形发髻。窈窕：美好貌。[10] 五百万：与下文"千万余"皆言首饰的价值贵重。 [11] 金吾子：执金吾，羽林军的高级军官。冯子都非执金吾，此乃胡姬对他既敬且畏的泛称。[12] 娉婷：美好貌，此指其人的装模作样。 [13] 煜爚(yù yuè)：光彩夺目貌。 [14] 翠盖：鸟羽装饰的车盖。 [15] 脍(kuài)：切细的肉。[16] 贻：送。 [17] 结：系。 [18] 踰：越。 [19] 谢：以辞相告。

古诗十九首

《古诗十九首》最初载于《文选》。因其作者佚名，时代莫辨，萧统辑入《文选》，泛题为"古诗"。关于《古诗十九首》的时代和作者，历代说法不一。钟嵘《诗品序》说："古诗眇邈，人世难详。"胡应麟《诗薮》说："古诗十九首，并逸姓名，独《玉台新咏》取'西北有高楼'八首题枚乘，差可据……然钟嵘《诗品》已谓'王、扬、枚、马，吟咏靡闻'。《文选》、《文心》亦无明指，不知《玉台》何从得之？"近代以来，学者意见虽有歧异,基本看法已渐趋统一,认为《古诗十九首》非一人一时一地之作;它们产生于东汉顺帝至献帝之间,作者是中下层失意的知识分子。沈德潜说:"十九首大率逐臣、弃妻、朋友阔别、生死新故之感。"(《古诗源》)

行行重行行

【题解】 本诗属《古诗十九首》的第一首,写夫妻双方的离别情愫及闺中人的相思之苦,反映了生逢乱世,女性所受到的伤害远远超过男子的社会现实。

　　行行重行行[1],与君生别离[2]。相去万余里,各在天一涯[3]。道路阻且长[4],会面安可知?胡马依北风[5],越鸟巢南枝[6]。相去日已远,衣带日已缓。浮云蔽白日,游子不顾反[7]。思君令人老,岁月忽已晚。弃捐勿复道[8],努力加餐饭[9]。

【注释】 [1] 重(chóng):又。　　[2] 生别离:生离死别。屈原《九歌·少司命》:"悲莫悲兮生别离。"　　[3] 涯:边。　　[4] 阻:艰险。　　[5] 胡马:北地所产之马。　　[6] 越鸟:南方所产之鸟。《韩诗外传》:"代马依北风,越鸟翔故巢,皆不忘本之谓也。"　　[7] 顾:念。反:同"返"。　　[8] 捐:抛弃。　　[9] 加餐饭:犹言多多保重。

涉江采芙蓉

【题解】 本诗属《古诗十九首》的第六首,《玉台新咏》题枚乘作,为枚乘《杂诗九首》中的第四首。诗写漂泊他乡的游子思念家乡和妻子的情怀意象生动,深得楚辞以鲜花香草寄情拟人的缠绵幽妙。

涉江采芙蓉^[1]，兰泽多芳草^[2]。采之欲遗谁^[3]？所思在远道。还顾望旧乡，长路漫浩浩^[4]。同心而离居，忧伤以终老^[5]。

【注释】 [1] 芙蓉:莲花。　　[2] 兰泽:生长有兰草的沼泽地。　　[3] 遗(wèi):赠送。　　[4] 漫浩浩:漫漫浩浩,即无边无际。　　[5] 终老:终老此生。

迢迢牵牛星

【题解】　本诗属《古诗十九首》的第十首。牛郎织女的传说,古已有之。此诗从织女着笔,单写女子的相思。诗中多用叠字,既写出女子的柔情似水,写出女子的可爱可怜,也创造出一种弥漫着人生遗憾的浓烈气氛。

迢迢牵牛星^[1]，皎皎河汉女^[2]。纤纤擢素手^[3]，札札弄机杼^[4]。终日不成章^[5]，泣涕零如雨^[6]。河汉清且浅，相去复几许？盈盈一水间^[7]，脉脉不得语^[8]。

【注释】　[1] 迢迢:遥远貌。牵牛星:天鹰座的主星,俗称牛郎星,在银河之南。　　[2] 河汉女:指织女星,天琴座主星,在银河之北。河汉,银河。[3] 擢(zhuó):摆动。　　[4] 札札:织机声。杼(zhù):织布机上的梭子。[5] 章:指布帛的纹理。　　[6] 零:落。　　[7] 盈盈:水清浅貌。[8] 脉脉:相视貌。

驱车上东门

【题解】　本诗属《古诗十九首》的第十三首。汉末社会动乱,政治黑暗。士人素所奉行的价值标准受到冲击,思想的信仰危机因此而生。在此背景下,老庄思想蔓延,影响到士人的生活方式。全诗由写景而至联想,由联想而至议论,环环相扣,思路严密,已可见玄学思辩的端倪。

驱车上东门[1],遥望郭北墓[2]。白杨何萧萧[3],松柏夹广路[4]。下有陈死人[5],杳杳即长暮[6]。潜寐黄泉下[7],千载永不寤[8]。浩浩阴阳移[9],年命如朝露。人生忽如寄[10],寿无金石固[11]。万岁更相送[12],圣贤莫能度[13]。服食求神仙[14],多为药所误。不如饮美酒,被服纨与素[15]。

【注释】 [1]上东门:洛阳城东有三门,上东门在最北。 [2]郭北:指城北邙山,为当时的葬地。 [3]萧萧:风声。 [4]广路:墓道。 [5]陈:久。 [6]杳杳:幽暗貌。即:就。长暮:长夜。 [7]潜寐:深眠。 [8]寤:醒。 [9]浩浩:流动貌。阴阳移:指四季的变迁。阴,指秋冬。阳,指春夏。 [10]寄:客居。 [11]固:坚。 [12]万岁:犹言自古以来。更:更迭。 [13]度:过,犹言超越。 [14]服食:服食丹药。 [15]被:通"披",指穿着。纨、素:指华丽的服装。纨,细绢。素,白绢。

明 月 何 皎 皎

【题解】 本诗属《古诗十九首》的最后一首。月在古代是相爱者寄托相思的媒介。诗以无眠、徘徊、出户、望月、入户、流泪等一系列动作,写出思妇的情感流程;又以有情之人与无情之月的绝望交流,显示古代女性生活环境的封闭和独自咀嚼痛苦的悲哀。

明月何皎皎,照我罗床帏[1]。忧愁不能寐[2],揽衣起徘徊[3]。客行虽云乐[4]，不如早旋归[5]。出户独彷徨，愁思当告谁。引领还入房，泪下沾裳衣。

以上据中华书局影印胡刻本《文选》

【注释】 [1] 罗床帏:罗帐,用罗绮制成的床帐。 [2] 寐:入睡。 [3] 揽:取。 [4] 云:语助词。 [5] 旋归:回归。

汉代乐府民歌

汉代民歌大都保存在《乐府诗集》中。乐府的原义,是指国家设立的诗、乐、舞相结合的音乐机构。秦设乐府,官属少府,所制之乐,供郊庙朝会用。1997 年陕西临潼县秦始皇墓出土的秦代编钟,刻有秦篆"乐府"二字。是知乐府之制,始于秦代。但"秦阙采诗之官,歌咏多因前式"(《宋书·乐志》)。乐府民歌的采集,是从汉代开始的。汉初设乐府令,掌宗庙祭祀之乐。汉武帝时,乐府除由文人造作的雅乐而外,还兼采各地民歌。乐府由音乐机构的名称,衍变为诗歌的名称,始于六朝。

汉代乐府诗歌可分民间诗歌与文人诗歌两大类。

宋朝郭茂倩的《乐府诗集》编集了从陶唐氏一直到五代的乐府诗歌,并把它们分为郊庙歌辞、燕射歌辞、鼓吹曲辞、横吹曲辞、相和歌辞、清商曲辞、舞曲歌辞、琴曲歌辞、杂曲歌辞、近代曲辞、杂歌谣辞、新乐府辞十二类。所分概括而不繁琐,比较符合乐府诗歌发展的实际。《乐府诗集》最重要的价值首先在于保存了极为丰富的乐府诗歌。到目前为止,它仍然是收录乐府诗最为完备的诗歌总集。其次,《乐府诗集》把乐府古辞列在每类之前,把文人的拟作依时序列在其后。这样的编纂体例,客观地反映了文人学习民歌,丰富自己创作的实际情况,也有利于后来的学者研究古代诗歌发展的历史。汉代乐府民歌及汉代歌谣主要保存在《鼓吹曲辞》、《相和歌辞》、《杂曲歌辞》和《杂歌谣辞》之中。

汉代史传散文和陈朝徐陵编纂的《玉台新咏》也保留有部分汉代民歌。

战 城 南

【题解】 这是一首悼念阵亡将士的诗歌。诗人以悲怆的笔调,描绘黄昏中战场的恐怖与苍凉,表现出作者对死难者的无限哀悼,对统治者穷兵黩武政策的强烈谴责。

战城南,死郭北[1],野死不葬乌可食[2]。为我谓乌:"且为客豪[3]! 野死谅不葬[4],腐肉安能去子逃[5]!"水深激激[6],蒲苇冥冥[7];枭骑战斗死[8],驽马徘徊鸣[9]。梁筑室[10],何以南[11],何以北? 禾黍不获君何食? 愿为忠臣安可得? 思子良臣[12],良臣诚可思:朝行出攻,暮不夜归!

【注释】 [1]郭:外城。 [2]乌:乌鸦。 [3]客:指战死者。豪:同"嚎"。 [4]谅:想必。 [5]去:离。子:指乌鸦。 [6]激激:水清澈貌。 [7]冥冥:幽暗貌。 [8]枭骑:善战的骏马,此指勇健的骑兵。枭,通"骁",勇猛。 [9]驽(nú)马:劣马。 [10]梁:桥。筑室:修筑工事。 [11]何以南:怎么到南边去? 南,作动词用。 [12]良臣:指战死者。

有 所 思

【题解】 本诗属《鼓吹曲辞·汉铙歌十八曲》。这是一首情感热烈真挚的情歌。全篇分三个层次,细致生动地刻画了一个大胆追求爱情，坚贞刚烈的女性形象。

有所思，乃在大海南。何用问遗君[1]？双珠玳瑁簪[2]，用玉绍缭之[3]。闻君有他心，拉杂摧烧之[4]。摧烧之，当风扬其灰。从今以往，勿复相思！相思与君绝[5]！鸡鸣狗吠，兄嫂当知之。妃呼豨[6]！秋风肃肃晨风飔[7]，东方须臾高知之[8]。

【注释】 [1] 何用：何以。问遗(wèi)：赠送。 [2] 玳瑁：龟类动物，甲壳可加工成饰品。簪：古人用以横穿、固定发髻和冠的头饰件。 [3] 绍缭：缠绕。此谓在簪子上系以玉饰。 [4] 拉杂：折碎。 [5] 相思与君绝：与君永绝相思。 [6] 妃呼豨(xī)：表声字，叹息之声。 [7] 肃肃：飕飕，风声。晨风飔(sī)：晨风凉。一说晨风是雄鸡，飔当为思。 [8] 高：同"皓"，白。

上　邪

【题解】 本诗属《鼓吹曲辞·汉铙歌十八曲》。热恋中的少女，虚拟了五个自然现象，作为她和爱人断绝情义的前提。以不可能发生的事情，表达爱情的忠贞不渝，非有至情，不能如此。诗人排比自然现象，句式参差，节奏急促，极为传神。

上邪[1]！我欲与君相知，长命无绝衰[2]。山无陵[3]，江水为竭，冬雷震震[4]，夏雨雪[5]，天地合，乃敢与君绝！

【注释】 [1] 上：上天。邪：同耶，语助词，犹啊。 [2] 命：令，使。[3] 陵：大土山。 [4] 震震：雷声。 [5] 雨(yù)雪：下雪。雨，作动词用。

江　南

【题解】　本诗属《相和歌辞》,是一首青年男女采莲时唱的歌曲。歌中写鱼群的东西南北游,实谓采莲者的乘兴来往。语言自然,风格清新。

　　江南可采莲,莲叶何田田[1]。鱼戏莲叶间,鱼戏莲叶东,鱼戏莲叶西,鱼戏莲叶南,鱼戏莲叶北。

【注释】　[1] 田田:莲叶盛密貌。

陌　上　桑

【题解】　本诗最早见于《宋书·乐志》,题为《艳歌罗敷行》;《玉台新咏》题为《日出东南隅行》。在《乐府诗集》属《相和歌辞·相和曲》。全诗三解,一解即一章。内容写采桑女秦罗敷春日在郊外采桑,被路过的太守看上,进行调戏引诱,最终以智慧加以拒绝的故事。人物形象鲜明生动,情节富有戏剧性。

　　日出东南隅[1],照我秦氏楼。秦氏有好女,自名为罗敷[2]。罗敷喜蚕桑[3],采桑城南隅。青丝为笼系[4],桂枝为笼钩[5]。头上倭堕髻[6],耳中明月珠[7]。缃绮为下裙[8],紫绮为上襦[9]。行者见罗敷,下担捋髭须。少年见罗敷,脱帽著帩头[10]。耕者忘其犁,锄者忘其锄。来归相怒怨,但坐观罗敷[11]。

　　使君从南来[12],五马立踟蹰[13]。使君遣吏往,问是

"谁家姝"[14]？"秦氏有好女，自名为罗敷。""罗敷年几何？""二十尚不足，十五颇有余。""使君谢罗敷[15]，宁可共载不[16]？"罗敷前置辞[17]："使君一何愚！使君自有妇，罗敷自有夫。"

"东方千余骑[18]，夫婿居上头。何用识夫婿？白马从骊驹[19]；青丝系马尾，黄金络马头；腰中鹿卢剑[20]，可直千万余。十五府小吏[21]，二十朝大夫[22]，三十侍中郎[23]，四十专城居[24]。为人洁白皙[25]，鬑鬑颇有须[26]。盈盈公府步，冉冉府中趋[27]。坐中数千人，皆言夫婿殊[28]。"

【注释】 [1] 隅：方。 [2] 罗敷：古代美女的通称，汉代女子多取以为名。 [3] 喜：善。蚕桑：用为动词。指养蚕采桑。 [4] 笼：采桑用的竹篮。系：系篮的丝绳。 [5] 钩：篮上提柄。 [6] 倭（wō）堕髻：髻高而斜，似堕非堕，为东汉贵戚梁冀妻所创，遂成时髦妆。 [7] 明月珠：宝珠名，产于西域大秦国。 [8] 缃：杏黄色。 [9] 襦：短袄。 [10] 著：露出。帩（qiào）头：古代男子束发的头巾。 [11] 坐：因。 [12] 使君：东汉人对太守、刺史的称呼。 [13] 五马：五匹马。汉太守依制车乘驾五马。 [14] 姝（shū）：美女。 [15] 谢：问。 [16] 宁可：是否愿意。共载：谓同车而去。 [17] 置辞：致辞。 [18] 骑（jì）：一人一马谓之一骑。 [19] 骊驹：深黑色小马。 [20] 鹿卢：以玉作辘轳状装饰剑柄。 [21] 府小吏：太守府的小吏。 [22] 朝大夫：朝廷的大夫。 [23] 侍中郎：按汉代官制，在原官之外特加侍中荣衔，可出入宫廷。此谓得到皇帝的亲信。 [24] 专城居：一城之长，如太守、刺史之类。 [25] 皙（xī）：白。 [26] 鬑鬑（lián）：须发稀疏貌。 [27] 盈盈、冉冉：皆步态从容貌。 [28] 殊：出众。

东 门 行

【题解】 本诗属《相和歌辞·瑟调曲》，内容写因生活所逼，主人公终于铤而走险。诗中人物的内心活动和对话都真实可信,深刻反映了当时民不聊生、官逼民反的社会现实。

出东门,不顾归[1],来入门[2],怅欲悲[3]。盎中无斗米储[4],还视架上无悬衣[5]。拔剑东门去,舍中儿母牵衣啼[6]:"他家但愿富贵,贱妾与君共铺糜[7]。上用仓浪天故[8],下当用此黄口儿[9]。今非[10]!""咄[11]!行!吾去为迟!白发时下难久居[12]。"

【注释】 [1] 顾:念,思。　[2] 来入门:返回家门。　[3] 怅:失意貌。　[4] 盎(àng):腹大口小的瓦罐。　[5] 架:衣架。　[6] 儿母:诗中主人公之妻。　[7] 铺:吃。糜:粥。　[8] 用:因。仓浪天:苍天。　[9] 黄口儿:小儿。　[10] 今非:现在的作为不对。　[11] 咄(duō):呵斥声。　[12] 白发时下:白发时时脱落。难久居:犹言不能再这样下去。

孤 儿 行

【题解】 本诗属《相和歌辞·瑟调曲》。诗歌前三句,为全诗总纲。其下分叙三事,以明孤儿之苦。三事"断续无端,起落无迹,泪痕血点,结缀而成"(沈德潜《古诗源》),不仅写了孤儿奉兄嫂之命经商,辛苦往来于南北,也写了孤儿物质生活的匮乏,以及他必须承担的繁重的家内劳动和农田劳动。收瓜一节,从孤儿恳求啖瓜者留下瓜蒂,可见在兄嫂的刻薄和淫威之下,孤儿一如惊弓之鸟;兄嫂对孤儿精神的虐待,已远远超过对其肉体的折磨。由本诗可知,孤儿生在殷实的富商兼地主之家,兄嫂对他的虐待,非出于贫困而不得已;古代宗法社会实行嫡长子继承制,兄嫂的所为,与遗产的继承也应当没有关系。从本质上看,兄嫂与孤儿,实已为主奴的关系。

从兄嫂对孤儿寸利不遗的剥削和"校计",可以看出商人为了追逐利益,连宗法社会给人际关系蒙上的温情脉脉的面纱,也已经不再需要。

孤儿生,孤子遇生[1],命独当苦!父母在时,乘坚车,驾驷马[2]。父母已去,兄嫂令我行贾[3]。南到九江[4],东到齐与鲁[5]。腊月来归,不敢自言苦。头多蚊虱[6],面目多尘。大兄言办饭,大嫂言视马[7]。上高堂,行取殿下堂[8],孤儿泪下如雨。使我朝行汲,暮得水来归。手为错[9],足下无菲[10]。怆怆履霜[11],中多蒺藜。拔断蒺藜肠肉中[12],怆欲悲。泪下渫渫[13],清涕累累。冬无复襦[14],夏无单衣。居生不乐[15],不如早去[16],下从地下黄泉[17]!春气动,草萌芽。三月蚕桑,六月收瓜。将是瓜车[18],来到还家。瓜车反复[19],助我者少,啖瓜者多[20]。愿还我蒂,兄与嫂严,独且急归[21],当兴校计[22]。

乱曰:里中一何诜诜[23]!愿欲寄尺书[24],将与地下父母[25]:兄嫂难与久居!

【注释】 [1] 遇:偶然。 [2] 驷马:指由四马驾的车。 [3] 行贾(gǔ):往来经商。 [4] 九江:汉郡名,在今安徽。 [5] 齐:汉郡名,在今山东淄博。鲁:汉县名,在今山东曲阜。 [6] 蚊:虱卵。 [7] 视:照看。 [8] 行:复,又。取:通"趋",疾走。 [9] 错:磨刀石,此引申为皮肤粗糙。 [10] 菲:通"屝",草鞋。 [11] 怆怆:悲伤貌。 [12] 肠:腓肠,即脚胫骨后的肉。 [13] 渫渫(xiè):流泪貌。 [14] 复襦:短夹袄。 [15] 居生:活在世上。 [16] 早去:早死。 [17] 从:追随(死去的父母)。黄泉:地下。 [18] 将:推。是:这。 [19] 反:翻。复:覆。 [20] 啖(dàn):吃。 [21] 独:将。且:语助词。

340

[22] 兴:引起。校计:计较。 [23] 里中:犹言家中。诙诙(náo):怒骂声。 [24] 尺书:书信。 [25] 将与:捎给。

悲　歌

【题解】　本诗属《杂曲歌辞》。直抒胸臆,是本诗的最大特点。以歌代泣,以望代归,远行人的欲哭无泪,欲归不得,已经写得十分无奈。而"欲归家无人"一句,更写出远行人的另一种悲痛中,还有一个破碎家庭的不幸。诗末的"车轮转",是全诗唯一的比喻。车轮的沉重,车轮的转动不息,正是远行人心灵备受煎熬的形象写照。

　　悲歌可以当泣[1],远望可以当归[2]。思念故乡,郁郁累累[3]。欲归家无人,欲渡河无船。心思不能言[4],肠中车轮转[5]。

【注释】　[1] 可以:聊以。 [2] 当:代。 [3] 郁郁累累:忧思重迭貌。 [4] 思:悲。 [5] 车轮转:喻愁肠百结。

上山采蘼芜

【题解】　本诗见于《玉台新咏》。在古代社会,妇女的劳动不具有公共的性质,她们的地位自然低于男子;但对个体家庭经济又是必要的补充,所以她们又被拼命地榨取。诗中的男子,喜新厌旧,后来却很失悔。他衡量新人旧人的标准,不在颜色如何,而在其产品所创造的经济价值。全篇用对话,写出两人地位和心态的反差,其悲剧的意蕴,很耐人寻味。

　　上山采蘼芜[1],下山逢故夫[2]。长跪问故夫:"新人

341

复何如[3]?""新人虽言好,未若故人姝[4]。颜色类相似[5],手爪不相如[6]。""新人从门入,故人从阁去[7]。""新人工织缣[8],故人工织素[9]。织缣日一匹[10],织素五丈余。将缣来比素,新人不如故。"

以上据成都古籍书店影印《玉台新咏》

【注释】 [1] 蘼芜:香草名,其叶风干后可做香料。 [2] 故夫:前夫。[3] 新人:指前夫新娶之妻。 [4] 姝(shū):好。 [5] 颜色:容貌。 [6] 手爪:指手工技巧。 [7] 阁:旁门。 [8] 工:善于。缣(jiān):双丝淡黄色绢。 [9] 素:白色生绢。 [10] 一匹:汉制四丈为一匹。

十五从军征

【题解】 本诗属《横吹曲辞》中的《梁鼓角横吹曲》,题为《紫骝马歌辞》,前面比本诗多出八句。诗歌反映了汉代的穷兵黩武政策给人民带来的无情灾难和对社会生产力的破坏。这首叙事诗的主人公十五从军,八十始归,情况十分典型。他在回乡前后所见之景反映的不仅是一个人的遭遇、一个家庭的悲剧,更是整个社会的深刻危机。

十五从军征,八十始得归。道逢乡里人[1]:"家中有阿谁[2]?""遥看是君家,松柏冢累累[3]。"兔从狗窦入[4],雉从梁上飞[5]。中庭生旅谷[6],井上生旅葵[7]。舂谷持作饭,采葵持作羹。羹饭一时熟,不知贻阿谁[8]。出门东向看,泪落沾我衣。

[1] 乡里:家乡。 [2] 阿:语助词。 [3] 冢(zhǒng):大坟。累累:重重叠叠。 [4] 窦:洞。 [5] 雉:野鸡。 [6] 中庭:庭中。旅谷:野谷。 [7] 葵:冬葵菜,叶嫩可食。 [8] 贻:送。

孔雀东南飞 并序

【题解】 本篇最早见于南朝陈徐陵编的《玉台新咏》,题为《古诗为焦仲卿妻作》,作者为"无名人"(一作"无名氏")。宋人郭茂倩所编《乐府诗集》收录此诗,载于《杂曲歌辞》,题为《焦仲卿妻》。后人乃取此诗首句,称之为《孔雀东南飞》。这是一首杰出的长篇叙事诗。诗写刘兰芝和焦仲卿双双殉情的悲剧,歌颂了主人公反抗封建礼教,追求忠贞爱情的可贵精神,深刻地控诉了罪恶的封建宗法制度。情节曲折跌宕,结构复线交叉,人物形象个性鲜明,细节描写和心理刻画精彩传神,标志着中国古代叙事诗发展到了一个前所未有的新高峰。

汉末建安中[1],庐江府小吏焦仲卿妻刘氏[2],为仲卿母所遣[3],自誓不嫁。其家逼之,乃没水而死。仲卿闻之,亦自缢于庭树[4]。时人伤之而为此辞也[5]。

孔雀东南飞,五里一徘徊[6]。"十三能织素[7],十四学裁衣。十五弹箜篌[8],十六诵诗书。十七为君妇,心中常苦悲。君既为府吏,守节情不移[9]。贱妾留空房,相见常日稀。鸡鸣入机织,夜夜不得息,三日断五匹,大人故嫌迟[10]。非为织作迟,君家妇难为。妾不堪驱使,徒留无所施[11]。便可白公姥[12],及时相遣归。"

府吏得闻之,堂上启阿母[13]:"儿已薄禄相[14],幸复得此妇。结发同枕席,黄泉共为友[15]。共事二三年,始尔

343

未为久[16]。女行无偏斜，何意致不厚[17]？"阿母谓府吏："何乃太区区[18]！此妇无礼节，举动自专由[19]。吾意久怀忿，汝岂得自由！东家有贤女，自名秦罗敷[20]。可怜体无比[21]，阿母为汝求。便可速遣之。遣之慎莫留！"府吏长跪告，伏惟启阿母[22]："今若遣此妇，终老不复取[23]！"阿母得闻之，槌床便大怒[24]："小子无所畏，何敢助妇语！吾已失恩义，会不相从许[25]！"

府吏默无声，再拜还入户。举言谓新妇[26]，哽咽不能语："我自不驱卿，逼迫有阿母。卿但暂还家，吾今且报府[27]。不久当归还，还必相迎取。以此下心意[28]，慎勿违吾语。"新妇谓府吏："勿复重纷纭[29]！往昔初阳岁，谢家来贵门[30]。奉事循公姥，进止敢自专[31]？昼夜勤作息，伶俜萦苦辛[32]。谓言无罪过，供养卒大恩[33]。仍更被驱遣，何言复来还？妾有绣腰襦，葳蕤自生光[34]。红罗复斗帐，四角垂香囊[35]。箱帘六七十[36]，绿碧青丝绳。物物各自异，种种在其中。人贱物亦鄙，不足迎后人[37]。留待作遣施，于今无会因[38]。时时为安慰，久久莫相忘！"

鸡鸣外欲曙，新妇起严妆[39]。著我绣夹裙，事事四五通[40]。足下蹑丝履，头上玳瑁光[41]。腰若流纨素，耳著明月珰[42]。指如削葱根，口如含朱丹[43]。纤纤作细步，精妙世无双。上堂谢阿母。母听去不止[44]。"昔作女儿时，生小出野里[45]。本自无教训，兼愧贵家子。受母钱帛多[46]，不堪母驱使。今日还家去，念母劳家里。"却与小姑别[47]，泪落连珠子："新妇初来时，小姑始扶床；今日被驱遣，小姑如我长[48]。勤心养公姥，好自相扶将[49]。初七

344

及下九,嬉戏莫相忘[50]!"出门登车去,涕落百余行。

府吏马在前,新妇车在后。隐隐何甸甸[51],俱会大道口。下马入车中,低头共耳语:"誓不相隔卿[52]!且暂还家去。吾今且赴府。不久当还归,誓天不相负!"新妇谓府吏:"感君区区怀[53]!君既若见录[54],不久望君来。君当作磐石,妾当作蒲苇[55]。蒲苇纫如丝[56],磐石无转移。我有亲父兄[57],性行暴如雷。恐不任我意,逆以煎我怀[58]。"举手长劳劳,二情同依依[59]。

入门上家堂,进退无颜仪[60]。阿母大拊掌[61]:"不图子自归[62]!十三教汝织,十四能裁衣,十五弹箜篌,十六知礼仪,十七遣汝嫁,谓言无誓违[63]。汝今无罪过,不迎而自归?"兰芝惭阿母[64]:"儿实无罪过。"阿母大悲摧[65]。

还家十余日,县令遣媒来。云"有第三郎,窈窕世无双[66]。年始十八九,便言多令才[67]。"阿母谓阿女:"汝可去应之。"阿女衔泪答:"兰芝初还时,府吏见丁宁[68],结誓不别离。今日违情义,恐此事非奇[69]。自可断来信,徐徐更谓之[70]。"阿母白媒人:"贫贱有此女,始适还家门[71]。不堪吏人妇,岂合令郎君?幸可广问讯,不得便相许[72]。"

媒人去数日,寻遣丞请还[73]:说"有兰家女,承籍有宦官[74]。"云"有第五郎,娇逸未有婚[75]。遣丞为媒人,主簿通语言[76]。"直说"太守家[77],有此令郎君。既欲结大义[78],故遣来贵门。"阿母谢媒人:"女子先有誓,老姥岂敢言[79]?"阿兄得闻之,怅然心中烦[80]。举言谓阿妹:"作计何不量[81]!先嫁得府吏,后嫁得郎君。否泰如天地[82],足以荣汝身。不嫁义郎体,其往欲何云[83]?"兰芝仰头答:

"理实如兄言。谢家事夫婿,中道还兄门。处分适兄意,那得自任专[84]?虽与府吏要,渠会永无缘[85]。登即相许和[86],便可作婚姻。"媒人下床去,诺诺复尔尔[87]。还部白府君:"下官奉使命,言谈大有缘。"府君得闻之,心中大欢喜。视历复开书[88]:"便利此月内,六合正相应[89]。良吉三十日[90],今已二十七,卿可去成婚。"交语速装束,络绎如浮云[91]。青雀白鹄舫,四角龙子幡,婀娜随风转[92]。金车玉作轮,踯躅青骢马,流苏金镂鞍[93]。赍钱三百万[94]皆用青丝穿。杂彩三百匹,交广市鲑珍[95]。从人四五百,郁郁登郡门[96]。

阿母谓阿女:"适得府君书,明日来迎汝。何不作衣裳?莫令事不举[97]。"阿女默无声,手巾掩口啼,泪落便如泻。移我琉璃榻[98],出置前窗下。左手持刀尺,右手执绫罗。朝成绣夹裙,晚成单罗衫。晻晻日欲暝[99],愁思出门啼。

府吏闻此变,因求假暂归。未至二三里,摧藏马悲哀[100]。新妇识马声,蹑履相逢迎。怅然遥相望,知是故人来。举手拍马鞍,嗟叹使心伤:"自君别我后,人事不可量[101]。果不如先愿,又非君所详。我有亲父母[102],逼迫兼弟兄。以我应他人,君还何所望!"府吏谓新妇:"贺卿得高迁!磐石方且厚,可以卒千年;蒲苇一时纫,便作旦夕间[103]。卿当日胜贵[104]吾独向黄泉!"新妇谓府吏:"何意出此言!同是被逼迫,君尔妾亦然。黄泉下相见,勿违今日言!"执手分道去,各各还家门。生人作死别,恨恨那可论!念与世间辞,千万不复全[105]。

346

府吏还家去，上堂拜阿母："今日大风寒，寒风摧树木，严霜结庭兰。儿今日冥冥[106]，令母在后单。故作不良计[107]，勿复怨鬼神！命如南山石，四体康且直[108]。"阿母得闻之，零泪应声落[109]："汝是大家子，仕宦于台阁[110]。慎勿为妇死，贵贱情何薄[111]？东家有贤女，窈窕艳城郭[112]。阿母为汝求，便复在旦夕。"府吏再拜还，长叹空房中，作计乃尔立[113]。转头向户里，渐见愁煎迫。

其日牛马嘶，新妇入青庐[114]。庵庵黄昏后，寂寂人定初[115]。"我命绝今日，魂去尸长留。"揽裙脱丝履，举身赴清池。府吏闻此事，心知长别离。徘徊庭树下，自挂东南枝。

两家求合葬，合葬华山傍[116]。东西植松柏，左右种梧桐。枝枝相覆盖，叶叶相交通[117]。中有双飞鸟，自名为鸳鸯。仰头相向鸣，夜夜达五更。行人驻足听，寡妇起彷徨。多谢后世人，戒之慎勿忘[118]！

以上据中华书局版《乐府诗集》

【注释】 [1] 建安：汉献帝年号（196—220）。 [2] 庐江：郡名，故治在今安徽庐江西南，汉末徙今安徽潜山。府：指太守府。 [3] 遣：旧时指女子出嫁后被夫家休弃回娘家。 [4] 自缢（yì）：上吊自杀。 [5] 伤：哀悼。 [6] "孔雀"二句：以鸟飞徘徊起兴，写夫妇离别。孔雀，鸟名，传说是鸾鸟的配偶。徘徊，往返回旋的样子。 [7] 素：没有染色的白丝绢。 [8] 箜篌（kōng hóu）：古代一种弦乐器，状似古瑟，有二十三或二十五弦。 [9] "守节"句：谓焦仲卿忠于职守，不为夫妇之情所移。一说指刘兰芝忠于爱情，坚贞不移。 [10] 断：把织成的布匹从织布机上截下来。匹：布的计量单位，当时以宽二尺二寸、长四丈为一匹。大人：指焦仲卿的母亲。 [11] 不堪：不能胜任。驱使：犹使唤。徒：白白地。施：用。

[12] 白:禀告。公姥(mǔ):公婆。偏义复词,这里单指婆婆。   [13] 启:禀告。
[14] 薄禄相:谓福浅禄薄的命相。禄,俸禄。   [15] 结发:即束发,把头
发结上。此指成年,古代男女成年时要把头发结上。古代男子二十而冠,女
子十五而笄,是成年的标志。黄泉:犹言地下,这里指一直到死。   [16] 共
事:共同生活。尔:如此,指这种恩爱生活。   [17] 无偏斜:没有什么不正
当。意:料。致:招致。厚:喜爱。   [18] 区区:这里指心胸狭隘的样子。
[19] 自专由:自作主张。   [20] 秦罗敷:当时美女的通称。这里代指美
女。   [21] 可怜:可爱。体:体态。   [22] 伏惟:俯伏思惟,下对上的
敬词。伏,俯伏,表示恭敬。惟,思。   [23] 取:同"娶"。   [24] 槌:
拍,击。床:古人卧具、坐具都称床,这里指坐具。   [25] 会不:当不,决
不。   [26] 举言:发言。新妇:古代对媳妇的通称。   [27] 卿:古代表
示亲热的称呼。这里是仲卿对兰芝的爱称。报府:到官府去办公。报,通
"赴"。   [28] 下心意:下定心意,即打定主意。   [29] 重纷纭:犹言再
找麻烦。   [30] 初阳岁:指冬末春初时节。谢:辞别。   [31] 奉事:行
事。循:顺着。进止:行动,举止。   [32] 伶俜(líng pīng):孤独的样子。
萦:缠绕。   [33] 供养:指孝敬、奉养婆婆。卒:完成,尽。   [34] 绣腰
襦:绣花的短袄。葳蕤(wēi ruí):草木茂盛的样子。这里形容刺绣之美。
[35] 复:双层。斗帐:上狭下宽形状像覆斗的小帐。斗,量具。古时斗的形
状是方口方底,口大底小。香囊:盛装香料的袋子。   [36] 帘:通"奁",梳
妆匣。   [37] 后人:指仲卿日后再娶的妻子。   [38] 遗施:赠送,施与。
会因:见面的机会。   [39] 严妆:庄重的梳妆。严,严格,庄重。   [40] 事
事:指梳妆打扮的一件件事。四五通:反复四五遍。   [41] 蹑:踩踏,这里
是穿着的意思。丝履:丝织品制作的鞋。玳瑁光:玳瑁首饰光彩焕发。玳瑁,
一种爬行动物,似龟,甲壳光滑坚硬,可制装饰品。   [42] "腰若"句:谓柔
美的纤腰束着精致的白绢,好似水波流动。纨(wán)素,精致的白绢。明月
珰(dāng):明月珠做的耳坠。珰,耳上饰物。   [43] 削葱根:形容手指纤
细白嫩。削,瘦削,细长。含朱丹:形容嘴唇红润艳丽。朱丹,红色宝石。
[44] 谢:辞别。听:听任。   [45] 野里:荒僻的乡野。这里是自谦之辞。
[46] 钱帛:指聘礼。   [47] 却:退。   [48] 如我长:像我一样高。按:
原文无"小姑始扶床;今日被驱遣"二句,据《玉台新咏》补。   [49] 扶将:
扶持,保养。   [50] 初七:即七夕。旧俗在农历七月七日之夜,妇女持针

348

线、设花果于庭院中祭织女以乞巧。下九:古代以每月二十九日为上九,初九为中九,十九为下九。每月十九,妇女常置酒聚会,嬉戏娱乐,称为阳会。　　[51]隐隐、甸甸:象声词,形容车马之声。　　[52]隔:断绝,离开。　　[53]区区:诚挚的样子。　　[54]若:如此。录:记挂。　　[55]磐石:大石,喻坚定不移。蒲苇:水草,喻柔韧牢固。　　[56]纫:通"韧",柔韧牢固。[57]亲父兄:偏义复词,这里单指兄。　　[58]逆:违背,抵触。煎我怀:使我的心犹如受煎熬一般痛苦。　　[59]劳劳:形容久久挥手告别,怅然若失的样子。依依:恋恋不舍的样子。　　[60]进退:指行动举止。无颜仪:脸上无光。　　[61]拊(fǔ)掌:拍手,表示惊异。拊,拍。　　[62]不图:没想到。[63]誓违:即违誓,违犯规矩约束。誓,规矩约束。一说"誓"是"愆"之误,"愆"即古"愆"字,愆违即过失、过错。　　[64]惭阿母:惭愧地回答母亲。[65]悲摧:悲痛哀伤。　　[66]窈窕:美好的样子。　　[67]便(pián)言:即辩言,有口才,能说会道。令才:美才。令,美。　　[68]"府吏"句:谓焦仲卿曾对我再三嘱咐。丁宁,同"叮咛",再三嘱咐。　　[69]非奇:不好。奇,佳,美好。　　[70]断:回绝。信:指媒人。徐徐:慢慢地。更:再。之:指出嫁的事。　　[71]始适:刚出嫁。适,出嫁。　　[72]"幸可"二句:希望你再去多方打听,我现在不能就答应你。　　[73]寻:不久,随即。丞:县丞,职位低于县令的县官。请:请婚。　　[74]说:指县丞对县令说。原文作"谁",据《玉台新咏》改。承籍:承继先辈户籍家世。宦官:犹官宦,做官的人。[75]云:指县丞向县令转告太守府主簿的话。第五郎:称太守的五公子。娇逸:潇洒俊美。　　[76]主簿:官名,掌管文书簿籍。这里指太守府主簿。通语言:传达太守的话。　　[77]直说:指县丞奉太守之命,去刘家说亲,直截了当地说明来意。　　[78]结大义:即结亲。　　[79]老姥:老妇。[80]怅然:愤愤不满的样子。　　[81]作计:打算,打定主意。不量:不加思量,不好好考虑。　　[82]"否(pǐ)泰"句:谓好坏高下有天地之别。否、泰,皆《易经》卦名。否为坏运,泰是好运。　　[83]义郎:对太守公子的美称。"其住"句:你常住娘家打算怎么办呢?　　[84]处分:处理。适:顺从。[85]要:约。渠:他,指焦仲卿。缘:机缘。　　[86]登即:立刻。许和:应许,答应。　　[87]诺诺复尔尔:应和之声,犹好吧,好吧,就这样,就这样。尔,如此。　　[88]历、书:均指历书。古代有《六合婚嫁历》《阴阳婚嫁书》等。　　[89]便:就。利:适合。六合:古人结婚要选吉日,月建和日辰的干

349

世纪集团

上架建议：古典诗文集

ISBN 978-7-5325-3768-6

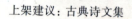

01 >

9 787532 537686

定价：22.00 元

易文网：www.ewen.cc